Scarlet
스칼렛
www.bbulmedia.com

Scarlet
스칼렛
www.bbulmedia.com

세계
제일의
보통 연애

세계 제일의 보통 연애

별보라

장편 소설

SCARLET
ROMANCE
STORY

contents

1
세상에 우연은 없다

조모가 이북 출신이라고 하니 교수는 북한어에 능통이라는 항목을 하나 더 추가했다. 사분사분하니 성격도 좋고 말씨도 예쁘다며 입버릇처럼 칭찬하던 노교수의 눈매는 그날따라 날카로웠다.

조작이랄 것까진 없고 허풍과 과장으로 꾸며진 추천서는 '그럼에도' 공백으로 빛이 났다. 용감하고 대담하며 주의력 깊고 협동심이 뛰어날 뿐만 아니라 지난 대선 대통령 후보를 향해 던진 질문이 매우 날카로웠던 이 학생은 정치적 감각까지 뛰어나…… 거시적인 견지에서 볼 때 본 기관에 반드시 필요한 재원으로 예상된다. 교수의 유려한 필체가 거짓을 적고 있었다. 지난 대선 대통령 후보를 향해 던진 질문이라니. 그랬던 적이 있었나? 아리는 고개를 갸웃거리며 휑뎅그렁한 추천서를 보았다. 펜을 놓은 교수가 안경을 추켜올리며 추천서를 내밀었다. 주름진 얼굴엔 잔잔한 웃음이 걸려 있었다.

“자네는 반드시 합격할 거야.”

“……감사합니다.”

어디서 저런 자신이 나오는 걸까? 아직도 감이 잡히지 않는다. 보스턴에 유학 온 지 어느덧 3년 남짓. 학부 생활 내내 그녀가 보여 주었던 태도는 무겁지도 가볍지도 않은 예의 하나밖에 없었다.

그저 남들이 하는 만큼 했고 하지 않는 만큼 하지 않았다. 과신할 근거는 어디에도 없었건만 노교수는 한사코 바라지 않은 친절을 베풀었다.

시종일관 인자한 미소를 짓고 있는 교수를 향해 꾸벅 인사한 뒤 방을 나왔다. 창밖 너머로 오렌지빛 하늘이 흘러가고 있었다. 손에 들린 추천서를 보았다. 허접하다 못해 비루했다. 얼기설기 엮은 조잡한 칭찬에 헛웃음이 나왔다. 당장이라도 찢어발기고 싶은데 굳이 제 손으로 할 필요가 있나 싶어 그대로 두었다. 어차피 책임자 손에 들어갈 일도 없는 서류. 중간 과정에서 버려지든가 소각되든가. 둘 중 하나다. 어쨌든 누락되리라. 용케 끝까지 올라간다 하더라도 인사 담당자가 제정신이라면 이런 이력으로 응시한 얼간이를 채용할 리 없다.

그러니 어찌해도 상관없었다. 중요한 건 며칠 뒤 조지타운에서 도착할 통지서다. 중앙정보국이라니…… 아리는 모퉁이를 돌며 고개를 절레절레 흔들었다. 가당치도 않다. 교수가 요근래 과음을 일삼더니 나사 하나가 빠진 게 틀림없다. 그래도 웬 첩보원이람.

아리는 입술을 쭉 내밀며 몇 달 전부터 추천서를 적어 주겠다 노래를 부르던 영감을 떠올렸다. 모종의 음모가 있는 건 아닐까 생각될 정도로 적극적이던 태도였지만 아리는 과대망상이라 생각하기로 했다.

정보국의 직원으로 일하는 일은 끔찍하다. 을씨년스러운 랭글리의 어두침침한 건물을 생각하노라면 당장 종이를 구겨 버리고 싶지만 그보다는 의아함이 먼저였다.

대체 왜? 시민권도 없고 영주권도 없는 여학생을 위해? 아니 그 여학생이 정보기관에 들어갈 수나 있는 조건인지 알지도 못하는 양반이 어떻게? 연구실에선 고개를 끄덕이며 살랑살랑 웃어 보였지만 속으로는 저 사람 러시아에서 보낸 스파이거나 북한에서 보낸 첩자는 아닐까 하는 생각이 들었다.

아니면 그런 종류의 일을 하거나. 예를 들면 그녀의 몸에 칩을 심거나 뭐 그런 짓을 해서 중요한 정보를 빼낸다든지. 생각하니 순간 몸에 소름이 끼쳤다. 이 모든 게 말이 되지 않다는 걸 알면서도 소름 끼쳤다. 어깨 위에 집거미가 기어 다니는 기분이다. 아리는 털어 내듯 어깨를 들썩였다. 시답지 않은 망상에 기운을 소비할 필요가 없다.

사실은 CIA가 어떤 일을 하는지도 잘 모른다. 하지만 영화에서 본 것처럼 그 비스무리한 일들을 하지 않을까.

추천서를 우편으로 보낸다고 하더라도 합격할 일은 절대 없을 거라 생각했다. 그러니까…… 정말…… 그때까지만 해도 진짜 합격할 줄은 몰랐다.

⚜

첩보기관에서 근무한다는 건 어떤 느낌일까? 영화나 소설에서만 보던 단색의 단조로운 사무실. 기계에서 흘러나오는 현란한 불빛들과 아메리카 대륙을 중심으로 한 세계지도. 부호 같은 언어를 그들만의 방언으로 쓰면서 옷깃을 걸어 잠군 단추에까지 군기가 스며 있을 것 같은 사람들.

입과 입을 오가는 언어들은 제법 친근한 영어임에도 낯선 언어를 접하듯 생경할 것이다.

그렇지만 겪어 보지 않으면 직장 생활의 엿 같음은 아무도 모르는 것이라고. 국가 기밀이고 나발이고 정말이지 단 사흘 만에 퇴사하고 싶었다. 당초 특별히 애국심이—애국심은 무슨 외국인을 인턴으로 뽑은 것조차 장난으로 여겨지는데— 있는 것도 아니고 뭐 대단한 스펙을 쌓을 요량으로 입사한 것도 아니었다. 그냥 입사를 간절히 원했던 조지타운의 회사에서 그녈 부를 생각이 없으니까. 랭글리에 날 추천했던 노교수가 다음 학기에도 그녀가 보인다면 가만히 있지 않을 테니까. 그러니까 말하자면 처음부터 애사심이라곤 쥐꼬리만큼도 없었다.

그러니까 하루 일과가 그랬다. 대체 왜 내가 여기 있는 건가? 조지타운에선 왜 아직도 소식이 없는 거지? 떨어졌으면 떨어졌다고 말이라도 해 줘야 하는 거 아닌가. 왜 아직까지 아무 말도 없는 건데? 이 상도덕 없는 인간들! 내가 뭐 그렇게 모자랐는데. 최소한 같이 지원서를 적은 안젤라보다야 내가 나았어. 걔는 성적도 나보다 안 좋았다고. 자격증도 내가 더 많이 가지고 있는데 대체 왜? 걔는 합격하고 난 아닌 건데? 머리가 핑그르르 돌았다. 눈물이 삐죽 하고 흘러나오다 멈췄다. 인쇄기가 또 말을 안 들었다. 아 이런 씨!

⚜

딱 하루 만에 국장 앞에서 이 아무 쓸모도 없는 무지렁이 같은 계집은 그만 물러나겠습니다. 사실은 미국 시민이 될 마음도 없고 대통령을 존경하는 마음은 1그램도 없습니다. 라고 고하고 그다음 날부터 나가고 싶지 않았다. 그렇지만 무장한 군인들이 집으로 찾아올까 봐. 아니 그보다는 얼마 전에 2년 연속으로 계약한 하숙집 때문에 그러지 못했다. 멍하니 복사기 앞에 있을 때 뒤에서 기척이 들려왔다.

"다 복사했어?"

"아뇨. 아직……."

"대체 네가 뭘 한다고 이렇게 굼떠?"

내가 굼뜬 게 아니라 복사기가 굼뜬 거야. 이 재수 없는 여자야. 대체 국가정보기관이라면서 복사기가 이렇게 느려서야 되겠냐고. 고장난 거 AS도 안 해 줬잖아. 이거 내가 고쳐 쓰고 있단 말이야.

속에서 욕이 끓어올랐지만 웃을 수밖에 없었다. 땀이 삐질 흘렀다. 사수는 미친년이었다. 직장 내 미친년이 없으면 내가 바로 그 미친년이라는 친구의 말이 떠올라 미간을 찡그렸다. 어쨌든 그 미친년이 내가 아니라서 다행이라고 생각해야 하나…….

그러나 일명 미친년의 보존의 법칙은 국가정보기관에도 해당되었다. 그러니까 지금 눈앞에 있는 이 미친년은 그간 보아 온 미친년들과는 차원이 다른 미친년이었다.

"다 되면 가져다 드릴게요."

"회의 10분 남았어."

"그 전까지 다 될 것 같아요."

"같아요가 아니라 다 된다고 해야 하지 않아?"

"죄송합니다."

"이거."

서류로 가슴을 툭 치며 내미는 양에도 아무 말 할 수 없었다. 아리는 조용히 서류를 받아 들고 멀어지는 선임을 멍하니 바라보았다. 입술이 삐죽여지지도 않았다. 그저 가슴이 서늘할 뿐.

능력 있는 사람들 사이에서 발에 차이는 돌이 된 것 같았다. 아니 사실은 그 돌만도 못할 것이다. 다 씹고 뱉은 껌딱지처럼 지저분한 인간으로밖에 비치지 않을 거란 생각에 눈앞이 깜깜했다.

아리는 복사기가 느리게 토해 내는 빳빳한 종이를 모아 들고 자리로 걸어갔다.

이제 겨우 세 달째였다. 인턴으로 근무하는 기간은 3년 남짓이었다. 그보다 더 짧을 수도 있지만 어쨌든 3년이었다. 3년을 다 채우지는 못하더라도 적어도 세 달 만에 관두고 싶지는 않았다. 정말 그러고 싶지는 않았다. 끈기가 부족했다는 말을 듣는 것도 싫었고 제대로 하는 게 없다는 말도 듣기 싫었다. 무엇보다 지금처럼 자존심이 상할 만큼 상한 상태에서 그만둬 버리면 그때부턴 밑도 끝도 없이 추락할 것 같았다.

그건 싫다. 끔찍하다. 아르바이트도 공부도 뭐 하나 제대로 마친 게 없었다. 비위에 들지 않는다고 한 달도 안 돼서 때려 쳤던 맥도날드 아르바이트가 떠올랐다. 인종차별이나 하는 직장 따위 다니지 않겠다며 때려치우고 나서 속은 시원했지만 한국에서 걸려온 엄마의 전화에 일주일 내내 괴로웠었다. 심지어 이건 단기 아르바이트도 아니다. 첫 직장이다. 직장을 사흘 만에 관두는 사람이 어디 있어? 그러니까 나오지 말라고 할 때까지는 버텨야지.

“미스 송.”

자리에 앉자마자 느른한 목소리가 들려왔다. 뒤를 도니 잘생긴 남자가 눈을 찡긋하며 윙크를 보내고 있었다. 어색하게 입꼬리를 끌어 올리자 그가 커피를 건네었다. 엉겁결에 받아 들자 남자가 테이블 모서리에 살짝 걸터앉았다.

“맡기실 일이라도…….”

“아니. 아까 케이티한테 까이는 거 보니까 가슴이 아파서.”

실실 웃는 남자를 향해 힘없이 웃어 주었다. 데이비드는 착하다. 다른 말로는 오지랖이 넓다고 하는데 아직까지 그 오지랖이 그녀에게 해를 입힌 적은 없었다. 그러니까 착한 오지랖이라고 생각한다. 그렇지만 세상 그 누구라도 선임에게 까이는 모습을 보여 주고 싶지는 않을 것이다.

보아도 모른 척해 주는 게 사실은 더 착한 일이다. 그러니까 데이비드는 착한데 좀 눈치가 없었다. 그치만 아직까지는 데이비드가 좋았다. 입사한 뒤 내내 알은척해 주고 챙겨 주는 사람은 이 남자밖에 없으니까. 그러니깐 상냥해야 해.

“괜찮아요. 제가 잘못한 걸요. 뭐.”

“잘못은 네가 아니라 복사기 잘못이지. 그거 알아? 저 복사기 일부러 너 쓰라고 저기 둔 거다?”

“네?”

“사실은 케이티가 DS(업무 지원국)에 연락 안 한 거야.”

아 그래요? 하고 되물을 수는 없었다. 힘이 빠져 더 이상 말할 엄두도 안 났다. 내려다보는 데이비드의 눈이 짓궂다. 아무 말 하지 않고 있자 그가 커피를 마시며 씩 웃었다.

“걱정 마. 내가 물류 쪽 애들한테 금방 연락해 줄게.”

이마를 한 번 툭 치고 멀어지는 남자의 뒷모습을 보았다. 이렇게 쉽게 해 줄 수 있는 일이면 진작 해 주든가. 알아볼 생각도 못 하고 있었는데. 그 수난을 세 달 동안 당하는 걸 보고서도 아무것도 안 하고 있었냐? 아리는 고개를 절레절레 저었다. 보아하니 이 인간이나, 저 인간이나 다 똑같지만 생각하면 골만 아파지니 맡은 일을 잘해서 욕이나 덜 들어 먹는 수밖에 없었다.

⚜

영어권 국가의 사람들은 늘 그녀를 '송'이라고 불렀다. 노래를 뜻하는 'Song'이라는 단어가 주는 어감이 좋아서인 건 아닐까 생각했는데 막상 물어보니 '아리'라는 이름보다 발음하기 편해서라고 했다.

'송'이나 '아리'나 별달리 어려운 발음은 아니었거늘 케이티는 그 어느 이름으로도 부르지 않았다. 동서고금을 막론하고 상대의 이름을 부르는 것은 그 나름의 예의를 차리는 것이라고 믿는다. 그 왜, 영화에서 볼 때도 정말 싫은 상대의 이름은 부르지 않고 돌려 말하지 않던가.

이를테면 볼드모트라든가. 정말 마음에 들지 않는 여자는 미친 년이라고 부르기도 하고.

어쨌든 케이티를 포함한 사람들이 '송아리'라는 이름을 대신해 '사고만 치는 애'라든가 '쓸모없는 애'라고 부르지 않는 것에 감사해야 할지도 모른다. 왜냐면 입사한 지 넉 달이 되어 가고 있는 지금도 그녀가 하는 일은 별로 없었기 때문이다. 원래 이렇게 느슨한 곳인지 아니면 그녀만 느슨한 곳인지 처음에는 이해 가지 않았으나.

다시 한 번 이곳이 연방정보국이란 걸 상기해 냈다. 정보국에서 필요 없는 사람을 뽑을 리가 없다. 그렇지만 넉 달 내내 이렇게 소속 분과도 정해 주지 않고 사무보조만 시키는 경우는 흔하지 않을 것이다. 회사에서 복사기나 만지고 커피나 내리고 가끔 시간 날 때마다 화장실 변기에 낀 물때나 제거하라고 뽑은 건 아닐 것 아닌가?

아니다. 정말 사무보조를 뽑으려고 뽑았나? CIA도 사무보조를 뽑는 건가? 전부 중요하고 대단한 사람들이 모인 가운데 이런 소모적인 노동에도 속하지 않을 정도로 가벼운 일을 모아 시키려고?

이런…… 충분히 가능할 법한 일인데? 그래. 충분히 가능한 일이다. 애초에 지원 자격도 모자란 애가 아니던가. 자국민도 아닐뿐더러 동부 명문대가 떠들썩할 정도로 프로그래밍 실력이 좋은 것도 아니고.

아니 외려 입사한 뒤 프로그래밍을 해 본 적은 단 한 번도 없다. 그러니까 진짜 '사무실 아가씨' 일이나 시키려고 뽑았구나. 사실은 아무나 해도 되는 일이었어. 타이틀만 좀 거창하고 빠릿빠릿한 애이기만 하면 됐었던 거야.

"송아리 씨."

"네?"

정리하고 있는 서류의 모서리를 불끈 쥐었다. 낯선 음성이 들려와 화들짝 놀라며 뒤를 돌았다. 평소에도 신경질적이던 남자가 좀 과하게 신경질 난 표정으로 그녀의 뒤에 있었다. 아리는 쭈뼛쭈뼛하다 일어났다.

"몇 번이나 불렀는데 대답이 없어."

"아…… 죄송합니다."

입술을 말았다. 고개를 숙이고 있자 차분한 저음이 뜻밖의 사실을 알려 왔다.

"국장님을 좀 뵈어야 할 것 같아."

고개를 들었다. 번쩍, 아주 번쩍 정신이 들었다. 무슨 말이야? 내가 무슨 죄를 지었어? 혹시 내가 내 자신도 모르는 새에 어떤 기밀이라도 유출해 버린 거야? 별별 생각이 다 들었지만 기억하는 한 기밀을 다룬 적은 없었다. 애초에 이 사람들은 기밀이라 부를 법한 일을 주지도 않았다.

주어지는 서류도 물류팀에서 구매한 물건 목록이나 아니면 저번 달 케이티가 구매한 마우스패드 따위가 적힌 서류가 전부였다. 그러니까 죽을죄를 지은 건 아닐 거다.

그렇게 생각하며 속을 진정시키고 있을 때 그가 턱짓을 했다. 뒤를 돌아보니 유리창 너머 머리가 새다 만 중년 남자가 있었다. 심장이 방방 울렸다.

⚜

존 필립 라이너 국장은 OSS(Office of Strategic Services, 전략사무국) 시절부터 첩보기관에서 근무했던 사람이라고 했다. 트루먼 대통령이 대통령직을 역임하는 내내 신임받던 군인이었으며 현재는 정보국의 총책임자였다. 그러니 그는 아주 젊은 시절부터 미국에 헌신해 온 것이다.

아마 남들보다 조금 더 높은 자부심과 애국심으로 흘러넘치는 사람이겠지.

아리는 빳빳하게 의자에 앉아 조심스레 서류를 결재하고 있는 두터운 손을 보았다. 같이 방에 들어와 맞은편에 그녀를 앉게 한 지 꽤 오랜 시간이 지났는데 그는 아직 그녀에게 이렇다 할 인사조차 건네지 않았다. 문득 서류에 사인을 하던 남자의 손이 멈췄다.

마른침이 삼켜졌다. 입 안이 바싹바싹 타서 테이블에 놓인 차를 마시고 싶었지만 어쩐지 다른 행동을 할 수가 없었다.

이윽고 국장이 느리게 걸어와 그녀의 앞에 앉았다. 입꼬리가 빳빳해질 정도로 지은 웃음이 그에게는 별다른 느낌을 주지 못했던 모양이다. 마뜩잖은 얼굴도 아니었지만 퍽 호감을 드러내는 얼굴도 아니었다.

"아리 송이라고 했지?"

"예."

초등학교 때, 막 영어를 배우기 시작할 때가 떠올랐다. 영어로 간단하게 인사를 한 뒤 자신을 소개하는 수업이었는데 아리는 그 시간 이후로 별명이 아리송이 되었다. 철이 덜 든 남자애들은 침이 묻은 단소로 등을 꾹꾹 찌르며 아리송 아리송 하고 놀렸고 약이 오른 아리는 주먹총을 만들어 사내애들을 뒤쫓곤 했다. 트라우마까지는 아니지만 어쨌든 그 시절의 기억이 퍽 좋은 갈래의 추억은 아니었다.

보스턴으로 유학을 와 학부 생활을 시작할 적에도 '아리 송' 이라고 칭해지기보다는 '송' 이나 '아리' 로 통하는 게 더 좋았다. 라이너 국장은 웨지우드사에서 특별 주문한 찻잔의 금색 테를 천천히 쓰다듬으며 입을 열었다.

"일은 어떤가?"

상투적인 질문이었다. 더듬거릴 필요가 없었다. 그럼에도 '좋다' 라는 말을 진부하지 않게끔 말하려니 버벅거리게 되었다.

"후, 훌륭합니다."

국장은 '무엇을?' 이라고 묻지도 않았다. 아리는 옅은 웃음을 짓다가 차를 한 모금 마셨다. 찻물은 미지근했다. 카디건의 소매가 땀으로 흠뻑 젖을 때까지 주물거리다가 그를 보았다. 나이가 들었지만 젊은 시절 도드라졌던 날카로운 눈매는 그대로다. 시선을 제대로 마주치지 못하고 굳어 있자 그가 입을 열었다.

"시모스에게 들었어."

"예?"

"자네가 아직 부서도 정해지지 않았다고."

"……."

뭐라고 할 말이 나오지 않았다. 쌓인 불만도 적지 않았는데 막상 책임자를 보니 그마저도 싹 가라앉는 듯했다. 쥐어 터져라 소매의 올을 만지작거리고 있다가 흐릿하게 웃었다.

"DS처럼 요원들을 지원해 주는 일을 하고 있다고 생각합니다."

이 정도면 현명한 대답이 되려나? 실수했나? 국장은 말이 없었다. 불안감이 막 피어오를 무렵 그가 옅은 미소로 대꾸했다. 찻잔의 금테를 만지던 손이 관자놀이를 쓸었다. 갈색 눈에 부드러운 빛이 맺혔다. 그러나 마음을 놓을 수 없었다. 내내 경직된 태도로 그의 입을 바라보고 있자 그가 실소와 함께 겁을 먹었네 하고 다 들리는 혼잣말을 했다.

"그래서 생각해 봤는데. 자네가 업무지원국으로 갔으면 좋겠어."

"저는 프로그래밍이……."

"알아. 하지만 그보다 자네의 능력은 임무 지원에 더 적합해."

아리의 학과는 정보처리학과였다. 내내 프로그래밍과 관련된 실무 공부를 했고 랭글리로 오지 않았더라면 IT회사에 들어가려고 했었다. 사실 뉴욕에 중견 IT회사에 면접을 보러 가기도 했다. 뉴욕에서 합격했으면 여기엔 입사하지도 않았을 것이다.

문득 노교수가 떠올랐다. 추천서에도 정보처리학과라고 기입돼 있었다. 국장도 모를 리 없었다. 미세하게 굳어지는 그녀를 본 국장이 친근하게 말을 붙여 왔다.

"자네도 알 거야. DS&T 쪽에는 자네 자리가 없어."

사근사근한 어조였지만 풍기는 분위는 차마 말도 못 붙일 만큼 차가운 기색이다. 아리는 그를 바라보다 고개를 끄덕였다. 아직도 왜 자신을 뽑은 건지 이해가 가질 않았다. 사람을 무엇에 쓰고 어디에다 두는지는 책임자의 권한이다. 지원하고 싶은 부서를 다 갈 수 있을 만큼 역량이 대단한 것도 아니어서 토로는 넣어 두어야 했다. 그녀는 제 분수를 잘 파악하는 편이었다.

되돌아 생각해 보면 학교생활 내내 성적이 그럭저럭 괜찮았다 정도지 아주 세계를 떠들썩하게 할 만큼 대단한 인재인 것은 아니었다. 당장 가까이에 있는 데이비드만 봐도 자신보다 엔지니어

링 실력은 월등히 좋았으니까. 어쩌면 영영 그쪽으로는 갈 수 없겠다 싶어 실망스러웠다. 아리는 천천히 고개를 끄덕였다. 낯빛이 어두워진 그녀를 보던 국장이 말을 덧붙였다.

"부서 이동이 불가능한 것은 아니야. 자네가 거기서 일을 잘한다면 다른 곳으로도 지원할 수 있어."

"……어디에서든지 최선을 다할 겁니다."

거짓말이 아니었다. 어디에 있든지 최선을 다하지 않는다면 발에 차이는 돌 신세가 되는 것은 당연한 일이었다. 그렇게 쓸모없는 사람 취급받는 것은 싫었다. 굳이 모멸감을 곱씹으며 회사 생활을 하고 싶지는 않았다.

"좋은 태도야. CIA는 자네 같은 직원들을 통해 늘 미국을 방어해 왔지."

그가 웃었다. 호방하게 소리 내어 웃는 모양에 희미하게 입꼬리를 올렸다. 아리는 허리 숙여 인사한 뒤 국장실을 나왔다. 작위적으로 끌어 올렸던 입꼬리가 원래대로 돌아왔다. 노란빛의 전등이 단색 벽면 그득 메우고 있는 복도를 걸었다.

"외워라. 제일 먼저 투입, 가장 늦게 철수."

새로 선임이 된 남자는 군인처럼 각이 져 있는 남자였다. 입사 전까지 통신회사에서 근무했다고 들었는데 사실은 해군에서 통신병으로 근무한 게 아닐까 하는 생각이 들 정도로 그는 군기로 마감되어 있었다. 짙은 갈색 머리를 뒤로 잘 빗어 넘겨 머리카락 한 올 이마에 내려오지 않은 남자가 아리를 위아래로 훑더니 말없이 복도를 걸었다. 특징 없이 밋밋한 소재들로 마감된 벽면을 지나 조금 아늑한 분위기의 공간이 나왔다. 리암이 먼저 발걸음을 옮기자 자동 센서가 달린 문이 소리 없이 열렸다. 천장에 달린 백색 전등은 준엄한 빛을 뿜어내고 있었다. 띄엄띄엄 놓인 테이블에는 잡다한 서류들이 흩어졌다. 봐도 봐도 알 수 없는 것들이라 생각하며 고개를 저었다.

아리는 짐을 들고 제 자리로 추정되는 책상을 보았다.

"업무지원국에 대해서는 얼마나 알지?"

"어…… 그, 공동체 속에서 각 부의 동료들과 긴밀하게……."

남자의 눈매가 찡그려졌다. 아리는 입을 다물었다. 그는 그녀가 들고 있던 양쪽 짐을 한 손으로 잡아 들어 책상 위에 올려놓았다. 책상은 깨끗했다. 전임자의 흔적은 보이지 않았다. 드디어 쓰레기통을 비우거나 화장실의 물때 청소를 하지 않아도 되는 건가?

그러나 기대감이 들기도 전, 정수리 위로 싸한 음성이 내리꽂혔다.

"총을 다룰 수 있나?"

"예?"

"아니면 총을 조립할 수는 있나?"

"그건……."

"DS요원들은 종종 작전 지역에 투입된다. 제일 먼저 투입돼서 가장 늦게 철수하지. 작전 실행 중에는 실체가 드러나면 안 돼. 그러나 작전 결과에서는 반드시 드러나야 한다. 그게 네 임무야. 통신, 보안, 보급, 기타의 시설과 재무, 의료까지 공작원들에게 서비스하는 것."

"……예."

"정신 차려라."

아리는 고개를 끄덕였다. 가지런히 두 손을 모아 고개를 숙이고 있자 남자가 손으로 그녀의 턱을 들어 올렸다. 입술을 움찔거리다 꾹 다물었다. 남자의 냉랭한 눈빛이 곧게 내려오고 있었다. 또 얼마나 한심하게 보고 있을지 궁금했다.

"고개 숙이지 마."

"예."

"손을 모으지도 마."

바로 손을 풀었다. 어디에 두어야 할지 몰라서 어색하게 치맛자락을 만지고 있자 그가 치맛자락을 쥔 손을 올렸다.

"너 혼날 때마다 손 모으고 고개 처박냐?"

"어…… 아니요."

혼날 때마다는 아닐 거다. 그래도 상대의 말에 귀 기울인다는 의미로 어릴 적처럼 고개를 숙이고 공손한 자세를 취하긴 했다. 그러나 남자는 그게 또 마음에 안 들었나 보다. 입술을 말아 씹고 있으려니 그가 피식 웃었다.

"애 같기는."

"……."

"등신같이 굴어도 애처럼은 굴지 마라."

그가 이마를 툭 밀었다. 평소라면 기분이 나쁠 텐데 퍽 나쁘지 않았다. 멍하게 그가 사라지는 걸 보다가 자리에 앉았다. 엘리베이터를 타기 전에 주었던 명함을 꺼내 보았다. 이름을 소리 내어 읽었다.

"리암 로슨."

복사기는 바꿔 줬을까. 하긴 이제 내가 쓸 것도 아닌데……. 그렇게 생각하며 아리는 고개를 저었다. 복사기 따위야 무슨 상관일까. 시다처럼 커피를 타 바치고 고장 난 기계 밤낮으로 고치면서 붙잡고 있어야 하지 않는 것만으로도 감사해야 한다. 어디에서든지 열심히 하겠다고 했으니까 맡은 일에 충실히 한다면 언젠가 알아줄 날이 올 거라고 생각했다. 물론 그 생각은 그때만의 생각이었다. 그러니까 참 태평했을 때의 이야기다.

업무지원국으로 출근한 지 이 주가 흘렀다. 여전히 중요하다고 생각될 만큼의 일은 아리에게 돌아오지 않았다. 어쩌면 당연한 일일지도 모른다. 분별력 없는 여자애의 손에 일을 맡길 만큼 재원이 없는 것도 아니었고 그만큼 바쁜 일이 생긴 것도 아니었다.

그래도 고장 난 복사기를 붙들고 오전을 보내거나 캡슐 커피 기계를 사기 위해 이베이ebay를 들락거리는 일은 더 이상 하지 않았다. 다행스러운 일이었다. 여기서는 누구도 화장실 변기에 낀 물때를 제거하라고 고무장갑을 던지지 않는다. 물론 케이티 스미스처럼 그녀를 '거기' 나 '이봐' 라고 부르면서 서류 뭉치로 가슴을 밀치는 사람도 없었다.

그래서 좋았다고 하면 그렇다고 할 수도 있겠지만 아리는 여전히 자신이 무슨 일을 하고 있는지 알 수 없었다. 심지어 왜 자신이 뽑혔는지도 이해할 수 없었다. 하루 종일 복사기나 돌릴 만큼 별 필요 없는 애를 국장이 만나자고 한 것도 이상했고 국장이 직접 부서를 정해 보내 주는 것도 이상했다.

하지만 어디에도 이런 것을 물을 사람은 없었다. 리암에게 묻자니 그것도 좀 그랬다. 게다가 그는 요 며칠 출근도 하지 않았다.

"아리."

"예."

"팀장님이 보자셔."

파티션 너머 에이미가 손짓으로 팀장의 자리를 가리켰다. 아리는 에이미를 쳐다보았다. 그녀가 어깨를 으쓱했다. 진짜 별거 시키지도 않는 주제에 더럽게 많이 부르네. 구시렁거리며 일어나 팀장에게로 갔다. 컴퓨터 화면에 시선을 고정시킨 남자의 옆에는 아리 말고 다른 한 사람이 더 있었다. 에릭이라는 남자였다. 이름만 알지 면식도 없는 남자라 인사조차 하지 않았다. 습관적으로 공손하게 손을 모으고 있자 팀장이 고개를 들었다.

"리암이 카불로 들어갔다."

카불이 어디지?

모르는데 아는 척 진지한 표정으로 서 있었다. 옆에 선 남자는 꽤 동요하고 있었다. 심각한 일인가 생각하고 있는데 팀장의 낯빛이 제법 무거웠다. 그의 입에서 한숨 비스무리한 것이 나오다 말았다. 문득 긴장되기 시작했다. 가슴이 방방 뛰며 머리에 열이 올랐다.

'아아……. 나 정말 중요한 순간에 와 있구나. 근데 왜 그 중요한 순간에 나를 불렀을까. 여태껏 중요한 일은 전부 시키지 않았잖아. 그러면 앞으로도 위험하고 중요한 일은 안 시키면 안 될까.'

간사하게도, 뒤로 빠지고 싶다고 생각했다. 하지만 생각만 하였다. 아무 말도 하지 않았다. 최선을 다하겠다고, 정말 열심히 일하겠다고 말한 지 한 달도 채 안 되었다. 나 자신과의 약속은 둘째 치고—아니 이건 그냥 없었던 일로 하면 괜찮다— 일단 남들의 눈이 신경 쓰여서 입술만 꾹 깨문 채 가만히 있었다.

"인력 보충을 위해 너희가 투입되어야겠어."

팀장이 심각하게 말했다. 순간 턱에 힘이 들어갔다. 에릭은 천천히 고개를 끄덕였고 아리는 눈만 껌뻑이다가 차마 '제가요?' 라고 반문할 수 없어서 침통한 표정으로 서 있을 뿐이었다.

"언제부터……."

간신히 용기를 내 입을 여니 팀장이 흘긋 그녀를 보았다. 한심하단 기색이었다. 중년 남자의 눈에 아리는 힘을 잃었다. 슬픈 표정으로 그를 보았다. 중간중간 지나가는 팀원들의 표정을 보아하니 시급이 중한 사안임은 틀림없다. 기회가 왔다는 생각보다는 갈수록 심각해지는 중동의 상황이 떠올라 식은땀이 났다. 자신까지 투입되는 상황이라니 대체 무슨 상황이고 왜 그녀까지 가야 하는지 알 수 없었다.

“오늘 저녁에 짐을 꾸리고 자정 비행기를 탈 거야.”

아. 너무 빠른데……. 뭐 유서나 보험 이야기 이런 건 안 하나? 아니다. 이런 이야기가 나오지 않는 걸로 봐서는 그만큼 심각하지는 않나 보다. 애써 좋게 해석하고 마음을 가라앉히고 있는데 머리 위에서 벼락이 쳤다.

“지금 가서 유서 작성해라.”

순식간에 표정이 썩어 들어갔다. 심지어 누가 제 얼굴을 보고 있단 것조차 알아채지 못했다. 마른하늘에 벼락이 치고 우박이 떨어지고 가정이 무너지고 사회가 무너지고……. 이게 다 무슨 일이야? 아니 무엇보다…… 저는 아직 죽을 준비가 되지 않았는데요. 국적도 미국 국적이 아니고요. 엄마는 제가 CIA에 입사한 것도 모르고요. 제발 이러지 마세요. 저에게 이러지 마세요. 화장실 변기에 낀 물때 청소만 하다가 작전 상황에 투입되는 게 너는 말이 되는 일이라고 생각하세요?

하지만 죽어도 그렇게 말할 수는 없었다. 멍하게 노트북만 보고 있으려니 왠지 케이티가 그리웠다. 캡슐 커피 머신 사러 이베이를 들락거리던 시절도 함께였다.

눈물이 나려 해서 책상에 얼굴을 파묻었다. 세상에 무슨 이런 일이…… 왜 이따위 일이……. 아프가니스탄은 지금 전쟁 중이잖아……. 거기에 미국이 가스탄 살포하고 있다고. 자국 군인한테도 자비가 없어서 사정 안 가리고 지상군을 투입시키는 나라인데. 애초에 미국은 외국인에게 그리 상냥한 나라가 못 되었다. 그러니까 그녀 같은 멍청한 외국인을 전시 상황에 밀어 넣는 것이었다.

"하……."

"아리 씨."

묻었던 고개를 드니 에이미가 포스트잇을 건네었다. 아리는 침울한 표정으로 포스트잇을 받아 들었다.

[잠깐 나 좀 봐.]

아연한 표정을 지으니 에이미가 따뜻하다 생각될 정도의 미소를 지어 주었다. 뜨거운 아메리카노를 건네는 그녀에게 감사 인사를 건네었다. 환한 금발 머리를 틀어 올려 사무적인 이미지를 풍기는 여자가 반듯한 미소로 대꾸했다.

"카불로 간다며?"

"예."

나 대신 네가 가 줄래? 하는 말이 목구멍 끝까지 차올라 마침내 입술을 뚫고 나오려고 했지만 자제력 깊은 혀가 모든 것을 막았다. 어쩌면 그 말을 먼저 해 줄지도 모르는데 괜히 나섰다간 망할 것 같다. 아리는 최대한 불쌍한 척 애통한 표정을 지었다.

"작전에 투입되는 건 처음이지?"

"예. 그래서 너무 무섭고…… 그냥 무섭고…… 아무것도 손에 안 잡히고……."

"처음이라 그래."

처음이자 마지막이 될 겁니다. 퇴사할 거거든요. 아리는 걱정 말라는 듯 씩 웃는 에이미를 향해 부자연스럽게 웃었다. 같이 씩 웃은 뒤 다시 본래대로 돌아오니 에이미가 다정하게 어깨를 두드린다.

"카불 상황은 들었다시피 별로 좋지 않아. 그래도 리암이 가 있으니 그렇게 힘들지는 않을 거야."

"예…… 하지만 거기서 제가 뭘 할 수 있을지."

고장 난 복사기만 만지던 사람이 뭘 할 수 있을까. 사막 위에 마른바람이 부는 광경을 생각했다. 미세먼지로 가득 차 텁텁한 공기와 건조한 사람들의 얼굴. 이건 못 할 일이다. 그녀가 할 수 있는 일이 아니었다. 평범하고 또 평범한 여자였다 엔지니어링과 프로그래밍을 할 줄 알았지만 소모적이고 단편적인 노동을 하느라 사무직이 아니라 잡무직이 되어 가고 있었고 업무지원국으로 와서도 내내 현장요원들에게 서비스되는 물품들을 작성하고 검토하는 일만 하느라 그마저도 해 보라 하면 더듬거리며 할 수준이었다.

리암이 한 말이 떠올랐다. 총을 조립할 수 있는가. 조립한 총으로 사람을 겨눌 수 있는가. 질문에 대한 답은 전부 '아니오' 였다. 지금 와서 그걸 말하기에는 너무 늦었다. 늦었다고 생각할 때가 이른 것이 아니라 늦었다고 생각할 때 진짜 늦은 거라고 누군가 그런 촌철살인 같은 명대사를 날렸지. 아리는 피식 삐져나오는 웃음을 막지 못했다.

"잘할 수 있을 거야."

에이미가 웃었다. 다정한 응원이었으나 그녀의 웃음은 강 건너 불구경하듯 편안하고 여유로웠다.

유서나 재산, 상황이 틀어졌을 때 본국에서 처리할 수 있는 모든 일에 관한 이야기를 들었다. 죽을지도 모른다. 고문당하거나 그보다 더 나쁜 상황이 올 수 있음을 인지해야 한다. 악한 상황에 빠졌을 때 각 부의 팀원들이 그녀를 어떻게 도우며 얼마만큼의 도움을 줄 수 있는지.

듣는 내내 고개를 끄덕이긴 했지만 긴장으로 속이 메슥거려 귀에 잘 들어오지 않았다. 함께 가는 팀원은 에릭 보첸과 사비나 브로머로 두 사람 다 현장요원이었다. 작전 상황에 투입되는 요원치고 사비나와 에릭은 퍽 불안해 보이지도 않았다. 아리는 고개를 돌려 조용히 물을 마셨다. 조금 있자 비행기가 이륙했다.

"아리라고 했지?"

이런 상황에라도 긍정적인 마음을 가지기 위해 자기 계발서를 읽고 있는데 사비나가 말을 걸어 왔다. 오늘 처음 보는 여자였지만 미소 지은 양이 한 10년은 알고 지낸 것처럼 친숙했다. 아리는 어색하게 고개를 끄덕이며 작게 대답했다.

"네. 아리 송이에요."

"잘 부탁해."

여자가 손을 내밀었다. 아리는 그 손을 맞잡으며 웃었다. 내내 긴장하고 있어서 그런지 미소가 부자연스러웠다. 사비나는 경험이 여러 번 있다고 했다. 하는 일이 그런 것이니 대수롭지 않은 일이라고. 유서를 적는 것도 일종의 매뉴얼이라고 말해 그녀를 안심시켰다.

그런 이야기를 들으니 한결 긴장이 풀리긴 했지만 여전히 힘든 건 힘든 것이었다. 익숙하지 않은 모든 것이 시작되고 있었다. 하지만 사비나의 말처럼 정말 아무 일 아닌데. 돌이켜보면 그냥 경험에 불과한 일일지 모르는데 괜히 겁먹고 있는 건 아닐까. 영화에서처럼 총격전이 벌어지고 난장판이 되는 일은 없을 거다.

결국 영화는 허구이고 극적인 상황들만 모아 놓은 픽션일 뿐. 업무지원이니 현장요원들처럼 노출되는 일도 아니고…… 물론 잘못되면 적에게 노출되기도 하지만 괜한 신경을 쓸 일은 없을 것이다.

카불에 도착한 건 오후에 가까워진 오전이었다. 리암을 만나기 위해 흙먼지가 가라앉은 지프에 몸을 실었다. 사비나와 에릭은 현지 언어에 익숙했다. 브리핑받은 바에 의하면 아리를 포함해 요원들은 해외 로비스트와 현지에서 무기를 거래하는 사업가로 위장했다고 한다. 로비스트니, 무기 거래니. 위장과 잠복이라는 말을 듣는 순간 새삼 어디에 입사했고 무슨 일을 하고 있는지 정신이 번쩍 들었다.

그녀가 자리에 앉아 이베이에서 구매했던 물품, 그리고 매일 작성하는 물품들. 그 밖에 모든 것이 이런 특수한 작전을 위해 구비되고 있는 것들이었다. 뻣뻣하게 등을 편 채 창밖을 보았다. 비색 부르카를 입은 여자들과 턱수염을 덥수룩하게 기른 남자들이 퍽퍽한 표정으로 노점에 앉아 있거나 따가운 볕을 맞으며 길을 가고 있었다.

카불에선 모든 여자들이 부르카를 써야 했다. 아리와 사비나도 비행기에서 내릴 즈음 회색 스카프를 받아 들었다. 대강 머리를 가리고 창밖을 바라보았다. 차는 구불구불한 시가지를 지나 낯선 거리를 미끄러지듯 달렸다. 한 시간가량 달려 도착한 곳은 낡은 건물이었다. 호텔이라고 들었는데 호텔은 무슨 여관으로도 보이지 않았다. 아리는 뒤뜰에 무성한 잡목을 바라보다 시선을 옮겼다. 지어진 지 꽤 오래되었는지 군데군데 페인트칠이 벗겨져 을씨년스러웠다. 일부러 이런 데 자리를 잡은 걸까.

햇빛에 데워진 공기가 기도로 들어올 때마다 기관지가 바짝바짝 말랐다. 긴장을 오래한 탓에 속이 울렁거렸다.

그렇지만 일단 리암을 만나면 달라지겠지. 그는 강한 사람이니까. 알아서도 착착 잘하고 있을 거다. 그리고 그녀는 본부에서처럼 사무보조 일만 돕는 그런…… 일은 없겠지. 없을 거야. 없고말고. 낭패심이 몰아쳤다. 아무리 생각해도 그녀가 여기까지 올 이유가 없었다. 뭐하러 사무보조 일을 이런 중요한 작전에서까지 할까. CIA가 그런 허술한 곳이 아닌데. 진짜 바보다. 바보야.

건물의 엘리베이터를 타고 위로 올라가는 내내 사비나와 에릭은 말이 없었다. 비행기에서 내리고 사비나가 몇 분 후 전화를 한 통 받더니 분위기가 이렇게 굳어졌다. 둘이서 무슨 이야기를 하는 것 같았는데 아리에게는 말해 주지 않았다. 중요한 일이라면 그녀도 듣고 싶었지만 굳이 이야기하지 않는 걸 보니 자신은 알 필요없는 이야기 같아 가만히 있었다.

그래서는 안 됐는데……. 돌이켜보면 그랬다. 팀원 둘이 얼어붙어 내내 말랑하던 분위기도 굳어질 정도의 중요한 일이었다면 그녀도 알아야 했고 그것이 자신의 신변과 관련된 일이라면 더더욱 자세히 알아야 했다. 하지만, 일단 송아리는 바보였고. 그래그게 중요하다. 생각해 보면 그게 중요한 것이었다. 송아리가 바보라는 거.

교수가 그녀처럼 별 볼 일 없는 학부생에게 중앙정보국에 자리를 마련해 준 것도. 타 국민을 직원으로 채용하고 세 달 동안 보조에 해당되지도 않은 소모적인 일을 시킨 것도. 거기에다 국장이 그녀를 불러 직접 소속을 정해 주고 그 소속 분과에서 내내 하릴없이 있다가 누가 들어도 심각하고 중요한 작전에 투입시킨 것도. 이 일련의 과정을 훑자면 음모가 숨겨져 있다고 믿어도 될 만큼 허술하고 개연성 없는데.

한데 왜 여기에 한 번도 의심을 품지 않았을까. 그러나 '그'가 말하길 이 또한 송아리라는 여자를 생각해 보면 나름의 타당한 이유가 있긴 한데.

그 이유의 첫 번째는 송아리는 '그'가 없으면 뭘 해도 귀여운 바보이고.

두 번째 이유는 정보국 새끼들이 씹어 먹어도 시원찮을 '악랄한' 새끼들이라서.

세 번째 이유는 이 모든 게 '그'를 만나기 위한 운명의 프롤로그라서 그렇단다.

그러나 아리는 앞선 두 가지 이유는 그럭저럭 공감해도 가장 마지막에 해당하는 이유는 공감하지 않았다. 운명의 상대니 뭐니 천년을 식지 않는 사랑을 만난다 하더라도 그런 식으로 만나고 싶지 않았다.

2
Kiss And Cry

머저리들은 부지런했다. 삑삑 소리를 내며 휴대폰이 울자 개중 덜 바쁜 한 놈이 받아 들고 소리를 쳤다. 야습은 실패했고 아메리카 대륙에서 날아온 머저리들은 근거지를 옮겼다. 무기 로비스트로 위장하여 인질을 잡을 계획은 새벽 무렵 수포로 돌아갔다.

그러나 골목골목 뿌려 놓은 끄나풀은 성실했다. 치들은 끄나풀을 통해 그들이 옮긴 근거지를 찾아냈다.

이번에야말로 인질을 잡아 저 오만한 십자군 놈들에게 일격을 먹이리라. 그러나 그게 뜻대로 될까? 클라크는 가죽이 뜯겨져 노란 속살이 보이는 소파에 앉았다. 육신에 평안이 찾아오자 곧 졸음이 몰려왔다. 그는 꾸벅꾸벅 졸며 야단스러운 인사들을 바라보았다. 드문드문 거센 눈빛을 마주했지만 대놓고 그를 지적하는 자는 없었다.

"딘!"

저를 부르는 소리에 클라크는 깨었다. 흐려지던 의식이 곧장 돌아왔다. 그를 부른 남자는 흉기로 온몸을 무장한 남자였다. 손에 들린 복면은 눈코입 세 군데 구멍을 제외하면 뚫린 곳이 없었다. 당장이라도 거리 한복판에서 총기를 난사할 만큼 악질적인 얼굴은 아니었으나 클라크는 상대가 어떤 인간인지 이미 잘 알았다. 그는 느른하게 몸을 일으키며 기지개를 켰다.

"준비 다 됐어?"

"살아남은 놈은 몇 없어."

"몇 명?"

"넷에서 다섯 정도?"

"다행이네. 쪽수로는 안 지겠어."

클라크는 남자를 비켜 가며 검지로 그의 뺨을 툭툭 쳤다. 그가 신경질적으로 손을 쳐 냈지만 클라크는 소리 내어 웃을 따름이었다. 탁상에 놓인 리볼버를 쥐었다. 익숙한 부피와 무게였다.

그는 낡은 탁자 위에 흩어진 사진 중 하나를 집어 들었다. CIA에서 급파한 세작 셋이 오늘 낮 공항으로 들어오는 사진이었다. 멀리서 찍었는지 인영은 흐릿했으나 모두 준비된 자라는 걸 알 수 있었다. 딱 한 명만 빼고.

클라크는 비식 웃으며 사진을 불에 태웠다. 엄마 잃은 애처럼 군은 여자. 히잡을 썼지만 밖으로 흘러내린 긴 머리는 충분히 탐스럽고 아름다웠다.

머저리들이 부르는 소리가 들렸다. 난전을 앞두고 놈들은 신경이 곤두서 있었다. 클라크는 발걸음을 돌렸다. 오늘따라 유독 사나운 놈들이 거슬릴 만도 하건만 이번만은 봐주기로 했다. 어차피 곧 죽을 치들이다. 저리 짜증을 부리는 것도 오늘이 마지막. 제 죽음의 냄새를 맡아 저리 사나워진 것일 테지.

그는 나른한 고양이처럼 하품하며 방문을 나섰다. 여름 별이 쏟아지고 사진 속 아이처럼 질린 여자의 얼굴은 사그라지지 않는다.

⚜

모든 게 순조롭게 돌아가고 있을 거라는 긍정적인 믿음과 달리 리암은 부상당해 있었다. 파견된 여섯 요원들 중 두 사람은 연락이 두절되었고 한 사람은 치명상을 입어 미국 대사관 산하의 병원으로 옮겨졌으며 남은 세 사람은 이렇게 고립되어 있단다. 아리는 입을 살짝 벌려 깊은 곳에서 우러나오는 두려움을 한숨으로 조금씩 뱉어 냈다.

머리가 어지러웠다. 긴장하면 안 된다고 그러면 안 되는 거라고 마음을 다잡으려 하는데 다친 리암과 난자하게 흩어져 있는 서류들 그리고 총기류를 보자 그대로 주저앉고 싶었다.

그냥 조용히 한국행 티켓을 끊어 집으로 돌아가 사직서를 이메일로 보내 주면 안 되나? 아니 그러면 안 돼. 그럴 수 없어. 그러면 안 되는 거잖아. 아냐. 왜 안 되는데? 어차피 내가 여기서 할 수 있는 건 없잖아. 아무것도 없다고! 도움은 무슨 민폐만 잔뜩 끼쳐서 죽게 될 거야. 아, 안 돼. 죽고 싶지 않아. 죽고 싶지 않아!

"아리."

뭉크의 절규에 나오는 사람처럼 내면의 시공간이 일그러진 채로 자신만의 세계로 들어가고 있을 때였다. 에릭이 처음으로 그녀를 불렀다. 아리는 흐리멍덩한 눈으로 그를 올려다보았다. 무표정한 갈색 눈이 그녀를 내려다보고 있었다.

"예?"

"듣고 있어?"

"아……."

아리는 짧게 탄식한 뒤 입을 다물고 고개를 끄덕였다. 리암은 옆구리에 총탄을 맞은 뒤였다. 상황이 얼마나 안 좋기에 부상까지 당한 거지?

"그들에게 노출된 지 시간이 얼마나 지났죠?"

"여섯 시간 정도……."

사비나가 끔찍하단 듯 미간을 찡그렸다. 사비나까지 저러는 걸 보니 토가 나올 것 같았다. 정말로 한 치의 거짓도 없이 그대로 떠나오고 싶었지만 '무사히' 떠나오는 일은 불가능했다.

그러니까 이 모든 것은 '그'의 말대로 프롤로그에 불과했다. 회고하건데 당시에 일어난 일련의 일들 중 이 상황은 아직 '서막'에도 해당하지 않는 끔찍하고 끔찍한 일의 발단에 속했던 것이다.

"지나치게 오래됐군요."

사비나가 한숨지었다. 이 여자가 또 한숨을 내쉬는 건 처음이라 속이 타들어 갔다. 의자에 앉아 컴퓨터를 만지던 한 남자가 입을 열었다.

"연결되었어요."

소파에 몸을 누이고 있던 리암이 상반신을 일으켜 그에게 갔다. 출혈은 멎었는지 피가 번진 셔츠가 적갈색으로 딱딱하게 굳어 있었다. 이윽고 노트북에서 음성이 들렸다. 아랍어였다. 좀처럼 영어가 들리지 않아 답답한 가운데 팀원들이 점차 굳어 갔다.

마침내 노트북에서 아무 소리가 들리지 않았다. 정적이 이어졌다. 밖에서 총소리로 추정되는 것이 몇 번 났다. 아리는 저도 모르게 가슴을 부여잡았다. 리암이 그녀를 흘긋거리다 창백하게 질린 낯빛을 보더니 이내 고개를 돌려 버렸다.

"저기……."

괜히 말을 꺼냈나 싶을 정도로 모여든 시선이 날카로웠다. 입술만 달싹이다 아무 말하지 않았다. 머리를 정리하기 위해 어제부터 일어난 일을 주르륵 떠올려 본다. 아직 시차 적응이 되지 않아 괜히 더 긴장되는 것일 수도 있다.

생각해 보면 별거 아닌 일이라거나, 어쨌든 간에 잘 마무리될 거라고 현실 부정을 해 보지만 알고 있다. 그런 근거 없는 긍정적인 마인드는 작금에 이르러 불필요하고 무의미한 일임을 그녀도 결코 모르지 않았다.

"로슨."

"놈들이 이 앞까지 왔다."

혼이 증발하고 있던 아리가 고개를 번쩍 들었다. 리암은 총을 챙기고 있었다. 나머지 요원들도 마찬가지였다. 화면을 보았다. 흑백 컬러의 화면에선 사람이 죽어 있었다. 피로 추정되는 액체가 바닥을 물들였다. 그 위로 엎어져 있는 것 또한 분명 사람.

에릭이 라이터로 서류를 죄 태우기 시작했다.

다들 제 몫의 짐을 꾸리고 있는 가운데 아리만 멍하니 허공을 바라보고 있었다. 총이라도 챙겨야 하나 싶은데 테이블엔 이미 제 몫의 총이 없었다. 시선을 옮겨 우두커니 시계를 보다 사비나와 눈이 마주쳤다. 아리를 보는 사비나의 눈이 점점 의문으로 변해 갔다. 설마 총을 쓸 줄 모르는 거야? 매정한 눈이 그렇게 되묻고 있었다. 난처함에 입술이 깨물어졌다.

문득 리암이 그녀에게서 아리를 가렸다. 그리고 그녀를 끌고 화장실로 들어갔다. 암모니아 냄새가 강하게 나는 좁은 칸으로 그녀를 밀어 넣은 그가 총을 내밀었다. 이미 조립된 총이었다. 우두커니 그를 바라만 보고 있자 그가 땀이 질척하게 묻어나는 손에 총을 쥐여 주었다.

"들어 봐."

아리는 더듬더듬 자세를 잡아 보았다. 드는 것만으로도 버거웠다. 무게감이 상당하여 훈련되지 않은 사람이라면 이 기이한 촉감을 즐길 수 있을 리 없었다. 속이 메슥거렸다. 입을 열면 토사물을 게워 낼 것 같아 한사코 다물고 있는데 리암이 그녀의 얼굴을 꽉 잡았다. 마음 같아서는 뺨을 한 대 치고 싶은데 여자라서 참고 있다는 눈이었다.

아리는 총의 손잡이를 잡아 보았다. 낯설고, 불쾌하고 영원히 기능하지 말아야 할 물건이 그녀의 손에 들어왔다.

"잘 봐."

그가 그녀의 뒤에 섰다. 손등을 감싸 함께 총의 손잡이를 잡았다. 그가 하는 양에 가만히 있었다.

"팔을 쭉 뻗어 그리고 그립을 최대한 위쪽으로 해."

"이, 이렇게요?"

주춤거리며 그가 시키는 대로 해 보았다. 고통 때문인지 아니면 그녀가 답답해서인지 얼굴 반쪽을 찡그리고 있던 리암이 제법 온순한 표정이 되어 고개를 끄덕였다. 자세를 바로 잡자 두 손을 역삼각형 모양으로 쭉 뻗은 상태에서 방아쇠를 당기는 모양새가 되었다. 영화에서 보던 자세와 얼추 비슷했다.

"다리를 어깨 넓이로 벌리고."

리암의 말에 조금 더 벌렸다. 그가 작게 한숨 쉬었다. 마음이 무거워졌다. 이대로 방아쇠를 당기면 총알이 나가게 될까? 그러면 사람이 맞게 되고, 맞은 사람은 죽게 되고……그러면 그녀는 살인자가 되고. 그러면 안 되었다. 그런 일은 하고 싶지 않았다. 아리는 발작하듯 떨리는 손에서 총을 내려놓았다.

"누가 손 내리래?"

"무거워서……."

정말이었다. 생각보다 너무 무거워 두 손으로 힘을 주어 잡아도 같은 자세를 반복할 수 없었다. 파지법도 제대로 외우지 못하는데 사격은 무슨, 적에게 들키자마자 사살당할 테다.

"안 좋은 상황인 거죠?"

"그래."

"……죽게 되나요?"

"……글쎄."

이런 일이 흔할까? 잠입한 현장요원뿐만 아니라 그들의 뒤에 매복해 있는 업무지원팀까지 함께 위험하게 되는 일. 더 이상 가슴이 뛰지 않았다. 방금 영상에서 죽은 사람은 잠입한 현장요원이었다.

리암의 낯빛이 어두웠다. 아리는 그의 바싹 마른 입술을 보다 시선을 돌려 허공을 더듬었다. 정말 죽게 될지도 모른다고 생각하자 신기하게도 어떤 두려움도 들지 않았다. 정말, 그때 한순간만은 딱 그랬다. 아무 생각도 들지 않았고 그래서 아무 말도 나오지 않았다. 아리는 나직하게 이야기했다.

"죽게 될 거예요. 왜냐하면, DS요원은 가장 늦게 철수하니까요."

"……누가 널 요원으로 보겠냐. 여기 있는 누구도…… 널 요원으로 보진 않아."

리암이 건조하게 중얼거렸다. 처음부터 없어도 될 사람을 꾸역꾸역 욱여넣어 여기까지 오게 했다는 걸 그도 아는 것 같았다. 오랫동안 품고 있던 물음을 막 하려 하는 순간 닫혀 있던 화장실 문이 열렸다.

"급해요."

에릭이었다. 리암이 앞으로 나가 정리된 방 안을 둘러보았다. 아리는 물끄러미 그들을 바라보다 노트북을 응시했다. 복면을 쓴 괴한들이 호텔 안에 침입해 있었다. 팀장은 아프가니스탄에 주둔하고 있는 테러단체에 무기를 납품하는 로비스트가 있다고 했다.

업계에서는 꽤나 메이저. 알 만한 사람들은 다 안다는 회사. 그런 치들이 미국 내에서 총기를 팔아 벌어들이는 수입만 어림잡아 100억 달러였다. 감히 미국을 시장 삼아 자란 놈이 이제는 미국의 안전을 위협한다며 목에 핏대를 올리던 팀장이 떠올랐다.

애국심이랄지 오만함이랄지 구분이 안 가지만 어쨌든 맥락은 같은 분노다. 치들과 거래한 테러단체는 극단주의 종교단체였다. 최근 덩치를 불리며 급속도로 성장하고 있어 전 유럽이 시끄러웠다. 게다가 놈들은 얼마 전 마피아에게서 미사일도 사들였다고. 물론 그 마피아들 또한 내부의 적에게 정보가 유출당한 셈이지만.

이번 일에 투입된 팀원들은 그 버르장머리 없는 놈의 덜미를 잡아 연방 재판부로 회부할 물증을 잡기 위해 카불로 들어온 것이었다. 아리는 천천히 기록을 지워 가고 있는 노트북 화면을 보았다. 컴퓨터는 프로그램을 입력하니 스스로 기록을 지워 나갔다. 상대 업체의 보안을 뚫고 난장을 부린 기록과 흔적들. 컴퓨터는 착실했다. 다만 문제는 속도였다. 다 지우기 전까지 한 사람은 여기 남아 있어야 했다.

아리는 차마 저도 같이 데려가 달라는 말은 하지 못했다. 총도 제대로 다루지 못하는 주제에 본 임무인 해킹과 크래킹 관련 업무에서까지 발을 빼는 것은 부끄러운 일이었다. 목숨이냐 체면이냐 무엇을 지켜야 하는 것일까.

리암의 시선이 그녀에게 짧게 머물렀다. 점점 살아 나갈 수 있을까 하는 생각보다 아무 도움도 되지 않는 제 처지가 답답해졌다. 그러면서도 총을 쥐었을 때 그 서늘한 플라스틱의 감각을 잊을 수 없어 손이 떨렸다. 결국 총기를 다룰 수 있는 모든 사람들이 사선으로 나가야 했다.

적들을 타진하고 기록을 삭제하는 시간을 버는 것은 결국 요원들의 몫이 될 터였다. 아리는 리암과 시선을 마주쳤다. 그리고 조금씩 고개를 끄덕였다. 리암이 낮게 한숨을 쉬었다. 그리고 입을 열었다.

"나와 사비나 론이 같이 가고 에릭 너는 여기 남아. 우리가 저 놈들을 처리할 테니 노트북에 남아 있는 기록이 전부 리셋되면 아리와 함께 떠나."

리암이 재킷을 입고 안주머니에 총을 넣는 동안 그의 옆구리에 번진 피를 보았다.

"리암."

아리가 그를 불렀다. 리암이 몸을 돌렸다. 그녀는 낮고 빠르게 속삭였다.

"조심하세요."

에릭과 단둘이 남은 아리는 소파에 앉아 그가 쥐여 준 리볼버

를 만지작거렸다. 장전된 실탄이 빗나가 난간에 부딪치는 소리가 귓가를 어지럽혔다.

"별일 없겠죠?"

"이보다 큰 별일이 생기면 차라리 죽는 게 낫겠군."

비아냥거리는 건지 뭔지. 그래도 대답은 해 줘서 고맙다. 아리는 그를 잠깐 흘기다가 총의 그립 부분을 더듬어 보았다. 단단하고 무거웠다. 장식용으로밖에 기능하지 못할 것 같은 검은 물체가 실은 방아쇠만 당기면 살상 무기로 변했다. 소름이 돋았다. 그 을씨년스러움에 숨이 막혔다.

커튼으로 창을 가린 그가 아리에게로 다가왔다. 빛이 들지 않자 거실은 캄캄해졌다.

"실탄이 장전되어 있나요?"

대답하지 않는 그에게 작게 죄송하다 말했다. 이런 상황에, 동료들은 피 튀기며 놈들과 격전을 치르고 있는 마당에 고작 하는 소리가 박람회에 소풍 온 초등학생 같은 질문이라니.

"진짜 장전되어 있다고 해도 넌 쏠 수 없잖아."

"……."

"그럼 아무 소용없는 거야. 장전되어 있든, 있지 않든."

주제를 가르치는 말에 입을 다물었다. 발에 차이는 돌이라는 말이 다시금 떠올랐다.

"죄송하네요. 아무 도움도 되지 못해서."

"그럴 리가……."

에릭이 옅게 웃었다. 어딘가 오싹해졌다. 시선을 마주하기 불편해져 고개를 돌려 버렸다. 노트북은 이미 꺼져 있었다. 중요 자료를 보전해서 가져가는 방법보다 아예 이 자리에서 파손하고 누구에게도 넘기지 않는 게 좋을 것이라는 판단에서였다. 그 와중에도 아리가 할 수 있는 일은 없었다. 정말로. 정말로 알 수 없는 일투성이었다.

교수가 그녀를 정보국에 입사시킨 것도 그걸 덥석 받아 문 자신도. 그리고 그렇게 개연성 없고 납득되지 않는 일로만 가득 찼던 넉 달을 이은 지금에 오기까지. 무엇 하나 쓴웃음이 안 나오는 부분이 없었다.

전화벨 소리가 울렸다. 에릭의 것이었다. 그는 아리를 피해 옆방으로 가 전화를 받았다. 열린 문틈 사이에서 그의 시선이 그녀에게로 와 닿는 것을 느꼈다. 문득 오금이 저려 왔다. 전화를 끊은 그가 아리에게 돌아왔다.

"잠시 나갔다 오지."

"……어디로요?"

"요 앞에."

요 앞 편의점에 갔다 온다는 것도 아니고 밖에서는 괴한이 나돌고 동료들도 뿔뿔이 흩어져 있는 가운데 단독 행동이라니. 말도 안 된다는 얼굴로 그를 보자 드물게도 표정이 구겨졌다.

"이봐. 내가 네 경호원은 아니잖아."

"그게 아니라……."

"그게 아니면? 넌 지금 실탄이 장전된 총을 가지고 있어. 뭐가 무서워?"

방금 네가 실탄이 있든 없든 못 사용하니까 아무 쓸모가 없다며……. 누굴 놀리나 싶어서 노려보니 험상궂게 변한 그가 말없이 문을 나섰다. 항거는 불가능했다. 가지 말라고 잡으려니 저 사람이 가지 말라고 하면 안 갈 위인인가 싶었고 또 무슨 변명을 해서 잡아 놓는다 한들 그 변명이 또 변변찮았다.

괜히 구질구질해 보일 것 같아 입을 다물었다. 문이 철커덕 닫히는 소리가 들렸다. 어디선가 까마귀가 까악까악하고 울었다. 불길함과 스산함이 더해져 식은땀이 났다. 등 뒤가 축축했다.

짤깍짤깍 돌아가는 시계를 보다 일어나 에릭이 쳐 놓은 커튼으로 걸어갔다. 따로 베란다가 없는 방이라 아래는 훤히 내려다보일 터였다. 조심스레 어두운색의 커튼을 걷었다. 잡초가 무성한 뒤뜰에는 사람이 쓰러져 있었다. 피는 바닥에 고일 정도로 상당했고 출혈 부위로 보아 살아날 가능성은 없는 듯하였다.

흐려지는 시야를 소매로 비비며 재차 주검을 확인했다. 비색 셔츠와 검은 팬츠. 론이었다. 사비나는 어디 갔지? 리암은? 에릭은 무사하나? 눈가에 경련이 일었다. 문득 사위가 너무도 조용해 아무것도 할 수 없었다. 움직임을 멈추고 달팽이관이 착실하게 일을 하고 있는지를 검토해 보았다. 왜 아무 소리도 들리지 않지? 아리는 제 뺨을 찰싹 때렸다.

그제야 부스럭거리는 소리가 들렸다. 숨을 깊이 들이 쉬었다. 지나치게 긴장을 많이 했다. 정신을 차리고 리암에게 연락을 취해 보자. 그렇게 생각하고 뒤를 돌 때였다.

"악!"

비명이 튀어나왔다. 입을 가린 손이 무색할 정도로 큰 소리였다. 뒷걸음질 치려 하다 발이 꼬여 그 자리에 주저앉았다. 언제…… 언제 들어온 거지? 눈앞에 있는 남자는 아리의 꼴을 보더니 아연한 듯 표정을 짓다가 이내 웃었다. 남자는 검은 스카프로 코와 입을 가리고 있었다. 이마를 덮은 머리카락과 휘어진 눈이 매끈하니 인상적이었다.

입가에 댄 손을 내려 바닥을 짚고 그를 올려다보았다. 비명을 지르기 위해 입을 벌리는데 남자가 다가와 허리를 숙였다. 상체를 그녀 쪽으로 기울인 채 낯선 생명체를 관찰하듯 주의 깊은 시선이 몇 분 동안 이어졌다. 관자놀이에 맺혀 있던 땀방울이 죽 흘렀다.

가깝다. 지나치게 가까워. 스카프 밑으로 내쉬는 숨이 입술에 닿는 것을 느끼며 아리는 천천히 손을 올려 입을 막았다. 스카프가 코를 덮어 드러난 것은 눈과 조금의 이마밖에 없었다.

가볍게 휘어졌던 은회색 눈동자가 느린 껌뻑임을 반복하였다. 아리는 침을 꿀꺽 삼켰다. 어떤 말도 오가지 않았는데 의지가 전해졌다. 여기서 죽고 말 거다. 필히, 필히 죽고 말 거다. 누구나 한 번, 아니 살아 있는 모든 것은 한 번은 겪는 일이었다.

그런데…… 그게 늦게 오면 더 좋잖아? 이렇게 빨리 오다니. 서럽고 억울해서 말이 나오지 않았다. 고국에 있는 가족을 그리자 더욱 그랬다. 그러자 두 손이 자동으로 합장을 했다.

"사, 살려 주세요."

싹싹 빌었다. 갓 태어난 기린처럼 퍼질러 앉아 있던 다리도 바로 해 무릎을 꿇었다. 얼굴은 깡통처럼 찡그러지고 뜨거운 눈물이 볼을 타고 흘렀다. 총을 쥔 남자의 손이 천천히 그녀의 머리 위로 올라갔다. 차가운 플라스틱이 정수리에 닿자 미칠 것같이 두려워졌다. 가시가 돋은 신경이 파득파득, 소리를 내며 꿀렁이다 이내 부서져 나갔다.

"살려 주세요! 제발! 죄송해요! 아무것도 안 할게요. 아니, 아무것도 안 했어요. 저는, 저는! 아무것도 몰라요. 제발……!"

아이처럼 엉엉 울며 남자의 바짓가랑이에 매달렸다. 그가 천천히 손을 내릴 때마다 더 크게 울었다.

"아아악! 제발! 아저씨…… 아저씨……! 죽이지 마세요! 살려 주시면 뭐든지 다 할게요! 제발요……. 흐윽, 흑, 흐윽……."

엉엉거리며 바짓가랑이를 붙잡고 매달렸다. 당장에라도 벌레 털 듯 털어 낼 줄 알았는데 이상하게도 남자는 반응이 없었다. 뒤에서 기척이 들렸다. 순간 울음을 멈추고 그를 올려다보았다. 눈이 전보다 더 휘어져 있었다. 턱에 맺혀 있던 눈물이 툭 하고 떨어졌다. 남자의 무리들이 문가에서 서성이다 그의 손짓 한 번에 사라졌다.

남자가 몸을 굽혀 그녀와 눈을 마주했다. 위에서 아래로 내려오던 시선이 같은 위치에 있게 되자 아리는 소름이 와삭 돋았다. 한껏 몸을 뒤로 뺀 뒤 숨을 참았다. 주춤거리며 뒤로 물러나자 남자가 더는 움직이지 못하게 강하게 그녀를 틀어잡았다. 도리질하며 입술을 깨물었다. 총을 쥐고 있던 서늘한 손이 그녀의 입술을 매만졌다. 장갑을 끼고 있었지만 면직 너머에 있는 손의 감촉이 느껴지는 듯하였다. 강인하고 또 강인하여 자비가 없는. 총구를 겨눈 상대에게 일말의 망설임이 없어 이 자리에 서 있는 남자. 이 남자는 그런 종류의 남자다.

찬바람에 몸을 옹송그리듯 어깨를 움츠렸다. 울음도 아니고 신음도 아닌 것이 목구멍을 타고 올라와 자박자박 걸어 다녔다.

남자가 스카프를 벗었다. 하관이 드러나자 그녀는 잠시 숨을 멈췄다. 생각보다 젊었다. 까뭇한 피부에 좁은 하관, 윤곽이 짙고 뚜렷한 이목구비가 흔히 여자들이 선호하는 미남이었다. 그럼에도 보기 좋게 휘어진 두 눈은 웃지 않으면 어느 때, 어디 있어도 위협적으로 보일 듯했다. 실상 일반인이라면 시선이 마주치는 것만으로 오금이 저려 죽지 않을까.

"제발…… 제발…… 살ㄹ……."

체면과 자존심을 내려놓고 목숨을 구걸했다. 죽고 싶지 않았다. 죽고 싶지 않아서 서슴없이 매달리려 했다. 아리는 그의 다리를 부둥켜안고 울었다. 남자가 그녀를 털어 내려 발을 움직일 때마다 더욱 세게 끌어안았다. 발길질을 할 줄 알았는데 의외로 그는 손으로 그녀를 잡아떼어 내려 했다. 기어코 제 발에서 그녀를 털어 낸 남자가 곧장 턱을 잡아 왔다.

뒤에서 칼을 꺼내 목울대를 푹 찌를 것 같았다. 아리는 온갖 끔찍한 망상을 하며 그를 올려다보았다. 일순 바람이 멎었다. 온 세상이 진공 상태가 된 것 같았다. 멍청하게 날카로운 얼굴만 바라보고 있었다. 그리고 입술이 틀어 막혔다. 그러니까 손이 아니라 신체의 다른 부위였다. 손이 아니면 이 남자와는 닿을 곳이 없는데…….

그러니까 전혀 상상할 수 없는 곳이었다. 물컹하고 뜨거운 돌기, 입술을 비집고 들어오는 건 말랑한 살이었다. 남자의 혀가 곧장 그녀의 입 안을 훑고 혀를 옭아맸다. 살덩이의 기세는 맹렬하고 사나웠다. 잡아먹을 듯 거친 움직임이 끊이지 않았다. 아리는 눈만 끔뻑끔뻑 뜬 채 얼어붙어 있었다. 야릇하고 질척했지만 결코 감미롭지 않다. 문득 이러는 사이 죽을지도 모른다는 생각이 들었다. 겁이 와락 들었다. 남자를 떼어 내려 어깨를 밀었지만 통하지 않았다. 도리어 봐주지 않겠다는 듯 손목을 잡아 꽉 쥐더니 이내 제 목으로 가져갔다.

손을 두르라는 의미인 것 같았는데. 지금이 상황이 손을 두르고 키스를 할 상황은 아닌 것 같아 그저 밀어 내기만 했다. 드문드문 숨이 막혔다. 눈을 질끈 감았다가 뜨니 열기에 달아올라 시야가 희멀겋다. 혀를 섞고 입술을 겹친 지 꽤 오래인데 남자는 계속해서 달아올랐다. 잘못 본 것인지 몰라도 남자의 아래가 약간 불거진 것 같기도 했다. 미친 새끼. 눈을 감았다. 고여 있던 물방울이 소리 없이 흘러내렸다.

남자는 아예 총을 내려놓고 그녀를 밀어 바닥으로 뉘었다. 아라베스크 무늬가 그려진 카펫 위로 그녀가 쓰러졌다. 그는 그녀를 누이고 있는 동안에도 입술을 떼지 않았다.

당장이라도 일을 치를 것처럼 고조되어 있던 남자가 잠시 한숨을 쉬었다. 아리는 눈을 뜨고 그를 올려다보았다. 뚜렷했던 눈동자의 초점은 어딘가 어긋나 있었다. 수은처럼 곱게 빛나는 눈동자가 기묘한 열에 들끓었다. 숨이 막혀 등을 팡팡 두드리자 사내는 조금씩 입술을 떼었다. 호흡이 급하게 이어졌다. 아리는 잡힌 손을 빼내려 손목을 비틀었다. 그러자 사내는 흥미롭다는 듯 입술 한 쪽 끝을 움직여 미소 짓더니 다시 입술을 겹쳤다.

베어 물 듯 먹혔다가 떨어지는 감촉이 낯설었다. 니글니글하니 불쾌하고 더럽다. 두려움에 몸서리치자 그가 손목을 꽉 잡아 눌렀다. 낯선 체취가 입 안을 싸하게 휘젓다 기도로 넘어갔다. 입술이 부딪치고 간간이 혀가 얽혀 타액이 섞이는 와중에 그가 아리의 잡은 손을 들어 파란 핏줄이 돋은 손목에 키스를 했다. 알 수 없다는 눈으로 그를 보자 그가 나직이 웃었다. 마침내 말 한마디 없이 입술을 겹쳐 오던 남자가 운을 뗐다.

"귀여워."

⚜

아리가 눈을 뜨고 가장 처음 본 것은 거미줄이 처진 천장이었다. 눈동자를 굴려 출구를 보았다. 철창문은 굳세게 닫혀 있었다. 몸을 일으키려 손을 움직이려 했지만 불가능했다. 시선을 내려 묶인 팔과 손을 확인했다. 시간이 꽤 흘렀다는 것을 증명이라도 하듯 피가 통하지 않아 얼얼했다.

"……어, 어떻게 된 거지?"

속이 발발 떨리고 정신이 혼곤해져 왔다. 공포가 지속되자 사고가 마비되었다. 이 낯선 나라에 도착했을 때부터 시작된 불안이 지금에 이르러 팽팽하게 부어오른 것 같았다. 환장할 것 같단 말이 이때 쓰이는 말이구나. 꿈이었으면 좋겠다. 제발 꿈이었으면 좋겠어.

그러나 꿈이라기에는 현실감은 잔혹하도록 생생하였다. 무엇을 어떻게 해야 옳은 선택인지 알 수 없어 사람을 부르거나 비명을 지르지도 못했다.

상체를 어찌어찌 일으켜 세운 뒤 주위를 두리번거렸다. 여기가 어디야? 뺨과 머리에 먼지가 엉겨 붙었다. 줄줄 흘러내리기 시작한 땀이 콧등에서 머물다 주르륵 입가로 떨어져 내렸다. 창살이 처진 창문으로 걸어가려 낑낑대며 하체를 일으켰을 때였다. 영원히 열릴 것 같지 않던 문이 열렸다.

「이것 봐. 내가 다리까지 묶어 놓자고 했잖아.」

키가 작은 남자가 서툴게 무어라 내뱉었다. 제 나라 말이 아닌 말을 하나둘 주워 담아 뱉어 내는 솜씨가 어중간했다. 아리는 다리에 힘이 풀려 풀썩 주저앉았다. 햇빛에 그슬려 살갗이 거뭇한 사내들은 눈썹이 진하고 콧수염이 풍성했다. 바지춤에 찬, 칼이 덜렁거리며 소리 내었다. 아리는 신음인지 울음인지 분명하지 못한 것을 쏟아 내며 뒤로 물러났다.

“사, 살려 주세요.”

몸을 질질 끌며 뒤로 물러나는 동안에도 주문 같은 읍소를 쏟는 것을 잊지 않았다.

하나 사내들은 못 들은 척—어쩌면 진짜로 영어를 알아듣지 못했을 수도 있다— 저들끼리 말을 주고받더니 아리에게 다가왔다.

돌연 저에게 키스를 하던 남자가 떠올랐다. 상황이 이렇게 급박하게 돌아가고 있음에도 입술에 남은 향은 독할 만큼 진한 것이라 그가 섞었던 혀의 감촉은 통증에 속할 정도로 강했다.

무리의 가운데 있던 사내가 긴 수건을 보였다. 저걸로 목을 조르려는 것일까? 안 돼……. 제발……. 아이처럼 울었다. 살면서 이렇게 비참하게 울었던 적이 없었다. 앞으로 또 있을 것 같지도 않았다. 앞날이 없을 테니까. 아리는 엉엉 울며 몸을 비틀었다. 도리질을 하고 발버둥을 쳐 보았지만 남자들의 눈은 매정하기 이를 데 없었다.

긴 수건이 그녀의 눈을 덮었다. 앞이 보이지 않자 더욱 두려웠다. 캄캄한 어둠만이 시야에 녹아들었다. 몸이 일으켜졌다. 그들은 알아들을 수 없는 말로 아리에게 지시했다. 걸으라는 뜻인 것 같았다. 옆구리를 툭 치는 행동에 아리가 비틀거리며 발을 내디뎠다. 정신을 잃을 정도로 혼미한 상황이 지속되었다. 아리는 무작정 걸었다.

신발의 밑창이 바닥과 부딪칠 때마다 딱딱한 소리가 났다. 맨땅은 아닌 듯했다.

마침내 공기가 바뀌었다. 공기는 후덥지근했다. 미약한 바람이 불었다. 콧속으로 스미는 냄새 중에는 불 냄새도 있었다. 무언가 그슬리고 태워져 나는 냄새. 어둠 속에서 지독한 광경이 그려졌다. 화형당할지도 몰라. 정말로…… 정말로…… 그렇게 될지도 몰라. 아리는 극단주의 종교단체가 인질을 불태우는 모습을 떠올렸다. 하나같이 비현실적으로 잔인해 영상을 끝까지 보진 못했지만 '실제' 라고 판명된 영상 속 인질은 너무도 끔찍하게 죽었다. 순간 다리에 힘이 풀렸다.

그 자리에서 주저앉자 신경질적인 음성이 들쑤셨다. 사내 중 하나가 그녀를 억지로 일으켜 걷게 했다. 반쯤 몸을 내맡긴 채로 질질 끌려갔다. 무릎이며 종아리며 따끔거리지 않는 곳이 없었다. 하나, 어마어마한 공포 앞에 이런 사소한 고통은 아무것도 아니었다.

마침내 걸음이 멈추었다. 더운 바람이 불자 귓가에 모래 알갱이가 후드득 들어왔다. 그때부터는 미친 듯이 울었다. 소리를 내며 울기 시작하자 사내들이 닥치라고 일갈했다. 아리는 다물어지지 않는 입을 억지로 다물며 약하게 울음을 흘렸다.

「딘. 데리고 왔어.」

형용할 수 없이 찌들고 상한 냄새가 미지근한 공기에 섞여 비위를 자극했다. 무릎이 꿇려지고 고개가 들어 올려졌다. 턱을 들어 올리는 손은 칼등처럼 서늘하였다. 그 기기함에 젖은 숨을 조금씩 토해 내자 낯선 손이 입술을 더듬었다. 혀가 얽히던 때가 생각나 등이 축축했다. 제 소리인지 남의 소리인지 분간이 안 될 정도로 젖은 신음 소리가 귓가를 울렸다.

난데없이 입이 벌려졌다. 멍하니 꿇어 앉아 마른 울음을 토해 내고 있을 때였다. 순간 손가락이 쑥 입 안으로 들어왔다. 그리고 갈고리처럼 혀를 긁었다. 혀를 긁다 두드리고 입천장을 문질렀다. 옴팡지게 괴롭히는 모양에 주춤거리며 목을 빼자 억센 손이 그녀의 뒤통수를 잡아 움직이지 못하게 했다.

"이, 이러지……."

"가만히 있어 봐."

그때보다 한층 더 음이 낮긴 하지만 그 남자의 것이 맞았다. 훨씬 쉬고 둔탁해졌지만 착각할 수 없는 것이었다. 눈물이 났다. 혀를 괴롭히던 남자의 손가락이 목구멍을 찔렀다. 목젖에 닿을 정도로 깊이. 아리가 캑캑대자 그가 낮게 웃었다. 턱을 잡았던 손이 볼을 잡았다.

"볼을 좁혀 봐. 오목하게."

뭘 원하는 건지 짐작할 수 없어 눈물을 매단 채 하라는 대로 했다. 분명하게 흐르는 이 야릇한 분위기에 겁이 났다. 입술 끝에서 손가락을 넣었다가 뺐다 하는 행동을 반복하던 사내가 마침내 손가락을 뺐다. 짠맛과 동시에 짙은 향수 향이 혀의 돌기에 감돌았다.

아리의 몸이 휘청거리며 무너지는 것을 그가 받아 냈다.

「딘…….」

기척이 들려 고개를 돌렸다. 아무것도 보이지 않았지만 촉각을 세울 수밖에 없었다.

「자말이 처형되었다.」

미 정보부 산하 정치범으로 갇혀 있던 자말이 죽었다. 아프가니스탄을 기점으로 한 수니파 테러단체의 행동 대장이던 남자였다. 잡힌 지는 2년가량. 석방은 그에게 터무니없는 소리였다. 자말은 굳이 지금이 아니라고 하더라도 죽을 운명이었다.

클라크는 눈을 가린 채 무릎을 꿇은 여자를 보았다. 질질 짜고 있었다. 애처럼. 눈물 콧물 죄 쏟아 내며 엉엉 울고 있는데 너무나도 무력해 보였다. 할 수 있는 건 아무것도 없고 그저 죽음만을 기다려야 하는 상태. 나약하고 쓸모없었다. 잘 우는 데다가 구차하기까지 했다. 본래라면 시선도 가지 않는데……. 여자는 그가 꽤 오랫동안 아끼던 무언가를 닮았다.

"귀여워."

클라크는 제가 딘이라 불린 지 햇수로 몇 년 되었는지 세어 보았다. 무관심을 콘셉으로 한 모친에게서 전화가 두 번 왔으니 2년하고 반 정도 되려나? 모사드의 국장으로 지내는 모친의 사촉으로 하게 된 일이긴 하지만 이런 진창에서 느럭느럭 지내는 일은 제 타입이 아니었다. 똥통을 굴러도 이런 머저리들과 구르는 일은 절대 사절.

그래 보았자 모친은 용병 주제에 국가를 위한 대사에 한 축을 담당하게 된 것을 감사하다 여기지 않는다며 꾸짖겠지. 쳇.

빌어먹을 여자. 클라크는 제 어머니를 떠올리다 신경질이 치밀었다. 그러다 여자를 보았다.

귀신을 본 것처럼 비명을 질렀다. 시선이 마주치자 입을 틀어막았고 이내 주저앉아 살려 달라고 빌었다. 바짓가랑이를 붙잡고 울어 대는 게 얼마나 귀엽던지. 내 취향이 이랬던가. 그는 하룻밤을 보냈던 여자들을 꼼꼼히 떠올렸다. 거쳐 간 여자가 너무 많은 탓인지 아니면 그녀들의 얼굴을 주의 깊게 새겨 두지 않은 탓인지 좀체 분석할 수가 없었다. 그는 다시 여자를 시선에 담았다.

당황한 기색이 역력했지만 키스하지 않을 수 없었다. 너무 귀여워서.

사진에서 보던 것보다 훨씬, 많이, 예뻤다. 실웃음을 지었다. 여자는 눈이 가려진 채 말없이 무릎을 꿇고 있었다. 아래가 뿌듯했다. 다시 입술을 겹치고 싶어 몸이 달았다. 그 물컹하고 따뜻한 혀가 여전히 잊혀지지 않고 혀의 돌기에 맴돌았다.

여자는 마치 죽은 꼬순이가 사람으로 환생한 듯 똑 닮아 있었다. 도도하게 올라간 눈꼬리와 홍조를 띤 눈 밑, 새부리가 연상되는 도톰한 입술이 특히 더 닮은 부분이었다. 손이 발이 되도록 비는 모습이라든가.

제 바짓가랑이를 잡고 흐느끼던 때가 떠오를 때마다 아래가 욱신거렸다. 볼을 타고 흐르던 눈물도, 겁에 질려 저를 보던 눈도 전부 귀여워 죽을 것 같았다. 이렇게 귀여운 여자를 죽일 수는 없지.

그는 자리로 돌아가 그녀를 쓰다듬었다. 길고 검은 머리 타래가 어깨를 덮고 등의 반을 덮었다. 창백함을 넘어 파랗게 질릴 정도로 겁을 먹은 여자의 입술에 회가 동했다. 촉감을 알아서 더욱 그러했다. 저를 보는 대원들의 눈이 조금씩 이상해졌다. 그래도 상관없었다.

「얘, 좀 귀엽지 않아?」

「글쎄.」

대답한 놈은 퉁명스러웠다. 취향 한번 이상하다는 눈이다. 그러든 말든 소리를 죽인 채 흐느끼고 있는 여자의 검은 머리를 쓰다듬어 주었다. 귀여워, 꼬순이 닮았어. 꼬순이 어릴 적이랑 똑같아. 병아리. 그래 병아리 같아. 예쁜 병아리. 그는 흡족하게 웃었다.

수건을 안대 삼아 눈을 가린 여자는 어쩐지 좀 자극적이었다. 긴장으로 딱딱하게 굳어져 조금만 손을 대어도 움찔움찔 떨었다. 손을 뻗어 마를 새 없이 다시 떨어지는 눈물을 닦아 주었다.

「자말이 죽었다고. 딘.」

「알아.」

놈들이 짜증을 냈다. 고개를 들어 불이 켜진 카메라를 보았다. 치들은 여자를 죽이고 싶어 했다. 목을 자르는 영상을 인터넷에 올려 제 놈들의 위세를 과시하고 유세해서 제 놈들이 얼마나 강한지 떠벌리고 싶어 했다. 그것이 연방에게 별다른 자극을 주지 못할 것이란 걸 알면서도. 그러니 단순히 즐기는 것이라고밖에 할 수 없을 것이다.

여자가 속한 정보국은 놈들과 거래하는 군수기업의 정체를 알고자 하는 게 목표였다. 더불어 번번이 서방 국가의 시민을 납치해 인질 삼아 거액을 요구하는 놈들의 씨를 말리고자 했다.

최근에 이들이 납치해 살해한 인질은 미국의 한 시민운동가였다. 미국 사회는 들끓었고 살해 장면이 담긴 영상의 조회 수가 올라갈 때마다 라이너 국장의 혈압도 덩달아 뛰었을 테다. 게다가

최근 들어 놈들은 행동반경을 넓혀 프랑스에서도 자폭 테러를 일으킨 바 있다.

이번에도 그 테러와 다름없이 정보부의 요원을 죽이는 것으로 과시할 모양이었다. 이미 상부에서는 명령이 하달되었고 촬영을 준비하고 있었다. 복면을 뒤집어쓴 남자가 짐승을 도축할 때나 쓰는 칼을 들고 왔다.

딘은 여자의 뺨에 들러붙은 실 가닥 같은 머리카락을 떼어 주다 볼에 키스를 했다.

"괜찮아. 얼마 걸리지 않을 거야."

매끄럽게 웃었다. 여자는 다만 떨고 있을 뿐이었다. 수건이 풀어졌다. 오랫동안 어둠에 익숙해져 눈이 시렸다. 밝은 조명 빛에 아려 눈을 깜빡거렸다. 두리번거리며 닥친 상황을 가늠하고 있을 때 은회색 눈과 마주쳤다. 수은처럼 미끄러운 은회색의 눈이 미소 짓고 있었다. 천진하다고 생각될 만큼 순한 미소였다. 느긋했고 여유로웠다.

아리는 그를 향해 구해 달라는 눈빛을 보내다 눈물을 흘렸다. 남자가 왼쪽 눈을 찡긋했다. 윙크였다.

"협상이 결렬되었다. 너희들의 십자군은 자리에서 죽음을 맞을 것이다."

기도를 타고 오르는 숨이 자글자글 끓었다. 당장에라도 혼절을 하고 싶었으나 뜻대로 되는 건 아무것도 없었다. 머리채가 잡혔다. 칼끝이 목울대에 닿았다. 고개가 젖혀지고 작열하는 태양이 아득하기만 하였다. 부신 빛 속에서 엄마가 그려졌다. 고통도 고통이지만 딸이 어디서 뭘 하다가 죽었는지도 모를 엄마 아빠가 걱정되었다.

죽어도 목이 잘려 죽다니, 마리앙투아네트나 앤 불린보다 더 비참한 죽음이다. 적어도 그녀들은 솜씨 좋은 망나니를 만나 긴 고통은 없었을 테다. 그러나 그녀는 천천히 목이 썰리는 느낌을 느끼며 죽어 갈 것이다. 오스트리아의 공주보다 고통스러운 죽음이라니…… 지금 이 순간 왕녀의 목을 썰었던 단두대가 무척이나 간절했다. 문득 인터넷에서 목이 잘린 채로도 수 초간은 살아 있다는 글을 본 기억이 났다. 끔찍하다 말할 수 없을 정도로 실로 끔찍한 순간이다.

"흐윽……."

선득한 칼날이 목을 그었다. 피가 주르륵 떨어져 내렸다. 칼을 쥔 자가 조금 더 깊게 그녀의 목을 파려 할 때였다. 머리채를 콱 움켜잡은 손이 떨어져 나갔다. 아리는 급하게 고개를 돌렸다. 남자는 눈을 뜬 채로 죽어 있었다.

자유로워진 아리는 거칠게 숨을 내쉬었다. 촬영을 하고 있던 사람들이 허겁지겁 무기를 찾아들고 있을 때였다. 철퍼덕 소리가 나며 옆에 서 있던 남자도 쓰러졌다.

그렇게 하나둘 쓰러지기 시작하는 가운데 차츰 정신이 들기 시작했다. 비명이 차오르고 겁에 질린 남자들이 악다구니를 쓰는 소리가 공간을 뒤흔들었다. 저격수다.

목에 맺혀 있었던 피가 줄줄 흘러 가슴께를 적셨다. 망연하게 앉아 총알이 날아오는 방향을 가늠해 보았다. 무리의 반이 저격수의 총에 맞아 쓰러졌다. 탁월한 솜씨였다. 문득 그가 떠올랐다. 급하게 고개를 돌리니 남자는 쨍하게 맑은 날의 하늘만큼이나 쾌청한 미소를 짓고 있었다. 아연하게 입을 벌린 채 그를 보았다. 총탄이 날아오고 있는데도 그는 유유하게 담배를 태우고 있었다. 사막의 바람이 그의 탐스러운 은발을 헝클어트렸다.

남자는 풍광을 즐긴다는 듯 콧노래까지 흥얼거렸다. 눈치를 챈 대원 하나가 그에게 칼을 휘둘렀다. 예의 가벼운 눈웃음이 사라지고 그는 잭나이프를 가진 놈의 목에 방아쇠를 당겼다. 피가 분수처럼 튀었다. 나머지 놈들이 차례로 달려들다 모두 그 손에 자빠져 죽었다.

목을 후비며 들어가는 칼날은 망설임이 없었고 다음 상대를 골라 동맥을 자른 뒤 급소를 찌르는 손길에도 인정은 없었다. 미끈하게 빠진 얼굴에 피보라가 튀었다. 겁에 질린 놈들이 세워 두었던 지프를 타고 빠져나가는 것을 본 남자가 어딘가로 무전을 쳤다. 폭격을 지시하는 것 같았다. 마침 먼 곳에서 헬기 소리가 들렸다. 그는 아리에게로 다가와 몸을 일으켜 주었다.

"가자. 병아리야."

3
안전한 고립

남자가 수건을 목에 대 주었다. 밧줄로 묶여 있던 손도 풀어 주었다. 엉거주춤하게 그를 따라 헬기로 걸어갔다. 누군지도 모르고, 적인지 아군인지 가늠도 되지 않는 사람이었으나 별수 없었다. 사막 한복판이었다. 휴대폰도 없고 무전기도 없었다. 달리 말하자면 남자의 손을 잡지 않으면 어디인지 모를 황무지에 혼자 남아야 했다. 불안한 눈으로 그를 보았다.

남자는 부드러운 표정을 지었다. 시럽을 잔뜩 넣은 카페라테처럼 달달한 미소였다. 헬기 가까이에 도착하자 그가 아리의 머리를 감싸고 제 쪽으로 끌어당겼다. 어찌어찌 도움을 받아 헬기에 올랐지만 더욱 불편해졌다. 아직 통성명도 하지 않은 데다가 출신이 어디인지도 밝히지 않았다. 모든 게 미더웠지만 남자는 마치 애인을 위하는 것처럼 아리를 챙겼다. 멍하니 앞을 바라보며 이륙하기만을 기다렸다. 긴장이 풀리자 졸음이 밀려오기 시작했다. 까무룩, 정신을 잃을 것 같았지만 어떻게든 자지 않기 위해 눈꺼풀을 들어 올렸다.

남자가 그녀를 제 쪽으로 끌어당겼다. 단단한 어깨에 머리가 닿았다. 눈을 감았다. 그리고 다시는 들어 올릴 수 없었다.

기이한 장면의 연속이었다. 목을 자르려 칼을 치든 남자가 갑자기 제게 키스했고 그러다 붕붕 하늘을 날아오르게 되었는데 그 남자가 아리를 '병아리야' 하고 부르니 진짜 병아리가 되어 구름 속을 날아다녔다. 아래를 보는데 엄마가 보였다. 앞치마를 두른 엄마가 옥상에서 '아리야!' 하고 외쳤고 그녀는 어떻게 해서든지 내려가려고 발버둥을 쳤지만 남자는 병아리가 된 그녀를 결코 놓아주지 않았다.

'안 돼! 내 병아리는 내 품속에만 있어야지.'

남자는 그렇게 말하며 그녀를 인형처럼 끌어안고 머리에 뺨을 비볐다. 아리는 말도 안 되는 소리에 뺨을 후리려 했지만 이미 손이 날개가 된 상태라 그럴 수 없었다.

남자는 함께 하늘을 날며 아리의 엄마에게도 '병아리 엄마' 라고 불렀다. 그러자 엄마도 병아리가 되었고 전봇대 고치는 수리공도 그 아래를 지나가는 행인들도 전부 병아리가 되었다! 끔찍한 일이었다. 모든 사람이 병아리가 되다니 어떻게 이럴 수 있지?

아리는 눈을 흘기며 그를 부리로 쪼았다. 남자는 아얏! 하는 소리를 내면서도 절대 그녀를 놓지 않았다. 너무도 끔찍해서 비명을 질렀다.

『아아악! 안 돼! 병아리는 싫어! 조류는 안 귀엽단 말이야!』

비명에 가까운 잠꼬대가 아리를 꿈속에서 깨어나게 했다. 눈을 번쩍 뜨니 모던한 샹들리에가 시야 가득 들어왔다. 오르락내리락하는 가슴을 진정시키고 눈동자를 굴렸다. 상황을 깨닫기까지는 오래 걸리지 않았다.

랩으로 몸을 칭칭 감은 듯 피로는 묵직하였다. 온몸에 멍이 든 것처럼 버거웠다. 어찌어찌 뒤척여 옆을 보았다. 영화에서처럼 헐벗은 남자가 조각 같은 몸매를 뽐내며 미끈한 미소를 짓는 일은 없었다. 다만 전과 같이 비슷한 상황이 계속되었다.

비슷한 상황. 그래 비슷한 상황이다.

여기가 어딘지. 대체 누가 나를 여기로 옮긴 건지. 그리고 지금 내 꼴이 왜 이런지…….

다 좋은데 왜 다 벗고 있는 건지 궁금했다. 설마 정신을 잃은 사이에 몹쓸 짓을 당한 건 아니겠지? 아리는 이불을 가슴께까지 추켜올리고 방 안을 살펴보았다.

입고 있던 옷은 어디에도 없었다. 컬러가 명확한 단색의 방은 불이 꺼진 채였다. 커튼 자락 밑으로 번지는 빛만으로도 방이 밝은 걸 보면 낮인 건 확실했다. 출구를 확인하고 조심스레 침대를 빠져나왔다.

속옷마저 죄 벗겨 놓은 인간을 생각했다. 설마 그 남자가 옷을 벗겼을까. 자랑은 아니지만 이 나이 먹도록 남자 앞에서 옷을 벗었던 상황은 없는지라 이 자체만으로 당황스럽고 두려웠다.

남들 앞에서 옷을 벗은 상황은 목욕탕 갈 때밖에 없었는데 목욕탕도 아닌 곳에서 난 왜 옷을 벗고 있을까. 몸매도 좋은 편은 아닌데……. 혼란스러움을 느끼며 침대를 내려왔다. 헐벗었지만 몰래 도망치기 제일 좋은 상황이었다. 문의 손잡이를 돌렸다. 열리지 않았다. 그래. 쉽게 열릴 리 없지. 아리는 작게 욕을 내뱉으며 문에 무슨 비밀이 숨겨져 있는 걸까 고민했다.

뭐 홍채 인식 그런 걸로 열리려나? 아니면 그냥 지문 인식? 뭘 생각해도 엿 같았다. 지문 인식이고 홍채 인식이고 다 집어치우고 무식하게 손잡이를 잡아 돌리고 있을 때였다.

"그거 계속 돌리면 폭발하는데……."

"뭐라고요?"

소리가 들린 건 뒤였다. 기척보다는 그 기척이 전해 준 사실 때문에 깜짝 놀랐다. 대번에 대경실색하니 남자는 빙그레 웃었다.

"뻥이야."

미친놈이었다. 이런 상황에서 저런 걸 조크라고 던지다니. 미쳐도 곱게 미친 과가 아니라 더 무서웠다. 아리는 저도 모르게 얼굴을 찡그렸다. 어쩐지 돈 자의 향기가 강렬하게 진동한다.

"저기……."

"계속 거기 서 있을 거야?"

"……아니."

"이리 와."

주춤거리며 그에게로 걸어갔다. 고개를 약간 당겨 나 지금 바짝 긴장하고 있다는 메시지를 보냈다. 남자는 아리와 다르게 옷을 모두 갖추어 입고 있었다. 검은 드레스 셔츠에 검은 바지. 소매를 걷어붙인 손목에는 시계가 채워져 있었다. 사막에서와 다르게 몸을 말끔히 씻은 듯 그날보다 더 잘생겨 보였다.

"제 옷은 어디 있어요?"

"더러워서 세탁기에 돌리고 있어."

"누가 벗겼죠?"

"내가."

"속옷까지요?"

"그럼."

남자는 태연자약했다. 흥미롭다는 듯 웃기까지 해서 화가 날 지경이었다. 아리는 알몸을 가린 이불을 조금 더 꽉 쥐었다. 남자의 시선이 그녀의 벗은 어깨에 닿았다. 단번에 낯이 달아올랐다. 한번 달아오르기 시작하면 홍당무가 되기 전까지 결코 멈추지 않는 편인지라 오늘 남자는 달아오른 그녀의 얼굴이 목과 얼마나 큰 색상 대비를 이루는지 알게 될 것이다.

"그, 그만 보세요!"

버럭 소리를 지른 뒤 뒷걸음질 쳤다. 시선이 바닥으로 떨어졌다. 보들보들한 아이보리색 샤기 카펫이 발바닥을 간지럽힌다. 편하게 슬리퍼를 신은 발이 제 발치까지 다다른 것을 보고 급하게 고개를 들었다. 가까이서 보니 남자는 위압적이라 할 수 있을 정도로 거구였다.

거구라 하더라도 울퉁불퉁 근간지방이 끼어 근육이 물컹한 타입은 전혀 아니었지만 그럼에도 사내는 겁이 날 만큼 거대했다. 거대하단 형용사가 아니면 표현할 길이 없을 정도로. 남자가 가까이 다가오자 짙은 체취가 맡아졌다.

위협적인 향기였다. 과학실에서 실험용 알코올을 맡았을 때처럼 코가 알싸했다. 본능적으로 뒷걸음질 치자 사내는 미묘한 웃음을 흘렸다. 사람을 홀리는 미소였다. 이목구비가 짙고 굵어 여자처럼 보일 만한 구석은 어디에도 없건만 면부에 가득한 미소는 어스름한 밤 산 중턱을 넘어가는 행인의 간을 빼먹는 구미호의 것과 닮아 있었다.

사내가 이불을 추켜올려 잡고 있는 손을 잡았다. 아리는 점점 더 이불이 아래로 내려가는 것을 다른 손으로 잡아 막았다. 남자는 당장 이불을 벗기고 침대에서 뒹굴 작정이라도 하는 양 타오르는 기색을 감추지 않았다. 은회색 눈이 광을 내듯 빛이 났다. 오묘한 빛이었다. 부드럽기도 하고 강파르기도 한, 일직선으로 떨어지는 준엄한 콧대와 다물린 입술이 가히 예술의 형상이다. 만약이 남자를 파리의 노점에서 커피를 마시다가 만났다면 분명 하루가 지나기도 전에 모든 것을 내어 주었을 것이다. 그러나 지금은 아니지…….

아리는 주춤거리며 그에게서 물러났다.

"놔주세요."

개중 뱉어 낸 말 중에서 가장 단호한 모양새를 한 말이었다. 그는 알아들었다는 듯 그녀의 손목을 놓고 조금 떨어졌다. 가능하면 시선도 거두어 가 주면 고마울 텐데 이질적인 것을 너머 낯선 생명체를 바라본다는 듯한 진득한 눈은 그대로 머물러 있었다. 고개를 휘휘 저은 뒤 입을 뗐다.

"누구시죠? 제가 왜 여기 있는 거예요? 제 옷은 다 어디 있어요?"

"우리 병아리 화났구나?"

병아리? 병아리라니? 이 남자 진짜 미쳤나? 표정 관리가 되지 않았다. 찌르는 듯 쏘아보자 그가 조금 더 녹진하게 웃었다. 되물음은 다정했지만 서슬이 강파르게 서 있었다. 아리는 전처럼 인상을 팍 구기지 못했다. 방금 전에 잡힌 손은 무척이나 두꺼웠다. 한 대 맞으면 바로 골로 갈 것이다. 혀 한 번 잘못 놀려 폭행치사로 죽고 싶지 않았다. 잔뜩 털을 세우고 있으니 그가 그녀의 벗은 몸을 안아 왔다.

"작아."

낯모를 사내의 품에 안겨지는 느낌은 꽤나 선득하였다. 톡 쏘는 체향은 숨을 들이켤수록 옅어져 갔고 가슴팍에서 들리는 심장의 고동 소리는 일정한 선율처럼 느껴졌다. 벗은 등을 쓰다듬는 손이 점점 그 아래로 내려가 가느다란 허리를 잡았다.

매끈한 살결을 느끼는 남자의 얼굴은 흡족한 미소로 가득하였다. 작고 낮아지는, 탁했으나 모서리가 없이 둥글한 음성이 아리의 귓가를 울렸다. 심장 박동이 빨라지고 있었다. 넝쿨처럼 그악한 힘이 그녀를 옭아맸다. 손길이 닿는 구석구석 달아오르지 않을 수가 없었다. 그 저음에 넋이 나갈 무렵 몸을 감겨 있던 이불이 툭 하고 바닥으로 떨어져 내렸다.

⚜

클라크 피츠윌리엄 로트리겐 로레이는 유대인이었다. 그의 조상은 미국 동부를 개척했고 나아가 미국을 개척한 최초의 일원 중 한 사람이었다.

신대륙으로 건너오기 전까지 그들 일족은 서늘한 회색의 섬, 그리고 그 섬의 북녘, 따뜻함과는 거리가 먼 괴팍하고 메마른 땅에서 살았다. 그리고 미국에서 이룰 만큼 이루었다고 생각하자 기원전 그들의 메시아가 약속한 땅으로 이주해 왔다.

단지 이주 무리에 섞이는 것이 아니라 그들을 종용하고 나아가 이끌어 다시 한 번 새 나라를 일구기 위한 여정을 시작한 것이다.

실상을 파헤치면 위대함이나 거룩함과는 상당히 괴리된, 대단한 수사와 관용구를 붙여 포장할 만큼 아름답지도 않은 일이었으나 클라크의 모친은 그와는 정반대로 생각하는 듯했다. 어머니의 모토는 늘 조국과 민족에 감사하며 사는 삶이었다.

그러나 클라크는 조국과 민족을 발톱 틈에 낀 때만큼도 생각하지 않았다. 그는 제 핏줄의 반은 유대인과는 전혀 상관없는 인종의 피가 흐른다고 생각했다. 어찌 말을 꾸며도 이기와 자만이 뭉친 병탄의 적나라한 현상에 불과한 일. 하나의 일을 두고도 이리

맥락을 다르게 해석하니 말하자면 그와 어머니는 몹시도 동떨어진 상인 셈이다.

그럼에도 클라크는 어머니의 밑에서 일했다. 어머니는 어딘가 비뚤어지고 어긋난 제 아들을 몹시 아꼈고 그렇게 둥근 구석 하나 없이 모난 아들을 꼭 제 곁에 두고 싶어 했다. 클라크 또한 어머니가 제게 시키는 일이 줄곧 싫은 것만은 아니었으므로 종종 게으름을 피울지라도 빠릿빠릿하게 잘 해치우곤 하였다.

부친은 그런 클라크를 보며 매우 만족해했다. 사관학교에서 내내 사고만 치면서 겉돌던 녀석이 스물을 넘긴 시점부터는 제 어머니를 도와 힘들고 어려운 일을 마다하지 않는 점이 내심 기특하다 눈물을 보일 때도 있었다.

이런 양친 아래에서 자란 클라크 로레이는 어느덧 서른하고도 하나였다. 양친의 일을 모두 번갈아 가며 도우니 주변의 눈이 세상에 이런 효자는 없다는 눈으로 변했다. 클라크는 그들을 향해 낄낄 비웃어 주었다. 수지에 맞는 일이라면 무슨 일이든 마다하지 않는 그로서는 부친이나 모친이나 모두 저와 비슷한 사람들이었다.

동족은 동족을 알아본다고 제 옆구리에 끼고 있지 않으면 무슨 짓을 하고 다닐지 모를 인간을 잡아다 퍽 성미에 맞아 보이는 일을 손에 쥐여 주는 것일 뿐이었다.

그는 자고 있는 여자를 보다 국장에게 전화를 했다. 개인 연락처였다. 그녀는 사무실로 들어오는 제 전화를 달가워하지 않았다. 아들을 불러다 놓고 외주 일을 맡기는 양반치고 납득할 수 없는 심리였다. 신호음이 세 번 가고 여자의 음성이 들렸다.

— 너 납치했다면서?

편안한 음성이었다. 스물이 되기 전 치기로 얼룩진 시절 학교장의 전화를 받고 너 사람 팼다면서? 하고 묻는 것과 같은……. 어쨌든 퍽 놀라지도 않은 음성이었다. 어머니는 제가 어떤 일을 하더라도 놀라지 않는다. 아마 저가 임무를 수행하던 도중 죽어도 이와 같이 편안한 음성이리라.

"납치라니요?"

— 그럼 길 가다가 주운 거니?

그녀의 말에 아직도 곤히 자고 있는 여자를 돌아보았다. 헬기를 탄 지 5분도 안 돼 제 품에서 곯아떨어진 걸 보면 어지간히도 지쳐 있었던 것 같다. 어머니는 모처럼 날카로웠다.

— 다시 돌려 놓거라.

제법 서슬이 선 목소리에 클라크는 한쪽 눈을 찡그렸다. 그럴 수는 없다. 여자, 아니 꼬순이는 제 것이었다. 제 것이었고 제 소유였다. 납치든 획득이든 제 손아귀에 들어온 이상 방생은 불가능했다.

"싫어."

— 피츠.

모친은 단호했다. 그러나 늘 그렇듯 처음은 부드럽게 타일렀다. 화가 났다. 여자에 관한 누구의 간섭도 싫었다.

— 네가 주운 여자 말이다. 그 여자도 요원이야.

"요원 같지도 않던걸?"

클라크는 웃었다. 저렇게 작고 하얀데 무슨 요원이야. 덜덜 떨면서 살려 달라고 바짓가랑이를 붙들고 늘어졌단 말이야. 얼마나 가엾고 예뻤는데. 생각하면 당장이라도 달려가 쪽쪽 빨고 싶었다. 아니다. 다 벗겨 놓고 울게 만들면 더 예쁠 것 같다. 비뚜름한 입술의 끝이 호를 그렸다.

"끊어요. 나머지는 보고서로 작성할게."

일방적으로 전화를 끊은 뒤 침대로 다가가 여자를 감상했다. 긴 머리 타래가 장막처럼 나신을 덮고 연약한 이목구비가 햇빛에 가라앉은 모습. 그는 흡족하게 웃다 여자가 깨지 않게 살며시 그녀의 머리를 쓸어 넘겼다. 달걀 껍질처럼 하얗고 매끈한 얼굴이 물속의 자갈처럼 동그랬다.

그는 여자가 어디 나가지 못하게 다 벗겨 놓았다. 깨어나면 당황해서 핑 울지도 모르지만 잘 우는 성격인 듯하니. 울면 달래 줘야지. 집에 두고 예뻐해 줄 거야. 꼬순이를 향한 사랑이 맹렬하게 불타올랐다.

⚜

놀란 여자는 발톱을 세운 채 자신을 흘겨보고 있었다. 동그란 눈을 사납게 만들어 노리는 꼴에 신경이 끊어지는 듯했지만 다행히도 품에 안으니 버둥거리지 않았다. 작았다. 여자는 원래 다 작지만 이 여자는 더욱더 작은 듯했다.

그동안의 성 경험을 떠올렸다. 관록이라 하기에 조금도 이상하지 않을 밤들……. 그 속의 여자들과 이 여자가 무엇이 다른지 그는 아직도 알 수 없었다. 물론 다르긴 했지만 그게 이 여자를 납치할 이유는 되지 않았다.

그러나 사람은 동기가 충족되지 않아도 행동할 수 있다. 클라크는 여자를 구속하기 전 그 동기를 헤아려 보지 않았다. 제 귀여운 병아리라 칭하면서도. 그 애칭과 더불어 무한하게 샘솟는 사랑의 동기를 되짚지는 않았다.

일련의 그가 행한 일에 대해 그의 주변 사람들 모두가 미친 거라고 일갈했다. 물론 진작 미쳐 있긴 했지만 근래 들어 유다르게 미쳤다고 입을 모아 떠들었다. 딱 한 사람 엘레나를 제외하면 말이다. 그러면서도 하나같이 입을 모아 하는 말은 병아리를 원래 있던 자리로 돌려놓으라는 것이었다.

이 여자가 원래 있던 자리는 사지였다. 궁지였고 자신이 구하지 않았다면 필히 죽었을 것이다. 랜달은 그래도 상관없지 않으냐 물었다. 평소에는 관심도 없던 남의 목숨 따위 간밤에 뭘 잘못 먹었기에 되지도 않는 자비심이 생겨 일을 벌였는지 모르겠다며 투덜댔다.

그러나 결코 자비가 아니었다. 클라크 로레이는 자비를 가질 정도로 고상한 인간이 못 되었다.

게다가 여자를 벗겨 놓고 침대에 누인 건 어딜 봐도 자비심에 입각한 행동이 아니었다. 보다 속되고 음험한 동기지. 자비라니……. 치욕스럽다. 양친도 인정한 인두겁을 쓴 악마가 자신인데……. 쯧. 클라크는 혀를 찬 뒤 자고 있는 여자의 목덜미에 코를 묻었다. 깊게 체취를 들이마시고 음미했다. 씻겨 놓으니 바스 향이 그대로 살결에 녹아 살냄새가 되었다.

아이처럼 작게 칭얼거리는 여자의 어깨를 꼭 끌어안았다. 사실 제가 생각해도 이건 좀 미친 거지 싶었는데 이렇게라도 하지 않으면 진짜 돌 것만 같아 그녀를 끌어안고 있을 수밖에 없었다.

⚜

"옷! 옷 돌려줘요."

별안간 여자가 소리를 질렀다. 이불이 떨어지자 혼비백산하면서 난리를 치기에 다시 돌돌 감아 주었더니 눈가가 빨개져 씩씩거렸다. 예전에 만난 여자들은 제 앞에서 벗으려고 난리였는데 이 여자는 왜 이러는지 모르겠다. 역시 꼬순이라서 그런가?

"왜? 옷 안 입어도 예쁜데?"

"무슨 미친 소리를 하는 거야!"

아 돌겠네 진짜! 여자는 비명에 가까운 악을 지르며 카펫에 앉아 뒹굴고 있었다. 이불로 몸을 가린 채 짜증을 내는 그녀에게 여자들이 좋아 넘어가던 미소를 지어 주니 더 환장을 하고 뒹굴었다.

"내 옷 내놓으라니까!"

"세탁기에 있다니까."

"왜 멋대로 남의 옷을 세탁하는 건데!"

"더러워서."

꼬순이가 하! 하고 기가 찬 웃음을 짓더니 갑자기 엉엉 울기 시작했다. 자기 나라 말인 것 같은데 중국 말은 아니고 일본 말도 아니었다. 울음이 길어지고 있었다. 우두커니 여자를 보던 클라크는 그녀의 앞에 앉아 버릇처럼 얼굴을 만지려 했다. 그러나 손을 든 순간 병아리는 그의 손을 소리 나게 쳐 냈다. 날카로운 빛이 얼굴에 감돌았다.

"나쁜 새끼!"

손을 쳐 내는 것도 모자라 여자는 그를 밀쳐 냈다. 눈물에 젖은 얼굴이 예뻤다. 놀랍도록……. 슬그머니 오르는 화가 자연스레 삭을 만큼 제 눈에 여자는 사랑스러웠다. 비정상적이었지만 또 그렇게 생각되는 것은 어쩔 수 없는 것. 클라크는 그녀의 입술에 짧게 키스한 뒤 버둥거리는 그녀를 들고 침대로 와 내려놓았다.

"도망치지 마."

입술이 물리자 여자는 아연한 표정을 지었다. 그러나 이내 경계하듯 물러나 앉았다. 드레스룸에서 셔츠를 들고 와 발치에 놓아 주었다. 여자는 주섬주섬 그것을 챙겨 들더니 다시 입을 열었다.

"보지 말아요."

"다 봤는데."

"보지 마!"

피식 웃으며 고개를 끄덕였다. 어차피 앞으로는 자주 볼 사이인데 뭘 그렇게 뒤로 빼는지 모르겠지만 저 생색을 받아 주고 있다 보면 그녀를 덮치고 싶을 것 같아 자리를 비웠다. 테이블에 둔 휴대폰이 울었다. 랜달이었다.

"무슨 일이야?"

— 그 꼬순인지 비둘기인지 아직도 데리고 있어요?

"비둘기가 아니고 병아리야."

— 뭐가 됐든 간에요.

랜달이 짜증을 냈다. 침실에서 부스럭거리는 소리가 났다. 어느새 셔츠를 끼워 입은 여자가 이쪽을 보고 있었다. 시선이 마주쳤지만 여자는 피하지 않았다. 자주 피하곤 해서 또 피할 줄 알았는데 그저 미묘한 얼굴로 저를 쳐다볼 뿐이었다.

클라크는 그녀를 향해 빙긋 웃었다. 각이 진 부분 없이 곡선으로만 이루어진 여체였다. 몸속으로 들어가면 얼마나 아늑하고 편안할까.

— 듣고 있어요?

"응."

— 그 여자 정보국에서 버림받은 여자라고요.

"그럼 더더욱이나 신경 쓸 필요 없겠네."

— 그게 다가 아니니까 그렇죠.

랜달은 한숨을 쉬었다. 클라크는 여자를 향해 짙게 웃어 준 뒤 몸을 돌렸다. 정보국에서 버림받은 여자. 아니 그 이상의 모종의 계획에 걸려든 여자. 하나 그 여자는 제가 얼마나 치밀하게 짜여진 덫에 걸려들었는지 모르고 있었다.

"알아. 대강 알고 있어. 그러니까 내가 모르는 부분을 조사해 봐."

— 로레이 씨.

"월말에 펴 볼 통장을 생각해. 랜달. 국장한테 고자질할 생각하지 말고."

유들유들한 목소리로 직원을 달랬다. 한동안 말이 없던 랜달이 몸 사리란 말과 함께 전화를 끊었다. 몸을 돌려 여자를 향해 걸어갔다. 엉거주춤하게 서 있는 여자가 당황한 기색을 내보였다.

"벗고 있는 게 더 나은 것 같은데."

진심이었다. 그렇게 반만 입고 있으니 더 꼴리잖아. 클라크는 인상을 썼다. 언젠가 존이 자신은 여자와 구를 때도 꼭 양말만은 신긴다는 말이 떠올랐다. 아동성애를 제외한 모든 성 취향은 존중받아야 한다고 생각하는 자신이지만 그 사무적인 얼굴과는 사뭇 어울리지 않는 취향에 눈썹을 찡그렸다. 그러나 오늘에 이르러 존을 이해한다. 클라크는 눈앞에 있는 여자와 대저 모든 성교를 다해 보고 싶었다.

"노, 놀리지 말아요."

"놀리는 거 아니야."

허리를 감아 거실로 데려갔다. 뭐라도 먹이려고 했는데 여자는 테이블에 당도하기도 전 몸을 비틀어 제게서 떨어져 나갔다. 경계 어린 눈이었다. 덜 마른 채로 겨울바람을 맞은 머리끝처럼 꼿꼿하게 서 있는 모양이 처마 밑에 맺힌 고드름 같았다. 가슴께로 떨어지는 셔츠를 붙잡아 연신 추어올리는 손동작에서 긴장이 느껴졌다.

"걱정할 거 없어. 안 잡아먹을게."

지금은. 지금은 안 잡아먹을 거야. 맛있는 건 아껴 먹는 법이지. 그녀를 향해 느슨한 미소를 지었다. 여자는 입술을 달싹이다 다시 입을 닫았다. 달구어진 프라이팬 위에 오른 조개 같았다. 열을 가할수록 굳세게 입을 다물다가 정점에 이르면 입을 딱 벌리는.

"왜 내가 여기 있는 거예요. 저, 전 돌아가고 싶어요. 동료들이 있었어요. 그리고 저는…… 저는……."

여자의 말끝이 미세하게 떨렸다. 망설이는 듯 쉽사리 정체를 밝히지 못했지만 부러 힘들게 자기소개를 하지 않아도 그는 그녀의 정체를 알고 있었다. 무려 CIA에서 파견한 요원이 아닌가.

"알아. 하지만 지금은 못 가."

"왜요?"

"못 가니까."

여자가 찡그렸다. 살려 달라 빌 때처럼 본능적인 두려움에서 나오는 얼굴이었다. 잔뜩 짜부러진 얼굴에 선홍빛이 돌기 시작했다. 혈관이 부풀어지고 심장 박동이 증가하고. 억울하다는 듯 악을 쓰고 울던 때가 떠올라 또 아래가 반응하려 했지만 여기서 더 미친 사람 취급을 당하면 정말 미칠 것 같아서 가능하면 참으려 했다.

"그러지 말고 식사라도 하지그래?"

"……싫어요."

"안 먹으면 죽을 텐데?"

"절 죽일 건가요?"

여자가 불현듯 물어 왔다. 그는 낮게 웃음을 터트렸다.

"먹지 않으면 누구나 죽어."

"돌려보내 주세요."

"안 돼."

"왜요?"

여자는 답답하다는 듯 소리를 질렀다. 그리고 울려 퍼지는 소리에 스스로 놀랐다는 듯 눈을 크게 떴다. 하지만 수그러드는 기색은 아니었다. 클라크는 그녀를 향해 차분하게 읊조렸다.

"네가 죽으니까."

식기에 담긴 스크램블을 보았다. 아몬드 모양으로 노랗게 잘 익은 스크램블은 냄새도 모양도 좋았다. 구운 아스파라거스를 포크로 찍어 깨물었다. 아삭하는 소리와 함께 채소의 즙이 버석한 혀에 닿았다. 남자는 맥주를 마시고 있었다. 그녀의 머그컵에는 오렌지 주스가 가득이었다.

"맛없어?"

"그런 건 아니고……."

상식적으로 생각할 때 지금이 입맛 있을 시기는 아니었다. 아리는 제게 쏟아지는 남자의 시선이 머쓱해서 눈동자를 뛰룩뛰룩 굴렸다. 여태 자기소개도 안 한 남자를 앞에 두고 밥을 먹으려니 입으로 들어갔던 스크램블이 코로 다시 나올 것 같았다. 씹을 기운도 안 나 오렌지 주스를 한 모금 마셨다. 입맛이 없어 식기로 그릇을 뒤적이고 있자 다정한 목소리가 들려왔다.

"꼬순아."

귓가에 소름이 오소소 돋았다. 잘못하면 혀를 씹을 뻔했다. 눈을 둥그렇게 뜨고 쳐다보자 그가 뭐가 잘못됐냐는 듯 표정을 지었다. 들고 있던 식기를 놓고 헛기침을 했다.

"제 이름은 꼬순이가 아닌데요."

못마땅한 듯 불퉁하게 대꾸하자 남자는 고개를 끄덕였다.

"알아. 어떤 정신 나간 부모가 딸한테 꼬순이라고 이름을 짓겠어. 그런데 난 네가 꼬순이인 게 좋아. 그래. 다른 어떤 이름보다 꼬순이인 게 낫겠어. 그냥 꼬순이 해."

뭐지? 이 새끼? 절로 오만상이 다 찡그려졌다. 차라리 이름을 가르쳐 줄까. 그래 이름 정도는 가르쳐 주고 꼬순인지 암탉인지 이딴 말을 안 듣는 게 낫겠다.

"제 이름은 아리예요."

싫은 내색을 말끔히 지웠다. 아무래도 더 이상 감정을 드러내는 건 좋지 못한 일 같았다. 상황이 어떻게 돌아가는지도 모르는데 느긋하게 앉아 농담 따먹는 일도 이상하고 이 남자의 페이스에 말리는 일도 좋지 않았다. 아리는 등을 빳빳하게 세웠다.

"진짜 이름이 아리였구나? 귀엽네. 그런데 꼬순이가 더 귀여워."

남자가 제 이름을 읊조리는 모습은 이상했다. 그가 미소 지었다. 날카로운 눈초리가 부드럽게 휘어지며 안 그래도 야릇한 입매가 올라가자 더 야릇한 느낌을 주었다. 아리는 저도 모르게 목을 움츠렸다.

"이제는 아리라고 불러 주세요."

"생각해 보고."

그가 테이블에 팔을 올리고 깍지를 꼈다. 넓이로 보나 길이로 보나 아리보다는 훨씬 크고 두터운 손이었다. 피부는 태양에 바싹 그슬렸지만 본래가 이리 까뭇한 건 아닌 듯했다. 그의 이목구비는 백인의 것이었다. 짙은 눈썹에 뚜렷한 선을 가지고 있는 남자는 어딘가 묘했다.

저 먼 북유럽에서나 볼 법한 은발은 드문드문 금발이 섞여 있어 지금처럼 채광이 좋은 날이면 환한 블론드처럼 보이기도 했고 그러다가 어두워지면 톨킨의 신화 속에 나오는 바다 요정들의 아름다운 은발로 보이기도 했다. 오랫동안 태양 아래에서 활동한 듯 피부는 까뭇했지만 결코 투박하지 않았다. 아니, 투박함과는 거리가 먼 미모였다.

"이름이 뭐예요?"

아랫입술을 혀로 축인 뒤 물었다. 이름을 묻는 순간 더워졌다. 낯에 피가 몰리는 것을 막아 보려 했지만 잘 되지 않았다. 그녀의 동요를 눈치챘는지 남자는 또렷하게 웃어 보였다. 그러곤 느른한 미소를 거둔 뒤 입술을 움직였다.

"클라크. 클라크 로레이."

클라크 로레이. 아리는 이름을 들은 직후 저도 모르게 외워 보았다. 작게 읊조리는 양을 남자는 진지하게 쳐다보고 있었다. 제 이름이 그녀에게서 어떻게 조음되는 것인지 관찰하고 있는 시선이었다. 눈매의 모양 때문에 웃지 않으면 사늘한 인상이었지만 마주한 은회색 눈은 열망으로 반들거리고 있었다. 말간 볕이 유리창 넘어 들어왔다. 바닥에 눌어붙은 노란 볕과 그늘에 망연히 시선을 두었다. 남자, 아니 클라크는 이곳이 안전가옥이라고 했다.

그러면서 자신을 용병이라고 소개했다. 믿음이 가지는 않았지만 안 믿는다고 별다른 수가 생기는 건 또 아니라서 그저 고개를 끄덕였다. 남자는 편안히 웃었다. 그러면서 그녀에게도 편안하게 지내라고 했다. 너 때문에 마음이 편하지가 않다는 말은 나오지 않았다. 어느새 족적을 감춘 남자를 두고 시선을 들어 집 안을 훑었다.

벽지와 타일 대부분의 가구들에는 색이 없었다. 검거나 아니면 흰색밖에 없었는데 심지어 식기마저도 그렇게 빛깔 없는 것들뿐이라 이만하면 의도적이라고 생각할 수밖에 없었다. 취향 한번 적나라하구나. 먼지 한 톨 구르지 않는 선반과 서너 권의 책도 없이 말끔하게 비워진 책장을 보며 기이함을 느끼고 있을 무렵 초인종이 울렸다. 고작 초인종일 뿐인데도 머리털이 곤두섰다. 인터폰이 울리며 화면이 띄워졌다.

아리는 다가가 목을 빼고 그가 누군지 쳐다보았다. 남자였다. 괴한이라는 느낌은 없었지만 괴한이 어디 얼굴에 괴한이라고 써놓나? 무시하려 가만히 있는데 다시 한 번 남자가 초인종을 눌렀다. 얼굴에는 조급함이 드러나 있었다. 화장실이 급한 건가? 아리는 통화 버튼을 눌렀다.

"누구세요?"

— 그쪽은 누구신데요?

뭐야? 이 집에 누가 사는지도 모르고 찾아온 건 아닐 테고. 당황스러웠지만 침착하게 대답했다.

"본인부터 누군지 밝히시죠?"

뻗쳐 나가는 음성이 날카로웠다. 아리의 목소리를 들은 남자는 퉁명스러운 표정을 짓더니 대문을 뻥뻥 차기 시작했다. 저를 뻥뻥 걷어차는 것 같아 몸을 뒤로 뺐다.

"이봐요. 문 차지 말아요."

— 문 열어!

"누구인지나 대답해요!"

신경질적으로 소리를 지르자 남자는 더욱 세게 문을 걷어찼다. 인터폰을 너머 들려오는 소음에 귀가 째지도록 아팠다. 그냥 인터폰을 끌까 생각하다 신경전이 시작된 이상 이대로 물러날 수가 없어 끄지 못했다.

— 그럼 넌 누군데!

"이씨! 내가 물었잖아!"

— 내가 먼저 물었거든? 이 망할 계집애 너 들어가면 죽는다!

"문 안 열어 줄 거야!"

아리는 악을 썼다. 절대 안 열어 줄 거라 말했지만 대문은 자동으로 열렸다. 뒤를 돌았다. 클라크가 서 있었다. 그는 대문을 열어 준 뒤 그녀를 내려다보았다.

"중요한 일이 있어서 내가 불렀어."

쾌활한 웃음에 낯이 달아올랐다. 주인에게 찾아온 객을 다른 객이, 아니 객도 아니고 뭣도 아닌 여자가 주인 행세를 하며 내쫓으려 했던 건가? 아니지. 그렇게 핏대 올리면서 싸웠는데. 절대 안 열어 줄 거라고 했는데. 아리는 얼굴이 빨개진 채로 입술을 움직였다.

"안전가옥이라고 했잖아요?"

"응. 안전가옥이야."

"저 사람은 나를 위협했다고요."

"정말 너를 위협하면 내가 저 새끼를 죽일 거야."

클라크의 눈빛이 희게 번들거렸다. 힘이 들어간 목소리였다. 철커덕하는 소리가 들렸다. 아리는 그를 노리다가 남자와 마주치기 전 다른 방으로 들어가 버렸다. 클라크가 그녀를 잡았지만 팔을 흔들어 뿌리쳤다. 클라크는 방문이 닫히는 소리를 들으며 문을 열고 들어오는 남자를 바라보았다.

"악! 이 미친 새끼가!"

노엘 긴즈버그는 옆으로 돌아간 뺨을 붙잡고 악다구니를 썼다. 그러나 벌건 얼굴로 노려보며 말을 채 잇기도 전에 다른 한쪽 뺨이 반대 방향으로 돌아갔다. 그냥 한 번 퍽 치는 것도 아니고 전력을 다한 펀치였다. 그야말로 살인적인 힘이었다.

"이…… 그만하라고! 뭐가 문제야!"

다시 한 번 돌아오는 주먹에 몸을 피했다. 훈련으로 다져지고 실전으로 노련해진 만큼 노엘도 일반인이라고 할 수 없었다. 처음과 그 다음번은 사실 맞아 준 것에 불과했다. 이보다 어린 시절에는 심심해서 하는 게 주먹다짐이었으니까.

"그 계집애 때문에 그렇지?"

처맞고도 노엘은 실실 웃었다. 클라크의 얼굴이 개일 생각을 하지 않았다. 랜달에게 꼬순인지 암탉인지를 집에 들였다고 할 때부터 알아봤지. 병신 새끼……. 노엘이 다시 헤죽헤죽 웃고 있을 때 다시 주먹이 날아와 정면에 꽂혔다. 순간 우드득하는 소리와 함께 부서지는 소리가 났다.

방으로 돌아와 침대에 누웠다. 민망하기 이를 데 없었다. 이불을 머리끝까지 덮어 쓰고 눈을 질끈 감았다. 꼴에 대체 뭐라고 주인 행세를 한 건지…… 너무 멍청해서 죽이고 싶도록 미웠다. 방문 너머 희미한 대화 소리가 들렸다. 이불 밖으로 머리를 내밀고 귀를 기울였다. 이불을 걷어 내자 소리는 조금 더 분명해졌다. 음성은 들렸지만 영어가 아니었다.

헤브라이어일 것이다. 유대민족의 언어. 스산하게 깔리는 저음에 소름이 돋았다. 대화의 내용조차 추측할 수 없을 만큼 헤브라이어엔 까막눈이었지만 그들이 자신에 관한 이야기를 하고 있다는 느낌이 들었다.

아리는 침대에서 벌떡 일어나 다시 거실로 갔다. 이야기를 나누고 있는 장신의 남자 둘은 퍽 좋은 낯빛이 아니었다. 무색의 장식장 뒤편에 숨어 그들을 주시하던 중 오른쪽 뺨이 부어오른 남자와 눈이 마주쳤다. 번뜩이는 갈색 눈이 제게 닿자 그녀는 어깨를 들썩였다. 곧이어 클라크 또한 등을 돌렸다.

"인사해. 꼬순아. 이쪽은 내 사업 파트너 긴즈버그 씨."

그는 쾌활했다. 분명 기척을 죽이고 걸어 나와 숨었는데 그녀가 장식장 뒤에 숨어 있단 걸 아는 눈치였다. 팔뚝에 소름이 오소소 돋았다. 아리가 마른침을 삼키며 가만히 있자 갈색 눈의 남자, 아니 긴즈버그 씨가 부어오른 오른쪽 뺨을 씰룩이며 눈을 휘었다.

"반가워요. 꼬순 씨. 나는 긴즈버그. 이 친구의 사업 파트너. 노엘 긴즈버그입니다."

긴즈버그와 또라이, 그리고 꼬순 씨가 원형 테이블에 앉아 서로의 눈치를 살피고 있었다. 아니 조금 더 정확히 말하자면 또라이는 빙글빙글 웃고 있었고 또라이를 중심으로 각각 왼편과 오른편에 앉은 남녀만이 탐색전을 벌이고 있었다. 그녀는 눈앞에 남자가 범인은 아니리라 짐작했다. 서당 개 삼 년이면 풍월을 읊는다고 정보국에 넉 달이나 근무했던 아리다. 눈앞의 있는 남자가 범상치 않은 부류라는 건 직감적으로 알 수 있었다.

"긴즈버그 씨라고 했죠?"

"응."

아리는 한쪽 눈썹을 들어 올렸다. 긴즈버그 씨라 소개한 남자는 클라크 로레이를 능가할 만큼 거구의 남자였다. 전체적으로 봤을 땐 싸늘한 인상이긴 하지만 꽤 호남형이었고 선홍빛 입술 아래로 촘촘히 뒤덮은 갈색 턱수염은 꽤 멋있었다. 더불어 반듯한 이목구비는 여자들에게 호감을 주기에 충분했다. 그러나 아리는 그를 향해 조금도 웃을 수 없었다.

"아리라고 해요."

테이블 위로 손을 올려 악수를 청했다. 긴즈버그는 뚫어지게 그녀를 쳐다보다 피식하고 웃더니 손을 잡았다. 흡사 곰 발바닥처럼 크고 거친 손이 그녀의 손을 삼켰다. 창백한 피부만큼이나 온기 없는 손이었다. 아리는 그 선득한 차가움에 어깨를 들썩였다. 헛기침을 한 뒤 손을 빼내었다. 재빨리 손을 거두는 아리를 향해 노엘이 찬웃음을 흘렸다.

"죽다 살아난 여자치고 팔팔하네."

노엘의 도발에 아리는 미간을 좁혔다. 눈에 힘을 콱 주고 흘겨보았지만 남자에겐 통하지 않았다. 잠시 씨근덕대는 것을 멈추고 클라크를 보았다. 길고 뾰족한 시선이었다. 수컷의 냄새를 풍기는 눈매는 곱게 휘어져 있으나 왠지 모를 불만이 척척 쌓여 있는 듯하였고 입술은 다물어져 있지만 끝이 살짝 올라간 모양이 결코 편안해 보이지 않았다.

"둘이 붙여 놓으니 재밌네. 그런데……."

"……."

"누가 내 허락 없이 내 여자를 만지랬어?"

그가 길게 말을 끄는 동안 숨을 죽였던 아리가 눈을 동그랗게 떴다. 고저 없이 흐른 음성은 노엘을 향해 있었지만 시선은 줄곧 제게서 떠나지 않고 있었기 때문이다.

"뭐라고 변명이라도 해야 하지 않아?"

클라크가 다시 한 번 더 채근했다. 아리는 하얗게 질려 노엘을 보았다. 노엘 또한 그의 반응에 얼어붙은 상태였다. 아리는 붕어처럼 입을 뻐끔거리다 다시 클라크를 보았다. 다른 남자에게로 향하는 시선조차 못마땅하다는 듯 그에게서 한층 더 음산해진 기운이 느껴졌다.

"무, 무슨 말을 하는 거예요?"

간신히 입을 열었지만 남자의 흉흉한 기색은 수그러들지 않았다.

"말 그대로야. 누가 네 마음대로 다른 남자랑 손잡으래?"

조선 시대냐? 여자들이 양갓집 규수처럼 방에 들어앉아 수틀이나 만져야 하는 시대냐? 아리는 미쳤냐는 듯 클라크를 바라보았다. 그러나 남자는 그 어느 때보다 진지했다. 심지어 무섭기까지 했다. 저 혼자 북극에 있는 양 삭풍이 부는 얼굴은 구김 한 점 없이 매끈했지만 사납게 물든 낯빛은 어떤 것으로도 감출 수 없었다. 그때 노엘이 자리를 일어섰다.

"난 이만 가 보지."

난감했다. 질렸다는 듯 자리를 털고 일어나는 모습에 미련이 없었다. 아리는 클라크와 단둘이 남을 잠시 후의 상황을 걱정하며 땀을 삐질삐질 흘렸다.

"수고해."

클라크의 말에 노엘이 고개를 끄덕였다. 문이 닫히는 소리가 나자 내부의 한산함이 더욱 무겁게 느껴졌다. 아리는 팔뚝까지 흘러내린 셔츠를 추어올렸다. 그리고 그를 올려다보았다.

"이상한 말…… 자꾸 하지 말아요."

"뭐가 이상한데?"

"내 여자라느니 그런 말……."

"그럼 내 여자가 아니고 뭐지?"

그의 말에 아리가 미간을 구겼다.

"내가 왜 그쪽 여자예요?"

"주운 사람이 임자란 말 몰라?"

"뭐라고요?"

아리가 신경질적으로 되물었다. 느긋하게 등받이에 몸을 묻고 있던 남자가 그녀의 옆으로 다가와 허리를 끌어당겼다. 아리는 끌려가지 않으려 버둥거렸지만 사내의 완력을 당해 낼 순 없었다.

"우리가 뭘 했다고…… 대체……!"

"할 거 다 했는데 이제 와서 뒤로 빼면 곤란해."

사분하게 중얼거리는 모습에 아리는 숨을 삼켰다. 할 거 다 했다는 말이 몹시도 거슬렸다. 혹시라도 그녀가 자는 사이에 진짜 몹쓸 짓이라도 한 건 아닌지 불안했다. 남자의 손은 어느새 아리의 허벅지를 쓰다듬고 있었다. 아리는 핏줄이 선명하게 솟은 남자의 손등을 붙잡아 떼어 내며 물었다.

"당신 내가 의식을 잃은 사이에 설마……."

"미친. 내가 아무리 양아치라도 그런 짓까지 하진 않지."

아리는 한숨을 돌렸다. 남자는 언짢았는지 팍 상한 얼굴로 그녀를 노려보았다. 다정했던 눈이 바늘 촉처럼 변하자 아리는 태도를 바꿔 조금 더 상냥하게 물었다.

"그럼요?"

"키스했잖아."

그건 또 무슨 고조선 시대 같은 소리냐? 키스한 게 뭐 할 거 다 한 거야? 어디 구한말에도 안 먹힐 작업 멘트를 날리고 있어? 아리는 그를 흘겼다.

"뭐? 그게 다예요?"

"그게 다라니. 난 네 목숨을 구해 주고 이렇게 안전한 집까지 제공해 주고 있는데."

"그렇긴 하지만……."

그의 말에 아리의 반쪽 양심이 아파 왔다. 남자는 놓치지 않고 사근해지는 그녀의 뺨에 입을 맞추었다.

"은인에게 좀 더 상냥해져 봐."

⚜

노엘은 벙커 같은 대저택을 나왔다. 그리고 다섯 발자국 걸어가다 다시 뒤를 돌아보았다. 테헤란의 중심 시가지와 떨어져 둥그러니 몸을 만 괴상한 형태의 저택이었다. 산을 깎아 지대를 고르게 만들어 골조를 세운 저택은 딱정벌레의 등껍질처럼 반원이 엎어진 모양을 하고 있었다. 집주인의 성격만큼이나 꽤 더러운 모양새를 하고 있음이 분명했다. 미학적인 면에서 칭찬해 줄 마음은 조금도 들지 않는 거대 저택은 모양새만큼이나 쓰임새도 독특했다.

저택은 중동에 똬리를 틀고 있는 거대 용병 회사 ADOS의 회장이자 '그' 로레이가의 후계자 클라크 로레이의 안전가옥이었다.

물 샐 틈 없는 경비와 방비로써 정점을 찍는 곳이 요즘은 더욱 촘촘하게 털을 세우고 있다는 소문에 들러 봤더니 과연 집주인이 미쳐도 곱게 미치지는 않은 모양이다.

노엘은 저택과 조금 떨어진 곳에 세워 둔 차를 타고 야산을 빠져나온 뒤 휴대폰을 들었다. 아들이 걱정돼 죽는 어머니에게 안심하라 전화를 해야 하는데 상태를 보고 오니 안심은커녕 더 골치 아프게 되었으니 앞으로의 일을 준비하라 일러두는 형국이 될 것 같았다.

4

가장 완전한 타인

시간은 무섭게 흘렀다. 아리는 아무것도 할 수 없었다. 본래도 많은 것을 할 수 있는 여자는 아니었지만 남자의 손아귀 안에서는 더욱 그랬다. 아리가 불안을 느낄라치면 남자는 뜨뜻하게 끓인 설탕시럽처럼 녹진하게 그녀를 감아 왔다.

그녀는 최소한으로 남자에게서 자신마저 지킬 수 없는 지경에 이르렀다. 사건의 정황을 파악하기 위해 여러 번 질문했다. 지금 이곳이 어디인지, 얼마나 안전한지 자신을 어떻게 알고 구한 것인지.

그리고 그가 그녀를 보호하고 있는 이유가 무엇인지. 그러나 남자는 언제나 어벌쩡하게 넘어갔고 아리는 그때마다 굳게 닫히는 입술을 보며 근심에 휩싸여야 했다. 집에라도 전화를 하게 해달라고 간절히 요청했지만 그 또한 들어주지 않았다. 막무가내로 고압적으로 나왔다면 화가 나 달려들었을 테지만 남자는 그럴싸한 이유를 들이대며 모든 것을 나중으로 미뤘다.

남자는 명랑했다. 좋은 사람이라고 불릴 만한 모든 요소를 가지고 있었다. 잘생겼고 다정했으며 비밀스러웠지만 자신의 개인적인 것에 관해서는 전혀 비밀스럽지 않았다. 무얼 좋아하고 무얼 싫어하는지 취미가 무엇인지 따위를 매일 밤 늘어놓는 남자를 보며 아리는 점차 그가 아리송해지기 시작했다. 정확히는 호감. 가식이라도 어쩔 수 없었다. 사실 어떻게 생각하면 당연한 일이었다.

절체절명의 상황에서 자신을 구해 안전한 집을 제공한 남자였다. 게다가 좀 엉뚱하긴 하지만 그녀에게 늘 다정했으며 심지어 몹시도 미남이었다. 급작스레 자신을 애인 취급하긴 했지만 전처럼 선을 넘는 일은 없었다.

시간이 갈수록 모든 것이 모호하고 흐려져 갔다. 병아린지 꼬순인지 그 되지도 않는 별명에 익숙해져 가고 있을 무렵 그러니까 죽음의 순간으로부터 3주가 흐른 어느 아침, 아리는 제 목울대에 난 상처를 확인했다. 희미하긴 하지만 분명하게 그어져 있었다. 믿을 수 없게도 그날 그곳에서 일어난 일은 꿈이 아니라 사실. 어리석게도 나흘 전에 일어난 일이 그 모든 것을 말해 주었는데 살기가 편하다고 그 변고를 단지 꿈결처럼 느끼고 있었다니. 아리는 제 살갗을 더듬으며 화장실을 빠져나왔다.

그러니까. 나흘 전 저택에 침입자가 있었다. 다행히 모두 사살되긴 했지만 한 치가 쏜 총에 옆구리가 긁혔다. 그대로 서 있었으면 옆구리를 제대로 관통했을 일을 클라크가 저를 안고 바닥으로 쓰러져 살 수 있었다. 아리는 아직도 그날의 오전이 뚜렷했다.

이른 점심을 먹고 클라크와 007 시리즈에 대해 이야기를 나누었다. 본래는 그가 공작원으로서 담당하던 일에 대해 대화를 나누다 점차 이야기가 곁가지로 번졌던 것이다. 심각하게 정말 제임스 본드처럼 날아다니면서 총 쏘고 그래요? 하고 물었더니 남자는 말없이 웃음을 터트렸다.

입꼬리를 올리며 웃어도 어딘가 으스스한 느낌을 감출 수 없던 남자가 그렇게 크게 웃다니……. 한데 묘하게도 그의 웃음에선 청량한 느낌만 물씬 났다. 어두웠던 피부는 제 색을 찾아 말갛게 빛났고 오묘한 수은빛으로 뒤덮인 은회색 눈은 포물선 모양으로 휘어지며 상냥하게 웃었다. 심장이 쿵 하고 뛰다 이렇게 넋을 잃을 때가 아니라며 여러 번 살을 꼬집었다.

차를 다 마시고 컵을 치우려 할 무렵이었다. 갑자기 천장이 쿠쿵 하며 소리가 울렸다. 사막에서 그 모진 일을 당한 뒤로 그녀는 작은 소리에도 경기했다. 불을 끄고 잠들지 못하는 것은 물론 혼자서는 쉽게 잠들 수 없어 종종 그의 도움을 받아야 했다.

놀란 아리가 그의 등 뒤로 가 몸을 사렸다. 환담을 주고받던 남자는 서랍을 열어 총을 쥐었다. 얼마 안 가 기관총이 거실의 방탄유리를 갈겼다. 세작들이 로프를 타고 내려와 마당을 점거했다. 심장이 벙벙 뛰며 다리가 후들거렸다. 아리는 질척하게 땀이 솟은 손으로 그의 소매를 잡았다. 차마 팔을 쥘 수 없어 그렇게 매달려 있으니 염려 말라는 듯 남자가 그녀의 이마에 입을 맞추었다.

"문제없어."

반드시 지키리라는 맹약은 없었다. 단지 매듭짓듯 확언하고 환히 웃어 줄 따름이었다. 저택에 대기하고 있던 가드들이 반격을 시작하자 침입자들은 하나둘 꺾이기 시작했다. 그러나 개중 운 좋은 놈은 살아 나와 기어이 유리를 깨고 들어왔다. 치의 총구는 정확히 아리를 겨냥해 있었다. 가장 우선적으로 죽여야 할 이는 클라크였으나 클라크를 목표로 하기엔 시간이 너무 오래 걸리고 총탄을 난사하면 무력한 그녀는 반격 없이 곧 죽을 것이라 생각한 모양이었다.

방아쇠에 가 있던 저격수의 검지가 구부러지자 클라크는 그녀를 안고 바닥으로 쓰러져 몸을 피했다. 아리는 비명 한마디 못 지른 채 쓰러졌다. 클라크는 아리를 바로 테이블 아래로 밀어 넣고 대응사격에 들어갔다. 몇 발의 총성이 더 울렸다. 고개를 바짝 들고 눈앞의 광경을 보았다. 클라크가 기관총을 든 남자의 목을 꺾어 내팽개쳤다. 깨끗한 움직이었다. 군더더기 없는 살인 행위에 아리는 입이 바싹바싹 말랐다.

그는 뒤를 돌아 아리를 향해 다가오는 괴한의 복부에 칼침을 박았다. 쑤셔 넣고 다시 빼기를 반복. 빠르게 여러 번 멍치를 갈기자 피가 튀어 사방으로 흩어졌다. 그렇게 두서넛이 더 죽었다. 하나는 목이 꺾어져 죽고 하나는 동맥이 잘려 죽었다. 마지막 한 놈은 가드가 쏜 탄환에 고꾸라졌다.

그러나 후방에서 빗발치는 총탄은 여전했다. 그 총탄에 유리며 가구며 남아나지 않았다. 아리는 귀를 꽉 막고 남자의 움직임이 부자연스러워지지는 않나 주의 깊게 보았다. 혹시라도 그가 죽으면 그녀도 끝장이었다. 그때가 되면…… 더 살려고 하지 말고 권총 자살해야지.

그런 생각을 할 무렵 무작스러운 손이 그녀를 끌어냈다. 완력이 거칠어 클라크답지 않다고 생각한 순간 낮은 음성이 들려왔다.

"쥐새끼처럼 살아남아 무슨 좋은 꼴을 보려고……."

시퍼런 눈이 잡아먹을 듯 흉했다. 아리는 턱에 힘을 주었다. 눈에 서린 빛과 총구에 서린 빛이 다르지 않았다. 눈을 감고 어금니를 꽉 깨물었다. 이마에 차가운 플라스틱의 감촉이 닿은 순간 뻥 하는 소리가 들렸다. 아리는 그것이 제 머리가 날아가는 소리인 줄 알았다. 하나 눈을 떴을 때 시야는 여전히 또렷했고 제 몸의 어딘가가 아리지도 않았다.

"하아……."

숨을 깊게 들이쉬며 주검을 쳐다보았다. 머리가 박살 나 뇌수가 쏟아진 꼴이 가관이었다. 아리는 소스라쳐 뒤로 물러섰다. 주검의 끝에는 검은 구두코가 있었다. 이윽고 부들부들 떨며 앉은 자세로 뒷걸음질 쳐 벽에 기댔다. 이미 숨이 끊어진 몸뚱이를 향해 탄환이 쏟아졌다. 시선을 드니 클라크가 비틀린 얼굴로 방아쇠를 거듭 당기고 있었다.

하얀 볕을 받은 얼굴에 새겨진 무정함에 이가 달달 떨렸다. 난사된 탄환은 목표물에 정확히 박혔다. 난사되어 뚫린 구멍에서 피가 질척하게 흘러내렸다. 탄환이 떨어지자 클라크는 주검의 뚫린 복부를 찍어 눌렀다. 아리는 벽에 기대어 숨을 몰아쉬었다.

주검은 멀어졌으나 피비린내는 가까웠다. 대체 왜 저렇게까지 주검을 모욕하는 건지 이유를 알 수 없었다. 내실이며 중정이며 시체는 널렸는데 대체 왜 저치만 저렇게…….

문득 시야 안에 핏방울이 들어왔다. 의아했다. 어째서?라고 생각하는 순간 눈 밑에서 무언가 떨어져 내렸다. 아리는 그것을 무심코 닦아 냈다. 피였다. 그제야 깨달았다. 제게 총구를 겨누었던 상대의 머리가 터지는 순간 피보라가 제게로 튀었단걸.

"악!"

소리를 지르며 가슴을 부여잡았다. 주검을 모욕하던 남자가 반듯하게 걸어와 그녀의 앞에 섰다. 아리는 발작하듯 소리를 내다 제 앞에 무릎 꿇은 남자를 쳐다보았다. 복부를 짓밟느라 내장의 살점이 얼굴에 튀어 기괴했다. 겁이 왈칵 나며 눈물이 쏟아졌다.

"병아리야."

참 다정히도 불렀다. 아리는 눈만 간신히 껌뻑였다. 피가 튄 남자의 얼굴은 이질적이었다. 수십 분 전 저와 환담을 나누며 웃던 남자가 맞는지. 이런 무작스러운 인간이 자신을 소중히 여기는 눈으로 들여다본다는 게 이상해서 아리는 뻗어 오는 손에 쉽사리 자신을 내어 주지 못했다.

"음…… 흑! 흐윽…… 흐으윽!"

요란스러운 울음소리였다. 제가 들어도 억눌린 채 삐져나오는 음성이 이상했다. 고개를 숙인 채 귀를 막았다. 몸을 만 채 울고 있으려니 거대한 그림자가 머리 위로 드리워졌다.

"무서워……."

속삭이자 으스러질 정도로 강한 몸이 그녀를 끌어안았다. 일그러진 얼굴로 쳐다보자 아픈 눈이 시선을 맞춰 왔다. 오직 자상함밖에 없는 눈이다. 한데도 이상하게 주검을 모욕하던 순간이 덧그려졌다.

"괜찮아. 이제 괜찮아."

남자는 그녀를 안고 거듭 달랬다. 아리는 소매로 눈두덩이를 비비며 생각했다. 그만 울어야지.

"흐으윽…… 으허엉……."

한데 멈춰지지 않는다. 이상했다. 멈춰야 하는데 더 깊어졌다. 주체할 수 없을 정도로 길게 이어져서 아리는 속이 탔다. 이제 이 남자 앞에서 그만 울고 싶은데 맺혔던 것이 탁 하고 풀어지며 다리에 힘이 풀렸다. 순간 몸을 말고 있던 아리가 기울어지며 그에게 더 깊이 안겼다. 클라크는 말없이 그녀를 받아 냈다. 그리고 아이처럼 안고 이마에 입을 맞추었다.

"다 괜찮아졌어."

아이를 달래는 양 쉬쉬 소리를 내며 등을 토닥이는 손길이 다정했다. 아리는 눈을 연신 깜빡이며 눈물을 흘려보냈다. 눈물이 뺨을 타고 흐를 때마다 제 처지가 단단해져 갔다. 인지하기 싫어 뒷방으로 몰아넣은 것들. 죄지은 것도 없는데 상부에선 왜 저를 사살하라 했을까.

아무것도 듣지 못했지만 결국 답은 하나였다. 부러 부정하고 밀쳐 낼 필요 없이 곧게 느껴지는 것. 정보국은 자신을 제거하려 하고 있었다. 클라크의 의해 주검이 되기 전 사내가 썼던 기관총. 그리고 세작들이 입은 방탄복과 총기들. 모두 정보국 내에서 특수 제작한 것들이었다. 아무리 멍청해도 그건 알아볼 수 있었다. 넉 달이나 있으면서 그걸 모르는 게 더 이상한 거였다. 하지만 대체 왜? 뭐가 잘못돼서 그녀를 노리는 것일까. 조금 전만 해도 총구의 방향은 정확히 자신이었다. 이 남자일 리 없었다. 이 남자는 저 때문에 같이 표적이 된 것뿐. 아리는 숨소리가 낮게 이어져 오는 강인한 턱을 물끄러미 바라보았다. 빛을 받아 청아하기까지한 은회색 눈이 그녀의 젖은 얼굴에 진득하게 머물렀다.

입술을 달싹이며 숨을 나직하게 내뱉자 그가 포근히 입을 맞추었다. 말하고 싶은 게 있었는데…… 그러나 아리는 남자를 밀어내지 못했다. 그저 살갗을 비비고 서로의 몸을 더듬을 뿐. 그들은 그 자리에 오래 머물러 있지 않았다. 남자는 그녀를 들고 피가 자박한 거실을 지나 제 침실로 들어갔다. 그는 침대 위에 아리를 내려놓고 손을 잡았다. 그녀는 낮게 훌쩍이며 매달리듯 안겨 들었다. 남자는 그녀를 피하지 않았다. 그저 가만히 안고 등을 토닥여 줄 뿐이었다. 긴장이 풀려서인지 졸음이 쏟아졌다. 아리는 그의 손을 꽉 쥔 채 잠이 들었다.

잠을 자고 일어나자 주검은 깨끗하게 치워지고 피범벅 된 가구며 박살 난 유리까지 완벽하게 새 것으로 갈아져 있었다. 아리는 일어나서도 이렇다 할 말을 찾지 못했다. 잠들기 전까지 자신을 안아 주고 재워 주던 남자가 웬일인지 어색하게 느껴졌다.

분명 저 넓은 어깨가 제 몸을 감싸 안으며 침대까지 데려가 줬는데 막상 얼굴을 보자 피보라가 튄 얼굴로 무작스레 목을 꺾던 순간이 떠올랐다. 아리는 흠칫거리며 주변을 서성이다 마음을 진정시키곤 테이블에 앉았다. 남자는 아침 인사 외에 이렇다 할 말을 하지 않았다. 그저 묵묵하게 식사할 뿐이었다. 쭈뼛거리며 애써 말을 붙여 보았지만 반응은 미미했다. 스산할 정도로 조용한 아침. 창밖으로 새 지저귀는 소리가 어렴풋이 들린 뒤로는 아무런 소리도 들리지 않았다. 아리는 수란을 떠 입 안으로 넣었다. 숨 막히는 고요한 아침이었다. 그렇게 나흘이 흘렀다. 나흘 동안 남자는 그 사건에 대해 어떤 언질도 주지 않았다.

아리는 화장실에서 빠져나와 주방으로 갔다. 단색으로 점철한 부엌에서 클라크는 에이프런도 두르지 않고 아침을 차리고 있었다. 검은 오디오 세트에선 차이콥스키의 현을 위한 세레나데 C장조가 흘렀다. 아리는 남자의 카키색 긴 티셔츠를 짧은 원피스처럼 입은 채 그를 향해 다가갔다.

"앉아."

아리를 발견한 클라크가 의자를 빼 주었다.

"고마워요."

토스트를 집어 들고 조금 웃었다. 창 너머 들어오는 볕이 따뜻했다. 기이할 정도로 모든 것이 안정되어 있다. 그래서 마음을 놓을 수 없었다. 아리는 제 맞은편에 앉는 남자를 들여다보았다. 시선을 느낀 클라크가 아리를 마주 보았다.

"있잖아요. 내가 묻는 말에 대답해 주지 않는 건 안정을 위해서라고 했잖아요. 그때 그 일도요. 그러니까 나흘 전에…….”

“그랬지.”

남자는 싫증 내지 않았다. 무어라 말하지 않아도 그는 그녀가 말하는 것을 알아들었다. 아리는 흐트러지는 호흡을 가다듬었다.

“괜찮아요. 충분히 안정되었고, 그러니까…… 여기가 어딘지 왜 당신이 날 구한 건지…… 말해 줘요.”

가장 처음과 동일한 질문이었다. 심지어 토씨 하나 틀리지 않았을지도 모른다. 똑같은 질문. 똑같은 아침.

클라크는 여전히 조금 지쳐 보이고 건조한 여자를 물끄러미 보았다. 어지간히도 불안한 것 같았다. 그 불안에 공감하는 한편 그녀가 그저 제게 머물며 쉬기를 원했다.

지금으로선 할 수 있는 일이 없었으니까. 덫에 걸려 파드득거리는 병아리를 위해 해 줄 수 있는 건 그저 쉴 만한 공간을 제공해 주는 것뿐이었다. 그날 그녀가 그곳에서 그런 상황을 맞닥트리게 된 이유는 저도 정확히 알 수 없었다.

알게 된 것은 그저 그녀가 함정에 걸렸고 그 함정은 생각보다 깊은 수렁이란 것뿐. 그날 여자는 그곳에서 아군에 의해 의도적으로 살해당할 처지였다. 그녀를 죽음으로 밀어 넣은 이들은 적이 아닌 아군이었다. 그것만은 확실했다.

그러므로 여자는 더 이상 돌아갈 곳이 없었다. 내막의 세부를 알지 못해도 여자를 찾고 있는 이들이 무엇보다 그녀의 죽음을 원한다는 사실 정도는 유추할 수 있다.

나흘 전 불청객들을 모조리 죽여 버리느라 뒷배를 알아내지 못했다. 병아리를 생각하느라 정신이 해이해진 탓이다. 본래라면 이렇게 과하게 무력을 쓰지 않고 몇 놈 살려 두어 요긴하게 써먹었을 텐데. 그러나 이런 사실을 병아리에게 말해 준다 한들 하등 도움이 되지 않을 것이다. 그렇지 않아도 민간인에 지나지 않을 무력한 여자였다.

모친과 랜달은 그녀가 정보국의 요원이라고 했지만 그 어디에서도 타이틀이 주는 통찰력과 분별력은 없었다. 클라크는 오렌지 주스를 한 모금 마셨다. 제 귀여운 병아리는 잔뜩 긴장한 눈이었다. 안정을 취하라고 했지만 늘 마음 한편에는 불안한 상황을 가늠하고 판단하고 있었을 것이다. 알고 있었지만 그럼에도 현재의 암담한 상황을 전해 주는 것보단 나을 것 같아 두고 보기만 했었다. 클라크는 그녀를 향해 최대한 편안한 미소를 지어 보였다.

"굳이 지금 알아도 네가 할 수 있는 일은 없을 거야. 그래도 듣길 원해?"

"그래도 당신이 아는 것만큼은 알아야죠."

아리의 대답에 클라크는 미간을 좁혔다. 입 안이 버석해졌다. 눈꺼풀을 빠르게 껌뻑이자 눈 밑의 근육이 파르르 경련했다. 클라크는 그런 그녀를 향해 다소 쾌활하다 싶을 정도로 말간 미소를 지었다.

"함정에 걸린 거야."

"네?"

"네 동료들이, 아니 정보국이 너를 등쳐 먹은 거지."

아리는 잠시 말문이 막혀 더듬거렸다. 손에 땀이 찼다. 리암이 떠오르다 빠르게 흩어져 갔다. 믿을 수 없었다. 그 남자가 저를 사지로 내모는데 일조했다는 생각, 아니 어쩌면 주도했을지도 모른다는 생각은 상상조차 못 했다.

"무슨 말이죠?"

아리는 기신기신 입을 열었다. 남자는 어느덧 웃음을 거두고 어두워지는 그녀의 낯빛에 주의를 기울였다.

"이해할 수 없어요. 그들이 날 죽이려고 한 이유가 도대체 뭐예요. 내 죽음으로, 아니 나 따위가 죽어서 그들이 얻을 수 있는 게 뭔데요?"

생각보다 말은 자연스럽게 흘러나왔다. 머리가 굳어 더듬거리느라 제대로 말도 못 할 것 같았는데 생각보다 괜찮았다. 아리는 주먹을 꼭 말아 쥐었다. 나름 차분한 척해 보려 했지만 뜻대로 되지 않았다. 목구멍에서 빠져나오는 숨 한 올 한 올이 비틀리고 으깨진 것 같았다.

"돌아가고 싶어요. 아니 돌아갈 수 없다면 엄마에게 전화라도 할래요."

"그럴 수 없다고 했잖아."

"왜요."

울음이 섞인 숨을 토해 내던 아리가 클라크를 노려보았다. 열을 받아 낯이 팽팽하게 부어오르는 와중에 남자가 미치도록 미웠다. 왜 미운지는 설명할 수 없었다. 남자는 제게 은인이었다. 연인이 되고자 했지만 은인에서 그쳐야 하는 것이 맞았다.

이토록 서로에 대해 아무것도 모르는 연인이란 있을 수 없었다. 남자가 그간 늘어놓았던 시시껄렁한 이야기들이 그녀의 주의를 돌리기 위해서란 사실을 모를 리 없었다. 그 또한 부정할 수 없을 것이다. 입가에 근육이 바르르 떨렸다.

"당신이 뭔데? 당신이 뭔데 내 행동에 대해 결정하는 거야?"

"……."

남자는 묵묵부답이었다. 아리는 입술을 깨물고 그를 노려보았다. 부당한 일이었다. 그가 저를 가두는 일도. 자신이 그에게 이토록 예의 바르지 못하게 구는 일도 손님답지 못한 일이었다. 그러나 아리는 최대한 그를 밀어 내고 싶었다.

화가 났다. 곰곰이 생각하다 보니 제가 화내는 게 그리 부당한 일만은 아니다 싶었다. 사정을 알게 된다면 배은망덕한 계집애가 은혜도 모르고 난동을 부리는 격이 될지도 모르지만 어쨌든 지금은 아무것도 모른 채 잡혀 있는 꼴이었다. 그녀는 일어나 악다구니를 썼다.

"집에 가고 싶다 했잖아! 보내 달라고 했잖아! 내가 죽든 말든 대체 무슨 상관이야?"

어느새 눈가에 눈물이 맺혔다. 넋을 놓지 않기 위해 여러 번 마음을 고쳐먹었지만 뜻대로 되지 않았다. 버림받았단 말에 먼저 든 생각은 서러움이었다.

남자는 그녀가 밖으로 나가면 죽을지도 모른다고 이야기했다. 믿을 수 없었다. 죽을 만큼 잘못하고 살진 않았다. 살면서 남에게 미운 말 한번 안 해 봤다면 그건 거짓말이지만 누군가에게 그런 식으로…… 산 채로 목이 잘릴 정도로 잘못하고 살지는 않았다. 억울했다. 그리고 두려웠다. 물밀 듯 스며들어 오는 공포와 무력감에 그녀는 어쩔 줄 몰랐다.

"그냥 차라리 죽게 내버려 두지 그랬어요!"

"……."

"끔찍해! 너무 끔찍해! 난 아무것도 잘못하지 않았는데…… 그렇게, 그렇게 죽을 만큼 잘못하고 살지 않았는데……."

'그렇게'라는 말을 내뱉을 때 아리는 소스라치듯 경련했다. 짐승을 도축할 때나 쓰는, 아니 도축한 짐승의 뼈와 살을 발라낼 때에나 쓰는 칼이 목울대를 찌르는 순간을 떠올리자 다리에 힘이 풀렸다. 오금이 저려 왔다. 눈앞의 남자가 아니었으면 무자비하게 살해당하고 버려졌을 것이다. 그렇게 되지 않아 천만다행이었다. 그러므로 방금 전 지껄인 말은 전부 거짓말이었다.

죽도록 내버려 두라느니 어쩌느니 하는 말 따위. 사실은 허세에 가까울 정도로 빈약한 거짓말이다. 질질 짜고 있을 동안 남자가 코앞까지 다가와 있다는 것도 알지 못했다. 애처럼 고개를 처박고 울고 있는데 턱이 들어 올려졌다.

"무슨 상관이냐고?"

몽롱해져 가는 정신 속으로 남자의 음성이 착실하게 부서져 스미었다. 아리는 힘겹게 그를 올려다보았다. 부옇게 이는 망막에 반쯤 걸쳐진 그의 얼굴은 불쾌하게 일그러져 있었다.

"죽도록 내버려 두지 그랬냐고?"

그는 제가 뱉어 낸 거짓말을 똑같이 읊고 있었다. 소름이 돋았다. 그의 손에서 벗어나려 두어 발 물러나자 그가 반 발자국 빠르게 걸어와 그녀를 잡아챘다. 이번에는 턱이 아니라 어깨였다.

"죽도록 내버려 둘 만큼 감정이 없었으면 그냥 내가 죽였어."

"흑……."

밭은 숨과 함께 자근자근 씹어 뱉는 말들은 모조리 잔혹했다. 아리는 저도 모르게 휘어진 울음 하나를 토해 냈다. 그 순간 남자가 성큼 다가왔다. 입술이 지나치게 가까웠다. 차가운 숨이 윗입술을 스쳐 흩어졌다. 그녀는 손을 올려 그의 뺨을 후려쳤다.

"그만……."

"시작한 건 너야."

뭘 시작했다고 하는 건지 알 수 없었으나 그의 말대로 무언가 시작된 건 확실하다. 아니 조금 더 정확히는 그녀가 그의 무언가를 건드렸다. 중요하게 여기지 않았으나 실은 그에게는 너무도 중요했던 무언가. 아리는 그 무언가가 무엇인지 알 수 없었다. 입술이 덮였다. 정신이 아득해지며 캄캄한 수렁으로 오르락내리락했다.

눈을 감자 몸이 덜렁거리는 것 같아 팔을 들어 그의 목을 옭아맸다. 남자는 저를 자극하는 것으로 인지했는지 더욱 바특이 몸을 겹쳐 왔다. 아찔할 정도로 뜨거운 키스였다. 잡아먹힌 입술은 불에 덴 듯 화끈거렸고 깊은 동굴 속으로 빨려 들어가듯 몽롱했다. 아리는 앓는 소리를 냈다. 벌어진 다리 사이로 손이 들어왔지만 막을 수 없었다. 막고자 한다면 막아질 수 있었을 테지만 그녀는 막지 않았다.

⚜

한 공간에 있는 남녀가 얽어 붙는 것은 당연한 일일지도 몰랐다. 한 달이 가까운 시간 동안 남녀는 한 공간에서 음식을 먹고 이야기를 나누었으며 웃음을 터트렸다. 남녀 중 한쪽은 달아올라 있었고 다른 한쪽은 그의 진해지는 호르몬에 경계를 풀고 있었다.

어쩌면 그녀 또한 사내가 가진 수컷의 흔적에 요동치고 있었으리라. 귀여운 내 병아리. 그는 짐승이 흘레붙듯 그녀와 엉키고 싶었다. 그러나 이 여자. 처녀였다. 가슴께만 만져도 소스라치듯 비명을 지르는. 클라크는 그녀의 안을 헤집고 욕정을 풀어내기 위해 무수히도 많은 입맞춤을 했다. 여자는 무구했다. 아는 것이 없었다. 남자에 대해서도, 그리고 남녀가 얽히는 것에 대해서도.

백치 같으리만큼 깨끗했다. 모든 일이 생경한 듯 제 벗은 몸을 보지 못하고 고개를 돌린 그녀가 귀여웠다. 깨물어 주고 싶도록 사랑스러웠다. 그녀가 처음이라 설렌다면 너무 옹졸한 일일까. 그러나 다른 누구도 아닌 이 사랑스러운 여자의 처음을 가지는 일은 몹시도 흥분됐다. 그녀의 입술에 입을 맞추고 하나하나 가르쳐 주는 일만큼은 어떤 일보다 즐겁고 설레었다.

하얀 나신이 눈앞에 있었다. 연약한 쇄골 아래로 가슴이 봉긋했다. 살구빛이 도는 젖가슴은 과실처럼 보기 좋은 모양이었다. 그녀를 침대에 누이고 제 아래에 완전히 가두었다.

긴 머리카락이 어깨에 흩어지고 이불이 서걱거리는 소리가 귓가에 뚜렷했다. 타액이 묻어 젖은 머리끝이 팔뚝에 닿아 간질였다. 여자는 울었다. 오랫동안 고여 있던 두려움을 풀어내는 것 같았다. 우는 여자의 둥그런 머리통을 쓰다듬고 혀 차는 소리를 냈다. 새벽이 오자 옅은 어둠과 또 푸름 속에서 여자는 어둑하게 잠기었다.

클라크는 그녀의 다리를 벌리고 들어가 자리를 잡았다. 꽉 다물려 숨겨진 질구. 솜털이 보송보송하게 자란 그 사이로 천천히 넣었다. 여자는 당황하며 눈동자를 굴리다 한숨을 토해 냈다. 입술 사이로 빠져나오는 미지근한 숨엔 교성이 섞여 있었다. 구멍의 내부는 좁았다. 애액이 미끄러져 드릴처럼 파고드는 손가락은 무리 없이 받아들여졌다. 그러나 여자는 못 견디겠다는 듯 허리를 비틀고 입술을 깨물었다. 그는 조금씩 내부를 넓혀 나갔다.

"적어도 내 물건은 손가락 두 개보다는 크지."

사실은 손가락에 비교도 안 될 정도로 컸다. 비교라면 손가락보단 아리의 손목에 비교하는 게 조금 더 정확한 비교 대상이었다. 그는 퉁퉁 부은 물건을 내려다보다 손가락을 빼고 입구에 비볐다.

"음…… 응, 흐읏!"

달짝지근한 교성이 끊겨 나왔다. 클라크는 번들거리는 귀두를 망설이지 않고 찔러 넣었다. 한 번에 쑥 들어가긴 힘들었다. 새된 비명이 고스란히 쏟아졌다.

"악! 빼 줘!"

밀어 붙이자 여자는 도리질을 치며 주먹질을 했다. 클라크는 몸을 낮추고 여자를 안았다. 고사리 같은 손이 그의 견갑골을 할퀴었다. 비좁은 안이 뜨거웠다. 물컹거리며 달라붙는 살의 촉감. 미칠 것 같다. 그는 고개를 숙이고 가슴을 빨았다. 조금씩 허리 짓을 시작했다. 모양 좋은 과일 같던 가슴이 허리 짓을 할 때마다 출렁거렸다. 이 무슨 야한 짓이냐며 학을 떼던 여자 또한 곧 이어 울기 시작했다.

"흐윽. 싫어……."

공중에서 허우적대는 손을 목에 감겼다. 여자는 편한 자세를 취했는지 투정 부리지 않고 가슴을 빨게 해 주었다.

"응, 흐응. 아흐읏……."

유륜을 혀로 훑고 불툭 솟은 유두를 빨았다. 아무것도 나오지 않아 허망했다. 클라크는 조금 웃었다. 뭘 기대한 건지……. 그는 여자의 다리를 제 허리에 차고 성기를 움직였다. 이내 적나라한 소리가 울려 퍼지기 시작했다.

음부가 찌걱거리며 맞물리다 멀어지기를 반복. 아리는 열이 몰려 혼곤한 정신을 바짝 붙들었다. 그러곤 가파른 숨을 토해 내며 뜨겁고 끈끈한 어깨를 잡아 제게로 끌어당겼다. 간지럽고 뜨거웠다. 몸 안에 동그랗게 몽우리진 곳이 있었다. 살면서 한 번도 인지하지 못한 곳이었다. 그곳을 남자가 연신 찔렀다. 미칠 것 같았다. 그만두라 울부짖으면서도 아리는 그에게로 엉겨 붙었다. 모든 일이 생각과 다르게 흘러가고 있었다. 생경함과 두려움의 끝에서 환락을 만났다. 밀어 내면서도 사실은 끌어당기고 있었다.

남자는 숨 가쁘게 허리를 움직였다. 턱 끝에 맺힌 땀방울이 뚝 떨어져 내렸다. 언젠가부터 허리가 들려져 있었다. 시트가 축축했다. 남자의 입술은 반쯤 벌어져 있었다. 껌뻑임 없이 그를 쳐다보자 그가 입을 맞춰 왔다.

아리는 두 팔로 단단히 그의 등을 감싸 안았다. 몸을 섞은 지 수 시간째였다. 그러나 체감하기로는 마치 수 일이 흐른 것 같았다. 그만큼 생경한 일로 가득한 하루였다.

제 위에서 허리 짓 하던 남자가 크게 신음했다. 아래에선 계속해서 찌걱거리는 소리가 들리며 살이 부딪쳤다. 탁. 탁. 탁. 탁. 아리는 그 소리마저 야릇하게 들려 허리가 들려졌다. 바짝 성이 난 성기가 정신없이 안을 드나들었다. 흥분을 유도하기 위해 그가 음핵을 꼬집었다. 아리는 몸에 불이라도 붙은 듯 가슴을 뒤흔들다 앙앙거리는 소리를 내뱉은 뒤 남자의 허리를 잡았다. 그가 손을 제 엉덩이로 가져갔다. 당황하여 쳐다보자 씩 웃는다.

"앙!"

물건이 크게 들이박혔다. 아리는 제 위로 열에 물들어 가는 얼굴을 바라보았다. 남자가 몸을 낮추자 비릿한 체취가 더욱 진해졌다. 그는 아리의 엉덩이를 세게 쥐고 사정을 위해 마지막 허리 짓을 했다. 아리는 얼굴을 찡그렸다. 음부가 닳아 없어지는 것 같았다.

"아아……! 하으읏!"

절정으로 가는 길목에서 아리는 자지러졌다. 짐승처럼 쉴 새

없이 그녀를 괴롭히던 물건이 멈추자 아리는 숨을 몰아쉬며 제게로 쓰러지는 남자를 끌어안았다. 둘은 그렇게 한참이나 서로를 안고 있었다.

클라크는 다정했다. 신중하고 또 상냥하였으나 사실 그것이 기만의 일종임을 모르지 않았다. 위트 있는 농담과 잘생긴 눈웃음은 그저 그녀의 아래를 열고 들어오기 위한 장난에 불과했다. 그러나 아리는 그런 것에 기대야 할 만큼 지친 상태였다.

이제 믿을 사람은 이 남자 하나뿐이다. 세 치 혀에서 빠져나오는 말의 근거는 어디에도 찾을 수 없었지만. 그러나 믿을 수밖에 없다. 굳이 그럴싸한 물증을 가지고 와 내밀지 않는다 하더라도 버림받은 것이 아니라면 그날 일어났던 참혹한 일은 설명할 수 없는 것이니. 아리는 침대에 누워 그간 일어났던 일들을 천천히 그려 보았다.

그녀가 모르는 모종의 음모들. 그 음모의 밑그림들이 퍼즐이 맞춰지듯 조금씩 드러날 때마다 소름이 돋았다. 이를테면 버리기 위해 거둔 존재랄까. 쓸모없는 외국인 여자애 따위 사실은 미끼로 쓸 요량이었는지 시시껄렁한 일 같지도 않은 일들을 맡겨 놓고 급작스레 현장으로 파견한 것 자체가 그런 식으로밖에 생각할 수 없었다.

아리는 눈을 감았다. 곁에서 고른 숨소리가 들려왔다. 손을 들어 남자의 머리카락을 헝클어트렸다. 문득 그가 눈을 떴다. 깊은 눈동자였다. 수은처럼 미끌미끌했다. 수컷의 냄새가 진하게 나는 눈동자가 그녀의 벗은 가슴을 더듬었다.

"날 왜 구해 준 거예요?"

몸을 섞기 전에 답을 알아야 했던 질문이다. 수 번 물었으나 그는 언제나 제대로 된 답을 하지 않았다. 아리는 차분히 그를 보며 입술이 움직이기를 기다렸다.

"왜 죽도록 내버려 두지 않았냐는 물음에 대한 답과 같아."

"……모르겠네요."

아리는 고개를 바로 해 눌린 숨을 바로 흘려보냈다. 남자는 표정 없이 그녀의 이마에 입술을 꾹 눌렀다.

"불쌍해서 그랬어요?"

어쩌면 당연한 일일지도 모른다. 답할 가치가 없는……. 여유와 형편이 된다면 위기에 처한 사람을 구하는 일은 당연한 일이었다. 물에 빠진 사람을 구하는 일처럼 조난자에게 베풀어지는 도움에 의심과 적의를 품는 일은 온당치 않다.

별 효용 없는 질문이라는 생각을 들자 입을 다물었다. 그리고 몸을 돌려 눈을 감았다. 남자가 느적느적 몸을 붙여 왔다. 붙어 오는 어깨엔 물기가 어려 있었다. 불쾌하지 않았다. 그는 아리의 긴 머리에 코를 묻은 뒤 작게 읊조렸다.

"좋아하니까…… 사랑하게 되었으니까."

⚜

이튿날. 사랑에 빠져 본분도 망각하고 전의도 상실했다는 남자는 집을 떠났다. 아리에게 휴대폰 하나를 쥐여 주고 아침 일찍 나

선 남자는 저녁이 되도록 연락이 없었다. 그녀를 죽이기 위한 도살자들이 여전히 들끓고 있으며 부모님까지 주시당하고 있다는 말에 아리는 겁을 잔뜩 집어먹어야 했다. 그럼에도 부모님을 생각하면 눈물이 삐죽 흘러나왔다.

근래 들어 몸과 마음이 모두 약해져 그의 말에 고개를 끄덕이긴 했지만 상한 마음을 추스르기에는 적지 않은 시간이 필요했다. 밤을 같은 침대 위에서 보내고 난 뒤 아리와 클라크는 한층 더 가까워져 있었다. 몸정이란 게 그렇게 무서운 것이었다. 서로 많은 이야기를 나누지 않아도 그저 끙끙대며 아래를 비비기만 해도 열이 가득한 눈으로 서로를 바라보게 되었다.

저녁나절 아무것도 먹지 않고 그에게서 연락이 오기만을 기다렸다. 정말이지 그의 입버릇처럼 귀여운 병아리가 된 것 같은 기분이었다.

서재로 가 책들을 훑다 텅 빈 책상을 보았다. 깨끗하게 정리된 책상 위에는 노트북도 없었다. 김이 샜다. 온 세상 전자파에서 그녀를 보호하기라도 하는 듯 외부로 통할 수 있는 모든 물건들을 치워 버린 남자였다. 밖에 나도는 소식을 알아봤자 좋을 게 없다며 없애 버렸다는데 그 고압적이고 지엽적인 처사에 이따금 신물이 났다.

서재에서 책을 하나 골라 나왔다. 소파에 앉아 책장을 펼치는데 삐빅거리며 문이 열리는 소리가 났다. 자동으로 문이 열리는 걸 보면 클라크임이 틀림없었다. 하루 종일 무료했던 아리는 신이 나 현관으로 달려갔다. 얼마나 기뻤는지 서 있는 자리에서 아이처럼 콩콩 뛰었다. 달칵 소리가 나며 문이 열렸다. 그리고 아리는 발을 구르던 것을 멈추고 얼음장처럼 얼어붙었다.

처음 보는 여자였다. 컬이 안으로 들어간 환한 금발이 목에 닿을락 말락 했다. 다소 싸늘한 벽안과 그 위로 능선을 그린 우아한 눈썹이 누군가를 떠올리게끔 했지만 당시에는 그녀가 클라크를 닮았다는 사실을 알지 못했다.

"어머."

여자는 작게 탄성을 질렀다. 아리는 멀뚱멀뚱 그녀를 보다가 드러난 제 허벅지를 가렸다. 어쩐지 그래야 할 것 같았다. 저를 샅샅이 훑는 여자의 벽안이 아주 망종을 본다는 빛으로 변해 갔다.

서로가 서로를 경계하고 있는 와중에 수행원으로 보이는 남자가 들어왔다. 쭈뼛거리던 아리는 문득 드러난 제 허벅지를 의식하고 티셔츠를 끌어내려 아래를 가렸다. 목까지 화끈거렸다. 곱지 않은 눈길이 몸 구석구석 닿을 때마다 땅으로 거꾸러져 처박힐 것 같았다.

"나가 있어."

여자가 뒤를 돌아보지도 않고 명령했다. 남자는 고개만 까닥 숙여 보인 채 말없이 나갔다. 그가 나가자 여자는 조용히 걸어와 외투와 클러치백을 소파 한편에 놓은 뒤 자리에 앉았다.

"날이 좀 쌀쌀하군요."

푹신한 등받이에 등을 묻은 여자가 부드럽게 말했다. 아리는 뭐라 대꾸해야 할지 알 수 없어 머뭇거렸다.

"차를 한잔할 수 있었으면 좋겠네요."

"아, 네."

여자의 눈이 조금 더 휘어졌지만 편하지 않았다. 말을 알아들은 아리가 주방으로 뛰어갔다. 부산스레 찬장을 여닫으며 전기포트와 찻잎을 찾고 있으니 뒤에서 여자의 다정한 지침이 들려왔다.

"거기 왼편 찬장 안을 찾아봐요."

그녀의 말대로 왼편 찬장을 열어 보았다. 유리병마다 다양한 종류의 찻잎이 보관되어 있었다. 이 집 주인이 이런 세심한 살림을 할 리는 없고 가정부의 소행일 리도 없었다. 이 집 주인은 저 외에 누구도 제집을 드나들게 하지 않으니. 아리는 반사적으로 여자가 이 집을 꽤 자주 드나들었으며 살림을 맡아 돌보았다는 사실을 유추했다.

"로네펠트 윈터드림Ronnefeldt Winter Dream 그게 좋아요."

"네. 잠시만 기다려 주세요."

어떤 걸 꺼내야 할지 알 수 없어 더듬거리고 있으니 다시 한번 음성이 들려왔다. 로네펠트 윈터드림이 뭔지 몰랐지만 라벨이 붙어 있어 금방 찾을 수 있었다. 찬장은 아리보다 두 뼘 더 높은 곳에 위치해 있었다. 클라크는 거뜬하게 여닫던 것을 그녀는 까치발을 해야만 닿을 수 있었다. 의자라도 가져와 올라타야 하나 고민하던 중에 찬장을 뒤적이던 손이 기어코 일을 쳤다.

날카로운 소리와 함께 바닥으로 떨어져 내린 유리병이 산산조각 났다. 안에 있던 마른 찻잎이 파편과 함께 흩어졌다. 곱지 않은 시선이 뚜렷하게 느껴졌다. 아리는 재빨리 허리를 숙여 찻잎을 쓸어 담았다.

"앗!"

기어코 2차 사고가 터졌다. 아리는 유리 조각에 쓸린 손등을 멍하니 내려다보았다. 벌어진 상처에선 피가 금세 차올랐다. 몸을 낮추고 상처를 들여다보고 있는데 날씬한 발목이 다가왔다.

"내가 괜한 일을 부탁했네."

스스로를 탓하는 말이었으나 사실은 비난이었다. 흉보는 어조치고 부드러웠다. 그러나 날이 잔뜩 서 있었다. 여자가 상처가 난 그녀의 손을 잡아 올렸다. 쇠붙이의 끝처럼 뾰족한 눈이었다.

"그 녀석이 문란하긴 해도 취향이 이렇게 나쁘진 않은데……."

"……."

"의외야."

손등을 살피던 시선이 아리의 얼굴에 닿았다. 머릿속이 새하얘졌다.

⚜

"이사벨라라고 해요. 이사벨라 로레이."

여자는 자신을 간단히 소개한 후 명함을 내밀었다. 패턴 하나 없는 하얀 종이에는 단지 이름과 직급만이 명시되어 있었다.

'국장 이사벨라 레나타 자발리시.'

아리는 고개를 들어 여자를 다시 보았다. 직급과 이름 위에는 그보다 얇은 선으로 소속이 드러나 있었다. Mossad(이스라엘의 중앙정보기관). 명함의 끝을 쥔 손에 땀이 피어올랐다.

"자발리시는 내 처녀 적 성이에요."

망부석처럼 굳어 움직이지 않는 아리를 두고 이사벨라는 소파에 앉았다. 시선의 높낮이가 달라져 자신이 내려다보는 처지임에도 한없이 작아지는 느낌이었다. 아리는 명함을 쥔 손을 공손히 모았다.

"지금은 로레이지만 일할 때만큼은 처녀 적 성을 쓰고 싶었어요. 그러면 뭐랄까? 좀 더 내 자신에 가까워지는 기분이랄까요. 진짜 나로서 앞에 서게 되는 기분이라서요. 다행히 남편도 싫어하지 않고."

여자는 그러면서 조금 웃었다. 정말로 남편을 생각하는 것 같았다. 아리는 뭐라 대꾸할 말이 없어 그저 검은 가죽 소파만을 닳도록 쳐다보았다.

"요란하던 녀석이 잠잠해지니까 들러 본 건데 폐를 끼쳐서 어쩌죠?"

여자는 친절했다. 눈을 반듯하게 접으며 웃는 모습이 정말 젊은 처녀의 것처럼 청초하고 우아했다. 그런 곳에서 일하는 사람이라고 생각하지 못할 만큼……. 그러나 기실 여자는 '그런 곳'의 수장이었다. 허투루 감정을 흘리는 일도 허투루 말을 흘리는 일도 없었다.

제 아들에게 웬 비렁뱅이 같은 계집애가 붙었다고 노발대발하지도 않을뿐더러 불거진 감정을 쏟아 내며 악다구니를 지르지도 않았다. 그럼에도 아리는 여자가 제게 노골적인 적의를 품었다는 것을 느낄 수 있었다. 그녀가 특별히 예민해서가 아니었다.

"그런 걱정은 하지 않으셔도 됩니다. 오히려 제가…… 부인을 놀라게 해 드린 것 같아 죄송해요."

아리는 손을 들어 볼 위로 흘러내린 머리를 걷어 귀 뒤로 넘겼다. 이사벨라는 짧게 미소 지었다. 가죽 소파를 더듬던 그녀의 손이 김이 모락모락 나는 잔을 들었다. 클라크가 그렇듯 일련의 행위에도 무리를 지배하고 휘두르는 인간들만의 예법이 고스란히 드러났다.

"그 애랑 잤어요?"

"……예?"

아리는 저도 모르게 말을 더듬었다. 여자의 안광이 희게 빛났다. 제 속은 감추고 남의 속은 바닥에 바닥까지 파헤치는 눈. 아리는 그녀가 줄곧 저를 그렇게 보고 있었다는 걸 깨달았다.

"전화했을 때 느꼈거든요."

"……."

"그 애가 당신을 좋아한다는 걸요."

여자는 비스듬히 고개를 기울여 아리의 표정을 들여다보았다. 어떻게 반응하는지 궁금한 것 같았다. 그러나 아리는 여자가 그랬던 것처럼 어떤 감정도 드러내지 않았다.

"부인께 제가 그걸 대답해야 할 이유는 없는 것 같아요."

"……."

"무례하게 들리시겠지만 부인은 지금 선을 넘으셨습니다."

눈 하나 깜빡하지 않고 읊조렸다. 심장은 쿵쿵 뛰다 못해 혈관이 터져 조각 난 느낌이었지만 더 이상 틈을 보이고 싶지 않았다.

"예의를 지켜 주셨으면 좋겠어요. 끝까지 흠이 없는 부인의 역할을 다하고 싶으시다면……."

클라크와 동침했다고 해서 그의 어머니에게 이런 대우를 받을 필요는 없었다. 그 남자와 잔 게 죄는 아니었으므로. 그러나 그의 어머니는 그녀를 죄인 취급하고 있었다. 바로 짚어 주어야 했다. 이런 꼴로 이렇게 서 있다고 해서 하대를 받을 필요는 없는 것이다.

생각해 보면 이런 꼴로 서 있는 이유도 그녀의 그 잘난 아드님이 제대로 된 옷을 안 가져다줘서인 거고 그날 그와 침대에서 뒹군 것도 그 망할 인간이 기어코 입술을 맞춰서 그렇게 된 거다.

내리깔았던 눈을 바로 들었다. 머리가 새하얘지면서 헐겁게 묶여 있던 이성의 매듭이 풀렸다. 아리는 입술을 짓씹었다. 정신을 바로 차리자. 상대는 며칠 전 몸을 섞은 남자의 어머니일 뿐만 아니라 정보기관의 수장이다.

"재밌네."

이사벨라가 입술 끝을 올렸다. 불쾌감을 주는 미소는 아니었다. 오랫동안 서 있으려니 다리가 저렸다. 날카롭던 벽안이 한층 둥글어져 있었다. 어쩐 일인지 매서운 기세가 수그러들었다. 아리는 마른침을 삼켰다.

"그 옷 불편하지 않아요?"

허벅지를 간신히 덮은 카키색 티셔츠를 보던 이사벨라가 물었다. 예상밖의 질문이었다. 무어라고 대답해야 할지 알 수 없어 머뭇거리고 있자 그녀가 자리를 일어섰다. 외투를 집어 든 그녀가 아리의 팔을 끌었다.

"아들의 여자 친구에게 예쁜 옷을 사 주고 싶은데 어떻게 생각해요?"

이사벨라가 싱긋 웃었다. 쌓여 있던 앙금을 걷어 내는 환한 웃음이었다.

⚜

곧장 텔아비브Tel Aviv로 향하는 비행기에 몸을 실었다. 팔뚝까지 늘어진 티셔츠와 화장기 하나 없는 얼굴로 외출하는 일은 절대 사양이라 말하자 이사벨라는 자신의 외투를 벗어 그녀에게 걸쳐 주었다. 그러면서 아직 젊으니 화장기 없는 얼굴이라도 봐줄 만하다고 말했다. 아리가 의아한 얼굴로 쳐다보자 그가 싱긋 웃었다. 정말이지 방금 전 잡아먹을 듯한 눈으로 쳐다보던 그 여자가 맞나 궁금할 정도로 다정했다.

빙의라도 하지 않는 한 사람이 이렇게 달라질 수 없었다. 아리는 별수 없이 제대로 된 연산을 끝마치기도 전 이사벨라의 전용 비행기에 몸을 실었다. 비행기가 이륙하는 그 순간까지 얼이 빠져 있어 퍼덕이고 있으니 이사벨라가 까르르 웃음을 터트렸다.

"뭐가 그렇게 걱정이에요?"

"로레이 씨한테 전화라도 해야 하는 거 아닐까요?"

"그 녀석 좀 놀려 주고 싶어서 꼬순 씨를 빼돌리는 건데 무슨……."

아들을 놀려 먹기 위해 저를 이용한다는 말이었다. 난처해 쳐다보니 그녀가 아리의 어깨를 두드리며 깔깔 웃었다. 뭐가 그렇게 좋은지 알 수 없었으나 느낌상 클라크의 돈 유전자는 그녀에게서 온 것임이 틀림없었다.

그리고 아까부터 자꾸 '꼬순 씨' 라고 하는데 대체 이 무슨 조화란 말인가. 어미나 아들이나 아주 돈 게 확실하다. 처음 보는 여자한테 이름도 아니고 저런 망측한 별명을 붙여 놓고 좋아 죽겠다는 양 웃고 있으니…….

"피츠랑은 어떻게 만났어요?"

"피츠요?"

"피츠. 내가 그 애를 부르는 이름이죠."

"아아……."

아무래도 이 집안 사람들은 애칭을 부르는 게 취미인가 보다. 아리는 고개를 끄덕였다. 전보다 한층, 아니 180도 달라진 여자의 반짝반짝 빛나는 벽안을 마주했다. 클라크의 나이를 생각할 때 이사벨라는 적어도 오십은 넘어야 했다. 아주 어릴 적에 사고를 치지 않았다면야 오십하고 중후반은 되어야 하는 게 정상이었으나 이사벨라는 오십은커녕 사십도 많아 보이는 싱싱한 미모였다. 이목구비 자체가 동안이라 그런 것일까. 환한 백열등 아래의 금발이 은실처럼 빛났다.

"보고받지 않으셨나요?"

조심스레 물었다. 모사드의 국장 정도 되면 아들의 일거수일투족을 감시하는데 무리가 없을 것이다. 그리고 드러난 그녀의 성격으로 미루어 볼 때 아들의 사생활을 감시하는데 망설임 따위 없을 것 같다.

"아, 듣긴 들었죠."

역시 들었구나. 설마 했지만 그의 어머니는 모든 것을 알고 있었다.

"그렇지만 또 본인한테서 듣는 거랑은 다른 거 아니겠어요? 이야기해 봐요. 우리 피츠가 얼마나 멋있었는지."

이사벨라가 키득거렸다. 진심인지 알 수 없었으나 굳이 함구할 문제는 아니기에 입을 열었다.

"한 달 전쯤에 카불로 들어갔어요. 그리고 동료들을 만났는데 동료 중 몇 사람이 다쳐 있었고요. 저는…… 대기하고 있었어요. 나머지 동료들은 밖으로 나갔죠."

"당신을 혼자 두었단 뜻이로군요."

이사벨라가 지적했다. 아리는 혼자 두진 않았다고 생각했으나 상대측에 정확한 정보를 제공해 봤자 좋을 것이 없다는 생각에 그저 고개를 끄덕였다.

"누군가 침입했다는 걸 느꼈어요. 근거지를 들켰거든요. 어쩌면 당연한 일일지도 모르죠."

이사벨라의 짙푸른 눈동자가 빛났다. 아리는 잠시 입을 다물었다. 변한 기색을 눈치챈 그녀가 편안한 미소를 지어 보였다. 그러나 아리는 다시 입을 열지 않았다.

"끝인가요?"

"그 뒤는 들으신 바대로……."

"에이, 재미없네요."

정말 아들의 무용담을 듣고 싶었던 건가? 아리는 턱을 조금 끌어당겨 그녀를 응시했다. 이러니저러니 해도 정보기관의 국장이다. 마음을 편히 먹으면 안 된다. 그의 어머니였으나 그녀에겐 신뢰할 수 있는 사람이 아니었다. 아니 그 전에 클라크 또한 믿을 만한 사람은 아닐지도 모른다. 세상에 믿을 수 있는 사람은 아무도 없었다. 가장 믿고 의지했던 동료들에게도 버림받은 자신이었다. 먹고 재워 줬다고 다가 아닐 테다. 목이 말랐다. 아리는 승무원에게 생수병 하나를 건네받았다.

"피츠에게 들은 이야기가 있나요?"

여자는 에둘러 물었다. 아리는 생수병을 만지며 수색하는 눈으로 그녀를 응시했다. 이 여자에게 어디까지를 말하고 어디까지는 말하지 말아야 하는지 감이 잡히지 않았다.

"경계하지 말아요. 정보를 수집하려는 게 아니에요. 사실 난 아리 씨보다 더 많은 걸 알고 있으니까."

여자가 오른쪽 눈을 찡긋했다. 아리는 그녀를 향해 어색하게 웃었다. 부자연스러운 미소였다. 받은 호의에 답할 게 예의밖에 없어 어색하나마 웃어 준 것일 뿐. 이사벨라가 그것을 모를 리 없었다.

히브리어로 텔아비브는 봄의 언덕이었다. 유대인들의 작은 왕국, 신성하고 거룩한 가나안의 땅에서 가장 번성한 도시가 그의 고향이었다.

도시는 바다를 마주하고 있었다. 지중해 연안을 휘덮는 온화한 기류가 그의 고향을 가득 채웠다. 지상에서 보는 하늘은 푸르고 아름다웠다. 바다는 깨질 듯 맑고 주기적으로 이는 파도와 파도 속에서 휘어지다 부딪치는 하얀 포말들은 잔뜩 부푼 구름을 닮았다.

그의 어머니가 아리를 차에 태우고 도시의 중심으로 들어갔다. 모던하고 세련된 건물들이 차창 밖을 스쳐 지나갔다.

포장된 도로를 거니는 사람들은 활기찼고 생동감이 넘쳤다. 깨끗하고 안전한 도시였다. 이곳에서라면 아리도 안전할 수 있을 것 같았다. 물론 그녀가 안전할 도시는 어디에도 없겠지만.

클라크는 그녀가 자신의 품이 아니라면 어디에서도 안전하지 못할 것이라고 했다. 믿고 싶지 않았지만 진실이었다. 사내가 그녀에게 '감정'을 품지 않았다면 그래서 그녀를 보호하지 않았다면 그녀는 그 사지에서 살아 나올 수 없었을 것이다.

단순히 겁을 주기 위해서라면 굳이 그런 말을 하진 않았으리라 믿고 있다. 적어도 그가 입버릇처럼 거짓말을 하는 망종이거나 제멋대로 휘어지고 꺾어지는 혀의 노예가 아니라면.

"내려요."

벤츠는 키 큰 종려나무와 금목수가 화단을 이루고 있는 아파트를 지나 작은 정원이 딸린 하우스에 멈춰 섰다.

아리는 더듬더듬 제 드러난 허벅지를 가리며 차에서 빠져나왔다. 맑은 볕이 정수리 위로 따끈하게 쏟아졌다. 코와 입 속으로 스미는 공기는 훈훈했고 이따금 부는 바람도 다정하기 그지없었다. 옷을 사기 위해 백화점으로 가는 게 아니었나 싶었지만 묻지 않았다. 제 입으로 묻기에는 좀 머쓱했다.

이사벨라가 먼저 걸어 나갔다. 아리는 물끄러미 그녀의 뒷모습을 쳐다보다 뒤따랐다. 노란 볕에 젖은 중정은 계절의 색으로 충만했다. 녹색 잔디와 붉고 푸른 꽃들 사이로 스며든 빛들이 이파리에 맺혀 눈부셨다.

아리는 먼저 문을 열고 들어가는 이사벨라를 보다 느지막이 한숨을 쉬었다. 클라크가 떠올랐다. 사라진 걸 알면 놀랄 것 같았지만 의외로 태연하게 아무렇지 않아 할지도 모른다. 아리는 고개를 한 번 내젓고 안으로 들어갔다.

가정집인 줄 알았더니 의상실이었다. 외관이 주는 아담함과 달리 안은 디자이너들로 북적거렸다. 아리가 들어서자 모던한 스타일로 꾸민 화사한 여자들이 그녀를 쳐다보았다. 이미 의상실의 디자이너 사이에서 웃음을 터트리고 있던 이사벨라가 그녀를 향해 손짓했다.

"아아. 이쪽은 내 며늘아기 될 아이……."

머뭇거리며 다가오는 아리의 팔을 끌어당긴 이사벨라가 책임자로 보이는 나이 든 여자를 향해 그녀를 소개했다. 아리는 눈을 둥그렇게 뜨고 이사벨라를 쳐다보았다. 쾌활한 낯빛이었다. 조금도 이상할 게 없다는 표정에 아리는 하얗다 못해 푸르죽죽하게 질려버렸다.

"아리입니다."

⚜

랜달 키신은 저를 향해 걸어오는 장신의 남자를 흘긋 보고 차에 올라탔다. 곧이어 남자 또한 조수석에 올랐다. 랜달은 캐비닛에 시선을 주었다. 남자가 캐비닛을 열어 서류를 꺼냈다. 랜달은 담배를 피우고 싶었다. 허락을 구해야 하나 망설이는 찰나 서류를 읽던 남자가 고개를 들었다. 랜달은 글자가 빼곡하게 들어찬 서류를 곁눈질했다.

"확실해?"

"어떻게 대답해야 할지 모르겠네요. 회장님이 보신 게 답니다."

무심하게 읊조렸다. 서류를 넘기는 남자의 낯이 점점 검게 변하고 있었다. 마침내 문서의 마지막 장, 가장 마지막 글자까지 읽은 남자가 고개를 들었다. 전방을 주시하던 랜달과 남자의 은회색 눈이 백미러에서 엉켰다.

"회장님의 그 귀여운 암탉 말입니다. 알까지 낳을 수 있나요?"

"예뻐해 주다 보면 튼실한 병아리를 낳아 줄지도 모르지."

핸들에 올린 랜달의 검지가 까닥이다 멈췄다. 어둡게 흐려진 은회색 눈동자가 깨어져 부서져 나간 조각처럼 서늘했다. 랜달은 그 안에 자리한 와글거리고 소란스러운 감정들을 걸러 내고 해체했다.

"그러면 그 암탉을 꼭 물고 있을 거고요."

"그렇지."

"긴즈버그 씨가 모사드의 훌륭한 요원이었단 것도 아시겠네요?"

랜달의 말에 남자는 곧바로 대답하지 않았다. 랜달이 남자의 이름을 다시 한 번 더 불렀다. 꽤 간절한 부름이었다.

"클라크."

"자발리시 국장이 그녀에 대해 뭘 알고 있는 거지?"

랜달은 버석하게 마른 제 입 안을 축였다. 취조당하고 있는 기분이었다. 그는 로레이의 충성스러운 하수인이고 또한 하수인답게 부려지고 있을 뿐인데 말이다. 그러나 그의 회장님은 최근 여자가 생겼고 그 여자로 인해 신경이 곤두서 있는 상태였다. 자신이 이해해야 한다. 남자란 무릇 여자의 가랑이 사이에 들어갔다 나오면 나사가 풀리게 되는 종자이니.

"알 만큼 알겠죠."

"정확하게 보고해."

"회장님이 아는 것보다 더 많이. 그녀가 미끼였고 결국 그 플랜을 위해 미국 중앙정보국에서 무엇이든지 하리라는 걸……. 어쩌면 그녀의 남편 또한 알고 있을지 모르죠."

"……."

"조심해요. 예쁜 병아리 계속 보고 싶으면."

클라크는 차에서 내렸다. 낡은 세단이 탈탈거리는 소리를 내며 사라졌다. 흙바닥에 이는 먼지를 손으로 헤친 뒤 주머니에 넣어두었던 휴대폰을 꺼내 전화를 걸었다. 신호음만 여러 번 가고 받지 않았다. 서류를 잡은 손에 힘이 들어갔다. 휴대폰을 들여다보다 마침내 끊고 주머니에 넣었다. 시선을 들어 아지랑이가 피어오르는 아스팔트를 응시했다. 그 자리에 유사처럼 여자가 피어올랐다. 클라크는 진득이 그 모양을 보다 마침내 걸음을 돌렸다.

⚜

의상실의 디자이너는 모두 여섯 명이었다. 대표인 로잘리 본젤이 이사벨라의 오랜 고교 동창이었다는 말에 아리는 조용히 웃음을 지었다. 대외용 미소에도 사람들은 웃었다. 모두가 그 '피츠'의 약혼녀라고 하니 다들 믿지 못하는 눈치였다. 하나 이사벨라는 한사코 그녀가 곧 자신의 아들과 결혼을 앞두고 있다 말하였다. 아리는 목까지 빨개져 이사벨라를 보았다. 정말 어디 외진 곳으로 끌고 가, 나한테 왜 이래요? 하고 묻고 싶은 심정이었으나 주먹만 꼭 그러쥘 따름이었다.

"그래서 말인데 우리 며늘아기한테 옷 한 벌 맞춰 주고 싶거든. 로즈 잘해 줄 거지?"

"어머, 벌써부터 며늘아기래. 어쩜 좋아. 네 입에서 며늘아기라는 소리도 다 듣고. 조금 있으면 밤톨만 한 손주 손녀 보겠네그래."

본젤 의상실의 대표 로잘리 본젤이 아리를 보았다. 냉랭한 인상이었지만 쾌활한 웃음이 예술가 특유의 싸늘함과 날카로움을 가렸다. 이사벨라보다 나이가 들어 보였지만 그것은 이사벨라가 특이할 정도로 나이를 먹지 않는 편에 속한 것이고 로잘리는 나이를 따라 곱게 늙은 여자였다.

"벨라가 말년에 복이 있어. 이렇게 예쁘장한 처자를 며느리로 들이고."

아리는 수줍게 웃었다. 이 불편한 만담에서 빠지고 싶었으나 차마 그럴 수 없었다. 이사벨라가 그녀의 손을 꽉 잡고 있었기 때문이다. 로잘리가 줄자를 든 디자이너를 가까이 불렀다. 이사벨라가 잠시 손을 놓았다. 그리고 고개를 숙여 작은 소리로 말했다.

"최대한 노출시켜요. 당신이 어느 집안 누구의 여자인지…… 그들이 당신을 위협하는 게 누구를 건드리는 일인지 알게 해요."

낮은 읊조림이었다. 푸른 눈이 진득하게 그녀에게 머무르다 떠났다. 줄자를 든 디자이너가 그녀에게 다가왔다. 이사벨라는 아무 일도 없었다는 양 그녀에게서 떨어져 흐뭇한 미소를 지었다. 정말로 예비 며느리를 보는 듯한 눈이었다.

로잘리 본젤과 간단한 식사를 했다. 본젤은 파리에서 태어나 의상 공부를 한 뒤 뉴욕에서 첫 가게를 열었다고 했다. 그러다 10년 전쯤 이사벨라의 꾐에 넘어가 텔아비브에 가게를 열었는데 사실 연중 파리에 머무는 날이 더 많다며 웃었다.

이런저런 이야기를 하며 그녀의 옷본을 구경했다. 한가하게 이런 일이나 하고 있을 때가 아닌데 이사벨라는 좀처럼 자리를 뜰 기미가 없었다. 그러면서 그녀는 아리의 골격이 예쁘게 빠졌다며 피부에 꼭 달라붙는 원피스를 맞춰 주고 싶어 했다.

장미 꽃잎처럼 진한 빨간색 옷단을 쓰다듬다 아리에게 들이댔다. 잘 어울리는지 가늠해 보는 모습이 정말 며느리를 보는 시어머니의 눈이었다. 그러나 아리는 이사벨라가 어떻게 하든 다 상관없어서 이따금 미소를 짓는 일 외에는 하지 않았다. 식사는 텔아비브 한복판 가장 비싼 호텔의 레스토랑에서 이루어졌다.

부드러운 송아지 스테이크와 짭짤하게 글레이징 된 채소들. 수란 따위가 나왔으나 거의 먹지 못하고 디저트로 나온 딸기 밀푀유만 조금 떠먹었다. 로잘리 본젤과 헤어진 후 맞춤 제작이라 당장 옷을 받을 수 없어 백화점으로 가 옷 몇 벌 사러 다시 차를 탔다.

"아까 하신 말씀이요."

정신이 혼곤해질 정도로 이해가 가질 않던 말이었다. 제게 그런 호의를 베풀 만큼 아량이 넓은 건지 아니면 그 정도로 저가 마음에 든 건지. 이도 저도 아니라면 저의는 짐작되지 않는다. 그러나 어떤 것이든 확실히 해 두고 싶었다.

"별거 아니에요."

"설명이 좀 더 필요한데요."

낮지만 분명하게 말했다. 이사벨라는 미소 지었다. 어둡게 가라앉은 사위 속에서 붉은 입술만이 유난히 도드라졌다. 네온사인의 불그스름한 불빛들이 그녀의 콧등과 입매에 내려앉았다.

"피츠 뒤에 서 있잖아요."

이사벨라는 아리를 보지 않았다. 고개를 돌려 늘 보던 그 자리를 보고 있을 뿐. 잠시 말이 끊겼다. 침묵밖에 흐르지 않는 동안에도 아리는 이사벨라를 보았다. 클라크를 닮았으나 그와 같지 않았다. 클라크는 그녀에게 신뢰를 주기 위해 노력했지만 그의 어머니는 노력하지 않았다. 아리는 그녀가 나직이 읊조린 말들을 생각했다. 클라크의 뒤에 숨어 있는 자신. 그가 숨기지 않았다면 이미 죽었을 자신…….

"이왕 숨는 거 조금 더 제대로 숨으라는 거예요."

"……."

"그의 아내가 되는 일이 그런 일이죠."

이사벨라가 웃었다. 마침내 그녀가 돌아보았다. 흐린 윤곽선을 따라 매끄럽게 이어지는 미소가 가지런했다. 아리는 숨을 참았다가 내쉬었다.

"무슨 말씀이신지……."

"알 거라고 생각하는데요. 클라크도 그런 생각을 하고 있을 거예요."

이사벨라는 그 말을 마지막으로 차에서 내렸다. 차창 너머로 부신 빛들이 창유리 위로 얼룩졌다. 백화점이었다. 이사벨라는 굳이 아리에게 내리라는 말을 하지 않았다. 아리는 멍하니 앞을 보았다. 운전석에 있는 남자가 백미러를 통해 그녀를 보고 있었다. 밤빛에 잠긴 선이 흐릿했지만 그 어렴풋함 속에서도 날카롭고 미끈한 남자의 이목구비는 모를 수 없는 것이었다. 시선이 순식간에 얽혀 들었다.

"클라크……."

⚜

차에서 내린 이사벨라 자발리시는 백화점으로 걸어가는 척하다 발걸음을 돌려 대기하고 있는 롤스로이스에 올라탔다. 이사벨라가 올라타자 차는 소리 없이 움직여 대로로 빠져나갔다. 그녀는 아리와 지나온 길을 돌아가면서 잠시 미소 지었다.

"이런 식으로 자극하면 피츠가 싫어해. 그 애, 지금 단단히 빠졌다고."

그녀는 굳이 옆을 돌아보지 않았다. 남편의 묵직한 숨소리에 드러난 감정이 여실히 고조되어 있었다. 이사벨라는 그 모양에도 웃음을 터트렸다. 그녀는 느긋했다. 느긋하지 않을 이유가 없었다. 하나뿐인 아들이다. 십수 년 전 죽은 애완 닭을 제외하곤 사람도 짐승도 좋아해 본 게 없다는 놈이 여자라니. 그런 놈이 작달만한 병아리처럼 귀여운 여자애를 납치해 '병아리'라 칭하고 있었다. 어찌 감동하지 않을까.

십수 세기 전 보리수나무 아래 득도의 경지에 올랐다던 현인처럼 온 세상이 무의미하다는 눈을 하고 있는 아이였다. 한데 여자라니……. 그녀는 하나뿐인 아들이 암탉과 결혼한 남자라고 뉴스 한 면에 나지 않는 것만으로도 감사했다. 정말이었다. 암탉과 결혼한 남자라고 신문 1면에 나거나 인간 백정으로 살다 죽는 것보다 이편이 훨씬 나았다. 그러니 남편도 마찬가지일 거라고 생각했다.

"디트리히……."

이사벨라가 살며시 그의 손을 잡았다. 그는 이사벨라에게 잡힌 손을 빼내지 않고 반대편 손으로 시가를 물었다. 그녀는 그의 재킷 안에 들어 있는 라이터를 찾아 불을 붙여 주었다.

"자극하면 안 돼요."

"그 녀석이 그 계집애를 빼돌린 순간부터 표적이 되었단 걸 알고 있어?"

"물론."

"어떤 일을 감수하고서라도 지켜 낸다고 하던가?"

"대답을 듣지 않아도 알 수 있죠. 난 그 애를 돕고 싶어. 당신은?"

디트리히는 명랑한 아내를 쳐다보았다. 아내는 웃고 있었다. 그는 마주 웃지 않은 채 시가를 한 모금 더 빨았다. 그리고 입을 열었다.

"당신, 너무 이르게 허락했어."

5

Love Is The Moment

클라크는 차를 몰아 바다로 갔다. 창문을 열자 비린내가 자욱하게 밀려왔다. 조수석에 앉은 여자는 눈이 마주친 이후 지금까지 입을 떼지 않았다. 해안의 바람이 날카로웠다. 단애와 단애 사이 혹은 이는 물결과 그 너머 물결 사이로 되돌아 휘몰아치는 바람이 성말랐다. 짠바람에 눈을 여러 번 깜빡였다. 클라크가 다시 창문을 올렸다.

"어떻게 된 일이에요?"

"국장이 널 데려갔단 걸 알고 데리러 왔지."

"……합의된 이야기인가요?"

아리가 고개를 돌렸다. 몇 시간 못 본 사이 남자는 조금 야윈 듯했다. 이상하지만 그런 생각이 들었다. 떨어져 있던 시간이 그리 오래된 것도 아닌데 그런 느낌이었다. 남자는 고개를 끄덕였다.

"그래."

"……어째서죠?"

"글쎄."

"결혼하면 내가 살 수 있나요?"

"나랑 결혼하지 않아도 병아리는 살아."

병아리. 이젠 그렇게 불려도 별다른 느낌이 없다. 고개를 돌려 그를 바라보았다. 무슨 생각을 하는지 궁금했다. 답답해서 숨이 턱까지 차오르는 기분이었다. 자신을 빼고 세상의 모든 일이 요상하게 흘러갔다. 언뜻 순조로이 흘러가는 듯해 보였지만 사실 정상적으로 흘러가는 일은 하나도 없었다. 1년이 채 가기도 전, 그녀의 삶은 뒤틀려 버렸다.

문득 2년 전에 그리고 3년 전에는 뭘 하고 있었는지 궁금했다. 5년 전에는 한국에 있었고 한국에서 학교를 다녔다. 미국으로 유학 가자는 생각은 미국 땅을 밟기 딱 반년 전에 처음 했었다. 그러니까 5년 전. 그리고 집을 떠나 무난히 학교생활을 했고 취업을 하려 했다. 그게 다였다. 정말 그게 다인 세상이었다. 남들과 조금도 다르지 않았다. 아리는 이 낯선 남자와 이렇게 되기까지 대체 무슨 일이 있었는지를 생각했다. 되짚으려 할 때마다 무섭고 끔찍해서 끝까지 할 수 없는 일이었다.

"끔찍한 세상이에요. 끔찍한 결혼이고……."

"내가 끔찍해?"

"너무 끔찍하게 만났어요. 우린……."

"……."

아리는 웃었다. 비통에 젖은 웃음은 낮고 짧았다. 그가 비웃음으로 생각했을지도 모른다. 침묵이 이어졌다. 밤 속에서 들려오는 건 숨소리뿐이었다. 아리는 한쪽으로 고개를 기울인 채 눈을 감았다. 단순히 눈을 감았다가 떴는데 눈물이 흘러내렸다. 미지근한 온도의 액체가 입술 틈에 고였다. 남자가 문득 몸을 기울여 다가왔다. 그리고 입술을 겹쳤다. 차근히 내려앉는 숨결과 입술이 따뜻했다. 아리는 거부하지 않았다.

혈액과 피부에 성글어 있던 모든 따뜻한 기운이 입술에 몰린 듯했다. 뜨겁고 몽글몽글한 숨이 입술과 입술 사이로 넘나들었다. 그의 숨 모양은 동그란 거품 모양을 하고 있을 것 같았다. 인어공주가 왕자를 찌르지 못해 거품으로 흩어질 때…… 그때처럼 투명하고 동그란 곡선을 가진 거품. 아리는 손을 들어 그의 목을 끌어안았다. 눈가에 맺혔던 눈물이 주르륵 떨어져 내렸다. 남자의 손이 그녀의 뺨을 문질렀다. 눈물이 그의 손가락 아래 짓이겨졌다.

"병아리야."

그가 입술을 뗐다. 아리는 말끄러미 그를 보았다.

"좋아해."

"……."

"좋아해."

목을 감았던 손을 들어 그의 뺨을 쓰다듬었다. 눈물이 계속 샘솟았다.

"좋아해."

"……."

"사랑이 낯설면 좋아한다고만 말할게 그러니까 이렇게 시작하자."

"……."

"좋아하게 돼 버렸어."

서툰 고백이었다. 그래서 애달팠다. 그는 옅게 찡그린 채 불안에 떨고 있었다. 대답을 기다리는 그를 향해 아무 말도 하지 못한 채 울었다. 계속해서 눈물이 나왔다. 한기가 들었다. 그녀는 울다 그의 어깨에 고개를 묻었다. 남자는 그녀를 조금 더 꽉 끌어안았다.

"좋아하면 안 될까? 난 그때 이후로 좋아하는 거 없었는데 넌 정말 좋아."

"……."

"넌 내 병아리를 닮았어."

"죽었잖아요."

아리는 그렇게 말하며 매끈한 제 손톱의 표면을 문질렀다. 소름이 돋았다. 그리고 아주 느리게 가라앉았다. 숨을 내쉬는 동안 수초가 펄럭이는 검은 강바닥으로 가라앉는 느낌이 들었다. 소름이 돋는 그 짧은 시간 동안 시선이 교차했다. 아리는 흘러간 시간을 돌이켜보았다. 비행기 안에서 그의 어머니가 해 주었던 이야기. 하루 내내 머릿속에서 맴맴 울리던 이야기. 제 아이가 얼마나 남들과 다른 아이였는지…….

케케묵은 이야기를 꺼내 미안하지만 들어주었으면 하는 이야기라고 했다. 아리는 잠자코 그녀를 응시했다. 그의 어머니는 퍽 서글픈 눈이었다가 또다시 유쾌한 낯빛을 했다. 종잡을 수 없는 여자였다. 클라크를 군인으로 길러 전장으로 내보낸 건 그녀였다.

죽음으로 향하는 길목에서 언제 죽어도 이상하지 않을 곳만 고르고 골라 보낸 뒤 살아 돌아오기만을 기다렸다고 했다. 이상한 일이었다. 이해할 수 없는 사정이었다. 그러나 그렇게 하지 않으면 안 되는 이유가 있었겠지. 아리가 내리깔았던 눈을 다시 들었을 때 그녀는 다물었던 입을 열었다.

'반사회적 인격 장애라고 하죠. 의사들은 내 아들을 그렇게 정의했어요.'

허공을 향한 눈은 아득히도 먼 빛으로 바래 있었다. 과거를 헤집고 아픔을 상기하는 눈이었다. 아리가 말없이 지켜보자 그녀가 다시 한 번 웃었다. 꽤나 괜찮은 웃음이었다. 괜찮으냐고 묻지 않아도 미리 답을 한다는 듯. 아리는 그녀가 말하지 않아도 상류사회에서 태어난 그가 왜 제집을 떠나 총탄이 빗발치는 곳에서 떠도는지 알 것 같았다.

'내 아들은 멀쩡해요. 전장에서라면 멀쩡한 인간이죠. 아아. 그런 표정 짓지 말아요. 사실은 정말로 멀쩡하지 않다는 걸 알고 있어요. 나는 그 애를 조금 더 제대로 된 인간으로 키우기 위해 노력했어요. 이를테면 어린 동물을 키우게 한다거나 하는 거요. 애

완동물도 그 일환이었죠. 결과적으로 실패했지만.'

'호전되지 않았나 봐요.'

아리의 말에 여자는 창밖을 보다 다시 입을 열었다.

'호전되지 않을 병이죠. 그런 건…… 평생 호전되지 않아요.'

'…….'

'날 때부터 그렇게 태어났으니까.'

이사벨라는 그녀에게서 시선을 돌리지 않았다. 창백했으나 눈가는 붉었다. 그제야 알았다. 남자가 가진 결함은 손실이나 마모가 아니었다. 선천적인 공백이었다. 날 때부터 인지할 수 없었고 후천적으로도 채득할 수 없던 것이었다. 세상의 모든 고통은 오직 저만의 고통이었고 타자의 고통은 본능적으로 헤아릴 수 없는 종자가 그녀의 아들이었다. 그리고 그것을 안 순간 아리는 제 앞에서 주검을 모욕하던 남자가 그려졌다. 무정하고 무감한 얼굴.

어떤 색으로도 채색되지 않은 그 단색의 얼굴. 단지 저에게 총구를 겨누었기 때문에 그는 그같이 주검을 모욕했다. 뚫린 복부에서 내장이 튀어나오고 뇌수가 바닥에 지도를 그릴 때까지 걷어차 화를 풀었다. 이사벨라가 무엇을 두려워하는지 알 것 같았다. 제어할 수 없는 것. 돌이킬 수 없는 일을 저지르는 것. 한데 그런 아들이 난생처음으로 무언가를 귀히 여겼다.

그 대상이 무엇이 되었든 간에 특별하지 않을 리 없다. 마디마디 찬 손이 그녀의 손등을 덮었다. 회상 속에서 끌려 나온 아리가 제 손등을 덮은 남자를 보았다. 그가 한참 만에 입술을 뗐다.

"죽었지."

"……."

"조류였으니까 오래 살 수는 없었어. 그래도 닭치고 오래 살았다고는 생각해."

"정말 좋아했나 보네요."

"응. 웃기겠지만. 정말 좋아했어. 엄청 똑똑했거든. 내 말은 다 알아들었어."

남자는 진지했다. 아리는 그의 곁에서 조금 떨어져 희붐한 빛에 물든 남자를 더듬었다. 무어라 대꾸할 말을 찾지 못하고 시선을 떨어트렸다. 제가 사랑하던 짐승과 닮아 그녀를 거두었다는 남자였다. 처지가 우스워졌다.

결국 이 남자에게 자신은 가엾은 짐승밖에 되지 않는 건가. 아리는 침묵을 지켰다. 아무리 훈련받아도 남자는 모른다고 했다. 단지 제가 뒤틀렸다는 것만 깨달을 뿐. 어떤 자극에도 반응하지 않았다. 어미도 아비도 어여삐 여긴 적 없고 가엾게 여긴 적도 없었다. 남의 괴로움이 다 무언가. 그저 제가 아니니 상관없었다고 했다. 그렇다면 궁금했다. 제 고통에는 어떻게 반응할지……. 아리는 물끄러미 보다 입을 떼었다.

"나는…… 왜 이렇게 된 걸까요?"

울림 없는 한숨을 내뱉고 난 뒤 다시 고개를 들어 올렸다. 그는 날카로워져 있었다. 그 날카로움이 그녀를 향하는 것은 아니었다.

아리도 알고 있었다. 그래도 무서웠다. 그가 그렇게 단번에 굳어버리는 순간이면 그녀는 두려움을 느꼈다. 그리고 그날 그 순간을 떠올렸다. 아마도 평생 잊지 못할 순간일 것이다.

납치되어 참혹한 죽음을 맞이할 뻔했던 그 순간을 어찌 잊겠는가. 그러나 남자는 그날 그 끔찍한 찰나에 저에게 반했다고 했다. 아이러니였다. 소설이나 영화에서나 있을 법한 아이러니였지만 세상은 그런 허구보다 조금 더 허구 같을 때가 있었다. 그리고 그의 사랑은 허구보다 조금 더 허구 같은 현실이었다.

"그들 사이에 있을 때 이상하다는 느낌 받지 못했어?"

"……."

"무언가 들었다거나 혹은 느꼈다거나."

"있어요."

"뭔데?"

"나한테 중요한 일은 시키지 않았어요."

"그럼?"

"그냥 잡무만 시켰어요. 쓰레기통을 비우게 하거나 커피 머신을 사게 한다거나. 그런 거요. 그러니까 누구나 할 수 있는 일이요."

듣지 못한 듯 클라크는 말이 없었다. 아리는 답답한 마음에 한숨을 내쉬었다. 그녀의 이야기는 큰 정보가 되지 못했다. 그 또한 크게 느낀 게 있는 건 아닌 듯했다.

"그리고?"

"그렇게 3개월 정도가 흐르고 국장이 날 보자고 했어요. 그때부터 조금 의아하기 시작했어요. 나 같은 말단을 왜 보고 싶어 하는지 궁금했지만 묻지 못했어요."

아리는 말을 끊고 반년 전을 떠올려 보았다. 과거를 되짚느라 말을 하지 못하고 있자 그가 계속해 보라는 듯 턱짓했다.

"그리고 한 달 후쯤에 업무지원국으로 발령이 났고요. 그리고 얼마 안 가서 이렇게……."

그녀는 한기를 참아 내듯 몸에 힘을 주었다. 꽉 다물린 턱과 어깨를 바라보던 남자가 미간을 좁혔다. 핏줄이 팽팽하게 도드라질 정도로 주먹을 말아 쥔 뒤 그녀는 숨을 크게 쉬었다.

"날 만나기 전에 상황 조금 더 이야기해 줄 수 있겠어?"

남자의 말에 그녀의 얼굴이 일그러졌다. 의식한 것은 아니었다. 반사적인 행동이었다. 일그러짐과 동시에 어깨가 움츠러들었다. 목에는 그날 생겼던 상처가 아직도 뚜렷했다. 아물어 가고 있었지만 잔상은 그대로였다. 아리는 무심코 목을 만질 때마다 빗금이 처진 것처럼 선명한 흉터를 느꼈다. 몸서리쳤다.

"내 선임이 카불에 먼저 가 있었어요. 나는 듣지 못했지만 그는 며칠 전부터 카불에 들어가 있었대요. 나는 지원 가게 된 거고."

"누구랑?"

"사비나 브로머라는 여자와 에릭 보첸이라는 남자였어요."

아리는 그들을 떠올리며 동시에 클라크의 낯을 살폈다. 그러나 그는 여전히 생각에 잠긴 듯했다. 무슨 생각을 하는지 궁금했다. 그를 믿고 있긴 했지만 그녀에 관한 일이었다. 아무것도 듣지 못한 채 그저 그의 등만 바라보고 있는 일은 멍청한 일이었다.

"그들이 너를 남겨 두고 가면서 뭐라고 말했어?"

아리는 마른침을 삼켰다. 머릿속에서 뒤죽박죽 얽혀 가는 과거가, 그 불운과 불행이 혀에서 조음되고 형태를 갖출 때마다 바닥으로 고꾸라지는 느낌이 들었다. 남자는 그녀의 괴로움을 눈치채고 빰을 쓰다듬었다. 애처로운 시선이 아리의 이마와 매끈하게 미끄러지는 콧대 그리고 입술로 떨어져 내렸다. 다시 한 번 키스했다. 이번에는 그가 그녀의 목을 감아 제 품으로 끌어당겼다. 바짝 붙은 사이로 숨이 엉켰다. 아리는 이것보다 더 빈틈없이 붙어 있고 싶었다. 그때처럼 꽉 맞물리고 싶었다. 침을 삼켰다.

"그들이…… 아니. 나 혼자 남겨 두고 간 것은 아니었어요."

"한 사람이 남았지?"

클라크가 말했다. 아리는 내리깔았던 눈을 들었다. 음습해진 눈동자가 무섭도록 감정이 없었다. 반사회적 인격 장애란 말이 떠올랐다. 마주한 적이 있는 눈빛이었다. 가장 처음 만난 날, 키스하기 전에. 그리고 제게 총구를 겨눈 자의 머리를 박살 낼 때. 그 찰나의 순간. 옅었던 감정마저 사라지고 오직 살기만이 뚜렷했다.

"그들이 너에게 무슨 이야기를 했어?"

"……모르겠어요. 잘 기억나진 않아요."

아리는 그날을 선명하게 기억하지 못했다. 클라크를 만나 키스당하고 의식을 잃었다. 납치되어 본 방과 그의 앞에 무릎이 꿇리기 전의 상황은 조금씩 기억나는데 그 전에 동료들과 함께 있던 순간은 미치도록 기억나지 않았다. 오묘했으며 또한 절묘한 상황이었다. 어쩌면 그들에게 유리한 상황일지도 모르겠다.

그녀는 지금 제대로 된 기억을 몇 갖고 있지 않았다. 사고 후 외상 트라우마처럼 어쩌면 기억을 조금씩 잃어 가고 있는지도. 최악의 기억을 제외하면……. 잘된 일일까? 아리는 다시 그의 품에 고개를 파묻었다. 숨이, 묵직한 숨이 그녀의 가마 위로 내려앉았다. 커다란 손이 그녀의 머리를 쓰다듬었다. 아리는 옅게 떨다 눈을 감았다.

"괜찮아."

"정말요?"

"더 이상 떠올리지 않아도 돼."

다행이었다. 정말 다행이었다. 아리는 터져 나오는 울음을 참았다. 정수리에서 어깨까지 더듬어 내리는 그 손길이 언제까지고 이어졌으면 했다.

입원한 지 나흘하고 다시 하루의 반이 지났을 무렵 리암은 눈을 떴다. 눈을 뜨자 가장 먼저 반긴 것은 검은 벌이었다. 열어 둔 창문 사이로 흘러 들어온 것 같았다. 윙윙 소리를 내며 방 안을 빠르게 휘젓고 다니는 벌을 멍하니 바라보다 얼굴 위로 와 닿는 볕을 느꼈다. 따뜻했다. 그는 천천히 눈을 깜빡이다가 의식을 잃기 전 상황을 떠올렸다.

덜덜 떠는 여자와 어딘가 의심스러운 부하 하나를 남겨 두고 호텔을 빠져나왔다. 계단을 타고 내려오며 복면을 쓴 적을 하나 사살했고 그다음 호텔을 빠져나와 기습하는 적을 둘 더 사살했다. 근거지는 이미 들켰고 에릭에게 여차하면 아리를 데리고 떠나 공항으로 가라고 지시했다.

근거지를 들켰으나 엄호해야 할 대상과 같이 숨어들 곳 하나 정하지 못하고 행동한 일은 판단 미스였다. 여자가 결국 민간인에 불과한 요원이란 걸 알면서도 같이 데려가지 못했다. 함께 움직이는 일보다 솜씨 좋은 군인을 같이 두는 것이 더 좋을 수도 있었다. 리암은 그때까지도 상황이 그렇게 악화되리라는 상상은 하지 못했다.

후미가 드러나 급습당했지만 그렇게 불리한 형국은 아니었던 것이다. 그는 손을 들어 욱신거리는 옆구리를 더듬었다. 버석한 입술을 혀로 축였다. 쇠 비린 맛이 입 안에 자욱하게 퍼졌다. 문이 딸칵하는 소리와 함께 열렸다. 리암은 경계 어린 눈으로 들어오는 사람을 보았다.

"누워 있게."

라이너 국장은 몸을 일으키려는 리암을 향해 손사래 쳤다. 리암은 핏줄이 번뜩 선 눈으로 그를 응시했다. 가시 돋친 눈을 하기 싫었지만 눈매가 그렇게 변하는 건 어쩔 수 없었다. 리암은 부러 남자를 도발하고 싶지 않아 시선을 내리깔았다.

"몸은 좀 어떤가?"

"괜찮습니다."

"자네 자리는 언제든지 있어. 급하게 마음먹지 말고 느긋하게 생각하게."

"동료가…… 부하가 아직도 사지에 있다고 들었습니다."

리암은 리볼버도 제대로 쥐지 못해 손을 떨던 여자를 상기했다. 자신이 그 호텔을 빠져나온 것을 마지막으로 생사를 확인할 수 없었다. 흩어져 적들을 수색하던 중 론이 뛰어간 방향에서 총소리가 났고 부랴부랴 헬기에 올랐을 무렵 무전으로 그가 죽었다는 소식을 들었다. 아리와 함께 있던 에릭은 실종되고 사비나는 심한 부상을 당해 자신처럼 병원으로 후송되었다. 아리가 납치되었다는 소식을 들었을 때 그는 헬기에 오르지 않으려 했다. 이대로 카불을 떠나 버리면 다시 들어오기 힘들었다.

그렇다면 아리는 홀로 남겨져 죽음을 맞이해야 했다. 가장 끔찍하고 참혹한 방식으로. 상대가 누구라 하더라도 공작원으로 활동하다 들킨 첩보원에게 상냥한 경우는 없다. 그녀는 민간인과 다름없는 무력한 여자였다. 리암은 포기할 수 없었다.

결국 헬기에 반쯤 걸쳤던 몸을 끌어 내리고 뒤돌아 갈 때 라이너 국장에게서 전화가 왔다.

'로슨, 그 계집은 죽어. 죽으라고 보낸 거다.'

'무슨 말씀이십니까?'

'국가를 위한 희생이야. 더 묻지 말고 헬기에 오르게.'

'따를 수 없습니다. 부하가 적들에게 납치되었습니다. 차후 구조를 위한 지원을 약속해 주십시오.'

어금니를 꽉 깨물었다. 잔뜩 쉰 제 음성이 열에 들뜬 뇌에 울리는 듯했다. 전화기 너머로 깊은 한숨 소리가 들려왔다.

'돌아오지 않는다면 아무것도 약속해 줄 수 없네.'

국장은 전화를 끊었다. 죽으라고 보냈다는 말과 돌아오지 않는다면 아무것도 약속해 줄 수 없다는 말이 연산의 과부하로 팽창된 머릿속에서 뒤엉켰다. 무엇이 진심인지 알 수 없었다. 죽으라고 보냈다면 그녀가 어떤 위험한 상황에 처하든 관여하지 않고 그대로 둘 것이란 말이었다. 한데 최소한의 지원을 약속한다는 건 무슨 말인지……. 전화기만 물끄러미 보고 있을 무렵 현기증이 일었다. 임시방편 삼아 천으로 묶어 놨던 옆구리가 흥건해져 있었다. 피를 너무 많이 흘렸다는 걸 자각하자 다리가 후들거렸다.

엄호를 위해 지원 나온 요원들에 의해 전화기를 뺏기고 헬기에 쑤셔 넣어졌다. 끌려가듯 올라타 이미 의식을 잃은 사비나를 보자 에릭이 떠올랐다. 그리고 피랍된 채 죽음만을 기다리고 있을 여자 때문에 미칠 것 같았다.

"에릭은……."

"찾지 못했네."

"사망했습니까?"

"사망으로 추측하고 있지만 시신을 찾지 못했어."

라이너는 할 말이 없다는 듯 입을 다시 걸어 잠갔다. 리암은 머리를 쓸어 넘겼다. 까마득히 높은 상관의 앞이었으나 얼굴이 일그러지는 것은 막을 수 없었다. 욕이 새어 나왔다.

"사비나는 어떻습니까?"

"어제 눈을 떴다더군. 아직 의식을 회복하지 못했지만 시간이 그녀를 다시 건강하게 해 줄 거야. 론의 시신도 회수했어. 곧 들어온다더군. 가족들에게는 이미 기별이 갔어."

리암은 침을 삼켰다. 목울대가 크게 꿀렁했다. 라이너의 갈색 눈동자가 그를 주의 깊게 쳐다보고 있었다.

"……아리는 어떻게 되었습니까?"

나흘이 지났다. 아직 살아 있을 가능성이 미약하게나마 있었다. 죽었을지도 모르지만 최소한 생사의 진위 여부는 파악하고도 남았을 시간이다. 라이너가 제게 거짓말만 하지 않는다면…… 그래 거짓말만 하지 않는다면. 리암은 생각했다. 라이너가 제게 거짓말해서 얻을 이득이 무엇이 있을까. 없다. 그는 군인이었다. 알고 있는 사람 중 가장 오랫동안 조국에 헌신해 온 남자다. 거짓말을 할 필요도 없고 할 사람도 아니었다. 그러나 고개를 들어 그 탁한 눈을 마주하는 순간 깨달았다. 이유가 무엇이든 라이너는 이 자리에서 저를 꺾고야 말 것이다. 그는 자신을 꺾기 위해 찾아왔다.

"죽었네."

"……."

숨을 들이켠 상태에서 그대로 멎었다. 라이너 국장은 눈 한 번 깜빡이지 않았다. 어떤 동요의 기색도 없었다. 그 창백하고 스산한 면부 위로 단 한 올의 감정도 드러내지 않았다. 그는 늘 그렇듯 무심하고 단단한 모습으로 앉아 있었다.

"시신은……."

굳이 묻지 않아도 알 수 있는 것이었다. 근거지 근처 어딘가에 버려져 까마귀들의 밥이 되었거나 버려진 들개들이 먹어 치우고 있을 것이다. 그것도 아니면 강에 버려지거나 불에 태워졌겠지. 어떤 쪽이라도 처참했다. 다른 경우는 생각할 수 없다. 리암은 입술을 말아 씹었다. 더는 상관을 마주 볼 수 없었다.

"더 생각하지 말게. 어쩔 수 없는 희생이었어. 어떤 작전에서라도 희생은 있는 법이야. 자네도 알고 있지 않은가."

라이너는 대수롭지 않게 말했다. 리암이 고개를 들어 그를 노려보았다. 납득할 수 없어서가 아니었다. 라이너의 말대로 작전상 요원들의 사고는 불가피한 것이었다. 누구도 다치지 않고 또한 누구도 죽지 않는 일은 말 그대로 요행을 바라는 일에 속했다.

작전의 규모에 상관없이 늘 누군가가 다치고 죽었다. 죽을 만큼 다치기도 하고 죽고 싶을 만큼 다치기도 했다. 운이 없으면 사망자가 절친한 동료이기도 했고 형제이기도 했다. 그러다 더 운이 없는 날이면 자신이기도 할 것이다. 어떤 경우라도 당연한 일이었다. 그러니 리암은 납득하지 못해 하극상을 범하고 있는 것은 아니었다.

"그녀를 죽으라고 보냈단 말은 무슨 뜻입니까?"

굳이 샘솟는 적의를 숨기지 않았다. 라이너는 삐딱하게 기울어져 있던 고개를 바로 했다. 그리고 리암을 다소 오만한 표정으로 내려다보았다.

"모두들 죽음을 각오하고 적진으로 떠나. 우리는 그들의 죽음으로 조국을 방어해 왔고. 의로운 희생이지."

"……."

"다른 뜻은 없어."

남자가 미소 지었다. 오랫동안 신뢰감을 주었던 상관 특유의 미소였다. 리암은 라이너의 온화한 갈색 눈동자를 깊게 들여다보았다. 그리고 천천히 고개를 끄덕였다.

"무슨 말씀인지 잘 알겠습니다. 회복되는 대로 복귀하겠습니다."

"잘 생각했네. 몸조리 잘하고…… 기다리고 있겠네."

라이너가 자리를 일어섰다. 리암은 그가 방을 나가 그의 발걸음 소리가 멀어질 때까지 주의를 기울였다. 그리고 베개 밑에 숨겨 두었던 휴대폰을 꺼냈다.

⚜

아리는 이불이 바스락거리는 소리와 함께 맑은 볕 아래에서 눈을 떴다. 포근하고 상쾌한 아침이었다. 반투명한 커튼 사이로 오전의 나른한 햇빛이 쏟아져 들어왔다. 제 목덜미에 얼굴을 파묻고 있는 남자의 두꺼운 팔을 더듬었다.

푸른 핏줄이 선명하게 솟아 있었다. 강건하고 또 강인해 보였다. 남자의 피부는 처음 만났을 때보다 조금 더 하얗다.

단정하고 깨끗하며 뼈마디가 환히 드러난 손. 강인하지만 야윈 손이다. 시선을 들어 남자 얼굴을 확인했다. 광대 부분이 조금 들어가 있었다. 야위었다. 괜히 안쓰러워 매끈한 손톱과 거친 손등을 쓰다듬었다. 그녀의 목덜미에 코를 박은 그가 무어라 웅얼거렸다. 간지러웠다. 갈비뼈 위로 축 늘어진 두꺼운 팔을 쓰다듬자 그가 손을 움직여 그녀의 가슴을 한 움큼 잡아 쥐었다.

"클라크."

"피곤하지 않아?"

아리는 몸을 돌려 그와 마주했다. 새벽녘까지 사랑을 나누느라 밤이 가는 줄도 몰랐다. 피곤할 법도 했다. 그녀는 눈을 깜빡이며 아침 빛에 젖은 남자를 손끝으로 더듬었다.

"괜찮아요."

"쌩쌩한 걸 보니 기운이 넘치나 보군."

눈을 뜬 남자가 그녀의 이마에 입을 맞추었다. 아리는 콧잔등을 찡그리며 그의 볼을 주욱 잡아당겼다. 아래가 욱신거렸다. 어젯밤 남자는 성급했다. 또한 다급했고 사나웠다. 야만적이라고 할 수 있을 만큼. 어젯밤을 떠올리자 다리가 반사적으로 떨렸다. 간밤 아리는 가파른 숨을 내쉬며 다리를 벌렸다. 파고드는 움직임에는 조심성이 없었다. 조급해할 이유가 없는데도 그는 조급해했다. 당장 박지 않으면 미쳐 나자빠진다는 얼굴이었다.

아리는 잠자코 그를 받아들였다. 그의 몸짓은 사나웠지만 애달팠다. 그래서 온전히 받아들일 수 있었는지도 모른다.

그는 손끝으로 굴곡진 이목구비를 천천히 훑다 이마부터 턱 끝까지 입술로 꾹꾹 눌렀다. 아리가 손을 뻗어 곧은 등허리를 쓰다듬었다.

남자는 그녀의 불거진 유두를 비틀다 입술에 머금었다. 빨려 들어간 살이 에일 듯 뜨거웠다. 남자의 체취는 진했다. 선명하고 강렬한 향기였다. 모래와 바람, 건조한 평야에서 이는 흙먼지와 쇠비린내 그 모든 것이 피의 형상을 그렸다. 하여 체취를 맡는 순간 피보라가 흩뿌려진 마른 모래 위로 철퍼덕 파묻힌 느낌이었다.

두렵지는 않았다. 두려웠다면 한자리에 눕지 못했을 것이다. 어젯밤 두껍고 뜨거운 성기가 음부를 파고들 때 그녀는 단단한 흉근을 어루만졌다. 까뭇한 피부와 매끈한 윤곽을 가진 근육이 꿈틀거릴 때마다 탄성이 터져 나왔다. 그의 허리 놀림이 빨라지고 나서는 거의 까무러치는 줄 알았다. 비벼지는 살이 발갛게 부풀어 올라 교성을 어떻게 내뱉는지도 알 수 없었다.

그가 둥근 유방을 잡고 짐승처럼 신음을 흘렸다. 남자의 신음이라니……. 황홀경으로 가는 끝에서 아리는 비린내를 맡았다. 허벅지에 분사된 정액의 냄새였다. 음부 근처에 거품이 일었다. 하얀 포말처럼 음모에 묻은 정액이 흐드러졌다. 자세를 바꾸어 무릎을 세웠다. 그가 좀 더 짐승처럼 느껴졌다. 몸이 뒤흔들리며 허리가 휘어졌다. 찰박이며 내는 소리가 적나라하게 울려 퍼졌다. 그는 지칠 줄 모르고 박아 댔다. 그녀의 안에 뿌리내릴 듯, 허리 짓은 지겹기까지 했다.

함께 끝에 다다른 이후 그는 곧장 무너져 내렸다. 가쁜 숨을 몰아쉬며 눈을 감자 긴 팔이 그녀를 끌어안아 왔다. 아리는 그의 움푹 파인 쇄골에 고개를 묻고 한숨을 내쉬었다. 이윽고 가만히 있다 입술을 움직였다. 남자는 햇살에 반짝이는 유리처럼 반짝였다.

"아래가 욱신거려요."

"심하게?"

클라크가 한쪽 눈썹을 들어 올렸다. 걱정하는 눈치였다.

"심한 건 아니고요."

"의사를 부를까?"

"아니요. 그런 건 아니에요."

"……."

그가 흰 뺨 위로 흘러내린 머리를 귀 뒤로 넘겨 주었다. 내심 걱정이 되는지 굳은 표정이 풀리지 않았다. 주의를 돌릴 필요가 있었다. 가만가만 화제를 고르다 진주색 카펫 위로 쏟아지는 그림자를 바라보았다.

"여기서 얼마나 살았어요?"

"……오래."

성의 없는 대답이었다. 그녀의 머리카락을 집어 냄새를 맡느라 그런 듯했다. 아리는 축 처진 채로 손길을 느끼다 조금 명랑하게 말했다.

"놀러 가면 안 될까요?"

"어딜?"

머리카락을 지분거리던 남자가 흠칫 놀라더니 곧장 물어 왔다. 저렇게 곧장 물어 오는 걸 보면 어디로든지 데려갈 것 같기도 하고 아닌 것 같기도 했다.

"어디든지요."

"……어디로 가고 싶은데?"

그는 아리의 물음을 맞받아쳤다. 구체적인 장소라기보단 예를 들어 보란 것 같았다. 아리는 눈을 깜빡이다 바람에 이는 풀숲이 떠올랐다. 커튼 너머로 흔들리는 풀들과 그 풀들 위로 흘러내리는 노란 볕이 아름다웠다. 이런 것들이 잔뜩 있는 곳이라면 좋을 것 같았다.

"유원지라든가. 바다 같은 곳이요."

"……."

"탁 트인 곳이면 좋겠어요."

"바다라면 어제 보지 않았어?"

그가 조금 느리게 대답했다. 아리는 그에게서 못마땅한 기운을 감지했다. 하지만 꼭 나가고 싶었다. 긴 시간이 아니라도 좋았다. 먼 곳이 아니라도 괜찮았다. 그냥 실내가 아닌 공간이라면 사실 어디든 괜찮다고 생각했다. 아리는 클라크를 빤히 쳐다보다 움푹 파인 그의 쇄골에 코를 묻고 애교를 피웠다.

"클라크…… 제발 어디로든지 데려가 줘요."

아침으로 수란과 토스트 그리고 몇 가지 제철 과일을 먹고 난 뒤 그를 따라 드레스룸으로 가 보았다. 고급 양장점의 피팅룸 같은 그의 드레스룸 한편에는 여러 벌의 여성 의류가 마련되어 있었다. 길게 통으로 된 원피스부터 팬츠까지 취향별로 정리해 놓은 듯 수납공간 전체가 메워져 있었다. 이사벨라와 같이 가봉을 위해 의상실을 들르긴 했지만 이렇게 여러 벌을 사진 않아서 의아할 수밖에 없었다.

"주인이 있는 옷들인가요?"

자신이 산 적은 없으니 적어도 주인이 있는 다른 여자의 옷 같았다. 결혼이니 약혼이니 그런 말을 꺼내 놓고 저 외의 다른 여자가 이 집에 있을 리는 없을 테고 그렇다고 이사벨라의 옷들이라기엔 지나치게 발랄한 느낌이라 혹시 여동생이라도 있나 싶었다.

"네 거야."

"전 산 적이 없는 옷들인데요?"

의아함을 넘어 당혹스럽다는 듯 대꾸하자 그가 조금 굳은 채로 대답했다.

"내가 의상실에 미리 주문을 했어. 몇 벌 배달해 달라고."

"……그럴 필요까진 없는데."

클라크의 말에 아리는 묘하게 웃다 빠르게 웃음을 지웠다. 퍽 밝은 미소는 아닌지라 클라크는 또 집요하게 그녀를 들여다보았다. 보통 여자들은 옷이나 가방을 선물하면 팔짝팔짝 뛰는데 이 여자는 그렇지 않았다. 오히려 불편한 기색이었다. 수납장에 채워진 옷을 훑던 그녀가 한참 만에 입을 열었다.

"이렇게 많이는 필요 없는데…… 너무 많이 산 것 같아요."

그녀는 조심스러웠다. 옷자락을 훑던 눈이 그에게로 되돌아 왔다. 클라크는 턱을 쓸었다.

"별로 많지 않은 것 같은데……."

"사실 저 옷 자주 안 갈아입어요."

그녀가 비밀을 고백한다는 듯 부끄러워했다. 클라크의 눈썹이 꿈틀했다. 팔짱을 끼고 그녀를 내려다보았다.

"며칠에 한 번 갈아입는데?"

"그냥…… 특별한 날 아니면 며칠이든 같은 옷 입어요."

클라크는 입꼬리를 올려 웃었다. 아리는 머리를 긁었다. 그리고 남자의 표정을 살폈다. 어쩐지 표정이 좋지 않았다. 그녀는 수납공간을 채우고 있는 옅은 분홍색 셔츠를 하나 꺼내 몸에 대 보았다.

"이거 어때요?"

미묘하게 굳어진 분위기를 바꾸기 위해 화제를 바꾸었다. 클라크는 생각에 잠긴 듯 대답하지 않았다. 아리는 풀이 죽어 몸에 대었던 옷을 내려놓았다. 괜히 기분을 언짢게 한 것 같았다.

"며칠에 한 번 갈아입든 상관없어. 평생 한 벌만 입고 살 건 아니잖아."

"……."

아리는 대답하지 못했다. 그제야 남자가 무엇에 기분이 상했는지 알 수 있었다. 그는 '생활'에 대해 이야기하고 있었다. 같이 사는 삶에 대해 그는 진지했다. 그러나 아리는 명랑할 수 없었다.

"이런 것 정도에 부담 가질 필요 없어."

그는 그리 말하면서도 쾌활한 표정은 아니었다. 아리 또한 배려받고 있었지만 편하지 않았다.

"그래도…… 감사합니다."

"감사할 필요도 없고."

불편한 기류를 환기시키기 위해 아리는 감사한 표정을 지었다.

그러나 클라크는 그조차도 못마땅한 듯 굳은 얼굴을 풀지 않았다. 그녀는 어떤 제스처를 취해야 할지 알 수 없어 눈치를 살폈다. 그가 먼저 드레스룸을 나갔다. 그리고 어딘가 전화를 걸 동안 거실 창가에서 서성거렸다. 그가 창가에서 배회하는 그녀를 잡아당겨 소파에 앉혔다. 이해할 수 없다는 눈으로 쳐다보자 통화를 끝마친 그가 말했다.

"가드들을 배치하지 않았을 땐 창가 쪽으로 가지 마."

"왜요?"

"……."

"아아."

아리는 고개를 끄덕였다. 그리고 새삼 소름이 훅 끼쳤다. 서글픈 눈으로 희끗희끗 흩어진 볕들을 바라보았다. 클라크는 무표정하게 그녀를 내려다보다 이윽고 입을 열었다.

"나가자."

아리가 고개를 들어 그를 바라보았다. 흰 볕을 받은 남자의 빼어난 이목구비가 오늘따라 더욱 빛이 나 보였다.

⚜

나들이하기에 딱 좋은 날씨였다. 텔아비브라는 도시 자체가 온난한 기후에 속하지만 아리는 지금이 가장 좋다고 느꼈다. 중정을 빠져나가는 발걸음이 가벼웠다. 암살 위협에 시달리는 형국이지만 아리는 저절로 콧노래가 났다. 이런 날에는 지붕이 뻥 뚫린 스포츠카를 타고 달리며 바람을 맞아야 하는데 남자는 대통령이라도 엄호하듯 차체가 두꺼운 링컨에 그녀를 태운 채 차로를 달리고 있었다. 아리는 차창에 머리를 가까이 하다가 고개를 바로 했다. 차창에 머리를 기대다 멀리서 날아오는 라이플 총탄에 사망하고 싶지 않았다.

"썬팅을 했으니까 괜찮아."

아리의 마음을 알아챈 건지 클라크가 말했다. 그녀는 고개를 끄덕였다. 하지만 고개를 끄덕이는 것과 반대로 다시 차창에 머리를 기대지는 않았다.

"전문가의 말이니까 믿어도 돼."

그가 피식 웃었다. 아리는 따라 웃었다. 하긴 보통 전문가겠는가. 남자는 이 분야에 통달한 사람이었다. 암살이며 즉살이며 살인이라면 그야말로 도에 튼 남자였다. 오죽하면 나라에서 살인면허까지 내릴까. 그러나 아리는 잔뜩 긴장한 상태라 그의 말에 따르고 싶지 않았다. 못 들은 척 가만히 있자 그가 한 손으로 제 어깨에 그녀의 머리를 뉘었다.

"하지만 이게 더 안전하긴 하지."

그가 웃었다. 아리는 눈을 깜빡이다 그를 따라 씩 웃었다. 그리고 팔짱을 꼈다. 밀착된 상태에서 기어를 잡고 있는 그의 팔을 더듬었다. 정말 연인이 된 기분이었다.

남자가 차를 세운 곳은 공원이었다. 그는 먼저 내려 문을 열어주었다. 막상 밖에 나와 사람들 틈에 서니 기분이 미칠 듯이 좋았다. 날개가 달려 있다면 그대로 날아가고 싶은 지경이었다. 하지만 아리는 최대한 튀는 행동을 하지 않기 위해 스스로를 억눌렀다.

"밖에 나온다는 게 이렇게 좋은 일인 줄 몰랐어요."

아리는 자기가 말해 놓고도 이상하다는 듯 짧게 웃었다. 그와 손을 잡고 공기를 크게 들이마셨다. 실내 공기와 별다를 바 없음에도 무언가 다른 것 같았다. 아니 애초에 다른 물질이라도 되는 양 콧속을 스미는 쾌청한 공기는 나른하니 멍했던 머리를 맑게 만들었다.

"예전에는 나가는 것도 싫어하는 히키코모리였는데. 아니 히키코모리 정도는 아니었고……."

뭐 히키코모리 수준으로 게으르다는 소리를 자주 듣긴 했다. 아리는 제 옆에 선 사람이 아무것도 묻지 않았음에도 괜히 머쓱해져 이것저것 떠들기 시작했다. 그가 묵묵히 듣고 있다는 것을 모른 채. 아니 하나하나 수집하며 그녀에 대한 데이터를 만들고 있다는 것을 모르는 채 신나게 재잘거렸다.

"엄마 아빠랑 소리 보고 싶다……."

뜬금없이 내뱉은 소리에 발걸음을 멈추었다. 가능하면 엄마에 대해 이야기하지 않으려 화제 방향을 그쪽으로 틀지 않으려 했지만 결국 이야기하고 말았다. 전화라도 한 통 하게 해 달라는 말에 그는 단호하게 이야기했었다. 대외적으로 그녀는 지금 죽은 사람으로 되어 있는 상태에다가 CIA에서 매체에 내보내기 전 가족에게 통지를 했을 것이기 때문에 만약 지금 부모님이 아리의 생존 사실을 안다면 더 혼란스러울 것이라고.

결국 참을 수밖에 없었다. 밖으로 나가고 싶은 욕망과 함께 그리움도 함께 참아야 했다. 그것이 살아남아 되돌아갈 수 있는 방법이라면 할 수 있었다. 아니 꼭 해야만 하는 일이라고 생각했다. 눈가에 눈물이 고였다. 아리는 그것을 흐르게 놔두어야 할지 닦아야 할지 고민했다. 문득 커다란 손이 다가왔다. 그리고 눈물이 흐르기 전 닦아 냈다.

"조금만 참아."

"……."

"내가 다 죽여 버릴 때까지."

"……."

"내가 다 무릎 꿇고 빌게 할 테니까. 반드시 그럴 거니까……."

그가 닦아 준 볼 위로 다시 눈물이 흘러내렸다. 그리고 손등이 물러가고 입술이 다가왔다. 찬찬히 음미하듯 그가 그녀의 눈 밑을 핥았다. 아리의 감은 눈이 파르르 떨렸다. 눈 밑에 따뜻함이 사라졌다고 느낄 무렵 입술이 덮였다. 옅은 훈향이 맡아졌다. 안온하고 부드러운 향기였다. 버석한 입술을 휘덮은 남자의 체취는 이토록 편안한 것이었다.

한껏 바깥 공기를 마시며 제법 데이트다운 데이트를 했다. 남들하고 뇌구조가 좀 다르다고 해서 상식적인 생활을 못 하는 건가 싶었는데 아니었다. 남자는 의외로 평범했다. 감정 자체가 없는 건 아닌가 싶었는데 차로에서 자전거를 타고 가던 여자가 쓰러지자 먼저 가서 일으켜 주는 걸 보니 그런 것도 아닌 듯했다. 아리는 의외롭다 생각하며 그의 어머니가 과한 염려를 한 것이 아닐까 생각했다.

"에리얼 양?"

그가 여자를 일으켜 주는 모습을 보고 있을 때였다. 사근사근한 목소리가 매우 가까운 거리에서 들려왔다. 마치 귓가에 바싹 붙어 속삭이는 듯. 아리는 제 이름이 아니었지만 어쩐지 저를 부르고 있다는 생각이 들어 소리가 난 쪽으로 고개를 돌렸다.

"에리얼 송 맞죠?"

붉은빛이 도는 갈색 머리 여자가 서 있었다. 푸른 눈이 인상적으로 반짝이는 미인이었다. 그렇지만 처음 보는 여자임은 확실했다. 아리는 대답하지 않고 긴장한 채 아름다운 벽안을 마주했다. 일련의 사건 이후로 낯선 사람만 보면 몸부터 굳는 건 어쩔 수 없는 일이었다.

"누구시죠?"

"엘레나라고 해요. 엘레나 블로. 만나서 반가워요."

"에리얼이 아니에요. 가까이 오지 말아요."

상대가 환한 미소를 짓고 있음에도 아리는 경계했다. 지나치다 싶을 정도로 차가운 어투였으나 아리는 그다음도 사나웠다.

"가까이 오지 말라고 했죠?"

한 발자국 더 물러서며 조금 더 신경질적으로 소리쳤다. 뒤를 돌아보았다. 클라크가 사라져 있었다. 심장이 쿵 하고 떨어져 내렸다. 그가 제 뒤에 없다는 이유만으로 경련이 일 정도로 두려웠다.

"흥분하지 말아요. 그보다 에리얼이 아니라구요?"

"아니라잖아요! 왜 자꾸 가까이 오는 거예요?"

엘레나라는 여자는 도회적인 회색 재킷과 청바지를 입은 미인이었다. 암살이나 살인과는 관련이 없어 보이는 무구한 미소까지 장착하고 있어 누구도 그런 쪽과 연관시켜 상상할 수 없을 것 같았다. 그러나 어디 살인자가 얼굴에 살인자라고 쓰고 다니는 법이 있는가? 당장 클라크만 봐도 그렇다. 허우대 멀쩡하게 생겨 놓고는 날 때부터 인격적 결함을 가지고 태어났다고 하지 않는가.

"두려워하지 마세요. 나쁜 사람이 아니에요. 단지……."

여자가 뒤로 한 발자국 물러서며 그녀를 진정시키려 했다. 하지만 아리는 진정되지 않았다. 처음 보는 여자가 알은척하는 이 상황이 싫었다. 게다가 싫다고 하는데도 다가오며 친절한 척 구는 것도 마음에 들지 않았다. 불안하고 음습한 상상을 하자 더욱 두려워졌다. 이대로 넋 놓고 있다가 또 납치당하면 어떡하지? 여자가 손을 뻗으려 할 때였다.

아리는 냅다 뒤를 돌아 뛰었다. 아무것도 생각하지 않고 뛰었다. 최대한 멀리 벗어나야 한다고 생각했다. 클라크가 그녀를 잃어버려 찾을 거란 생각도, 그 없이는 아무것도 할 수 없다는 생각도 하지 못했다. 반사적인 행동이었다. 사유의 결과라기보다는 그저 반사적인 행위의 결과. 아리는 지치지 않고 뛰어갔다. 종려나무의 묘목이 심어져 있는 보도블록을 지나 물비늘이 헤엄치고 있는 바다가 보일 때까지 뛰고 또 뛰었다.

그렇게 한참을 달리다 멈춰 섰다. 숨이 턱까지 차올랐다. 턱 끝에 맺혔던 땀이 목울대를 타고 내려갔다. 멍이 들기 시작한 상처를 더듬을 때면 늘 그렇듯 빗금 쳐진 곳이 시큰거렸다. 아리는 주저앉아 몸을 말았다. 중심을 잡을 수 없어 몸이 한쪽으로 기울어졌다. 바닥 위로 철퍼덕 쓰러진 채 제 꼴을 살펴보았다. 뛰느라 벌게진 얼굴에는 땀과 눈물이 범벅이었고 바람에 머리카락이 헝클어진 채였다. 화장도 엉망일 게 분명했다.

사람들이 지나가며 그녀를 흘긋흘긋 보는 게 느껴졌다. 일어나야 하는데 일어나지지가 않는다. 힘들게 숨을 골랐다. 조금 전 상황을 되짚었다. 그냥 사람을 잘못 본 것일 수 있었다. 서양인들은 동양인을 잘 구분 못 하니까. 아는 사람으로 착각할 수도 있고 또 굳이 그런 이유가 아니라도 많은 이유들이 있을 것이다. 어쨌든 이렇게 미친년처럼 내달릴 필요는 없었다. 아리는 주춤주춤 일어나 주위를 둘러보았다.

어느새 해 질 녘이었다. 바다 위로 가라앉는 해가 아름다웠다. 붉고 푸른 물감들이 풀어져 경계 없이 하늘에 뒤섞였다. 아리는 오랫동안 그 모습을 쳐다보았다. 목을 잔뜩 꺾은 채 올려다본 하늘은 보랏빛과 남빛이 오묘하게 섞여 깊어 가고 있었다. 어느새 낮달의 흔적이 뚜렷했다. 저 멀리 저녁 별이 떠올라 하얀 메밀꽃처럼 반짝였다.

클라크를 찾아야지.

찾아서 말도 없이 사라져서 미안하다고. 그렇지만 너무 무서웠다고. 왜 멋대로 사라진 거냐고 그렇게 말해야지. 뒤를 돌아 발걸음을 뗄 때였다. 색색의 보도블록 위로 낯선 구두가 나타났다.

"아리."

고개를 들어 앞을 보았다. 눈이 마주치자 등골이 서늘해져 왔다. 문득 날카로이 벼려진 쇠붙이의 끝이 등에 닿은 듯했다. 힘있게 푹 찌른다면 그 쇠붙이가 가슴을 관통하겠지.

"돌아보지 말고. 앞만 봐요."

등 뒤에서 또 다른 남자가 낮게 읊조렸다. 등을 위협한 자가 조금 더 바짝 다가왔다. 호흡이 느껴질 정도였다.

"왜 이래요?"

"당신을 만나고 싶어 하는 분이 계십니다."

그렇게 말한 남자는 칼끝으로 그녀의 등을 조금 밀었다. 필요하다면 외진 곳으로 끌고 가 찌를 수도 있을 것이다. 아리는 고민했다. 이대로 도망칠까. 아니 도망치려 한다면 이들은 그녀의 급소를 찔러 죽일지도 모른다. 그녀는 주먹을 쥐었다 풀기를 반복하며 천천히 그들과 함께 길을 걸었다.

⚜

"아리."

낯선 이의 입에서 흘러나온 이름은 어쩐지 제 이름 같지 않았다. '아리' 라기보다는 '에리얼' 에 가까웠고 그마저도 분명한 형태를 갖추고 있지는 않았다. 아리는 대답하지 않았다. 맨바닥에 늘어져 있는 제 꼴을 인식하기까지는 그리 오래 걸리지 않았다. 분명 얇긴 하지만 셔츠와 팬츠를 입었던 것 같은데 바닥에 닿은 등과 팔뚝에는 얇은 천마저 걸쳐져 있지 않았다. 설마 홀딱 다 벗긴 건지 궁금했지만 다물린 입을 쉬이 열지는 못했다.

"아리 양."

바닥을 울리는 구두 소리가 가까워질 때마다 몸을 떨었다. 입술을 깨물고 흐느낌을 참으려 했다. 손발이 묶인 채 앞이 보이지 않는 두려움은 익히 경험했으나 몇 번을 해도 익숙하지 않을 감각이었다. 아리는 숨을 들이켰다. 울음이 섞여 있어 소리가 났다.

"몇 가지 질문에만 대답해 주시면 풀어 드리겠소."

"……죽여요."

"흥분할 필요 없소."

나이대를 짐작할 수 없는 낮은 음성이 그녀를 진정시키려 했다. 그러나 그녀는 이와 같은 상황에 이가 갈릴 뿐이었다.

"답하지 않을 거예요. 그러니까 더 가지고 놀지 말고 죽여요!"

바닥에 누워 일어나지도 못하는 채로 악다구니를 질렀다. 남자는 어느새 멀어졌는지 숨소리마저 들리지 않았다.

"죽기를 바란다는 여자가 잘도 숨어 지내는군."

눈물이 났다. 숨을 죽인 채 그가 뱉은 말을 곰곰이 생각했다. 비난의 기색이 역력했지만 어조가 날카로운 건 아니었다. 그녀는 씨근덕거리며 클라크를 생각했다.

"내게 사이코패스 남자 친구가 있어요."

"……."

"내게 무슨 일이 생기면 그가 당신들을 다 죽여 버릴 거예요."

"……."

"내 남자 친구는 무지막지하게 세거든요."

아리는 죽을 듯이 울음을 참으며 힘겹게 이야기를 했다. 목덜미에 닿는 공기가 서늘했다.

"유언은 그뿐이오?"

말소리엔 조소가 어려 있었다. 아리는 더 할 말을 찾지 못한 채 입술을 축였다. 그런 뒤 한참 만에 입을 열었다.

"날 이렇게 가지고 노는 이유가 뭐예요?"

"가지고 노는 게 아니오. 단지 궁금해서…… 믿지 못하겠지만 그뿐이라오."

"안대를 풀어 줘요. 죽을 때 죽더라도 당신들 낯짝은 봐야겠으니까."

"지금은 곤란해."

"아! 내가 죽고 나면 벗길 건가요?"

"……."

"빌어먹을!"

아리는 욕을 내뱉었다 누가, 몇 명이 주위를 둘러싸고 있는지 알 수 없었다. 그들이 그녀에게 뭘 원하고 있는지도 알지 못했다. 욕이 터져 나왔다. 무슨 죄를 지어 이렇게 납치되고 갇히는지 모르겠다. 이런 일을 더 당하면서 꾸역꾸역 살아갈 바엔 차라리 죽는 게 나을 것 같았다. 진심으로 죽는 게 나을 것 같았다.

"죽여! 죽이란 말이야!"

발버둥 치며 악다구니를 쓰고 있을 때 누군가 그녀의 몸을 들어 의자에 앉혀 놓았다. 그리고 재빨리 손을 풀었다. 무슨 일인가

의아해하는 사이 의자에 앉혀졌다. 놀라 두리번거리자 다시 의자 뒤로 손이 묶였다. 그러면 그렇지. 이가 바득바득 갈렸다. 클라크라면 그 잠시간 동안 상대를 제압할 수 있을지 모르겠으나 아리는 아니었다. 그녀는 아무것도 못 하는 자신이 원망스럽고 이 상황이 한심했다.

"이제 진정이 좀 되셨소?"

"안대를 풀어 달라 했잖아요. 내 말이 말 같지 않아요?"

허공을 향해, 어쩌면 이 얄미운 목소리의 주인공이 있는 반대쪽을 향해 소리쳤다. 멍청한 일이었다. 그러나 이 멍청한 일이라도 안 하면 미칠 것 같았다.

"이런…… 다시 보니 당신 몹시도 사납군. 벨라는 온순한 병아리라고 하던데……."

말끝을 흐린 남자가 다시 입을 다물었다. 아리는 몸을 굳혔다. '벨라.' 그리고 '병아리'. 달리 누군가를 칭할 리 없었다. 이 일에는 그의 어머니가 개입되어 있었다. 등골이 서늘했다. 뒤통수가 얼얼하니 제대로 머리가 돌아가지 않았다. 필라멘트가 끊어지듯 사고가 정지했다.

눈물을 흘렸던 뺨이 차갑게 식었다. 볼과 턱에 맺힌 수분이 말라 가며 끈끈해지는 느낌이 좋지 않았다. 아리는 떨리는 목울대를 가라앉히려 애쓰며 입술을 뗐다.

"당신들 누구죠?"

"피츠윌리엄을 사랑하오?"

질문에 대한 답은 또 다른 질문이었다. 한 번의 망설임도 없이 곧장 쏟아지는 물음 속에 아리는 입술을 깨물었다.

"당신의 사이코패스 애인을 사랑하느냔 말이오."

"내가 그를 사랑하는 것과 이 일이 무슨 상관인가요?"

"답을 해 주지……."

"클라크도 내가 여기 있단 걸 알고 있어요? 당신들 다 한통속이었던 거예요?"

모든 게 의심되기 시작했다. 아마도 저를 가두고 눈을 가린 이 남자를 포함해 그들은 일가족이었다. 그리고 이 미친 일가가 그녀를 농락했다. 그녀가 대체 무슨 죄를 지은 건지는 알 수 없었다. 그러나 늑대를 피하려다 호랑이 굴속으로 들어온 건 틀림없는 사실이었다. 어느새 두려움보다 분노가 짙어졌다. 클라크. 클라크까지 한통속일까? 아리는 입술을 꾹 깨물었다.

"사랑하지 않아요."

"……확실하오?"

"절대 사랑하지 않아요. 죽을 때까지 사랑할 일이 없을 거예요. 그러니까 이걸 풀어요."

쇄골에 고여 있던 땀이 흘러내렸다. 입 안이 버석했다. 침이 고여 있는 골까지 마르고 있었다. 괴로웠다. 비참해서 말이 잘 나오지 않았다. 습관적으로 고개를 한편으로 기울이며 호흡을 골랐다.

"그렇단다. 아들아."

상대는 선언하듯 차분하게 읊조렸다. 동시에 안대가 풀렸다. 눈이 시렸다. 부신 눈을 비빌 수 없어 고개를 숙였다. 일시에 쏟아지는 빛들은 송곳처럼 날카로웠다. 눈 안에 눈물이 고였다. 미지근하고 끈끈한 그것이 눈 밑을 적시고 뺨으로 떨어져 내렸다. 아리는 눈을 여러 번 깜빡이고서야 고개를 들 수 있었다. 그 남자가 있었다. 무겁게 가라앉은 수은빛 눈동자가 그녀를 무표정하게 내려다보았다. 아리는 시선을 돌리지 않았다. 대답을 번복할 생각도 없었다.

사그라지고 있던 분노가 다시 한 번 치솟았다. 그러나 그녀는 담담하게 주변을 둘러보았다. 나무쪽으로 만든 바닥에는 따뜻한 불빛이 미끄러지고 있었고 그의 뒤에는 어디서 구했는지 모를 박제한 수사슴의 목이 걸려 있었다. 눈이 보이지 않을 때와는 많이 다른 분위기였다. 빛이라곤 천장에 달린 백열등 하나뿐인 창백한 조사실인 줄 알았는데 막상 눈에 보이는 곳은 부유하지만 어딘가 수상한 대저택의 접견실처럼 느껴졌다. 혼자 난리를 친 것이라는 생각에 면부에 열기가 확 몰려들었다. 수치심에 몸이 달아올랐다가 클라크를 보자 치솟던 열이 사그라졌다.

"너만 죽도록 사랑하는 거 아니냐?"

시가에 불을 붙인 남자가 이죽거렸다. 클라크와 마찬가지로 다소 환한 회색 머리카락. 그리고 그 사이로 그보다 더 밝고 선연한 은발이 희끗희끗했다. 적당히 둥그런 이마를 따라 내려오는 곧은 콧대와 보기 좋은 모양의 입술. 가지런한 눈썹과 그 아래 자리한 네모난 모양의 눈이 묘하게 금욕적인 인상을 주는 남자였다. 터키색으로 빛나는 그의 두 눈은 얄궂게 빛났다. 참을 수 없었다. 참으려 했지만 참을 수 있는 종류의 모독이 아니었다.

"날 이렇게 가지고 노니까 재밌어요?"

"……당신의 진심이 궁금했을 뿐이오. 미안합니다."

아리는 클라크를 쳐다보았다. 작동되지 않는 기계처럼 뻣뻣하게 서 있던 남자의 입술이 조금씩 벌어졌다. 그를 노려보던 아리의 두 눈에서 남아 있던 눈물이 떨어지고 새로이 솟아나기 시작했다.

"사과하지 않으셔도 돼요. 저도 제 진심을 말하게 돼서 좋은 시간이었어요. 두 분 다 정말 멋진 에스코트였어요. 정말 잊지 못할 이벤트네요."

아리는 눈물을 그치고 남자를 향해 웃어 보였다. 독기에 젖어 사근사근하게 대답해 주자 그가 가드를 향해 등받이 뒤로 묶인 손을 풀어 주라고 했다. 저린 손목을 문지르며 화를 참아 내고 있을 때였다. 총소리가 들렸다. 앞을 보았다. 클라크가 총을 들고 있었다. 놀란 눈으로 쳐다보자 그는 이렇다 할 표정 없이 다시 한 번 방아쇠를 당겼다.

다음으로 쓰러진 사람은 남자의 곁에 있는 가드였고 그다음은 아리의 손을 풀어 줬던 여자였다. 순식간에 두 명을 넘긴 것이다. 부지불식간에 일어난 일에 아리는 어떤 반응도 할 수 없었다. 이제는 총소리만 들어도 온몸이 뻣뻣하게 굳는다. 그때 자신을 향해 달려드는 가드들의 머리통을 날린 클라크가 그때까지 유유자적 시가를 피우고 있던 남자를 향해 돌아섰다.

"아버지는 나를 안다고 생각했는데 나를 모르고 있었구나?"

"왜 화가 난 거냐?"

남자는 익숙하다는 듯 책상에 반쯤 걸터앉아 제 아들을 올려다보았다. 아버지의 키를 훌쩍 뛰어넘는 아들은 문이 열리며 들어오는 가드들을 보다 제 아버지의 머리에 총구를 겨누었다.

"물려."

협박과 다름없는 요청이었다. 남자는 순순히 사람들을 물렸다.

"나가."

아리는 잠자코 살벌한 부자를 지켜보았다. 어떻게 돼도 이제 상관없지만 좀처럼 걸음을 뗄 엄두가 나지 않았다. 방 안엔 피비린내가 자욱했다. 바닥을 비추던 붉은 불빛이 아지랑이처럼 휘어지다 허물어져 내렸다.

"어머니에게 이야기 못 들었어?"

"들었다."

"사랑한다고 했잖아. 저 여자를……."

"그냥 살던 대로 살다 죽어라."

디트리히는 아들에게 비스듬히 웃어 주었다. 칼날처럼 차가운 웃음이었다. 아들이 이처럼 난장판을 만드는 일은 처음 보는 게 아니었다. 어린 시절에는 그게 퍽 애석하다가도 머리가 굵어지고 나서도 이 지경이니 혀만 찰 노릇이었다. 말하자면 언제 터질지 모르는 핵탄두 같은 놈이었다. 잘 지내다가도 이따금 폭력적인 모습을 보여 집밖으로 데리고 나가기도 싫었다.

오찬 모임에 나가 남의 집 아들을 줘어 패 놓는 것도 한두 번이지. 반복되니 저런 게 왜 자식이라고 생겨 먹어 거치적대는지 혐오스러울 따름이었다. 그러니까 말하자면 아들놈은 전쟁을 위해 태어난 병기 같은 놈이었다. 로레이가 같은 명문가에서 태어나지 않았더라면, 그래서 용병으로라도 살지 않았더라면 필히 연쇄살인마가 되어 신문 한 면에 크게 오르내리다 전기의자 위에서 생을 마감할 놈이었다.

디트리히는 아들의 모자란 EQ에 대해 애석해하지 않았다. 상대를 대상화하고 사물화하는 것을 당연시 여기는 만큼 어지간한 일에 동요하지 않는 녀석이었다. 모든 사람이 제각기 쓰임이 다르듯 아들은 이런 일에 유달리 소질이 있을 뿐. 혐오스럽긴 하지만 어쩔 수 없었다. 다만 아내는 지나치게 슬퍼했다. 그러나 디트리히는 아니었다. 전쟁 물자를 공급해서 생계를 잇는 자신과 전장이 아니면 정상인은 못 되는 아들이라니. 퍽 어울리는 조합이지 않은가?

"피츠윌리엄."

"죽고 싶어?"

"살던 대로 살다 죽어. 그게 훨씬 편하다. 진심이야."

발치로 떨어진 시가의 끝을 보았다. 불심이 번쩍이며 타들어 간 담뱃재가 허연 비듬처럼 떨어졌다. 고개를 들어 올리는 순간이었다.

"악!"

비명이 나오다 끊겼다. 그는 허연 담뱃재가 흩어져 내린 바닥 위로 같이 나뒹구는 제 손가락을 보았다. 잘린 살덩이가 꿈틀거리는 것 같았다.

"멋대로 굴지 말라고 얘기 들었을 텐데 왜 그랬어?"

클라크는 제 아버지에게로 한 걸음 더 다가갔다. 디트리히는 잘린 제 중지와 약지를 움켜쥐며 허리를 접었다. 광기 어린 아들의 옅은 웃음소리가 제 머리 위로 흩어졌다.

"사랑하지 않는다라니…… 너무 잔혹하잖아?"

간신히 고개를 들어 아들을 보았다. 초점이 엇나간 눈이 이미 제정신이 아님을 말해 주고 있었다. 신음이 불거져 나오는 입술을 깨물며 핏기 오른 눈을 위로 향했다.

"그게 네게 그리 잔인한 일이더냐?"

"물론."

디트리히는 입술을 비틀어 웃었다. 피로 물든 손과 머리 위로 겨누어진 총구의 온도는 극명하게 달랐다. 아들이 두렵지는 않았다. 자라는 모습을 보는 내내 그는 아들의 손에 죽을 수도 있겠다고 생각했다. 디트리히는 천천히 이마로 내려오는 총구를 기다렸다. 그때였다.

"그만해요!"

울음에 젖어 뭉툭한 소리가 벼랑을 향해 달려가는 부자를 막았다.

"진짜 미친 거예요?"

젖은 음성은 묘하게 신경질적이었다. 아들의 가슴께에도 오지 않을 정도로 작은 여자가 그의 허리에 매달려 부르짖고 있었다. 디트리히는 가쁜 숨을 달래며 그녀를 향해 부탁했다.

“아가씨, 미안하지만 구급차를 불러 주겠소? 보다시피 이 녀석은 진짜 나를 죽일 셈이라서 말이지.”

여자는 고개를 끄덕였다. 전화기를 찾는 손이 덜덜 떨리고 있었다. 디트리히는 그녀에게 제 휴대폰을 건넸다. 클라크는 주의 깊게 그녀를 살폈다. 방해할 생각은 없는 듯했다. 아비를 살리고 싶어서가 아니라 여자를 방해하고 싶은 마음이 없어서인 듯했다. 여자는 덜덜 떨며 전화를 걸어 구급차를 불렀다. 그러곤 서랍을 뒤져 찾아낸 수건으로 그의 피로 물든 손을 감쌌다.

“미친놈!”

전화를 끊은 여자가 클라크의 뺨을 후렸다. 짝 하는 소리가 방을 울렸다. 오른편으로 돌아갔던 고개가 느리게 돌아왔다. 뺨을 후린 여자는 황급히 손을 거두어들였다. 디트리히는 의자에 앉아 현기증을 참으며 흥미롭게 둘의 모습을 지켜보았다.

사랑하지 않는다는 말은 잔혹했다. 생각보다 더 잔혹하고 끔찍해서 세상이 어떻게 돼도 좋다는 생각이 들었다. 클라크는 생부를 쏘았다. 가소롭다는 듯 비웃으며 여자에게 넌 아무것도 아니었다는 것을 상기시키는 순간. 그는 제가 그어 놓은 최소한의 선을 넘었다. 하여 아버지는 이제 제게 아버지가 아니었고 저 또한 아들이 아니게 되었다. 병아리가 저를 사랑하지 않는다는 명제는 그토록 잔혹하고 참혹한 명제였다.

클라크는 가끔 제 안에 또 다른 제가 있다는 것을 느꼈다. 그놈 또한 저라는 것을 알면서도 사실은 다른 이름으로 부르기도 했다.

놈의 이름은 '살인마' 였다. 살인마는 그를 전장으로 이끌었다. 총탄이 빗발치고 검붉은 연기가 모락모락 하늘 위로 번지는 황무지로 말이다. 그곳에서 클라크는 오랫동안 '살인마' 로 살아왔다. 좋았던 건 아니었지만 화약고와 총탄이 없는 세상보다는 견딜 만했다. 그 생이 즐거웠던 건 아니지만 저를 공포 어린 눈으로 보는 사람들의 세상보다는 참을 만했다.

그래서 클라크는 전장을 택했다. 단 한 번도 좋았던 적은 없지만 그 어떤 세상보다 '견딜 만했다.' 병아리에게 이런 말을 한다한들 병아리가 이해해 주리란 생각은 하지 않았다. 평생 저는 누구에게도 이해받지 못할 족속이었다. 연심으로 이해할 수 있다한들 그것이 완전한 이해가 되지는 못할 것이다. 머리로 이해하는 것과 마음으로 이해하는 것은 다르다. 글자를 읽는 것과 그 글자의 뜻을 느끼는 것은 다른 것처럼. 전자는 단지 그런 사람이라고 덮어 두는 것이고 후자는 그런 사람이라고 받아들이는 것이다.

덮어 두는 것은 참을 수 없다. 받아들이는 척하면서 받아들이지 못하는 건 도리어 자신을 참지 못하게 만든다. 그러나 병아리가 저를 사랑한다 말하면 저는 그를 덮어 둘 수 있을 것 같았다. 그러니 '어쩌면' 정상인으로 살 수 있을지 모른다. 모친이 그토록 바라 마지않던 정상의 궤도에 편승할 수 있을지도…… 그렇게 된다면 좋을 것이다.

모두가 행복해지겠지. 그러나 다 부질없는 잡념이었다. 그의 예쁜 병아리가 그를 사랑한다 말할 날은 결코 오지 않을 것이다.

그런 생각이 드는 순간, 아니 기저에 깔려 있던 불안이 현실화하는 순간……. 그는 그녀를 향해 총구를 겨누지 못했다. 대신 기어코 그녀의 다물린 입술을 열어 재낀 아버지를 향해 방아쇠를 당겼다.

디트리히가 구급차에 실려 갔다. 경찰이 와 그의 손에 쇠고랑을 채우려 했다. 두고 가기 싫었다. 저를 사랑하지 않는 여자였으나 그는 그녀를 사랑했다. 총을 빼앗기고 조용히 손목을 내미는 척하다 놈들의 코를 쥐어박았다. 제각기 얻어맞는 곳을 쥐고 바닥을 구르는 놈들을 두고 그녀를 향해 다가갔다. 또 무언가 뒤틀린 것을 알아챈 병아리가 제게로 걸어왔다.

"사랑하지 않아? 나를?"

"그 얘긴 나중에 해요."

"지금 말해."

"나중에……."

"죽어 버릴 거야."

맞물렸다 떨어지는 입술 사이로 흐르는 음성은 잔혹했다. 병아리는 말을 잘못 알아들었는지 사시나무 떨 듯 떨었다. 그녀를 죽인다는 말이 아니라 자살하겠다는 말이었는데.

"지금 말고 나중에…… 악!"

병아리가 짹짹거렸다. 잡힌 어깨가 아프다는 듯 일그러진 얼굴이 창백했다. 그녀가 고통을 느끼고 있음에도 클라크는 잡은 어깨를 놓지 않았다. 사실은 아까부터 귀가 먹먹했다. 그래서 비명도 표정도 모두 들리지 않고 보이지 않는다. 이성이 닳고 있었다. 그녀 앞이라 붙들고 있던 한 가닥 정신도 모두 끊어진 듯했다.

"말해 봐. 방금 뭐라고 했어?"

"클라크. 제발……."

아리는 그를 피해 몸을 뒤로 뺐다. 그러나 남자는 제 손아귀에서 벗어나려 할수록 그녀를 놓지 않았다. 푸르다 싶을 정도로 질린 낯이 모든 것을 말해 주고 있었다. 총에 맞은 듯 핏기가 가신 얼굴이 사람 같지 않다. 잔뜩 비틀린 입매가 짐승의 주둥이같이 느껴졌다. 이대로 미쳐 날뛰면 어떡하지? 막을 수 있을까. 두렵고 또 두려웠다.

"클라크……."

억눌린 신음을 내뱉듯 그를 불렀다. 불현듯 입술이 잡아먹혔다. 아리가 버둥거리자 그가 입술을 떼었다. 그리고 손목을 잡고 저택 안으로 들어갔다.

"이거 놔요!"

새된 비명을 질렀다. 그러나 남자는 들리지 않는다는 듯 한사코 그녀를 이끌고 계단을 걸어 올랐다. 아리는 질질 끌려 다니다 결국 쓰러졌다. 계단 모서리에 긁히고 쓸려 무릎에서 피가 났다. 그러나 그보다 더 아픈 곳은 손목이었다. 으스러질 듯 옥죈 그의 손이 두려웠다. 외진 곳으로 가 그녀의 목을 조를 것만 같았다.

"그만! 정신 차려요. 클라크……!"

그가 멈춰 선 곳은 빈방이었다. 정신없이 끌려가 정확히 어딘지 알 수 없었지만 아마 복도 끝 외지고 구석진 곳이었다. 방으로 들어온 남자가 문을 걸어 잠갔다. 아리는 침을 삼켰다. 눈물로 얼룩진 눈을 비벼 닦으려 손을 들자 그가 그녀의 손을 잡아 내리고 가만히 쳐다보았다.

"클라크 이러지 말고 진정……."

말을 채 끝마칠 수 없었다. 끝을 알 수 없는 수렁의 입구에서 피라냐 같은 날카로운 이빨이 솟아난 듯 입술이 뜯기며 빨려 들어가는 기분이었다. 눈을 질끈 감자 그가 손을 들어 반쯤 헐벗은 그녀의 몸을 더듬었다. 슬립이 말려 올라갔다. 아리는 그때까지도 자신이 제대로 된 옷을 걸치고 있지 못하다는 것을 알지 못했다. 서늘한 손끝이 닿는 순간 소름이 돋았다. 혀를 끌어내는 동작이 사나웠다. 따라가고 싶어도 따라갈 수 없었다. 입술을 씹어 말릴 듯 빨고 더듬으며 동시에 혀를 집요하게 괴롭혔다. 아리는 질겁하며 뒷걸음질 쳤다.

"으응……!"

붙어 오는 몸을 밀어 내기 위해 버둥거렸지만 남자의 완력을 이길 수는 없었다. 감았던 눈을 떴다. 그리고 광기에 희번덕이는 눈을 마주했다. 숨이 가빠 왔다. 미간을 찡그리자 혀를 얽고 있던 남자가 입술을 뗐다. 다리에 힘이 풀렸다.

곧장 쓰러질 듯 색색대자 그가 팔을 잡고 침대로 끌고 갔다. 아리는 침대 위로 쓰러졌다. 슬립의 끈이 팔뚝까지 흘러내렸다. 하얀 가슴이 반쯤 드러났다. 눈물에 젖어 그를 노려보았다. 헝클어진 머리카락 사이로 드문드문 보이는 사내는 끔찍했다.

"아버지에게 총을 쏘고 그다음엔 여자를 범할 건가요?"

"못 할 것도 없지."

"……미친놈."

아리는 흐느꼈다. 남자의 아래는 잔뜩 불거진 채였다. 제 아버지를 총으로 쏘고도 발기하는 인간을 여태껏 사랑했다니 아무래도 미친 건지 싶었다. 아침부터 지금까지 너무도 많은 일이 일어났다. 가늠할 수 없을 정도로 뒤틀리고 뒤바뀌는 상황 때문에 머리가 다 아플 정도였다. 아리는 그가 다가오는 것을 느끼고 몸을 움츠렸다.

"이러지 마세요. 부탁이에요."

마지막으로 부탁했다. 남자가 기어코 몸을 섞고자 한다면 이 자리에서 그를 받아들여야 하겠지만 그러고 싶지 않았다. 정말로 지금은 그러고 싶지 않았다. 상황이 너무 좋지 않았다. 이런 꼴로 몸을 얽는 건 사절이다. 맞닿은 가슴이 간헐적으로 떨려 왔다. 아리는 흐릿해지는 정신을 간신히 붙잡으며 상대를 바라보았다. 남자가 읊조렸다.

"어떻게 해도 사랑받지 못한다면……."

나직하게 들리는 음성이 그녀의 가슴을 후볐다. 눈물이 흐른 자국에 다시 한 번 눈물이 떨어지고 뺨이 파르르 떨렸다. 벨트를 푸는 소리가 들렸다. 눈을 질끈 감았다. 그의 손이 다가와 드러난 가슴을 살며시 쓸었다. 아비에게도 자비가 없던 손이다. 한데 그녀에겐 너무 다정했다. 아리는 침대에 누워 제 위로 드리워지는 남자를 보았다.

"어떻게 해도 나를 사랑할 수 없다면 적선이라도 좋으니……."

남자는 말을 삼켰다. 제 말을 채 잇지 못해 더듬거리는 남자를 조심스레 올려다보았다. 마침내 서물거리는 눈과 마주했다. 아이 같은 눈이었다. 그악하나 애처로웠다.

그녀는 물끄러미 그를 바라보다 다리를 벌렸다. 방금까지만 해도 공포에 차올라 허덕였는데 지금은 또 안쓰러워 어루만져 주고 싶었다. 저도 저를 알 수 없어 곡할 노릇이었다. 미친놈과 같이 지내다 보니 저도 함께 미쳐 버린 건 아닐까. 하나 벌린 다리를 다시 오므리고 싶은 생각은 없었다. 사실 그녀는 그가 이런 식으로 바라볼 때면 자신이 어느 때보다 무방비해진다는 것을 알고 있었다.

클라크는 종종 이런 식으로 원하는 것을 얻어 내곤 했다. 그게 싫어 해 달라는 대로 해 주지 말아야지 싶으면서도 막상 상처받은 듯한 두 눈을 보면 한정 없이 내어 주고 싶었다. 그리고 지금이 그랬다. 그녀는 달래듯 그의 등을 어루만졌다. 그러자 그가 기다렸다는 듯 기둥을 밀어 넣었다. 숨을 작게 들이켰다.

"당신 아버지가 나를 납치했을 때 뭘 하고 있었어요?"

가슴에 응어리진 것을 왈칵 내뱉었다.

"……."

"내게 여자가 다가왔었어요. 나를 아는 여자였어요."

묵직하게 들이받는 기둥에 아리는 짧게 교성을 흘렸다.

"도망쳤어요. 도망치다가…… 아흣……!"

그저 들어와 머무르기만 했던 물건이 그녀의 안에서 왕복 운동을 시작했다. 남근의 움직임은 거칠고 배려가 없었다. 아리는 잠시 말을 멈추고 숨을 골랐다. 배꼽까지 올라간 슬립을 그가 손으로 걷어 내었다. 동그란 유방이 완전히 드러나자 그곳에 얼굴을 묻고 가슴골에 밴 냄새를 맡던 남자가 유두를 물고 젖을 빨기 시작했다. 그대로 찢어발길 듯 표정이 억셌다.

"당신한테 돌아가려 했는데…… 아아!"

아리는 손을 들어 걷어붙인 소매를 잡았다. 아래가 달아올라 간지러울 때마다 두꺼운 팔뚝을 긁었다. 남자는 점점 더 빨라졌다. 씨를 쏟아 내는 모양이 말 그대로 짐승 같았다. 하얀 이마에 맺혀 있던 땀방울이 주르르 떨어져 내렸다. 표정 한 점 없이 서늘하던 얼굴이 사정감으로 인해 비틀려져 갔다. 그가 다급하게 허리를 놀릴 때마다 아리는 입술을 깨물고 출렁이는 제 가슴을 움켜잡았다.

"아, 아, 클라크…… 클라크 제발…… 제발…… 거기는 안 돼……."

몸을 뒤틀며 남자를 밀어 내려 했다. 싫어서가 아니었다. 지나치게 좋아서였다. 미치게 좋으니 쾌감을 이겨 내기가 더 힘들었다. 허리며 가슴 할 것 없이 멋대로 휘어지는 육신이 제 것 같지 않았다. 바싹 붙어 토해 내는 낮은 숨소리가 맹수의 것과 다르지 않다 느꼈다. 몸이 달아오를수록 표정을 관리하기 힘들어졌다. 쾌감에 반응하는 모습은 보여 주기 싫어 얼굴을 가리니 남자가 얼굴을 가린 그녀의 손을 잡아뗐다.

"보지 마……."

간절하게 애원하자 사내의 얼굴이 더 일그러졌다. 참지 못하겠다는 듯 바짝 붙어 오는 꼴이 정말 사출을 못해 안달 난 사람 같았다. 사정 직전에 그는 짓눌린 신음을 뱉어 냈다. 침대 시트를 잡아 쥐던 손을 그의 어깨에 올렸다.

남자가 엎드려 젖가슴을 거칠게 빨기 시작했다. 그가 다급하게 젖무덤을 혀로 핥으며 유두를 깨물었다. 아리는 탄성을 터트렸다. 남자는 가슴을 빨면서도 욕심껏 허리를 놀리는 일을 멈추지 않았다.

"아아!"

깊은 탄성을 지르며 자지러지자 그가 허리를 곧게 폈다. 클라크는 한껏 달아올랐던 관자놀이가 일순 서늘해지는 것을 느끼며 사정했다. 파고든 여체의 속살은 녹진녹진했다. 붉고 달아오른 자리가 얼룩처럼 피어올라 있었다. 그녀를 끌어안았다. 제 물건에 자지러지는 여자를 상기하자 다시 한 번 기둥이 곧추서는 것 같았다.

"돌아오려고……."

잇지 못한 말을 다시 이으려 하는 여자의 입술에 키스했다. 그러자 그녀가 손톱을 세워 팔뚝을 긁었다. 항의였다. 그는 입술을 떼고 검은 눈을 바라보았다. 긴 머리가 젖어 발그스름한 뺨에 달라붙었다.

"내가 얼마나 두려워하는지 알잖아요. 당신은……."

"……."

"그런데 당신은 날 가지고 놀았어."

"가지고 논 게 아니야."

"당신 아버지……."

"그는 날 싫어해."

얼음의 결정 같은 숨결이 속눈썹에 닿았다. 반사적으로 눈꺼풀을 깜빡였다. 그녀가 여러 번 눈을 깜빡이고 있을 동안에도 남자는 오래도록 그녀를 바라보고만 있었다. 튀어나오는 울음을 삼키려 애썼다. 손톱 아래 피딱지가 앉을 만큼 주먹을 꽉 쥐었다. 남자가 그 손을 끌고 와 입을 맞추었다.

"내가 그를 싫어하는 만큼……."

"……."

"그도 나를 싫어해. 내가 어떤 인간인지 알았을 때부터."

"……."

"엘레나가 널 찾아갔다고 들었어."

"……."

"네가 만났다던 그 여자."

아리는 낮에 만났던 여자를 떠올렸다. 붉은빛이 도는 탐스러운 갈색 머리를 가진 여자였다.

"ADOS에는 회장의 끄나풀이 붙어 있어. 물론 어머니의 끄나풀도. 두 사람은 내가 뭘 하는지 궁금해하거든. 다행히도 엘레나는 내 사람이고. 회장의 하수인들이 너를 찾는다는 정보를 듣고 그녀가 먼저 움직였다고 해."

회장이란 말에 그녀가 갸웃거리자 그가 답했다. 아버지. 아리는 시선을 내리깔았다. 그늘진 쇄골에는 피가 튀어 있었다. 말라붙어 색이 변했지만 선명했다. 그의 아버지는 다국적 군산복합체의 수장이었다. 위험 물질을 가공하고 제조하여 국가에 상납하는 범세계적 장사치였다. 그런 아비의 아들은 사이코패스에 민간군사기업의 회장이고.

생각할수록 대단한 집안이었다. 아버지는 무기회사 회장에 어머니는 정보국 국장……. 아들은 용병회사 회장. 본래부터 돈 있고 세 있는 집안이란 걸 들어 알고 있었지만 뜯어볼수록 입이 벌어지는 일가였다.

"정말 죽이려고 했어요? 아버지를?"

"……그래."

"미쳤군요. 아무리 그래도 그렇지……."

"그도 나를 죽이지 못해 키웠어."

"그래도 당신을 키웠죠."

클라크는 비식 웃음을 흘렸다.

"……널 내게서 빼앗아 간 인간이야. 너에게서 나를 사랑하지 않다는 말을 하게 한 인간이고."

이해할 수 없어 고개를 숙이는 순간 조금 이해가 되는 듯했다. 어쩌면 이런 그를 받아들일 수 있을 거라는 느낌도 들었다. 생각이 아니라 느낌이었다. 다시 골똘히 생각하게 되면 역시 이해할 수 없다고 정의하게 될지 모르지만. 그래서 아리는 더 생각하지 않았다. 아버지의 손가락을 향해 총을 쏜 남자가 그녀에게 다가왔다. 조심스럽고 또 조심스럽게 아리를 끌어당겼다. 그리고 품 안에 가두었다. 땀과 함께 섞인 샤워코롱의 오묘한 체취가 코끝을 간지럽혔다.

⚜

"건들면 안 된다고 했잖아요. 기어코 그런 짓을……."

이사벨라는 병원에서도 정장을 입고 있는 남편을 향해 탄식을 뱉었다. 붕대로 뭉친 손은 이미 손가락의 일부가 날아간 채였다. 이어 붙일 수는 있지만 감각은 없을 거라는 의사의 말에 그녀는 어떤 말도 할 수 없었다. 이사벨라는 기어코 누군가 죽지만 않는다면 아들과 남편 사이에 일어나는 모든 종류의 일에 놀라지 않을 여자였다. 근 20년간 발생했던 일들은 모두 끝 간 데 없이 몰인정하고 잔혹했다. 이사벨라는 그 일들에 생각보다 꽤 많이 단련돼 있었다. 의자에 앉아 남편의 성한 손을 잡았다.

"놈 때문에 시가를 피우기 힘들어졌어."

"……."

"하지만 왼손이 있지."

디트리히는 웃었다. 이사벨라는 그를 흘긋 보다 남편이 진통제를 거부했다는 말을 떠올렸다. 놀라지 않았다. 퍽 괴롭지도 않았다. 아들 또한 그랬다. 아비의 손에 손가락이 부서졌을 때 진통제를 내미는 어미의 손을 뿌리쳤다. 부자는 닮아 있었다. 범인과는 다른 난해하고 기이한 유전자가 그들을 하나로 잇고 있었다. 언젠가 디트리히가 클라크의 손가락을 날렸을 때. 클라크는 왼손의 약지와 중지를 잃었다.

지금처럼 이어 붙이긴 했지만 신경이 죽어 버려 제대로 쓰진 못했다. 쓰지 못한 채로도 총을 쏘고 칼을 잡았다. 그러곤 전장으로 들어가 자신만의 왕국을 세웠다. 이사벨라는 남편이 끝까지 진통제를 맞지 않을 거라는 걸 알고 있었다. 그가 아들을 교육하는 방식이라고 내놓은 방침들은 죄 폭력과 모욕뿐이었다. 이해하든 하지 못하든 반드시 지켜야 할 것이라 못 박아 두고 지키지 않으면 빰을 후렸다. 머리가 굵어질 무렵에는 빰이 아니라 골프채를 들었고 결국 스물이 되기도 전에 아들을 향해 총구를 겨눴다.

사관학교에서 동기의 손목뼈를 망치로 부쉈을 때 디트리히는 클라크의 손가락을 날렸다. 그리고 느껴지는 고통을 헤아려 보라 했다. 네가 손목뼈를 부순 동기 또한 이 같은 고통을 느끼고 있을 것이라는 말에 클라크는 다만 눈을 깜빡일 뿐이었다.

결국 클라크는 상처가 아물 때까지 단 한 번도 진통제를 맞지 않았다. 그 일이 있은 직후 디트리히는 클라크를 단 한 번도 제 세상에 들여 놓지 않았다. 클라크 또한 마찬가지였다. 생부를 대하기를 그리 모질게 대하고 말았다. 그렇게 둘은 되돌릴 수 없는 사이가 되었다.

아마 그 여자애가 아니었더라면 이같이 서로 마주할 일도 없었을 것이다. 10년간 얼굴 한 번 안 보고 산 아들과 아버지가 한 짓이 고등학교나 졸업했을까 하는 여자애를 납치하고 그 여자애 때문에 총을 갈기는 일이라니. 이사벨라는 대체 무엇이 잘못된 건지 알 수 없었다. 잘못된 일이 너무 많아서 어디서부터 어디까지 되짚어야 할지 감이 오지 않았다.

십수 년 전 이사벨라는 제 아들이 '그런 인간' 일 수밖에 없다는 사실을 퍽 쉽게 받아들였다. 받아들이는 순간 비참해질 거라 생각했는데 도리어 그 사실을 간과했더라면 그녀는 아들을 영원히 이해할 수 없었을지도 모른다. 그렇다. 그녀의 아이는 그저 그렇게밖에 생겨 먹을 수 없는 부류의 인간이었다.

그런 인간을 마음 깊이 이해하느니 차라리 의사들이 내린 정의를 받아들이는 게 더 쉽다.

"하필 그런 여자애나 주워 와선…… 멍청한 놈."

"당신은 허락할 권리조차 없단 걸 잊어서는 안 돼요."

"당신은 끝까지 그 녀석 편인가?"

"나마저 모른 체하면 결국 그 아인 혼자야. 잘못된 아이 옆에 잘못된 어미가 서 있겠다는데 뭐가 문제겠어요?"

"아아. 그렇단 말이지?"

디트리히는 아내를 향해 비틀린 웃음을 지었다. 남편의 손가락을 날려 먹었는데도 끝까지 배덕한 괴물의 편을 드는 아내를 보니 열이 받쳤다. 이사벨라는 석연치 않은 그의 표정에 입을 다물었다가 한참 만에 운을 뗐다.

"단 한 번이었어요. 그때 이후로요."

조금 슬픈 목소리였다. 그렇지만 최대한 담담하게 이야기했다. 디트리히는 아홉 살 무렵의 클라크를 떠올렸다. 파충류 박람회를 다녀왔다는 녀석의 손엔 웬 솜뭉치만 한 병아리가 들려 있었다. 자초지종 묻는 말에 말없이 턱을 괴고 병아리를 바라보는 양에 디트리히는 옮은 소름이 돋았다. 내려다보는 눈도 어루만지는 손길도 모두 어색하고 부자연스러웠다. 그는 아들이 제 앞에서 연기를 한다고 생각했다. 하여 관심 두지 않았다.

뭘 하든. 뭘 할 예정이든……. 생각해 보면 단 한 번도 그 아이를 존중해 준 적이 없었다. 어쩌면 존중받지 말아야 한다고 생각했는지도 모른다. 그런 괴물은 태어나지 말아야 했다. 왜 하필 자신의 아이였을까. 왜 가장 완벽해야 할 결합에서 그런 아이가 태어난 걸까. 심지어 그 아이는 아내를 닮지도 않았다. 끔찍하게도 자신만 닮았다. 미련스러울 정도였다.

화가 났다. 아이를 방치했던 몇 년. 디트리히는 아들을 돌아보지 않으려 노력했다. 수은처럼 미끌거리는 눈동자를 마주하면 총을 들고 싶었다. 그런 놈이 제 여자의 배에서 태어났다. 제가 가장 사랑하는 여자에게서 가장 증오스럽고 흉물스러운 존재가 태어났다. 신의 안배에 욕이 나올 지경이었다.

이사벨라는 조금 더 젊은 시절의 남편을 떠올렸다. 태어난 아이는 남편을 닮았다. 골격도 성정도 모두 남편의 것이었다. 자신의 흔적은 보이지 않았다. 그래서 남편은 아들을 사랑할 수 없다고 했다. 이사벨라는 모든 것이 끔찍했다. 모든 것이 끔찍하고 잔인했던 시절이었다. 가장 참을 수 없는 것은 아이를 향한 남편의 증오였다. 이사벨라는 그가 아들을 향해 했던 말을 떠올렸다.

"……그렇게 살다가 그렇게 죽으라고 태어난 거라고 말했죠. 당신은 그 애한테……."

입에 담는 것만으로도 혀가 저려 왔다. 아픔을 참을 수 있어도 증오까지 참을 수 없었다. 이사벨라는 나직이 숨 쉬었다. 디트리히가 멀쩡한 손을 뻗어 왔다. 그녀는 고개를 돌려 손을 피했다.

"사실은…… 그런 말을 하는 당신을 죽이고 싶었어요."

남편을 죽이고 아이도 죽이고 싶었다. 그렇게 일가족 모두 투신을 해 버릴까 생각한 적도 있었다. 아니 많았다. 그러나 그 어느 것도 하지 못했다. 그렇게 어느 것도 하지 못하고 망가진 채 태어난 아이를 방관하기만 하였다. 그러니 한 번은 어미 노릇을 해야 했다.

"당신이 일을 어렵게 만들고 있다는 거 알아?"

"어차피 우리는 못 할 게 없잖아요?"

디트리히는 꽤나 냉랭했다. 전과 같지 않게 손이 욱신거린다는 듯 한껏 얼굴을 일그러트리고 있었다. 그런 디트리히를 향해 이사벨라는 냉소 섞인 웃음을 지어 주었다.

"그래."

디트리히는 붕대가 감긴 손을 쳐다보다 아내를 향해 고개를 돌렸다. 결국 부부가 하고자 하는 일이 있다면 아들을 정상으로 만드는 일을 제외하곤 뭐든지 할 수 있었다.

6

야만의 피

여자는 와들와들 떨고 있었다. 익사 직전의 사람처럼 하얗다 못해 푸르게 질린 얼굴. 쏟아지는 별은 노랗고 보드라웠다. 여자는 그 별에 설탕처럼 찐득하게 녹아들 것 같았다. 물기에 눅눅해진 눈동자가 갈색으로 도드라지고 빛이 들어오는 자리, 그 자리에서 그녀는 제 방향으로 비스듬히 쓰러져 있었다. 몸의 반이 그림자에 먹힌 채였다.

그래서 그는 어둠에 가려진 여자의 반은 보지 못했고 드러난 반쪽만을 보았다. 핏기 없는 얼굴이 연약했다. 푸르고 흰 느낌. 곧 부서질 것처럼 아파 보였다. 이런 느낌은 처음이었다. 왜 하필 그녀였을까. 왜 하필 이 여자였지?

기묘했고 또한 미묘했다. 기시감이 그를 움직였을 것이다. 도착되고 뒤틀려 버린 저와는 완전히 다른 존재. 이런 식으로 마음을 뺏긴 적이 딱 한 번 있지. 그렇지만 또 그렇게 되어 버릴 거라고 생각한 적 없어서 막무가내가 되었다.

그러니 사랑은 순간이다. 구구절절 이유를 헤아려 봐도 그 모든 것은 마땅한 동기가 되지 않는다. 말이 되지 않는다. 마음을 빼기게 된 건 찰나였다. 절박하고 강박적으로 변한 것 또한 마찬가지.

그녀가 내비친 조각이 제 깊은 곳까지 찔러 들어왔다. 그렇지만 이렇게 말해 보았자 듣지 않을 것이고 믿지도 않을 것이다. 그럼에도 그 여자는 어릴 적 가슴에 보듬었던 새를 닮았다. 내 병아리. 부리는 아몬드의 속살처럼 부드러운 흰빛. 몸피를 뒤덮은 노란 털은 뜰에 자라는 민들레 꽃잎처럼 진했다. 클라크는 그것을 퍽 귀여워했다. 아주 어릴 적에 어쩌면 '마음' 이 모두 없어지기 전에. 그의 부모와 냉철한 의사로부터 죄 짓밟히기 전에 말이다.

의사는 제게 인격적으로 장애가 있는 아이라고 했다. 마치 파손된 물건의 흠을 들여다보듯 안경의 유리알은 날카롭게 반짝였다. 클라크는 그의 말에 퍽 공감하지 않았다. 그렇지만 부정하지도 않았다. 의사가 그렇다고 하면 그런 것이었다. 부러 항의할 필요 없었다. 의사가 던진 몇 가지 질문 속 그는 완벽하게 인격 장애자가 할 만한 답변을 했고 또 그 답변이 거짓말은 아니었으므로. 그날 이후 아버지는 제게 완전히 등을 돌렸다.

어떻게 해도 구제할 방법이 없으니 더 이상의 관심은 끄겠다는 태도가 그것이었다. 그래도 어머니는 꽤 노력했던 것 같다. 지칠 때도 있었고 또 방관으로 대할 때도 있었지만 그래도 아버지보단 나았다. 제게 있는 흠을 알게 된 이후 어머니는 어떻게 해서든 병을 고치려 했다. 처음에는 작은 앵무새를 키우게 했던 것 같다. 아침에 일어나 가장 처음 할 일은 밥을 주고 냄새나는 똥을 치우는 일이었다. 귀찮았다. 하고 싶지 않았다. 새가 사라지면 다시는 이 일을 하지 않게 될 줄 알았다. 그래서 새를 창밖으로 날렸다.

날아가라고 일부러 날려 보냈는데 새는 몇 분 만에 다시 돌아왔다. 클라크는 앵무새를 꽤 여러 번 창밖으로 날려 보냈다. 그렇지만 어떻게 된 일인지 새는 매번 돌아왔다. 반복되자 짜증이 났다. 어머니 몰래 새를 죽인 건 주말 저녁이었다. 새를 날려 보내는 걸 들켜 어머니에게 야단을 맞은 주말 저녁. 아버지는 귀가하지 않았다. 어머니는 침실에서 자고 있었다. 클라크는 버둥거리는 새의 목을 꺾어 죽인 뒤 어머니의 머리맡에 올려놓았다. 은근한 희열이 피어올랐다.

자고 있던 어머니가 깨어나 사체를 본 것은 아버지가 돌아오실 때쯤이었다. 현관을 지나 거실로 들어오던 아버지가 어머니의 비명에 낯빛이 굳어 달려왔다. 모른 척하고 있던 클라크는 아버지의 등장에 심장이 빠르게 뛰었다. 대저 저런 얼굴을 한 아버지는 매를 들지 않는 날이 없었다. 허벅지가 찢겨져 퉁퉁 부을 때까지 골프채를 휘두르는 그의 성정을 떠올리자 클라크는 단번에 몸이 굳어 움직일 수 없었다. 어머니의 비명은 짧았다. 죽은 새를 들고 나온 건 아버지였다. 열린 문틈 사이로 수척한 어머니가 아득한 눈으로 자신을 바라보고 있었다.

어머니를 등지고 조용히 걸어 나온 아버지가 제 발치 위로 새를 던졌다. 회색 눈이 차갑게 가라앉아 있었다. 클라크는 새를 흘긋 보다 고개를 들었다. 그리고 고개를 들기 무섭게 손이 날아왔다. 몇 차례 더 반복될 거라 생각했던 매질은 거기에서 끝이 났다. 아버지는 그 뒤로 클라크를 돌아보지 않았다. 새는 쓰레기통에 버려졌다. 어머니는 부리 사체를 어떻게 했느냐 묻지 않았다. 그 뒤로 아버지는 여러 번 그에게 손을 들어 올렸다. 심할 때도 있었고 심하지 않을 때도 있었다. 클라크는 그가 더 두렵지 않았다. 매양 차갑던 눈. 호되지 않았던 적 없는 손. 그 몰인정에 진저리가 나면서도 아버지의 그림자를 보면 늘 미소가 지어졌다. 한데 이젠 아무렇지도 않다. 좋지도 두렵지도. 제가 영원히 엇나가 이 사람의 미움을 사면 어쩌나 싶은 마음도 없었다. 두렵지 않으니 같이 주먹을 쥘 수 있었다. 그는 더 이상 가만히 맞고 있지 않았으며 경외하는 눈으로 아버지를 쳐다보지 않았다.

새를 죽이고 나서 얼마 후 어머니는 개를 사 왔다. 강아지를 주면서 부담스럽다면 돌보지 않아도 된다고 했다. 얼마 후 개는 죽었다. 폐렴이었다. 클라크는 죽은 개의 시신을 뒤뜰에 버려 놓았다. 거름이 되라는 뜻이었다. 어머니는 그것을 어떻게 받아들였는지 눈매를 일그러트렸다. 클라크는 그것에 퍽 개의치 않았다. 그의 부모는 제가 무엇인지에 대해 조금 더 정확히 알 필요가 있었다. 어느 날 학교에서 파충류 전시관을 갔다. 조명 빛을 받아 비늘이 도드라지는 구렁이들이 유리관 안에 갇혀 있었다.

수풀 속에 몸을 숨기고 꿈틀거리며 기어 다니는 놈들을 가만히 쳐다보았다.

스스 소리를 내는 놈들 앞에 병아리가 있었다. 먹이였다. 병아리는 뱀이 다가오는 줄도 모르고 있었다. 병신처럼 목을 홱홱 돌리다 부리로 흙을 쫄 따름이었다. 조금 있으면 이 멍청한 먹이는 뱀의 아가리 속으로 들어갈 터였다. 그는 시선을 떼지 않고 지켜볼 작정이었다. 왠지 모르게 손에 땀이 찼다. 노란 인공조명 빛을 받은 병아리의 털은 보송보송 윤이 났다.

마침내 뱀이 병아리의 코앞까지 들이닥쳤다. 적의 존재를 느낀 멍청한 먹이는 파득거리며 물러섰다. 그러나 포식자가 한 발짝 더 빨랐다. 조마조마하던 심장이 뚝 하고 멈춰 섰다.

먹이는 뱀의 아가리 속으로 천천히 빨려 들어갔다. 간질거리던 심장이 우뚝 멎었다. 속에서 파지끈 하고 부서지는 소리가 들렸다. 그러니까 사실은 환청 같은 것이지만 그때는 정말로 들린다고 생각했다. 클라크는 허겁지겁 주위를 둘러보다 소화기를 꺼내 유리관의 덮개를 부쉈다. 생각할 틈이 없었다. 그는 무작스레 구렁이를 꺼내었다. 들러붙는 시선들은 개의치 않았다. 그 무렵의 그는 그런 시선들에 익숙했다. 무슨 말을 하고 무슨 행동을 해도 그저 나사 하나 빠진 녀석이려니. 다들 그렇게 생각했다. 비단뱀은 목을 틀어 잡혀 유리관 밖으로 꺼내지는 그 순간에도 먹이를 삼키고 있었다.

그리하여 클라크가 버둥거리는 몸체를 잡아 누르고 아가리를 벌렸을 땐 병아리의 흔적은 날카로운 이에 묻은 노란 솜털을 제외하곤 보이지 않았다. 비단뱀은 성체가 아니었다. 클라크도 성인은 아니어서 녀석을 제압하는 데 애를 먹었다. 하나 그 시절 그는 열서넛 먹은 소년답지 않게 장신에 거구를 자랑하고 있었다. 당연히 힘도 무지막지했다. 그는 뱀의 머리를 누르고 가지고 있던 소화기로 눈을 내려쳤다. 그악스러울 정도로 사정없는 힘이었다. 뱀이 그의 어깨와 목을 뒤덮었다. 근육이 으스러질 정도의 힘이었으나 쉽사리 포기할 그가 아니었다. 소화기로 총 다섯 번이었다. 대가리가 피 범벅이 된 뱀이 나가떨어지기까지는 오래 걸리지 않았다.

메추리알만 한 동그란 물체가 뱀의 식도를 내려가고 있었다. 그는 주머니에 숨겨 두었던 커터칼을 꺼내 뱀의 식도를 갈랐다. 끈적한 피가 뿜어져 나와 소매를 적셨다. 팔목까지 그것이 묻을 만큼 더 깊게 갈랐다. 소란스러웠던 주위가 더욱 요동쳤다. 직원과 관리자가 뛰어와 그를 붙잡고 소리를 질렀다. 클라크는 한 치의 망설임 없이 그 거대한 뱀의 아가리를 그들에게 디밀며 웃어 보였다.

'구조하는 거야. 빼내고 싶은 게 있어서.'

클라크는 그럴듯한 미소를 만들어 보였다. 남들이 웃었던 것처럼, 친절하고 편안한 미소였다. 그러나 직원들은 어떻게 받아들였는지 질린 얼굴로 몇 걸음 뒤로 물러났다. 클라크는 조금 더 입꼬리를 올려 웃었다. 손가락으로 뱀의 식도에 딸린 살점을 파내느라 흰 얼굴에 피가 튀었다. 직원들 중 몇은 비명을 지르며 도망쳤다. 클라크는 고개를 돌려 어두컴컴한 식도 속에서 몸을 웅크리고 있는 연약한 생명체를 빼내었다.

'구조' 였다. 클라크는 그것을 구조라고 생각하고 있었다. 그를 둘러싸고 있는 십수 명의 사람들이 비명을 지르며 흩어졌다. 클라크는 손에 쥔 뱀의 목을 놓았다. 무게가 족히 수십은 나가는 뱀의 멱살을 움켜쥐느라 근육에 쥐가 났다. 그럼에도 클라크는 손을 늘어트리지 않았다. 컴컴한 염산동굴 속에서 쪼그라들어 가고 있던 생명체가 아직도 숨을 내쉬고 있었기 때문이다. 그는 아직도 그 순간을 기억한다.

귀를 들쑤시며 흩어지던 비명이 잠잠해졌다. 창유리 너머 녹음과 빛이 흘렀다. 클라크는 숨을 멈추고 어린 새를 지켜보았다. 손 안에서 그 작은 것이 깨어나 부리를 움직이기를 간절히 기다렸다. 직원들이 달려와 그를 우악스레 끌어 내렸다. 클라크는 팔을 오므려 새를 품었다. 관리소장이 달려 나와 피가 튄 그의 얼굴에 기겁하는 동안 그는 내내 병아리를 바라보고 있었다. 얼마 지나지 않아 날개가 파득거렸다. 그는 조심스레 그것을 들어 올려 입을 맞추었다.

생경하고 또 생경했다. 동굴 속에서 잠자고 있던 태초의 생명체를 만나기라도 한 기분이었다. 혈관 속 혈액을 들썩이게 하는 낯선 감정. 폐허가 된 세상 속에서 유일한 생존자를 만난 듯 그런 기분이었다. 그리고 여자를 만났을 때 그와 비슷한 감각 속에서 깨어났다. 단색의 세상에서 색들이 산란하고 마침내 흐르지 않던 무언가가 흐르기 시작했다.

⚜

어느새 여름이었다. 텔아비브는 열기로 넘실거렸다. 지열이 아른거리며 아지랑이로 피어올랐다. 맑은 볕이 잎사귀 사이로 흐르고 이따금 중정의 한가운데 있는 분수에서 물방울이 튀어 올랐다. 아이들이 재잘거리는 소리, 여자들이 웃는 소리. 밝고 건강하며 그늘이 없는 모든 것들이 와글거리다 저들끼리 부딪쳐 부서지며 아리에게로 흘러 들어왔다. 그리고 아리는 그 모든 것에서 떨어져 늘 그와 함께 그늘에 머물렀다. 채광이 좋고 도시 야경이 보기 좋은 곳에서 가끔 물비늘이 흔들리는 바다와 밤 속에서 어둡게 뒤척이는 바다를 보았다.

어느 날 거울에 비친 저는 도기처럼 창백했고 깨질 듯 위태로워 보였다. 그날 이후 열흘이 흘렀다. 이사벨라가 당장에라도 들이닥쳐 따귀라도 후릴 줄 알았는데 그런 일은 일어나지 않았다. 아니 따귀는 아니더라도 그날처럼 앉혀 놓고 조곤조곤 웃으며 폐부를 후빌 것만 같았는데 이때까지 그 어떤 언질도 없었다. 클라크와 끌어안고 침대에서 사랑을 속삭였다.

남자는 자주 외출했고 또 그만큼 빨리 돌아왔다. 아리는 그가 없는 시간이면 침대에서 빠져나오지 않았다. 꿈지럭거리며 자고 또 잤다. 그렇게 무기력하게 잠겨 가던 어느 날이었다. 아리는 클라크가 제 아버지를 향해 총을 쏘았던 별관으로 걸어갔다. 그녀가 머물고 있는 저택은 로레이가의 별장이었다. 텔아비브의 외곽에 위치해 있어 중심 시가지와는 다소 거리가 있었다. 별장 근처에는 자그마한 숲이 있었다. 오늘같이 아름다운 여름날이면 숲은 빛과 바람으로 흔들렸다. 예전이라면 클라크에게 소풍이라도 가자 졸랐을 테지만 산전수전을 다 겪은 지금은 밖에 나가기조차 싫었다. 아니 나가고 싶지 않았다.

아리는 숲을 지긋이 노려보다 커튼을 쳤다. 외부는 죽음으로 끌어들이는 유혹 같았다. 나가게 되면 죽게 될 것 같아 두려웠다. 클라크가 유년 시절을 대부분 보냈다는 별장은 그녀를 위한 경호 인력으로 주변이 삼엄했다. 딱딱한 표정의 가드들은 그녀가 별관으로 향하는데 별다른 제동을 걸지 않았다. 클라크가 고용한 가드들은 그가 관리하고 있는 용병들이었다. 그녀는 저를 뒤따라오는 남자들을 물리고 홀로 방 안으로 들어갔다. 전과 다름없이 깔끔하게 정돈된 거대한 홀은 그날과 달리 조금 어두웠다.

커튼이 쳐진 상태에서 조명을 켜지 않아서 그런 것일까. 아리는 벽난로 앞 소파에 앉아 허공을 보았다. 매끈한 나무쪽과 박제된 사슴의 목, 우중충한 빛깔의 나무색으로 뒤덮인 접견실은 로레이 일가가 풍기는 기괴함과 너무도 닮아 있었다. 그녀는 마르고 하얀 제 허벅지에 손을 올리고 그의 품에서 뒤치락거릴 때 얻은 자국을 더듬었다. 그가 낸 상처였다. 어쩌다 생긴 건지 알 수 없었지만 그 자국은 꽤 뚜렷했다.

궤적처럼 선명한 선홍빛 선을 손끝으로 더듬었다. 위에서 아래로 떨어지는 완만한 곡선은 그의 손톱자국일 것이다. 그 자국을 쓰다듬을 때마다 아픈 듯 아프지 않았다. 아리는 고개를 들어 문을 바라보았다. 발자국 소리가 가까워지고 있었다. 그녀는 긴장한 채 문이 열리기를 기다렸다. 이윽고 마침내 문이 열렸을 때 그녀는 한시름 놓을 수 있었다. 콜트인 부인이었다. 클라크가 별장의 관리인으로 고용한 여자.

"무슨 일인가요?"

"저…… 잠시만……."

콜트인 부인의 표정이 이상했다. 자세히 들여다보니 파랗게 질린 얼굴이 당황과 공포감으로 옅게 얼룩져 있었다. 아리는 소름이 번지는 팔뚝을 쓸어내리며 일어났다.

"이리로……."

콜트인 부인이 그녀의 팔을 잡고 이끌었다. 아리는 조용히 그녀를 따라 걸어갔다. 방을 나오니 가드들이 없었다.

"부인이 내보낸 것인가요?"

"예."

"무엇 때문에……."

"손님이 오셨어요."

그렇게 말하는 여자는 어딘가 이상했다. 기저에 깔린 음습함이 감지되자 아리는 걸음을 멈추었다.

"그이가 당신에게 나를 부탁했잖아요."

"해가 되는 분은 아니세요. 그렇게 말씀하셨어요. 그리고……."

"나는 죽을 위기를 세 번이나 겪은 사람이에요. 그 말을 믿을 것 같아요?"

여자가 단번에 굳었다. 아리는 완연히 화난 목소리로 그녀를 노려보았다.

"무슨 일을 꾸미는 건지 말해요."

"……전 위협당했어요. 아가씨. 저는 그렇게 할 수밖에 없었어요."

"……누가 당신을 죽인다고 그랬어요?"

"아가씨의 손님이죠. 정확히 죽인다고는 하지 않았어요. 하지만 당신을 잠시만 보자고 했어요. 해가 되지 않을 거라고…… 저도 아가씨를 좋아해요! 사지로 몰아넣는 게 아니에요."

횡설수설하는 여자를 보며 아리는 입술을 깨물었다. 고개를 돌려 계단의 끝을 보았다. 중절모와 카키색 재킷을 걸친 남자가 있었다. 여자를 뒤로하고 계단의 끝을 향해 천천히 내려갔다. 신원을 숨기기라도 하는 듯 중절모를 깊숙이 눌러쓴 남자는 아리가 다가오자 조금씩 거리를 좁히다 그녀가 다다랐을 때 다시 한 발자국 물러섰다. 남자의 시선이 무릎까지 내려오는 원피스를 보다 이윽고 그녀와 시선을 마주했다. 아리는 천천히 숨을 들이쉬다 그대로 얼어붙었다.

⚜

엘레나 블로는 노엘 긴즈버그를 흘긋 보다 이내 고개를 돌렸다. 송곳니가 날카로운 그들의 사주가 돌아왔다. 아주 잠시긴 하겠지만 근래 들어 머리털 하나도 보기 힘든 분인지라 이루 말할 수 없이 감격스러웠다.

"이젠 회장님이 없어도 그럭저럭 굴러가네요. 꼬순 씨는 어때요?"

엘레나는 저를 보고 기겁하며 도망간 여자를 떠올렸다. 남자의 피부는 모처럼 맑게 빛났다. 눈발처럼 희끗희끗한 은발이 채광을 받자 더욱 신비로워 보였다. 더불어 본래도 말가니 하얗던 얼굴까지 제 색을 되찾으니 남자는 이렇다 말할 수 없이 아름다웠다.

그에겐 사막이고 오지고 포탄이 떨어지는 곳이라면 돈도 같이 떨어진다 생각하고 찾아다니던 시절이 있었다. 그 시절 그는 노릇하게 타 커피색으로 빛나던 피부에 회색빛이 도는 은발이 유난히 도드라져 마치 야생의 재규어 같다는 인상이 들곤 했었다. 태양 아래 아폴론처럼 찬란하던 시절이었다. 엘레나는 어쩐지 그날이 아쉬워 시무룩했다.

"태닝 해 볼 생각 있어요?"

그녀는 서류를 읽고 있는 클라크를 향해 물었다. 지면을 읽어 내리던 그가 흘긋 그녀를 쳐다보다 다시 서류로 시선을 돌렸다.

"처가 있는 남자한테 사적인 질문 하는 게 실례인지 모르나? 블로."

"어머. 결혼하셨어요?"

"서류에 사인만 하면 조금의 흠도 없는 부부야."

"그게 제일 중요하죠. 어머, 설마 절 빼놓고 식을 올리실 생각은 아니죠?"

"그래…… 그것도 있었네. 오늘 가서 상의해 봐야겠다. 먼저 이 새끼들 처리하고."

클라크가 서류를 던졌다. 엘레나는 몸을 틀어 그가 화면을 볼 수 있도록 해 주었다. 별장에 침입했다 가드들에게 잡혀 ADOS의 벙커로 끌려온 놈들이었다. 화면 속 수갑을 차고 의자에 묶인 놈들은 병자처럼 창백하게 말라붙어 있었다. 이틀 동안 약물을 주입해 고문한 결과였다.

그녀와 만난 이후 지난 수개월 동안 이런 놈들이 한둘이 아니었다. 세어 보자면 족히 열에 가까웠으나 라이너는 지칠 줄을 모르고 공격해 왔다. 방송으로 요원 둘이 사망했다고 내보낸 이후 정말 하나는 죽어 미국으로 인도되었고 다른 하나인 아리는 행방불명 상태임에도 불구하고 사망으로 처리했다. 이미 유튜브에는 그녀가 살해당하는 영상까지 퍼져 파장이 커지고 있었다. 그러나 실제로 아리는 죽지 않았다. 사살당하려는 순간 극적으로 구출당했고 지금까지도 제집에 안전하게 있었다. 그러니 인터넷에 퍼진 영상은 거짓이었다.

영상 속 여자는 아리의 얼굴과 닮았지만 아리가 아니었다. 아주 그럴싸하게 닮은 누군가였다. 아리와 닮은 누군가를 살해하고 있는 이들 또한 그가 잠입해 있던 조직의 조직원은 아니었다. 그들을 흉내 내는 누군가에 불과했다. ADOS가 수집한 정보에 따르면 복면을 쓰고 칼을 든 이들은 라이너의 가드들이었다.

살해당한 여자 또한 정보국이 보유하고 있는 북한의 공작원으로 아리와는 관련 없는 여자였다. 클라크는 화면 속 정신 잃은 남자들을 응시하다 지하실로 내려갔다. 그가 내려가자 하얀 가운을 입은 의사와 기술자들이 놈들을 깨워 물을 마시게 했다. 둘 중 하나가 조금씩 정신을 차렸다. 클라크는 놈을 물끄러미 쳐다보다 별장 한편에 고이 잠들어 있을 병아리를 떠올렸다. 그가 예쁜 병아리를 지키기 위해 관련 정보를 알아내는 방식은 늘 이런 식이었다. 그녀를 죽이기 위해 찾아온 업자들을 하나하나 낱낱이 잡아 비틀어 실토하게 하는 것. 그는 바들거리고 있는 남자의 창백한 팔뚝을 잡아 쓰다듬었다. 푸른 혈관이 도드라진 자리에 주사 자국이 선명했다.

"아팠어?"

여상한 물음에 남자는 파리하게 굳어 움직이지 않았다. 클라크는 잡은 팔뚝을 내려놓고 긴 주삿바늘을 집어 들었다. 시선을 마주쳐 오는 남자의 비리디언빛 눈이 두려움으로 문드러졌다. 그는 입꼬리를 슬쩍 끌어 올리다 예고 없이 주삿바늘을 무릎 뼈에 찍어 내렸다.

"아아악!"

목젖을 찢고 나오는 비명에 클라크는 설핏 웃었다. 그는 주사기를 쑥 뽑았다. 연필심처럼 두꺼운 바늘이 살덩어리와 함께 뽑혀 나왔다. 피가 소맷단을 적셨다.

"어떤 게 더 아파?"

그는 매끄럽게 미소 짓다 구멍이 뚫린 그 자리에 다시 주삿바늘을 갖다 댔다. 여차하면 그 자리 그대로 낙하할 것이다. 드릴처럼 살점을 뚫고 뼈가 보일 때까지 헤집겠지. 남자는 턱을 악물었다. 클라크는 여지없이 후벼 팠다.

"끄아아악!"

시간을 주지 않고 같은 곳을 찌를 때마다 남자는 눈을 뒤집어 깠다. 조금 있자 찌르는 듯 역한 냄새가 나기 시작했다. 클라크는 남자의 사타구니 사이 누렇게 번진 오줌을 보았다.

"여긴 아직 제대로 기능하나 봐."

협박에 늘어져 있던 남자가 발발 떨었다.

"거, 거긴 제발……."

"봐줄 생각 없으니 묻는 말에나 대답해."

그러나 남자는 다시 입술을 다물었다. 클라크는 낮게 숨을 내쉬었다. 공작원들의 입은 무거웠다. 하여 고문했다. 고문해서 얻은 정보로 진실의 토대를 쌓았다. 라이너는 생각보다 멍청했다. 파견한 공작원들이 돌아오지 않자 몇을 더 보냈고 시간이 흐를수록 그들마저 소식이 끊어지자 조급했는지 병아리의 거짓 주검까지 만들어 죽음을 공고히 했다. 그리고 그 뒤로는 정말로 죽이기 위해 이 사달을 냈다. 뭘 원해서. 무엇이 그리 간절했기에 로레이의 그늘 아래 있는 병아리까지 건드리는 것일까.

손끝에 그 실체가 여러 번, 아주 여러 번 스치고 지나갔으나 여전히 알 수 없었다. 병아리의 뒤틀린 운명의 뒤에 무엇이 도사리고 있는지. 라이너가 매체를 통해 일을 키우고 여론을 자극해 얻은 군중의 공분과 지지로 무엇을 하려는지……. 단순히 테러 집단의 멸적은 아닐 것이다. 오히려 라이너는 지금까지 그들을 키워

오지 않았는가. 완전한 궤멸을 원했더라면 놈들의 머리가 굵어지기 전에 박살을 냈을 것이다.

그러나 라이너는 그들이 극단적인 행위로 악명을 떨치고 다닐 때는 그 흔한 방어적인 브리핑마저 하지 않았다. 자국민이 수없이 죽어도 입을 닫고 있던 양반이 고작 공작원 한둘 죽었다고 지금에 와서 이러는 이유가 무엇일까. 클라크는 하얀 조명 빛 속에서 가늘게 숨을 내쉬는 놈을 응시했다. 발등까지 피로 자욱한 남자가 천천히 입을 열었다. 아귀가 맞지 않아 찰나에 부딪히던 그림자의 조각들이 서서히 맞춰지고 있었다.

⚜

다시 만난 리암은 수척해져 있었다. 보랏빛이 도는 입술은 윤기 없이 푸석했고 중절모 아래 드러난 짧은 머리도 마찬가지였다. 아리는 한참을 멍하니 서서 그를 올려다보다 일정한 속도로 깜빡거리는 눈을 바라보며 그를 이끌고 계단을 올랐다. 모스 부호였다. 오래 서 있고 싶지 않아. 다만 널 도우러 왔어. 아리는 그날 이후 누구도 믿지 않았지만 그를 위험하게 내버려 두고 싶진 않았다. 그녀는 이 저택 안팎에 설치된 CCTV를 생각했다. 리암에게는 독. 그녀에게는 신변을 지킬 수 있는 도구.

계단을 오르며 창밖에 쓰러진 가드들을 보았다. 제 옆의 남자가 한 짓이었다. 마른침을 삼켰다. 이대로 사각지대로 들어가면 살해될지 모른다. 콜트인 부인에 의해 가드들은 먼 곳에 떨어져 있었고 클라크의 시선이 닿지 않는 영역은 존재했으므로. 그럼에도 아리는 그를 외진 곳으로 이끌었다.

"어떻게 온 거예요?"

느지막이 입술을 열었다. CCTV에서 최대한 많이 빗겨 난 곳이었다. 리암은 중절모를 벗지 않았다. 드러난 얼굴의 윤곽은 전보다 뚜렷해져 있었다. 아리는 주머니에 찔러 넣은 그의 손을 보았다. 이대로 총을 꺼내 쏠 것 같았다. 그런 생각을 해도 더 두렵지 않았다. 진절머리가 나는 이 상황이 끝나게 되어 오히려 숨이 트이는 기분이었다.

"죽이러 온 거면 그대로 방아쇠를 당겨요. 지금이 절호의 기회니까."

아리는 고개를 숙인 채 인상을 썼다. 살고 싶다고 매달리는 것도 한두 번이었다. 무기력하게 당하고만 살 수는 없어서 호신술을 연습했었지만 꼴만 우스워질 뿐 드라마틱하게 실력이 늘지 않는 이상 제 어설픈 실력으론 살아남을 수 없었다.

차라리 그 시간에 어디로 도망가야 안 들키고 살 수 있는지를 연구하는 게 생명 연장에 더 도움되지 않을까.

"ADOS의 회장과 같이 있다니…… 무슨 생각인 거야?"

리암의 목소리는 아지랑이처럼 피어오르다 사라져 버릴 듯 희미했다. 쉰 목소리와 찌푸린 미간이 거슬렸다. 그는 힘들어하고 있었다. 당장 그녀를 어떻게 하겠다는 난폭한 기류는 보이지 않았다. 아리는 조심스레 경계를 풀었다.

"당신이야말로 어떻게 여길 온 거예요?"

"죽었다고 했었지만 살아 있단 걸 믿었어."

리암은 중절모를 벗었다. 잔뜩 눌린 머리가 우스꽝스러웠다. 피곤한 기색이 역력한 남자가 입술을 축이며 다가왔다. 아리는 서너 발자국 물러나다 그의 손에 잡히었다.

"찾으러 왔어."

죽이러 왔다가 아니라 찾으러 왔다였다. 믿을 수 없어 그에게 잡힌 손을 뿌리치려 안간힘을 썼다. 그러나 리암은 그녀가 잡힌 손목을 빼내려 할수록 더 놓아주지 않았다.

"이렇게 살아 있다니 믿기지가 않네. 두 눈으로 보고도 믿기지가 않아……."

그는 놀랍다는 듯 조금 웃었다. 그리고 다시 그 창백한 얼굴로 돌아왔다. 문득 그가 아리의 뺨에 손을 댔다. 그러곤 부드럽게 쓰다듬다 조금 힘을 주어 잡았다. 아리는 단지 입술을 깨물고 있을 뿐이었다. 이 남자가 왜 이러지? 하는 생각밖에 들지 않았다.

"사직서를 냈어. 라이너가 나를 뒤쫓고 있을 거야."

"……."

"믿을 수 없겠지만 나를 믿어야 해."

아리는 핏기 없는 입술을 지그시 깨물다 그의 손을 털어 냈다.

"어떻게 믿어요?"

"네가 로레이를 믿는 방식이 뭐지? 어떤 방식으로 그를 믿지?"

"……어떤 방식도 아니에요. 그와 나는……."

말할 수 없었다. 그녀가 클라크를 믿는 이유에는 분명한 근거가 있지 않았다. 다만 클라크는 그녀의 목숨을 구한 사람이었다.

저를 버리지 않으리란 장담은 할 수 없지만 적어도 지금 가장 믿을 수 있는 사람이었다. 아리는 혼란스러움에 고개를 젓다 그에게서 물러났다.

"나가자. 여기서 나가야 해."

리암의 말에 아리가 동그랗게 눈을 떴다. 그리고 시간을 두고 물끄러미 바라보다 입을 열었다.

"어떻게요?"

어떤 절묘한 방법이 있기에 무턱대고 나가자고 하는 것일까. 주위를 두리번거리다 그를 응시했다. 저를 위해 사직서까지 내고 이 삼엄한 곳으로 들어왔단 남자가 믿기지 않았다. 그 모든 것을 내려놓고 제게 올 만큼 제가 이 남자에게 특별했던 것일까.

"이 집을 나가면 곧장 예루살렘으로 갈 거야. 나를 도와주는 이들이 있어. 경비행기를 타고 예루살렘으로 들어가면 페로제도로 가는 비행기가 있어. 그곳에 집을 사 뒀어."

"난 노출되어 있어요. 그들에게……."

문득 숨이 가빠 왔다. 떠올리는 것만으로 버거웠던 면면들이 떠오르자 자연스레 현기증이 일었다. 그녀는 벽에 몸을 기대었다. 리암이 조금 더 다가와 낯빛이 좋지 않은 그녀의 뺨을 쓰다듬었다.

"알아."

"당신도 노출되어 있으면서 무슨 자신감에서 그런 말을 하는 건지 궁금하네요. 그래도 여유가 있나 봐요. 내 걱정 하는 걸 보면……."

아리는 그의 기분이 나쁘지 않을 정도로 놀렸다. 리암이 낮게 웃음을 터트리다 표정을 굳혔다. 아리는 따라 웃다 웃음을 그치고 목을 가다듬었다.

"너 때문에, 널 구하려고 왔어."

"……왜죠?"

"……."

"이해가 가지 않아요. 우리, 그렇게 특별한 관계는 아니었던 걸로 기억하는데. 당신에게 내가 특별히 쓸모 있는 사람도 아니었고요. 당신도 날 그렇게 좋아하지는 않았잖아요. 그냥 그대로 무시했어도 나는 원망하지 않았을 거예요."

진심이었다. 리암을 원망하지는 않았다. 그들이 그녀를 버렸어도 리암은 몰랐을 거라고 생각했다. 왜 그렇게 생각하는지는 그녀도 알 수 없었다. 뭐라고 설명할 수는 없지만 그래도 리암이 그녀를 사지로 내몰았다는 의심은 하지 않았다. 그는 끝까지 그녀를 챙긴 사람 중 하나였다.

"나보다 당신이 걱정이에요. 난 클라크가 있어요. 그런데 당신은…… 여기까지 어떻게 온 거예요?"

아리는 의문스러운 표정으로 남자를 바라보았다. 그가 다시 중절모를 눌러쓴 뒤 입을 열었다.

"알고 지내는 몇몇 기술자들과 은퇴한 요원들이 있어. 내 아버지가 요원이었던 시절 알고 지내던 사람들인데. 그들의 도움으로 여기까지 온 거야. 정보를 알아내고자 하면 못 알아낼 것도 없지. 로레이가 음지에서 기생하는 일가도 아니고. 그들이야말로 텔아비브의 명문가 중 명문가야. 모사드의 자발리시 국장과 DOMBIA의 총수의 하나뿐인 아들이 전장을 버리고 칩거했다는 소식이야말로 떠들기 좋아하는 치들의 가십거리 아니겠어? 너에 대한 소식은 생각보다 접하기 쉬웠어."

아리는 본젤 의상실에 갔던 날을 떠올렸다. 자발리시 국장이 그녀에게 로레이가의 여자라는 걸 어필하라고 하던 날이었다. 생각해 보면 그녀가 어디에 있는지 정도는 쉽게 알아냈을 것이다. 그녀는 생각보다 꽤 많이 노출되어 있었다. 그리고 리암은 꽤 괜찮은 실력의 요원이었다. 굳이 리암이 아니라도 그녀를 찾고자 한다면 찾을 수 있는 사람은 많았다.

"나가자. 여기서."

리암은 간절했다. 무엇 때문에 이렇게 간절한지는 알 수 없었지만 애절하다고 할 수 있을 정도로 남자의 눈빛은 눅눅하게 녹아 있었다.

"나가면요. 그다음에는 어떻게 할 건데요. 나 때문에 평생을 쫓기면서 살 건가요?"

"……."

"난, 난…… 평생을 이렇게 살아야 해요. 쫓기면서…… 집에도 가지 못하고."

눈물이 났다. 이제는 이런 현실에 무뎌질 만도 한데 아직도 낯설었다. 제가 떠드는 이야기는 도무지 제 이야기 같지 않았다.

"그렇게 살고 싶어요?"

마침내 쐐기를 박았다. 말을 마치면서 그동안 혼란스러웠던 머리가 조금씩 정리되는 기분이 들었다. 리암을 여기서 내보내야 한다. 저로 인해 그까지 힘들게 하고 싶지 않았다.

"평생 쫓기면서 살지 않아. 라이너를 죽일 거야. 그리고 너랑…… 아니, 널, 집에 돌려보내 줄게."

리암이 그녀의 손을 잡아끌었다. 맞잡은 손이 따뜻했다. 해서 뿌리칠 수 없었다. 어떤 감정으로 여기까지 왔든 그는 그녀를 위해 위험을 감수하고 이곳까지 왔다. 아리는 다시금 혼란스러워졌다. 입술을 깨물었다.

"아리야."

"그 이름 부르지 마."

경고였다. 그것도 살의가 짙게 깔린. 악의로 가득 차 드글거리는 그 진득한 음성을 아리는 잘 알고 있었다. 리암이 아직 아리의 손을 잡고 있을 때 그는 무섭게 다가와 리암의 팔을 토막 내버릴 듯 거칠게 쳐 내었다. 매서운 손길이 둘 사이를 갈라놓고 아리는 휘둥그렇게 뜬 눈으로 그를 보았다. 광기에 절은 남자가 저와 리암의 사이에 섰다. 정확히는 그녀 앞에서 리암을 가린 것이었다.

"클라크……."

아리는 클라크의 표정을 볼 수 없었다. 그러나 상상할 수는 있었다. 아마 죽고 싶을 정도로 사늘한 얼굴을 하고 있을 것이다. 아리는 대저 그의 그런 눈빛과 시선을 받고도 자살 충동이 들지 않는 인간은 없을 것이라고 생각했다. 가장 처음 그를 만났을 때 저 또한 그 끔찍한 눈빛에 사라지고 싶다는 생각을 했다.

"쥐새끼가 잘도 내 집에 기어들어 왔군."

"……."

"그래. 집주인에게 들켰으니 죽을 각오는 되어 있고?"

"네 뒤의 여자를 데리러 왔다."

리암은 그 말을 한 뒤 입을 다물었다. 클라크는 딱딱하게 굳은 그를 향해 불쾌하게 웃어 주었다. 한쪽 눈썹이 치켜 올라간 냉소였다. 환한 은회색 눈동자가 오만하게 빛났다. 아리는 망설이다 그들 사이로 끼어들었다.

"날 도우러 온 거예요. 날 구하러 왔다고 했어요."

"그래서 그를 사각지대로 끌어들인 건가?"

클라크가 날카롭게 읊조렸다. 집을 비운 사이 정부를 끌어들인 마누라를 흘겨보는 눈이었다. 아리는 할 말이 없어 입술을 달싹이기만 했다. 사납게 굳어진 사위 속에 두 남자가 있었다. 아리는 물끄러미 그들을 바라보다 사실은 싸울 필요가 없다는 것을 깨달았다. 어쨌든 두 남자 모두 그녀를 살리기 위해 이곳에 서 있는 것이었다. 아마 클라크도 알고 리암도 알 것이다. 그런데도 둘은 서로 잡아먹지 못해 안달 난 저능아들처럼 서로를 노려보고 있었다. 아리는 침착하게 다시 입을 열었다.

"여기서 싸울 필요 없어요. 그는 나를 구하러 왔고 당신도 나를 구하려 애쓰고 있고……."

"그래서 이 자를 너와 내가 살고 있는 집으로 데리고 가자는 건가?"

클라크는 여전히 차가웠다. 진정시켜 보려 그의 손을 잡아 보았지만 수그러드는 기색이 아니었다. 그는 아리의 손을 털어 내지도 마주 잡지도 않은 채 리암을 노려보았다. 예의 그 참혹하기 그지없는 사늘한 눈빛이었다. 그러나 리암도 만만치 않았다. 풀죽도 못 얻어먹고 헤매다 온 얼굴로 조금도 눌리지 않는 눈이었다. 그 사이에 있는 아리는 클라크를 반 발자국 밀어 내고 리암도 똑같이 반 발자국 밀어 냈다.

"뭐가 됐든 그만해요. 싸울 필요가 없다는데 왜 이런 걸로 눈싸움을 하고 있는 거야?"

초등학생 남자애들도 아니고…….

아리는 머리가 아프다는 듯 이마를 짚었다. 대체 왜 저러는 건지 몰라도 진심으로 유치했다. 어릴 적 초등학교 다니던 시절에 같은 반 남자 애들이 서열 싸움 한다고 눈 둥그렇게 뜨고 바짝 붙어 서로를 노려보던 것이 생각났다. 그나마 걔들은 작달막한 애들이니까 귀여운 수준이었지 서른 남짓 먹은 남자들이 그 짓을 똑같이 따라 하니 이건 웃어야 할지 울어야 할지 모를 노릇이었다.

"내 부하 직원은 내가 데려가도록 하지."

"네 부하 직원이 아니라 내 아내야."

클라크가 리암의 말을 정정하며 아리를 제 편으로 이끌었다. 리암은 끌려가는 아리를 흘깃 내려다보다 조금 빈정거리는 음성으로 말했다.

"결혼했단 말은 듣지 못했는데."

그 말에 클라크가 조금 과하다 싶을 정도로 코웃음을 쳤다.

“동거하고 있어. 사실혼 관계야. 조만간 애도 가질 거고…….”

듣도 보도 못한 소리였다. 아리는 미쳤냐는 눈으로 그를 올려다보았다. 그러나 클라크는 그녀와 눈도 마주치지 않고 리암을 도발하고 있었다.

“어쩌면 지금 홑몸이 아닐지도…….”

“그렇고 그런 사이일 줄 몰랐는데 사실이었나 보네.”

“물론. 사랑하지 않는다면 그 개판에 발을 끼울 리 없잖아?”

클라크가 아리의 허리를 끌어당겨 제 옆구리에 밀착시켰다. 아리는 인상을 쓴 채 리암을 보았다. 리암 또한 저를 보고 있진 않았다. 그는 조금 굳어 있었다. 입술을 깨무는 행동에서 심상치 않음을 느꼈다. 말없이 서로 노려보던 시간을 지나 서로 대화라도 해서 다행이다 싶었는데 이건 더 좋지 않았다. 클라크도 쾌활한 듯 웃고 있지만 사실은 냉소에 불과했다. 두 사람 모두 괜찮지 않은 상태였다. 불편한 기류가 팽팽하다 못해 터질 듯 팽창한 상태였다. 아리는 눈매를 찡그렸다. 호기롭게 여유를 부리고 있었지만 자신이 외간 남자를 끌어들였단 사실에 맥을 못 추고 있는 남자 때문에 식은땀이 다 났다. 상처받은 걸까? 상처받고 있는 걸까? 하지만 그게 아닌데. 이러다 피를 볼까 무서웠다. 상황을 중단시켜야겠다. 아리는 입술을 깨물다 입을 열었다.

“바보 같은 소리 그만 지껄여요. 클라크. 괜히 이상한 소리 해서 내 화를 돋우지 말라고요.”

그녀는 클라크를 밀어 내며 작은 목소리로 경고했다. 리암의 굳은 얼굴이 조금 풀렸다. 그는 입꼬리를 쓰윽 올린 뒤 아리를 자기 쪽으로 끌어당기려 손목을 잡았다. 그러나 아리는 그 손마저 털어 버렸다.

"당신도 멍청한 짓 좀 그만하고요. 날 챙기기 전에 당신 목숨이나 잘 간수해요."

"아리."

리암이 탄식하듯 그녀를 불렀다. 그러나 그녀는 듣기 싫다는 듯 말했다.

"난 당신을 따라가지 않을 거예요. 당신이 지금 당신 목숨 하나 지키는 것조차 버겁다는 거 알아요. 그런데 누가 누굴 지킨다는 거예요? 그러니까 난 따라가지 않아요."

"내가 너를 못 지키면 로레이는 너를 잘 지킬 수 있을 것 같아?"

아리는 고개를 끄덕였다. 리암은 기가 차다는 듯 한숨을 내쉬다 눈썹을 찡그렸다. 클라크는 자신의 승리인 양 설핏 웃었다. 그리고 아리가 그것을 눈치채기 전 재빨리 웃음을 지워 버렸다.

"아니오. 이 사람 역시 절 위험하게 해요."

"아리야."

이번에는 클라크가 그녀를 음산하게 불렀다. 그러나 아리는 개의치 않다는 듯 말을 이었다.

"이 사람 역시 날 불안하게 해요. 이 사람의 부모도 미친 작자들이고요. 그렇지만 날 제일 불안하게 만드는 건 역시 이 사람이죠."

"그런데 왜?"

"좋으니까요. 좋으니까. 사랑하니까 그래도 함께하고 싶어요. 날 지켜 준다고 맹세했고 집으로 돌려보내 준다고 다짐했어요."

아리는 천천히 눈을 깜빡였다. 리암을 향해 말할 때마다 시끄럽던 속이 차분해지고 있었다. 스스로도 깨닫지 못했던, 그래서 번번이 납득되지 않아 혐오스러웠던 자신이 이해되고 있었다. 그를 사랑해서 여태껏 그의 품에 안겨 있었던 것이다.

"당신이 날 구하러 오기 전에…… 그가 먼저 날 구했어요. 그러니까 그의 옆에 있을래요."

아리는 그 말을 마지막으로 그를 더 보지 않았다. 그리고 클라크의 손을 잡았다. 리암이 어떤 표정을 하고 있을지 궁금했지만 보고 나면 속이 쓰릴 것 같았다. 그녀를 떠나기 전 총을 쥐여 주던 순간이 떠올랐다. 그때 그가 그녀를 어떤 눈으로 보았는지 다시 한 번 떠올려 보았다. 격렬한 느낌은 없었다. 그 순간에도 그리고 그 전날에도…… 좋은 상관이었지만 그게 다였다. 그래서 지금 상황이 이해되지 않았다.

"알겠어. 네 마음……. 그렇지만 널 위험하게 둘 순 없어."

"그 소린 내가 그녀를 제대로 보호하지 못하고 있단 건가?"

클라크가 그녀를 뒤로 밀치며 응수했다. 리암은 똑바로 그를 노려보았다. 웬 불한당이 어린 누이를 겁탈해 아이라도 배게 한 양 살의가 들끓었다. 아무것도 모르는 여자였다. 아무것도 몰라서 이런 놈에게 잡혀 있는 것이었다. 기도를 흐르던 숨이 뒤틀렸다. 가장 처음 만난 날이 떠올랐다. 얼굴에 앳된 어린 티가 죽은 누이를 떠올리게 했다. 동양인이라 무엇 하나 닮은 부분이 없는데 묘하게 그 이목구비가 죽은 누이를 닮았다. 그러니까 누이는 리암의 잘린 손가락이었다. 밝고 천진하고 자부심으로 가득 차서는 여기저기 기웃거리고 다니며 안 끼는 데가 없었더랬다. 해병대에 통신요원으로 근무하던 시절 자신보다 두 해 늦게 입대하여 총을 잡았던 그의 누이. 단 한 번의 실수였으나 그 아인 세상을 등졌다. 그것도 제 불찰로. 그리고 이번에도……. 그는 시선을 들어 제 실수로 목숨을 잃을 뻔했던 여자를 보았다. 정보국에 몸을 담은 이래 수많은 후배 요원들이 죽어 나가는 것을 보았다.

개중에는 아리보다 작고 어린 여자 요원들도 있었다. 그녀들 중 몇은 아리처럼 사로잡혀 죽었고 또 다른 몇은 고문을 당하다 죽었다. 그것을 알면서도 묵과했던 자신이다. 그것을 알면서도 돌아보지 않았던 자신이었다. 그런 일이 수없이 일어나도 상부의 지시 없이는 구하러 가려는 생각조차 하지 않았다. 그는 상관이 아니라 조직과 시스템에 복종하는 인간이었다. 그런 자신이 그 시스템과 조직을 버렸다. 결단을 내리기 전 다시는 거머쥘 수 없는 것들에 대해 수없이 고민하고 계산했다.

그럼에도 결론은 그녀였다. 차마 잊을 수가 없어서 지금까지 온 것이다. 아리를 생각할 때 가장 먼저 떠올린 것은 애처로운 눈이 아니라 사랑스럽게 웃던 순간이었다. 누이를 닮아 조금은 어수룩하고 그래서 사랑스러웠던 미소였다. 그러므로 동정이 아니라 제 욕심이었다. 제 이기심. 제 올가미 같던 과오를 씻으려는 이기심. 리암은 씁쓸하게 웃다 클라크를 향해 입을 열었다.

"이렇게 안전 불감증에 걸린 걸 보면 몰라? 애 만들 생각이나 하지 말고 네 여자라면 잘 돌보란 말이야. 뭐만 하면 겁에 질려서 밖에도 못 나오는 이 여자가 불쌍하지도 않냐? 이 사이코패스 새끼야."

리암치고 굉장히 도발적인 언사였다. 클라크와 마주한 이후 내내 이성을 잃지 않던 그가 급작스레 돌변한 것에 대한 이유를 알 수 없었다. 클라크의 표정이 무섭게 굳어졌다. 아리는 생각과 달리 종식되지 않는 상황에 슬슬 열이 오르기 시작했다. 어떻게 해도 이 두 멍청한 남자는 이를 세우고 달려들었다.

"죽어라고 그 사지에 내버려 두고 간 네가 할 말은 아닌 것 같은데? 네까짓 게 내 여자에 대해 뭘 안다고……!"

클라크가 리암의 멱살을 잡았다. 그대로 명치에 구멍을 내 줄 기세였다. 리암도 지지 않았다. 멱살을 틀어쥔 손을 으스러트릴 듯 쥐어 잡는 폼이 그대로 한바탕 뒹굴 기세였다. 아리는 마침내 뚜껑이 열렸다.

"아아아아악! 그만 좀 하라고! 이 미친 새끼들아!"

⚜

로레이는 듣던 바대로 사나웠다. 들끓는 맹수처럼 호전적이었고 또한 날카로웠다. 바닥 중에 바닥을 사는 인간답지 않게 그는 어딘가 고매하고 격조 있었다. 오랫동안 교육받고 훈련받은 자의 몸가짐은 다만 전장의 군인이라 치부할 수는 없었다. 리암은 안광에 빛이 맺힌 사내를 물끄러미 응시했다. 상생할 수 없고 마주할 수 없는 두 본질이 안에서 격렬하게 맞부딪치는 눈이었다. 리암은 사내의 천성을 잘 알았다.

그가 가진 맹렬함이란 일종에 말초적 본성이었고 천성이었다. 리암 로슨은 짧은 시간에 그가 어떤 사내인지 그리고 어떻게 살아왔는지에 대해 단숨에 파악했다. 폐쇄적인 동시에 봉건적인 인간이었다. 자신밖에 모르며 살아왔고 앞으로도 그러할 터였다.

고매한 핏줄은 그를 상류사회의 인간으로 만들어 주었지만 동시에 바닥 중에 바닥으로 처박았다. 하여 이 봉건적이고 폐쇄적이며 독립적인 사내는 때때로 오만했고 이기적이었다. 사내는 그렇듯 자신밖에 몰랐고 그 잔인하고 맹렬한 천성으로부터 발현되는 그 모든 행위에 거리낌이 없었다.

그는 자기가 좋아하는 여자를 죽음의 구렁텅이로부터 몇 발자국 유보시켰지만 아주 구제한 건 아니었다. 그럼에도 불구하고 그는 결혼을 꿈꿨고 아이를 꿈꿨다. 결합과 안정, 결혼이 주는 두 낭만에 대해 그는 무지했다. 그는 그런 것으로 안정을 찾을 종류의 인간은 아니었다. 그럼에도 그는 진실로 그것을 원했다.

리암은 그가 자신을 견제하기 위해 결혼을 운운한 것이 아님을 느꼈다. 그리고 그것이 그를 가장 경악하게 만드는 점이었다. 클라크 로레이는 정말로 송아리와 결혼하기를 바라고 있었다. 그는 무엇보다도 그것을 절실하게 바라고 있었으며 그것을 위해 남자는 앞으로의 모든 문제들을 처리하고 또한 보복할 계획을 가지고 있었다.

⚜

아리는 갈색 가죽 소파에 앉아 고용인들이 과일 향이 나는 차를 가져다주기를 기다렸다. 리암은 그녀가 자신의 눈치를 본다는 것을 알았다. 시선을 돌리다 어쩐지 마주 보기도 껄끄러운 인간과 눈을 마주쳤다. 클라크 로레이는 검은 셔츠와 팬츠를 입고 있었다. 실물은 사진에서보다 조금 더 늘씬하고 창백한 인상이었다.

여기서 표정이 조금 더 풍요로웠다면 도금 시대Gilded Age의 산뜻하고 쾌활한 젊은 재력가처럼 보였을 것이다. 하나 그는 본래가 건초처럼 메마른 사내였기 때문에 그저 제 날카로운 눈빛만을 고수하고 있을 뿐이었다. 클라크 로레이가 제 아내라 부르는 여자의 눈치를 보며 거실을 서성이다 그녀가 곁을 허락하는 제스처를 보이자 슬그머니 그녀의 옆에 앉았다. 그리고 조심스레 하얀 팔을 끌어당겨 익숙하게 제 옆구리에 밀착시켰다. 여자는 놀라지 않고 그저 테이블을 뒹구는 노란 볕을 바라볼 뿐이었다.

"숨 내쉬는 것도 버거워야 할 마당에 내 여자까지 챙길 여유가 있으니 배짱만으로는 부족했을 테지?"

리암은 아리를 쳐다보다 천천히 시선을 돌렸다. 음울한 은회색 눈이었다. 결코 사랑에 빠질 수 없는 눈. 사랑하기에는 결핍된 것들이 너무도 많았다. 그럼에도 그는 여자를 사랑하고 있었고 그것을 위해 제 일부를 내던졌다.

리암은 답하지 않았다. 적막 속에서 창백하게 쪼그라드는 여자를 응시했다. 그가 방치하고 있을 동안 그녀에게 일어난 무수히 많은 일들 중 하나가 저 남자였다. 그는 자신이 가진 정보를 이 여자를 위해 내줄 수 있는지에 대해 고민했다. 그녀를 구하기 위해서라면 무엇이든 할 수 있었으나 그럼에도 입은 쉬이 열리지 않았다.

"잠시만 아리와 함께 있게 해 줘."

"안 돼."

클라크는 단호했다. 거두절미하고 거절하는 모습에 파고들어 갈 빈틈을 찾을 수 없었다. 그는 제 여자에 관해서라면 물 샐 틈 없이 방비하는 성격이었다. 그러했기에 지금까지 라이너가 보낸 요원들을 막아 낼 수 있었던 것이다.

"자리를 잠시 비켜 줘요."

아리가 작게 말했다. 그녀의 말에 클라크가 천천히 일어났다. 그녀에게 잠시 시선을 주었지만 항의하는 시선은 아니었다.

마침내 클라크가 자리를 비우고 리암은 그녀와 제대로 마주할 수 있게 되었다. 막상 그런 시간이 도래하자 긴장되었다. 아리는 수그렸던 고개를 들고 그를 보았다.

"무례를 용서하세요."

"로레이가 무례하지 않으면 그게 더 이상하지."

마치 이 세상의 모든 로레이들은 무례하다는 말 같았다. 동시에 약간의 비아냥거림도 들어 있었다. 아리는 불편함을 숨기려는 듯 잠시 웃었다가 다시 차분해졌다.

"마치 그가 정말 남편이라는 듯 이야기하는 구나."

"……."

"그와 정말 결혼할 생각인가 봐."

"그런 건 아니에요. 그렇지만 제가 리암에게 용서를 구할 필요는 있다고 느꼈어요. 그는 사과하지 않는 사람이거든요. 내게도 사과는 잘 하지 않아요. 그 사람은 조금…… 특별하고 또 이상한 사람이에요. 아실 테지만요."

이야기를 하는 동안 아리는 제 손을 깍지 끼고 있었다. 손에는 반지가 없었지만 리암이 보기에는 반지가 들어갈 자리를 쓰다듬는 것처럼 보였다. 순간 울컥하고 무언가 치밀었다. 생전 누이가 일언반구도 하지 않고 결혼할 남자를 데리고 왔다며 부른 배를 감싸 쥐는 모습이 그려졌다. 결혼이라니. 임신이라니. 말도 안 된다. 리암은 입술이 으스러지도록 깨물다 한숨을 쉬었다. 그는 자제력 깊은 남자였다. 상시 공포를 느끼는 여자를 놀래키고 싶지 않았다. 그것도 정당하지 않은 이유로…….

"그러지 마. 네가 변명하듯 용서를 구할 필욘 없어. 그렇게 하는 게 내 기분을 나아지게 만드는 건 아니야."

정말이었다. 아리는 그에게 진심으로 용서를 구했지만 리암은 그녀가 늘어놓는 사과에 오히려 불쾌해질 뿐이었다. 사과의 내용이 어떻든, 어떤 마음으로 사과를 구하든 그저 그녀가 클라크 로레이의 편에 서서 그의 아내라도 되는 양 용서를 구하는 게 싫었다.

"자발리시 국장과 로레이 총수는 너를 어떻게 생각하지?"

"그게…… 잘 모르겠어요."

아리는 조금 찡그렸다. 그리고 금방 원래대로 다시 돌아왔다. 리암은 주의 깊게 그녀를 보았다.

"무슨 말이야?"

"그의 아버지는 나를 납치했고 그것 때문에 클라크가 자기 아버지를 쐈어요."

아리는 이야기를 하면서도 리암의 앞에서 이 이야기를 하는 게 옳은 것인지를 알 수 없었다. 이런 사적인 이야기가 무슨 해가 될 수 있겠나 하는 생각이 들면서도 혹시라도 자신의 실수로 클라크가 약점이라도 잡힐까 봐 무서웠다.

"재밌네."

리암은 턱을 쓸었다. 아리는 내리깔았던 눈을 들고 리암을 살폈다. 짧은 조소가 지나갔지만 다른 변화는 보이지 않았다. 그녀는 이쯤에서 사적인 이야기는 그만해야겠다는 생각을 하고 이야기를 일단락하려 했다.

"그리고 그의 어머니는 날 텔아비브로 데려간 뒤 아무런 말이 없고요."

"본젤 의상실에 너를 데려간 걸 보면 적어도 호의를 가지고 있다는 걸로 해석해도 될까?"

"글쎄요. 그렇지만 클라크는 두 사람의 의지는 중요한 게 아니랬어요. 믿기지는 않겠지만 그래요."

"녀석의 부모는 어마어마한 거물들이야. 로레이는 유대 자본을 움직이는 재력가 중 한 축이고 자발리시는 정치계의 막강한 그림자를 드리우는 가문이지. 중요하지 않다는 건 녀석만의 판단이야.

놈은 제 부모를 우습게 여기거든."

"그를 잘 아시네요."

아리는 진심으로 말했다. 어쩌면 그녀보다 리암이 더 그를 잘 알지도 모른다. 리암은 아무것도 아니라는 듯 어깨를 으쓱했다.

"나는 너보다 그의 외적인 면을 더 잘 알지."

리암은 별거 아니라는 듯 답하면서도 정말로 자신이 그녀보다 클라크 로레이에 관해 더 잘 알지도 모른다고 생각했다. 침묵이 찾아왔다. 오래 시간을 끌어서는 안 됐다. 중요하지 않은 일들, 그리고 부질없이 쏟아져 나오는 감정의 잔해들을 정리해야 했다.

"클라크 로레이는 믿을 만한 사람이 아냐."

"그의 외적인 면들을 봤을 때요?"

"……그래."

"왜죠?"

"놈은 이득을 위해서라면 무엇이든지 팔아넘기는 인간이니까."

리암은 날카로웠다. 아리가 가진 짤막한 신뢰와 위태로운 사랑마저 흔들 만큼 예리했다. 그녀는 그에게서 시선을 조금 돌렸다. 티가 나지 않을 만큼이었다.

"놈은 무자비하다. 잔정 없이 잔혹하고 악랄하지. 놈이 이런 세계에서 그렇게 빠르게 몸집을 불릴 수 있었던 이유도 하나야. 돈이 되는 일이라면 무엇이든지 했기 때문이지."

"그는 민간 보안 업체의 사주예요."

아리는 바로 알라는 듯 지적했다. 리암은 고개를 저었다.

"돈이 되는 일이라면 무엇이든지 했어. 너는 이해하지 못할 만큼 비상식적인 일들……. 놈이 너에게 이야기하지 않았겠지만."

로레이는 유명했다. 조금 더 정확히 말하자면 이 근방에서 그의 악명을 듣지 못한 자는 없었다. 오직 눈앞에 이 답답한 여자만이 그를 몰랐다. 로레이는 텔아비브의 명문 일가답지 않게 결코 고상하지 않은 방식으로 돈을 벌었고 권력을 손에 쥐었다. 그리고 그 일가 중 가장 고상하지 못한 자. 가장 천박한 인간이 클라크 로레이였다. 스물다섯 예루살렘에서 대위로 복역하던 로레이가의 공자 클라크 피츠윌리엄 로트리겐 로레이는 다마스쿠스 접경 근처에서 벌어진 전투를 마지막으로 은퇴했다.

그리고 같은 군단 내의 정예요원 몇과 함께 용병회사를 차렸다. 부모에게 어떤 조력도 받지 않고서 말이다. 그는 절박한 인간을 원했다. 돈이라면 무엇이든지 할 수 있는 인간들을 엄선하여 제 사업의 상품으로 내놓았다. 그리고 그들을 통해 무엇이든지 했다. 아마 클라크는 이런 식으로 말할 필요도 없을 만큼 그 일에 대해 당연한 일이라고 생각할지도 모른다. 놈은 그야말로 '반사회적 인격 장애자' 이니 말이다. 게다가 법적으로 어떤 문제도 없었으며 그것이 매체를 통해서 다뤄지지도 않았으니 그에게는 정말로 아무렇지 않은 일이었다.

소수 부족의 여자와 아이들이 있는 곳에 폭탄을 퍼붓고 내전이 일어난 나라의 소년병들을 인질로 잡아 고문하는 일 정도는 그에겐 그저 '일' 에 불과했다. 도의와 도덕 혹은 선으로 그를 규정짓는다면 당연히 그는 악이었다. 리암 자신조차 선이라 말할 수는 없었지만 로레이는 자신보다 더한 인간이란 건 자부할 수 있었다. 이런 남자를 사랑하는 것은, 아니 이런 남자가 사랑을 운운하는 것은 어쩌면 세상에서 가장 가증스러운 일이다.

더불어 이 남자의 사랑에 동조하는 것 또한 가증스러운 일이 될 터. 그런데 그 가증스러운 짓을 이 여자가 하고 있었다. 진심으로 누이가 갱단 일당의 수괴와 결혼하는 것처럼 느껴졌다. 그것도 말도 없이 살림을 차리고 '오빠 나 결혼해.' 하며 뇌가 청순한 여자처럼 웃는 걸 보는 느낌. 어떤 것에도 동의할 수 없었다. 리암은 우두커니 그녀를 쳐다보다 입을 열었다.

"네가 그를 택한 것에 동의할 수 없어. 넌 네 선택을 후회하게 될 거다."

"……."

아리는 무표정했다. 리암은 시선을 피한 채 아무 말 않는 그녀를 보다 입술을 짓씹었다. 쓴 물이 올라오는 것을 참았다. 아리는 전에 없이 굳은 남자를 보며 요동치는 가슴을 진정시키려 했다.

"제게 그런 말을 하셔도 어쩔 수 없어요. 전 못 가요. 이젠 아무도 못 믿겠어요. 당신도 그 사람도……. 그게 제게 얼마나 괴로운 일인지 모를 거예요. 아무도 못 믿는다는 건 참을 수 없이 힘든 일이에요. 그런데 클라크나 당신은 제게 그런 일보다 더 참을 수 없는 일을 강요하고 있어요."

어느새 아리는 달아올라 있었다. 열이 올라 씨근덕대며 말하는 모양새가 몹시 아파 보였다. 눈물이 아롱지며 눈 밑을 적셨다.

"누구도 믿지 못하는 사람은 누구도 선택할 수 없다는 걸 모르세요? 그런 일이 얼마나 무의미한 일인지 모르시냐고요? 아니 클라크나 당신은 모르겠죠!"

"아리."

리암이 그녀를 진정시키려 손을 뻗었다. 그러나 아리는 날카롭게 그 손을 쳐 내며 그를 흘겼다.

"당신들은 나처럼 쓸모없고 약한 사람의 입장이 되어 보지 못했으니까!"

아리는 분을 참지 못하고 울음을 터트렸다. 리암은 당황하며 그녀에게 다가갔다. 금방 흩어지는 울음소리에 클라크가 들어왔다. 그가 저벅저벅 걸어와 아리를 달래려는 리암을 무섭게 밀쳤다. 음울한 은회색 눈이 그를 사납게 노려보았다. 여자를 단숨에 안아 드는 팔에는 어색함이 없었다. 그녀 또한 익숙한 듯 그에게 안기었다. 넓은 품에 홀씨같이 마르고 작은 여자가 묻혔다. 울컥하며 치밀던 무언가가 쇄아 하는 소리를 내며 식는 느낌이었다.

고개를 들어 여자를 안아 든 남자를 보았다. 사납던 눈이 여자를 안은 순간 온순하게 바뀌어 있었다. 그를 잠식한 악의와 살의가 한순간 사라져 버린 듯했다. 반면 리암은 정신이 혼곤할 정도로 분노하고 있었다.

단 한 번도 이런 적이 없어서 자신이 두려울 지경이었다. 눈앞에 여자는 제 죽은 누이가 아닌데. 누이와는 조금의 상관도 없는 사람인데. 가슴이 답답했다. 눈앞에 남자는 그것을 알아차린 듯 리암을 향해 한쪽 입꼬리만 올려 비스듬하게 웃었다. 그리고 그가 생전 겪어 보지 못한 극심한 분노에 어찌할 바를 모르며 씩씩대고 있을 동안 여자를 안고 사라져 버렸다.

⚜

얼룩덜룩 반점이 번진 것처럼 붉게 물든 눈가를 쓰다듬었다. 여자는 한참을 울었다. 울어도 개운치 못한 표정이었다. 지독한 자기혐오에 대한 방증인 걸 알아서 그것을 잘 아는 클라크로서는 그녀를 어쩌지 못하고 있었다. 무슨 이야기를 했는지 궁금했지만 아무것도 묻지 않고 그저 이불을 끌어 올려 주었다. 여자의 눈길은 그의 손에 닿아 있었다.

매끄럽지만 손속에 자비가 없는 흉악하고 악랄한 촉수였다. 그는 오래도록 그것을 보고 있는 그녀의 뺨을 만졌다. 따뜻했다. 여자는 제 뺨 위로 착지하는 손을 물끄러미 보다 눈동자를 굴려 흐린 눈을 더듬었다.

"사람을 죽이면 어떤 느낌이 드나요?"

"아무 느낌도 들지 않아."

아리는 그렇게 말하는 클라크의 눈을 길게 쳐다보았다. 침엽수의 뾰족한 잎처럼 가늘고 건조한 눈이었다. 여름을 지나 오래된 가을에 멈추어 선 잎처럼 바짝 말라 있었다. 소름이 옅게 돋았다. 그는 한쪽 팔로 턱을 괴고 있었다. 시선을 맞추느라 자세가 불편할 텐데 그런 기미조차 보이지 않았다.

"처음에도 그랬나요?"

"응."

그는 조금 우울해 보였다. 착각일지도 모르지만 정말로 침울해 있었다. 은회색 머리칼이 눈썹을 지나 눈동자에 닿았다. 아리는 손을 들어 그의 앞머리를 쓸어 넘겨 주었다.

"다른 사람도 그렇다고 했어요?"

남자는 전과 달리 바로 대답하지 않았다. 그리고 느리게 눈을 두어 번 깜빡이더니 답을 했다.

"아니."

"……."

"하지만 난 아무 느낌도 들지 않았어. 좋지도 나쁘지도……."

그의 머리카락 끝을 잡고 지분거리던 아리가 손을 거두어들였다.

"그러니까 너는 하지 못할 거라고 생각해."

"……."

"하지 말았으면 좋겠어."

"……."

"그런 일은 전부 다 내가 할 거니까 너는 나와 달랐으면 좋겠어."

호소하는 눈은 간절했다. 아리는 아무 말 하지 않고 가볍게 주먹을 쥐었다. 가능하면 그녀도 달라지고 싶지 않았다. 본래의 자신과, 아니 본래의 자신이라고 생각하던 모습과 달라지는 일은 힘들다. 특히 이런 식으로 달라지는 일은 괴로운 일이었다. 그러나 살아남기 위해서라면 달라져야 했다. 아무리 강한 남자가 연인이라 한들 결국 그 남자가 없는 순간 자신은 아무것도 아니었다. 그러니까 말하자면…… 아주 쉽게 죽는 파리 같은 존재일 것이다.

그러니 아리는 강해져야 했다. 살인 정도는 아무렇지 않을 정도로……. 그러나 그동안은 그럴 수 없으리라 생각했다. 그렇게 되고 싶지도 않았다. 살인 따위 아무렇게나 하는 인간이 되고 싶지 않았다. 그런 인간이 될 바에 차라리 죽는 게 낫다고 생각할 때도 있었다. 그러니까 살인 따위 아무렇지도 않게 하는 남자를 연인으로 두고 가증스럽게도 그런 생각을 했었다.

가장 경멸하는 행동을 아무렇지도 않게 하는 남자를 사랑하는 것과 가장 경멸하는 행동을 본인 스스로가 하는 것은 전혀 다른 일이었다. 누군가는 한 끗도 차이 나지 않는 일이라고 할지 모르지만 아리에겐 아니었다. 막상 닥치고 나니 전혀 다른 일이란 걸 알게 됐다. 그녀는 오랫동안 살아남기 위해 어디까지 해야 하며 과연 어디까지 할 수 있을까 하는 생각을 했었다. 시간은 많으니 그런 고민들로 하루를 보내도 괜찮을 것 같았다. 그러나 그런 기의는 해도 해도 끝이 나지 않았다.

"내가 살인하지 않았으면 좋겠어요?"

"그래."

"왜죠? 난 할 수 없는 일이라서?"

"아니."

"그럼요?"

"그런 일을 하지 않는 너를 사랑하니까."

"내가 그런 일을 하게 되면요?"

아리는 그 말을 한 뒤 침을 삼켰다. 긴장됐는지 꽤 많은 양의 침이 목을 타고 내려갔다. 남자는 자신과 그녀가 달라서 사랑하고 있었다. 이를테면 동경 같은 것이었다. 영영 닿지 못하는 세계에 사는 환상적인 존재를 사랑하듯 그의 사랑은 좀 붕 뜬 데가 있었다. 마주하고 싶지 않은 진실이었는데 막상 마주하고 나니 그가 얼마나 부질없는 짓을 하고 있는지 알 것 같았다.

그의 사랑은 어딘가 모르게 묘한 순수가 있었다. 그 순수는 낭만과 비슷한 성질이었다. 아리는 그 순수가 남자의 파훼되지 않은 천성이라고 생각했다. 이를테면 사이코패스에게도 순수란 존재하는 것이었다. 결국 어떤 것으로 치환될 수 없는 사랑이란 존재하지 않는 걸까.

"계속 사랑하겠지."

"다짐이군요."

아리는 조소했다. 남자는 무표정했다. 문득 그 무심한 얼굴이 말갛게 보였다. 아찔하니 선득했다.

"부탁하건대…… 어떤 일도 독단하지 마. 독단만큼 세상에서 어리석은 일도 없어."

방금까지 말갛게 웃던 남자가 서늘해졌다. 조금의 일그러짐도 없이 남자는 분위기를 바꾸었다. 온도가 극명하게 차이 나자 아리는 입을 다물었다.

"특히 나를 독단하는 일은 세상에서 가장 바보 같은 일이지."

"……."

"난 나와 같은 동종을 경멸하는 인간은 아냐. 스스로를 혐오하지 않으면 못 살 정도로 자존감이 낮은 것도 아니고."

그는 웃었다. 그의 말대로 스스로를 혐오해서 웃는 냉소는 아니었다. 그는 지극히도 스스로에 대해 만족하는 인간이었다. 오랫동안 그의 아버지와 어머니는 그를 퇴락시켰지만 그는 조금도 훼손되지 않았다. 무엇보다 그는 자신을 사랑하는 인간이었다. 태초에 모든 인간이 밝고 건전했듯 그도 밝고 건전한 인간이었다. 사회에 섞여 들지 못해 후미진 곳에서 서식하는 인간이 가진 특유의 어둠은 그에게서 찾아볼 수 없었다. 기이한 일이었다.

"넌 너무 나를 얕게 보고 있어."

급하게 그가 입술을 겹쳐 왔다. 무르고 말랑한 촉감의 입술 속 미끄덩한 촉수가 그녀의 안을 샅샅이 뒤집고 헤집었다. 아리는 그의 목에 팔을 두르고 조금 더 끌어당겼다. 남자의 굽어진 등과 따뜻한 목덜미를 쓰다듬었다.

7

너의 눈 속에서 뒹그러니

리암의 처우에 관해서 클라크는 관대했다. 굳이 아리가 변명하거나 옹호하지 않아도 그는 자신의 집을 찾은 손님에게 박하게 구는 인사는 아니었던 것이다. 친절한 것은 아니었지만 괜히 도발하며 적대시하는 일도 드물었다. 아리는 클라크에게 그와 함께 아침 식사를 하는 게 어떻겠냐며 물었다. 그의 앞에서 애처럼 울어버린 이후로 마음이 편하지 않았다.

실례를 했단 생각도 있었고 저를 구하러 와 준 남자에게 할 말 못 할 말 가리지 않고 쏘아 대서 미안하기도 했다. 이참에 클라크와도 응어리진 것을 풀며 관계를 회복하는 것도 나쁠 것 같진 않았다. 둘 다 유치하고 애 같긴 하지만 그래도 밥상머리에서 주먹질을 할 만큼 돼먹지 못한 양반들은 아닐 테다. 아리는 길고 넓은 테이블을 꾸미느라 새벽부터 바빴다.

아침이니 간단한 가정식을 만들어 먹자고 생각했지만 토스트에 크림치즈를 바르는 것 외에는 서양식 아침 식사를 해 본 적이 없어서 문제였다. 클라크는 물론 리암 또한 상류사회에서 살아오던 남자였다. 미국의 상류사회에 주류를 이루는 전형적인 와스프WASP 집안에서 태어난 사람이니만큼 예절에 관해서는 엄격했다. 사실 리암이 이런 거대한 배경을 가지고 태어나지 않았다면 그는 라이너에게 훨씬 더 쉽게 살해당했을 것이다. 이러니저러니 해도 돈과 권력이 최고라는 생각에 아리는 잠시 씁쓸해졌다.

메뉴는 납작 구운 빵에 올리브오일을 바르고 토마토를 잘게 잘라 올린 브루스케타와 하얗고 동그란 치즈를 얇게 저며 만든 카프레제 샐러드 그리고 쌀과 채소, 병아리콩과 쇠고기를 넣고 뭉근하게 끓인 미네스트로네였다. 아리는 걸쭉하게 끓여지고 있는 수프를 보며 마지막으로 비트를 더한 뒤 간을 보았다. 뒤에서 기척도 들리지 않았는데 거대한 남자가 그녀를 안아 왔다.

"어머!"

아리가 뒤를 돌아 그를 밀어 내려 하자 말끔하게 생긴 남자가 강아지처럼 그녀의 품을 파고들었다.

"그 자식 주려고 이렇게 맛있는 걸 만들었어?"

"클라크, 좀 떨어져요."

쇄골에 까칠한 턱수염이 닿자 간지러웠다. 아리가 웃음을 옅게 터트리자 그가 씩 웃었다. 그리고 조금 더 대담하게 헐렁한 블라우스 아래로 손을 넣었다. 아리가 깜짝 놀라며 벗어나려 하자 그가 브래지어 속 감추어져 있던 가슴을 주물렀다.

"아침부터 이러지 마요!"

아침부터 달라붙는 게 싫어서 소리치니 그가 불만스러운 눈으로 입을 맞추었다. 아리는 저도 모르게 응얼대며 집중했다. 그 바람에 싱크대로 자신의 몸이 밀려나는 것도 알지 못했다. 인기척이 들리는 것 또한 말이다.

"아침 댓바람부터 포르노 보여 주려고 부른 건가?"

그 건조한 음성이 아니었으면 아리는 영영 헤어 나오지 못할 뻔했다. 그녀는 다급하게 그를 밀치고 뒤를 돌아 입술을 닦았다. 클라크는 입술에 묻은 타액을 닦아 내지도 않고 리암을 향해 웃어 보였다.

"신혼집에 몸을 의탁하려 했으면 이 정도는 각오해야지?"

야비하게 웃는 모양이 작정하고 이런 상황을 만들려 한 것 같았다. 아리는 그를 흘겨보며 끓어오르다 만 냄비를 국자로 휘저었다. 실수를 만회하려 부른 자리에 도리어 더 큰 실수를 해 버린 꼴이라 화가 났다.

"미안해요. 리암."

아리는 고개도 들지 못하고 말했다. 리암이 의자를 당겨 앉았다. 그녀는 달아오른 낯에 부채질을 몇 번 하다 준비된 식기에 음식을 담기 시작했다. 아침이지만 두 남자를 위해 위스키를 꺼냈다. 그러나 아리가 김이 모락모락 나는 수프를 조금씩 덜어 담고 카프레제와 빵을 내어 오는 동안에도 둘은 아무 말이 없었다. 흔한 아침 인사조차 하지 않는 모습에 한숨이 나왔다.

"들어요."

아리가 멋쩍게 웃으며 말했다. 아무도 스푼을 들지 않아 그녀가 먼저 수프를 떠먹어야 했다. 테이블의 정중앙에는 금박을 입힌 크림색 꽃병이 있었다. 안에는 분홍색 장미와 안개꽃 그리고 하얀 마거리트가 있었다.

장미는 아리가 가장 좋아하는 종류의 장미였다. 밖으로 나가지 못하고 먼발치에서 화원을 볼 때 속삭임으로 그에게 예쁘다고 중얼거렸던 기억이 났다. 그녀는 희게 웃으며 클라크를 바라보았다. 에덴 로즈Eden Rose. 장미의 이름은 에덴 로즈였다. 식탁 위로 화사한 볕이 가라앉자 장미는 한층 더 도드라지게 빛났다. 아리는 조금 웃으며 수프를 먹었다. 그녀의 웃음을 본 두 남자가 이윽고 스푼을 들었다.

"위스키를 준비했어요."

힘들게 이야기했다. 식사를 하고 있는 두 사람 중 누구도 위스키에는 시선을 주지 않았기 때문이다. 그녀는 자신이 코르크 마개를 딸 수 없어 그대로 두었다는 말은 하지 않았다. 클라크가 즉각 그것을 알아챘다. 그가 자리에서 일어나 코르크 마개를 돌려 딴 뒤 리암의 잔에 먼저 그리고 자신의 잔에 따랐다. 그러고 나서 아리를 보았다.

"당신은?"

"나는 괜찮아요. 술 안 좋아해요."

"하이볼은 괜찮지?"

클라크의 말에 아리가 고개를 끄덕였다. 셋이서 한 잔씩 하는 것도 좋을 것 같았다. 너무 많이는 말고 아주 조금만. 긴장을 풀어 줄 정도로 조금만. 클라크가 소다수를 꺼내 위스키에 섞었다. 아리는 그가 그녀를 위해 술을 제조하는 모습을 바라보다 리암을 향해 고개를 돌렸다.

"맛이 어때요?"

"좋아."

"다행이네요."

"네 애인은 아주 다정한 사람이네."

아리는 리암을 향해 별다른 대꾸를 못 하고 고개를 숙였다. 조금 전 일이 생각나 똑바로 고개를 들 수가 없었다. 샐러드를 뒤적이며 있자 클라크가 울금빛이 도는 잔을 내밀었다. 그에게 건네받은 하이볼을 한 모금 마셨다. 그러자 뒤이어 두 남자도 각각 위스키를 한 모금씩 마셨다.

"생각해 봤는데……."

세상에서 가장 조용하고 위태로운 아침 식사가 이어지는 가운데 아리는 조심스레 입을 열었다. 각각 제 몫을 열심히 먹고 있던 두 남자가 동시에 그녀를 쳐다보았다. 부담스러워 위축되면서도 지금이 아니면 말하지 못한다는 생각에 다물었던 입을 열었다.

"사격을 배우려고 해요."

"누구한테?"

리암이 물었다. 아리는 눈동자를 굴리다가 스푼으로 그릇 밑바닥을 긁었다.

"누구한테든요."

어차피 누구한테 배우든 상관없는 일이었다. 두 남자 모두 이

방면으로는 전문가였고 업계 원톱들이 아니던가. 아리는 누구든 가르쳐 주기만 한다면 상관없었다. 그렇지만 클라크는 자신이 살인을 하는 건 원치 않는다고 했고 여러 면으로 보아 잘 가르쳐 줄 것 같지도 않았다. 아리는 리암을 쳐다보았다.

"괜찮은 생각이네."

"그렇죠?"

리암의 말에 아리가 반색했다. 그리고 클라크를 쳐다보았다. 아니나 다를까 남자는 딱딱하게 굳어 있었다. 그렇지만 다른 대꾸가 없었다.

"괜찮죠?"

아리가 그런 클라크에게 물었다. 클라크는 등받이에 등을 기댄 채 호박빛 술을 목으로 넘기고 있었다. 아리는 조마조마한 마음으로 그를 보았다.

"네가 원한다면 내가 뭔들 못 해 주겠어."

클라크는 그렇게 말한 뒤 위스키를 모두 비웠다.

디트리히는 노란 조명 속에 흩어지는 시가 연기를 보았다. 체스판의 백색 나이트는 한 수 만에 거꾸러졌다. 그는 상대의 나이트를 밖으로 집어 던졌다. 한 손에 끼운 시가를 재떨이에 툭툭 털었다. 번들거리는 갈색 눈이 그의 어색한 손가락을 더듬었다. 디트리히는 느긋하게 웃어 보인 뒤 킹을 앞으로 보냈다.

"존."

체스판을 떠돌던 라이너의 손이 허공에서 멈추었다. 갈색 눈이 건조하게 그를 올려다본다. 디트리히는 잠시 말을 고르다 마침내 입을 열었다. 입술 사이로 시가 연기가 흩어졌다. 디트리히는 약간 멍한 표정이었다. 약을 한 듯 흐린 표정이었지만 실은 늘 그런 얼굴이란 걸 그를 조금이라도 아는 사람이라면 안다. 존 또한 그의 상태가 조금도 이상하지 않다는 것을 알고 있었다.

"우리가 너희 요원 하나를 잡았는데."

디트리히가 다시 한 번 시가의 재를 툭툭 털었다. 얼마 전 아들의 총에 맞아 잘렸다던 손가락은 그 자리를 한 번도 이탈한 적이 없다는 듯 조금의 위화감도 없이 잘 붙어 있었다. 라이너는 디트리히가 친근하게 존이라고 부르는 것을 들으며 보드카를 마셨다.

"글쎄 그 녀석이 입을 열지 않아 혀를 뽑을까 생각 중이거든. 어떻게 생각해?"

투명한 증류주가 식도를 타고 흘렀다. 액체가 지나간 자리가 화끈거렸다. 라이너가 디트리히를 면면이 아는 것은 아니었다. 그러나 적어도 방금 전 경고가 단순한 거드름이 아니란 것 정도는 알았다. 둘은 대학 때부터 죽 알아 온 사이였고 개별적인 만남은 없었지만 여전히 크고 작은 모임에서 샴페인을 들 정도로 친분은 있었다.

또한 그 어리던 시절 찰나에 포획한 사내의 일면들이 한 치의 거짓도 없는 진실이라는 것을 라이너는 잘 알고 있었다. 예나 지금이나 디트리히 로레이는 자신을 포장할 줄 모르는 사내였다. 그래서 정치는 하지 못할 인간이었다. 그래도 권력은 가지고 싶어 처의 뒤에 숨어 잘도 제 권력을 행사해 왔다. 라이너는 듣지 못한 듯 다른 이야기를 꺼냈다. 그와는 아주 사적인 이야기를 하고 싶었다.

"자네 아들은 잘 지내나?"

"덕분에."

디트리히가 어깨를 으쓱해 보였다. 라이너는 입술을 축였다. 자세를 바로 하자 디트리히가 조금 더 커 보였다. 군살 없이 날씬하게 빠진 몸은 중년에 접어든 여느 사내들과 달리 탄탄하고 맵시 있었다. 젊은 시절 근사했던 회색 머리카락도 그대로였다. 그리고 그 시절 유달랐던 성정 또한 그대로일 테다.

"결혼한다는 소문이 있던데."

"할 나이도 되었지."

"신부는 어떤 사람이지?"

라이너는 쾌활하게 웃어 보였다. 말아 쥔 주먹에서 땀이 녹진하게 피어오르고 있었다. 닦을 만한 데가 없어 손을 펴지 못했다. 디트리히는 시가를 한 번 더 빨고는 재떨이에 지져 껐다.

"자네도 알지 않나?"

"……."

"자네가 죽이려고 하는 여자니까 말이야."

"……."

라이너는 땀이 피어오른 손의 왼쪽 검지를 살짝 빼낸 상태에서 그대로 굳었다. 디트리히의 음침한 눈이 줄곧 그를 지켜보고 있었다.

"내 아들이 자네 요원들만 줄창 도륙 내고 있다는 걸 알 거야."

라이너는 숨을 나직하게 내쉰 뒤 고개를 조금 들었다. 입가에 옅은 경련이 왔다. 디트리히 로레이가 이렇듯 직접 움직일 줄은 예상하지 못했다. 제 아들이라면 늘 금수만도 못하게 여겼다. 동종을 혐오하는 작자들이 그렇듯 그는 이미 내버린 아들에게 자비 없이 가혹했다. 라이너는 요동치는 심장을 가라앉히며 죽어야 하는데 기어코 죽지 않는 작은 아시안 계집애를 떠올렸다.

"단도직입적으로 말하자면 말이야. 자네가 내 아들의 여자를 죽이려 보낸 놈들 중엔 내 손에 죽은 놈도 있어."

"디트리히."

위협적으로 '디트리히'라는 이름을 읊조렸다. 이름을 부르는 것은 처음이었다. 제 이름을 낮게 읊는 소리에 디트리히가 약하게 웃음을 터트렸다. 마치 농담에 과하게 반응하는 친구를 보는 양이었다.

"우리가 어떤 인간들인지 알잖아. 내 아들이나 나나…… 고매한 네가 상대하기엔 좀 버거운 놈들이지."

디트리히는 그렇게 말하며 보드카를 마셨다. 여유로운 기색이었다. 라이너는 숨이 가빠 오는 것을 느끼며 마른침을 삼켰다. 차마 손을 뻗어 술을 마실 여유가 되지 않았다.

"그냥 넘어가라. 모른 척 넘어가. 그런 적 없었던 것처럼 발뺌해. 너 정도 인사면 지금 벌인 일 정도는 충분히 무마시킬 수 있잖아. 대선이 얼마 남지 않았어. 역풍도 조심해야지."

"……."

"뭐 이러니저러니 해도 네가 싼 똥 네 손으로 치우는 것밖에 더 되겠냐만……."

디트리히는 부드러운 어조였다. 타이르는 듯했지만 사실은 경고였다. 협박으로 받아들일 수도 있었다. 라이너는 방금 전 위협으로 무르익어 있었다. 디트리히는 완연히 선홍빛으로 익은 남자 앞에서 더 이상 웃지 않았다. 가벼운 경고는 이쯤에서 그쳐도 된다. 그는 흘긋 시계를 보다 쐐기를 박기로 했다.

"존."

오한이 돋도록 자상한 음성이 라이너를 두드렸다. 모욕감에 입술을 짓씹던 라이너가 콧잔등을 일그러트린 채 그를 노려보았다.

"싸울 상대를 잘못 짚으니 이런 식으로 인력을 낭비하는 거야."

"……."

"죽은 네 부하들이 그 계집애의 손에 죽었을까? 아니면 내 손에 죽었을까?"

"……에릭을 죽였나?"

"그놈 이름이 에릭이었나?"

디트리히는 몰랐다는 듯 머리를 긁적였다. 그리고 대수롭지 않게 넘겨 버렸다. 어차피 상관없었다. 이미 알아낼 만큼 알아냈다. 라이너가 헤매느라 저지른 실수에서 말이다. 지금 당장 혀를 뽑아도 상관없었지만 만일을 대비해 육신만큼은 성하게 둘 생각이었다.

"생각해 보니 그자를 죽이면 안 되겠더군."

"……."

"그자는 자네의 가장 큰 실수이니……."

"……자만하지 말게."

"자만이 아니야. 우린 언제나 상대의 실수에서 정보를 얻지. 반면교사라고 해야 할까. 그런 점에서 자네는 좋은 반면교사였어."

"하고 싶은 말이 뭔가?"

디트리히는 테이블에 올려진 라이너의 손을 보았다. 말아 쥔 주먹에 핏줄이 선명하게 불거져 있었다. 잔떨림을 감추는 행위는 무의미했다. 디트리히는 보지 못한 척 눈을 깜빡인 뒤 이사벨라를 생각했다. 이제 곧 저녁 시간이었다.

그녀가 늦은 귀가를 얼마나 싫어하는지 알고 있었다. 게다가 라이너와의 일에 대한 성과를 학수고대하고 있을 것이다. 일을 제대로 해결하지 않으면 동침은 꿈도 꾸지 말라고 엄포를 놓은 터라 그는 일을 빨리 해치우고 싶었다. 그는 눈앞에 얼뜨기 새끼를 해치우기 위해 마지막으로 혀를 굴렸다.

"그 계집을 건드리면 좆 된다는 걸 말해 주고 싶군."

⚜

"꼭 결혼이라고 말할 필요가 있었을까요?"

아리는 이불 속에 들어가 크림색 천장과 그 천장에서 수직으로 이어지는 벽에 걸린 유화를 바라보며 이야기했다. 유화는 고흐의 '별이 빛나는 밤'을 닮아 있었다. 그림 속 검게 솟은 탑은 음습함과는 거리가 멀었고 밤을 장식하고 있는 강렬한 별들도 역시 탁함과는 거리가 멀었다. 그녀는 머리를 비스듬하게 숙여 옷을 벗고 가운을 입는 남자를 바라보았다.

"물론. 결혼과 연애는 다르니까."

"어떻게 달라요?"

"달라."

가운의 허리를 끈으로 묶고 남자는 이불 안으로 들어왔다. 그리고 곧바로 그녀를 안았다. 아리는 요즘따라 말이 없는 클라크의 허리를 쓰다듬었다. 매끈한 살결에 기분 좋은 소름이 돋았다.

"어떻게 다른지 말해 봐요."

"애인은 무의미하고 아내는 많은 의미를 가지지."

아리는 이불의 포근함을 느끼며 가만히 있었다. 호박색 불빛이 번진 남자는 무표정했다. 그의 말은 애인은 마치 일회성에 불과한 정부고 아내는 그보다 고상한 가치를 가진 무언가인 것 같았다.

"예를 들면요?"

"예를 들면…… 아내의 자리를 바라는 수많은 정부들처럼?"

아리는 이마를 찡그렸다. 알아듣기 힘든 이야기였다. 그러나 클라크는 정정할 생각이 없는 듯했다. 아리는 그가 말을 죽 잇기를 기다렸다.

"결혼한 남자의 아내 자리를 바라는 수많은 정부가 있었지."

"정부 자리에 만족한 여자도 있지 않나요?"

"그건 그 남자를 사랑하지 않거나 쿨한 척하는 여자들일 뿐이고."

아리는 완연히 찡그린 채 클라크를 돌아보았다. 남자의 쇄골이 가까웠다. 움푹 파인 그곳에서 옅은 과일 향이 났다. 청명하고 시원한 향기였다.

"어떻게 알아요? 그걸……."

"내 어머니가 그랬으니까."

아리는 잠시 숨을 멈췄다. 처음 듣는 이야기였다. 빠르게 이사벨라가 떠올랐다. 그 금발의 고혹적인 미인이 디트리히 로레이의 정부였다는 이야기인지 아니면 본처의 자리에서 정부에게 위협을 받은 이야기인지 헷갈렸다. 구체적으로 묻기에는 조금 망설여졌다. 그러나 아리는 오래 망설이지 않아도 됐다. 클라크가 눈치채고 그녀의 궁금증을 해소시켜 주었기 때문이다.

"디트리히와 어머니는 아주 오랫동안 사귀어 온 사이였어. 아주 어릴 때부터 서로를 아는 사이였지."

"그런데요?"

"둘이는 서로 좋아 죽었는데 결혼하지 못했어."

"왜요?"

"어머니가 좀 빠지는 입장이었거든."

궁금증이 해소되려는 찰나 더욱 모르는 이야기가 되었다. 아리는 고개를 기울이며 자발리시 가문에 대해 생각했다. 잘은 모르지만 이사벨라의 친정 일가인 자발리시가도 상당한 명문가라고 들었다.

"자발리시 가문도 상당한 명문가라고 들었는데요."

"명문가지. 자발리시가는……. 다만 어머니가 그 명문 일가의 일원이 아니어서 문제였지."

그건 또 무슨 소리야? 아리가 의아해하고 있으니 클라크는 난생처음으로 이런 표정을 지었다. 이걸 말해야 하나 말아야 하나. 부모의 치부가 될 수 있는 문제를 두고 너무 쉽게 떠들었다는 표정이었으나 역시 그런 표정은, 아니 그런 생각은 빠르게 사라지고 망설임 또한 흔적 없이 흩어졌다.

"어머니는 외조부의 사생아였거든."

그 말 한마디로 모든 게 끝났다. 아리는 더 이상 묻지 않았고 클라크는 더 이야기하지 않았다. 긴 정적이 찾아오고 아리는 이대로 잠이 들어도 좋을까 하는 생각을 했다. 그렇지만 이런 이야긴 더 물어봤자 좋을 것이 없었다. 어쩌면 클라크도 같은 생각을 하고 있을지 모른다. 이런 말 더 이야기해서 좋을 게 없다는 생각. 그러니 잠을 자야 했다.

⚜

이튿날 아침에 리암과 총을 쥐는 연습을 했다. 사격장은 클라크가 빌려주었다. 내내 부루퉁하니 말이 없던 사내는 막상 그날이 다가오니 쾌활해져 있었다. 그는 아침에 화단에서 장미와 들꽃을 꺾어 와 내밀었다. 장미는 에덴 로즈가 아니었다. 그의 화단에 사는 많고 많은 들장미 중 하나였다. 이름은 알 수 없었지만 에덴 로즈처럼 화사한 분홍빛을 띠고 있었다. 들꽃은 짙푸른 남색과 보랏빛의 경계에 있었다.

코에 대고 향기를 맡으니 바람 냄새가 났다. 드레스룸에서 그가 셔츠를 입혀 주었다. 부푼 가슴선에 손톱이 닿을 때 몸이 떨렸다. 그는 꼼꼼하게 목 끝까지 단추를 채워 주었다. 사격장에서도 함께할 줄 알았던 남자는 리암에게 그녀를 데려다주자마자 자리를 떠났다. 리암에게 '좋은 선생이길 바란다.' 라는 말 한마디만 툭 던져 놓고 말이다. 아리는 그가 사라지는 모습을 보다 리암에게로 몸을 돌렸다.

에릭 보첸의 혀가 뽑혔는가 뽑히지 않았는가는 중요하지 않았다. 클라크는 제 아버지에게 흔한 아침 인사조차 하지 않았다.

"라이너를 죽이지 그랬어?"

— 너는 아버지에게 밤 동안 안녕하셨어요. 하고 묻지도 않느냐?

"언제부터 그런 걸 묻는 사이라고 투정이야?"

하얀 별이 스며드는 자리에 리암 로슨의 신변에 관한 서류가 흩어져 있었다. 엘레나가 전송한 파일 중 일부였다. 그는 제집에 머물고 있는 도둑에 대해 떠올렸다. 그 도둑의 손에 여자를 맡긴 것은 자신이었다.

자리를 비우고 싶지 않았지만 그 여자에게 깨달음을 한 가지 주고 싶어 일부러 그렇게 했다. 클라크는 사나워지기 시작하는 부친으로 인해 상승하는 혈압을 느끼며 서류의 끝을 잡아 들었다. 부친의 음성이 사나워질수록 안정적인 곡선을 그리고 있던 제 혈압도 가파르게 치솟는 듯했다.

— 라이너는 내 동기다.

클라크는 크게 웃었다. 수화기 너머 면부를 일그러트릴 부친을 떠올리자 더욱 그러했다. 부친과 라이너는 같은 클럽 사람이었다. 안 그래도 좁은 이 상류사회에서 같은 모임의 사람이란 게 얼마나 특별한 의미를 지니는지는 오랫동안 그 고인 물에 있던 사람이라면 다 아는 일이다. 그러나 그와 별개로 아버지에게 그를 궁지로 모는 일은 별달리 어려운 일이 아닐 것이다.

“아하. 그래서 아무것도 안 하셨다?”

— 건방진 놈…….

“어머니의 바람 정도는 거뜬하게 들어주잖아.”

— 내가 언제?

“아닌 척은……. 어머니가 떠날까 봐 매번 노심초사하는 양반이 아닌 척해 봤자 추해 보이니 그만둬. 이제 와서 이사벨라 없이 살 수 있겠어?”

클라크는 먼 어린 날 플로어 한가운데 서 있던 어머니와 아버지를 회상했다. 아버지의 옆에는 다른 여자가 서 있었고 그 여자는 어머니의 이복 자매였다. 길지 않은 시간이었지만 클라크는 사생아로 지냈던 제 과거를 선명하게 기억했다.

부친의 말에 의하면 이젠 더 기억할 만한 가치도 의미도 없던 시절이라 회상하기를 그만두려 했지만 그런 것은 떠올리고 싶어 떠올려지는 것이 아니다. 젊은 날의 아버지는 사랑이 아니라 여자에 관해 무지했다. 곁에 지나치게 오래 있으니 그 여자가 자신을 떠날 리 없다고 생각했다. 결과적으로 그는 예상하고 추측했던 모든 것이 뒤틀리는 경험을 해야 했다. 그리고 그것이 부친이 어머니에게 과하다 생각될 정도로 매달리는 원인이었다.

반면 모친은 아버지에게 일말의 미련도 남아 있지 않았다. 다른 여자들처럼 바보같이 아이 때문에 같이 있는 것이라고 말했다. 그것은 삶이라기보단 인내에 가까웠고 또한 기다림과 비슷했다. 어머니는 아버지로부터 자신을 지키기 위해 제 사랑을 버리고 그 가치를 폄하하는 연습을 수십 번은 더 하였다. 침묵하던 아버지가 낮게 경고했다.

— 네 어머니가 없었다면 넌 진즉 내 손에 죽었을 게다.

“그 반대도 생각해 줘. 어머니가 없었다면 아버진 그날 죽었어. 사실 손가락이 아니라 머리를 명중시키려 했거든.”

클라크는 비틀린 웃음을 탄식처럼 내뱉었다. 수화기 너머 이를 가는 소리가 들려왔다.

— 심심한 개소리는 그만하자. 라이너가 궁금해. 부탁한 일은 똑바로 처리한 거야?

먼 곳에서 아버지는 탄식했다. 길들이지 못한 자식을 앞에 두고 골이 아파 오는 모양이었다. 그는 늘 제멋대로 사람을 재단하고 길들이려 했다. 자식이든 여자든. 그러니까 말년에 자식에게 밥 한 끼 얻어먹고 다니기 힘든 것이다.

— 어중간하게 예의 차리지 마라. 그게 더 화나니까.

“알겠어. 앞으로는 대접하는 흉내도 내지 않을게.”

— 라이너의 지시를 받아들였던 놈을 잡았다. 너도 알 거야. 에릭 보첸이라고 멕시코계 이민자라고 하더군.

“아아. 알지. 알고말고 그쪽 애들이 악랄하기로 유명하잖아.”

— 너만 할까?

부친의 조롱에 클라크는 끊임없이 웃었다. 서로가 서로에게 냉소를 던지는 꼴이었지만 누구도 불쾌하게 여기지 않았다. 본래부터 평범한 부자 사이는 아니었다. 말하자면 아버지와 아들 사이라기보단 죽이 맞을 때를 제외하곤 볼 일 없는 친구 사이에 가까웠다.

“그래서 그놈은 살아 있어?”

— 숨만 쉴 정도로 살려 놨다. 네가 가져가련?

“그래. 내가 가지고 있는 게 좋겠네. 엘레나를 보낼게. 아버지, 수고롭겠지만 하나만 더 부탁할게. 리암 로슨이라는 자에 대해 알아봐 줘.”

— 대가 없이 일을 해 주는 자는 세상에 없다. 내가 네 따까리냐?

“에이, 그러지 말고 하나만 더 해 줘. 이번 일만 끝나면 어머니 바람대로 정상인 흉내라도 내 볼 테니.”

클라크는 지난날 아버지의 손가락을 날린 이후로 단 한 번도 자신의 안부를 묻지 않았던 어머니를 떠올렸다. 고고해 보이지만 보이는 만큼 바닥을 살았던 여자에 관해 그는 가끔 떠올리는 것만으로도 힘들 때가 있었다. 사이코패스 주제에 어머니를 떠올리고 눈물짓다니 사이코패스답지 않다 생각하면서도 어쩔 수 없었다. 그에게 있어 어머니가 아픈 손가락이던 시절도 분명 있었기 때문이다. 지금은 아니지만…….

— 정상인 흉내라니 재미있는 쇼를 볼 수 있겠구나. 그래 어떤 쇼를 꾸미고 있나?

"결혼하려고."

— 이미 하지 않았나?

"결혼식은 하지 않았지. 그리고 아직 상대 쪽 가족도 만나지 않았고."

— …….

아리에게도 가족이 있었다. 자신에게 가족이 있는 것처럼. 아마도 자신의 가족보다 조금 더 가족 같은 가족일 것이다. 자신이 그녀와 같은 상황에 처한다면 평생 가족을 보지 않아도 살 수 있다는 말에 깨춤을 출 텐데 그녀는 정반대였다.

"그러니까 말이야. 아버지도 그날 와야 하고 어머니도 그날 와야 해. 무슨 말인지 알아들어? 그리고 그들을 만나기 전에 아리도 만나야 하고. 나중에 데려갈 테니까 잘 대해 줘."

— …….

"아무튼 그렇게 알고 있어. 끊어."

아버지는 말이 없었다. 클라크는 일방적인 통보를 마치고 전화를 끊었다. 아무래도 이런 일이라면 어머니에게 말해야 하지 않나 싶었지만 어떻게든 둘이 잘 알아서 준비할 테다. 아주 싫어하는 분위기는 아니었으니까. 물론 싫어한다고 해도 자기들이 할 수 있는 일은 없다. 그는 어떻게 되든 송아리와 결혼할 예정이었다.

사람 모양을 한 과녁판의 정중앙에 구멍이 뻥 뚫렸다. 처음으로 가장자리가 아니라 심장에 맞은 총탄이었다. 아리는 가운데 뻥 뚫린 구멍을 한참 보고서야 호흡을 뱉었다. 총을 든 지 두 시간째 쭉 뻗은 팔이 후들거리며 이마에 땀이 났다. 두 시간 동안 총탄은 허공이며 가장자리를 향해 무차별적으로 날아갔다. 빵 빵 소리가 날 때마다 체한 느낌이 들었다. 괜히 화기 냄새가 나는 것 같기도 했고 정신이 혼곤해지기도 했다.

리암은 지나치게 긴장해서 그런 것이라고 했다. 아리는 자신을 진정시키려고 노력했다. 이렇게 해서는 상대가 누구든 총구를 겨누지 못할 것이다. 그녀는 변하고 싶었다. 변하고 싶지 않다고 죽어라 마음을 다질 때는 언제고 이제는 아무것도 못 하는 자신이 싫었다. 아니 정확히는 못 하는 게 아니라 하지 않았던 것이다.

더러운 일은 모두 클라크에게 맡기고 그의 품에서 아무것도 모르는 백치처럼 사는 자신이 싫었다. 변하기 위해 살인을 해야 하는가가 문제가 아니었다. 살기 위해서는 어떤 일이라도 해야 한다는 것이었다.

"잘했어."

이마에 맺혀 있던 땀이 관자놀이로 죽 흘러내렸다. 리암이 어깨를 두드려 주며 칭찬했다. 잘한 건 아니었다. 아리는 뻗었던 팔을 내린 뒤 조금 전의 감각과 자세를 잊지 않으려 애썼다. 아무리 해도 익숙해지지가 않았다. 누군가는 단숨에 해내는 일이 아리에게는 백번을 해도 되지 않을 것 같은 일이었다. 사람을 쏠 수 있을까? 쏘고도 멀쩡할 수 있을까? 사람 모양을 한 과녁만 봐도 속이 울렁거리는데…….

"쏠 수 있을까요?"

대답을 기대하지 않고 물었다. 리암은 듣지 못한 듯 과녁 속 뚫린 자리를 보더니 입을 열었다.

"하기 전까지는 아무도 몰라."

"당신은 어땠어요?"

클라크는 사람을 죽이고도 아무 느낌이 들지 않았다고 했다. 모두가 그런 것은 아닐 것이라고 했다. 리암은 어땠는지 궁금했다.

"글쎄. 이제는 기억도 나지 않아. 너무 오래전 일이라서 말이야."

"……."

"한동안 난 그자의 일그러진 얼굴을 오래도록 되새겼어. 정말 오래도록 기억하고 있었지. 그자의 일그러지지 않은 얼굴은 알지 못했거든. 그래서 떠올릴 수 없었어. 하지만……."

"……."

"이제는 일그러진 얼굴조차도 기억나지 않는군."

"……."

"그런 일이야. 그 정도밖에 되지 않는 일이야. 씻을 수 없는 기억이란 없는 거다. 그렇게 생각해."

"……."

"왜 로레이가 네게 총을 쥐는 법을 가르치지 않았는지 알겠군."

부끄러웠다. 리암의 눈은 정직하게 한계를 가르쳐 주고 있었다. 낯이 달아올라 빨개진 채로 고개를 숙였다. 비난하는 어조는 아니었지만 그렇다고 다독이는 어조도 아니었다. 아리는 입술을 깨물었다.

"해도 괜찮은 사람과 괜찮지 않는 사람이 있어. 너는 괜찮지 않은 사람이야."

"하기 전까지는 모른다고 했잖아요."

아리가 고개를 들고 반항적으로 쏘아보았다. 리암은 숙연한 눈빛이었다.

"넌 달라. 하게 되면…… 아니 하게 하고 싶지 않네."

리암은 그렇게 말하곤 아리의 손에 들린 총을 뺏어 제 벨트에 걸었다. 아리는 소스라쳐 바라보았다. 결국 클라크에 이어 리암 또한 선생 노릇은 하지 않겠다는 건가 싶었다. 얼마나 재능이 없기에 두 남자 다 도리질을 하는 건지 싶어 부끄러웠다.

"제가 그렇게 재능이 없나요?"

"재능의 문제가 아냐. 결국 하게 되는 순간에는 하게 돼. 하지만 그런 순간이 네게 오지 않게 하는 게 더 좋은 일인 것 같군."

리암은 마음을 굳힌 듯했다. 아리를 내려다보던 눈이 벨트에 걸린 총으로 옮겨 갔다.

"내가 널 지켜 줄게."

"……."

"그러니까 이런 일은 하지 마라."

이런 일은 하지 말라고 했다. 아리도 이런 일은 하고 싶지 않았다. 하고 싶지 않은데 해야만 하는 일에 대해서 두 남자는 몰랐다. 사람을 죽일 수 있을 거라고 생각하지 않는다. 수십 번을 연습을 해도 막상 그런 순간이 오면 할 수 없을지도 모른다. 어쩌면 아무것도 배우지 않던 시절보다 더 무력하고 우습게 죽을 수도 있을 것이다. 하루아침에 배우는 호신술 따위 숙련된 암살자 앞에서 다 무슨 소용인가. 그들의 말대로 두 남자의 등 뒤에 꼭꼭 숨어 손톱이나 다듬는 게 더 도움이 될지도…….

샤워기 아래서 물을 맞았다. 뜨겁게 쏟아지는 물줄기 속에서 가만히 숨을 골랐다. 두피까지 쓰리게 하는 뜨거운 물줄기에 머리 위로 도토리가 우두두 떨어지는 기분이었다. 대충 샴푸로 머리를 감고 물기를 닦았다. 물줄기에 화상을 입은 자국이 이마에 도드라졌다. 물감처럼 번진 그 흔적을 문지르다 밖으로 나왔다. 클라크와 아리 두 사람만이 사용하는 거실의 테이블에는 과일 펀치가 있었다. 아리는 유리잔을 들고 침실로 들어갔다.

"리암이 나한테 안 가르쳐 준대요."

레코드를 만지고 있는 클라크를 향해 불만스럽게 이야기했다. 리암이 그녀에게 얼마나 큰 실망을 안겨 주었는지에 대해 말하면 그가 사르르 녹을 것 같은 미소를 지으며 '형편없는 개자식!' 이라고 말하며 욕해 줄지도 몰랐다. 그러면 아리는 그 틈을 타 그에게 사격을 가르쳐 달라고 할 작전이었다.

그녀의 남자는 그녀에게 점수를 따지 못해 안달 난 인간이니 단번에 수락할 것이고 그러면 리암 없이도 사격을 배울 수 있다.

아리는 유리잔을 내려놓고 그에게 다가가 허리를 안았다. 클라크가 뒤를 돌며 그녀를 품으로 끌어당겼다.

"그 등신이 이제 알았나 보네. 역시 등신이야."

"클라크."

아리가 정색을 하고 보자 그는 몸을 옮겨 아리가 마셨던 펀치를 한 모금 들이켰다.

"의외로 빨리 포기해 줘서 다행이야. 너도 이제 그만 포기해."

"아무것도 안 하기 싫다고요!"

소리를 질렀다. 너무도 당연하게 그녀를 무력한 생명체로 만드는 게 화가 났다. 두 남자 모두에게 염증이 일었다. 암살자가 그녀를 목 졸라 죽이기 전에 두 남자가 만든 무력감에 질식해 죽을 것 같았다.

"대체 네가 뭘 할 수 있다고 생각하는 거야?"

클라크는 차분했다. 정색을 하지도 않았다. 다만 그녀를 지나쳐 거실로 향할 뿐이었다. 아리는 멍하니 그를 보다 곧장 따라갔다.

"너무 비참해요. 이런 생활……."

"이런 생활이 어떤 건데?"

"아무것도 하지 못하는 생활이요."

"네가 아무것도 하지 못한다고?"

클라크는 기가 막힌 듯 코웃음 치며 그녀를 내려다보았다. 잿빛 눈동자에는 싸늘한 빛이 맺혀 있었다. 아리는 입술을 짓씹으며 그를 흘겼다. 그는 그녀가 느끼는 감정에 대해 조금도 이해하지 못하고 있었다. 갑자기 미친년이 된 기분이었다. 지극히 자신은 정상이라고 생각하며 그녀를 비이성적인 사람으로 몰아가는 사내에게 그간 쌓였던 오만 정이 다 떨어지는 기분이었다.

"넌 여기서 자고 쉬고 즐거운 일들만 하고 있어. 네가 정말 아무것도 못 하고 있다면 지금까지 내가 너를 위해 해 온 일들은 뭐지?"

"……."

아리는 주먹을 말아 쥐었다. 손톱이 살을 파고든 자리에 피가 흘렀다. 남자가 정말로 서늘하게 쳐다보자 눈물이 맺혔다. 단지 눈을 마주치는 것만으로도 그렇게 되었다. 욕을 한 것도 아니고 어딜 때린 것도 아닌데 말이다.

"당신이 나를 위해 한 게 아무것도 아니란 게 아니에요."

끔찍하게도 항변에는 울음이 묻어 있었다. 울먹거리며 대답하지만 그는 누그러지지 않았다.

"네가 정말 널 죽이러 오는 놈들을 죽일 수 있다고 생각해? 라이너가 어디 반병신들만 모아 정보국을 돌리고 있을까?"

"그런 게 아니에요."

눈물이 볼을 타고 흘렀다. 고개를 숙인 채 그의 하얀 드레스셔츠를 쳐다보았다. 소매를 걷어붙여 드러난 팔뚝과 손등이 매끄러웠다. 저 손으로 사람의 목을 조르고 머리에 총탄을 박아 넣었다. 그녀는 할 수 없는 일이라고 했다. 그녀 또한 모르는 것은 아니었다.

"그러면?"

"……"

"말해 봐. 무슨 말을 하고 싶은지."

아리는 눈물을 삼켰다. 눈가에 경련이 일었다. 목구멍 안으로 숨겨 두었던 울음이 밀고 나왔다. 아리는 어른 앞에서 혼나는 아이의 기분으로 와앙 하고 울어 버렸다. 클라크가 손을 들어 아리의 뺨을 잡았다. 그녀는 고개를 저어 그의 손에서 벗어난 뒤 한 발자국 물러났다. 몸이 닿는 게 싫었다. 어디에도 닿고 싶지 않았다.

"당신은 날 위해 싸우지만 난 날 위해 싸우지 못해요."

"……"

"그게 분해요. 당신이 없으면 난 죽겠죠. 저번처럼…… 당신이 내 옆에서 서너 발자국만 멀어져도 난 납치당할 거예요. 그리고 아주 쉽게 죽어 버리겠죠."

"널 떠나지 않을 거야. 다신 떠나지 않을게."

클라크가 그녀의 손을 잡아끌었다. 하나 아리는 그 손에서 제 손아귀를 빼내었다. 고개를 들고 그를 보았다. 진정되지 않아 눈물이 계속 났다. 흐트러진 숨결 사이로 울음이 섞여 들었다. 그녀는 간헐적으로 울었다.

"싫어요. 그런 거…… 다른 사람 없으면 죽는 거."

아리는 다시 고개를 숙였다. 울음이 멈추지 않았다. 그가 이제 자신을 어떻게 보는지 알 것 같았다. 그저 멍청하게 제 품에 안겨 있기만 하면 됐다. 인형처럼 안겨 침대나 뒹굴면 되는 일이었다. 어쩌면 그게 아리에게도 더 좋은 일일지 모른다. 그렇게 있어도 누구도 탓하지 않으니까.

그렇게 있으면 되는데 누구도 뭐라 하지 않는데 그녀가 문제였다. 그래서 괴로웠다. 아리는 자리를 떠나려 걸음을 옮겼다. 서너 발자국도 가지 않아 팔이 잡혔다. 완력으로는 상대가 되지 않는다는 걸 알아서 버둥거리지 않았다. 눈물이 묻은 채로 올려다보니 그가 아픈 눈을 하고 있었다.

"너한테 그런 일을 하게 하고 싶지 않다. 내 옆에서 편안하게 살게 해 주고 싶어. 어떤 걱정도 없이……. 네가 불안한 모습을 보이면 나는……."

클라크는 울고 있는 아리에게 손을 뻗었다. 제 손톱 끝이라도 닿는 것을 혐오하는 눈빛이었다. 육신을 지탱하고 있는 다리가 무너져 내릴 것 같았다. 사랑하고 있었다. 사랑해서 모든 것을 베풀고 싶었다. 대저 지금 그가 하고 있는 모든 일들이 그녀를 위한 일이었다. 하고 있는 사업은 모두 직원들에게 맡기었고 그는 그녀를 위해 모든 감각과 촉각을 곤두세우고 있었다. 편안하게, 그 어떤 외로움과 불안도 느끼지 않기를 바라면서…….

하지만 여자는 끊임없이 불안해했다. 무력하게 아무것도 할 수 없는 자신에 분노하며 혐오했다. 여자가 자신을 혐오할 때마다 그 혐오에 자신까지 갉아먹히는 기분이었다. 종국에는 아무 일도 하고 싶지 않았다. 타자의 감정을 공유하는 일이 이렇게 쉽고 아픈 일인데 어떻게 지금까지는 단 한 번도 느끼지 못했을까. 자신이라는 피조물이 정말 기형적으로 뒤틀렸구나.

"나는 나마저도 싫어진다."

동글하게 맺혀 있던 눈물이 여자의 뺨을 타고 흘러내렸다. 이윽고 턱에 맺힌 눈물이 가운을 소리 없이 적셨다. 클라크는 미간을 찌푸리며 아연하게 쳐다보는 여자의 뺨을 닦아 주었다.

"네가 원한다면 모든 걸 해. 하지만 널 아프게 하고 싶지는 않아. 너는 사람을 죽인 후의 너를 상상할 수 있어?"

"그건……."

"난 상상할 수 있어."

어떻게? 아리는 의문이 가득한 눈으로 정념으로 가득한 은회색 눈을 들여다보았다.

"바들바들 떠는 쥐 새끼처럼. 후회만 가득한 눈으로 피가 쏟아진 바닥에 주저앉아 울고 있겠지. 내가 지나치고 겪어 왔던 그 많은 멍청이들처럼. 그런 멍청이는 말이야."

"그만 말해요."

아리는 눈물을 떨어트렸다. 구멍으로부터 분수처럼 쏟아지는 피 앞에 덜덜 떨며 몸을 만 자신이 너무도 쉽게 떠올랐다. 아리는 강박적으로 고개를 세차게 저었다. 그의 입술에서 흐르는 지독한 그림들이 예언처럼 느껴졌다.

"전부 다 죽었어."

"……."

"남의 손에 죽기도 했고 자기 손으로 죽기도 했다."

"그만……."

"나는 널 그렇게 못 둬."

클라크가 그녀의 턱을 잡아 들었다. 유리처럼 말갛다. 석조처럼 하얗고 갸름한 이 얼굴에 피가 튀는 꿈을 꾸었다. 꿈속에서 여자는 제가 총에 맞은 듯 아픈 얼굴이었고 곧 죽을 듯 숨을 쉬지 못했다. 피보라를 맞은 여자는 혼을 잃은 눈으로 그를 쳐다보고 있었다. 여자는 과거로 돌아갈 수 없었고 그래서 과거처럼 깨끗하게 웃을 수 없었다.

"총을 쥐면 덜 불안해질 것 같았어요."

"쥐고 나니 어때?"

"괜찮았어요. 저번보다는……. 강해지고 싶어요."

"……."

"알아요. 당신처럼 강해질 수 없다는 거요. 그래도 뭔가를 하고 싶었어요."

비통했다. 이 남자는 영영 알 수 없는 감정의 종류다. 무력감이 뭔지 알기나 할까? 단 한 번도 두 손 놓고 남의 손에 목숨을 맡길 일이 없었으니 모를 것이다. 아리는 비참해진 상태에서 그의 품으로 끌려갔다.

"울지 마. 네가 원하는 거라면 난 뭐든지 해."

⚜

비통하게도 남자의 품은 따뜻했다. 1초 전에는 꼴도 보기 싫을 만큼 지긋지긋하다고 생각했었던 인간의 포옹은 빈틈없이 아늑했다. 아리는 눈을 질끈 감고 남은 울음을 토해 냈다. 가운을 벗고 하나로 얽혀 끙끙대다가 아침이 다가올 즘에 정신이 맑아졌다. 그는 욕조에 물을 받아 놓고 기다리고 있었다. 반쯤 기어가는 자세로 흐느적거리며 욕조에 몸을 담갔다.

"목이 말라요."

"기다려."

클라크가 마실 것을 가져다주기를 기다리는 동안 부옇게 흩어진 수증기를 보았다. 분명 괜찮아진 것 같은데 노곤하고 피로했다. 끊어지다 계속 이어지는 중증 환자의 맥박처럼 호흡이 불안했다. 이윽고 문이 열리고 클라크가 들어왔다. 아리는 힘겹게 시선을 돌려 그를 보았다. 키가 너무 커서 고개를 들지 않는다면 얼굴이 보이지 않는 남자였다.

"괜찮아?"

아리는 고개를 끄덕였다.

"좀 마셔."

그가 물을 입술에 대 주었다. 찬물이 식도를 타고 내려갈 때마다 혼곤했던 정신이 분명해지는 듯했다. 유리잔의 물을 반이나 마셨을 때야 정신은 완전히 돌아왔다. 클라크는 가운을 벗고 자신도 욕조 안으로 들어왔다. 물이 크게 진동하며 욕조 밖으로 흘러넘쳤다.

"너무 많이 울었어요."

아리는 고백하듯 속삭였다. 말하고 나니 부끄러웠다. 남자는 평온하게 그녀를 바라보고 있었다. 아리는 문득 제게로 쏟아지는 시선이 부끄러워 몸을 움츠렸다. 욕조의 난간에 올라간 남자의 손과 팔뚝 어깨……. 그의 나신은 익숙했지만 물에 잠긴 나신은 익숙하지 않다. 문득 그가 야릇하게 휘감겨 왔다. 마주 보던 아리는 등을 돌려 그에게 몸을 묻었다.

"병아리야."

그녀는 눈을 감은 채로 몽롱하게 울리는 제 이름을 들었다. 그가 입술로 그녀의 목덜미에 진하게 키스를 하고 나머지 말을 이었다.

"결혼하자."

⚜

결혼이란 말은 이상하다. 살면서 단 한 번도 결혼에 대해서 생각해 보지 않은 건 아니지만 그래도 이상하다. 지금 하기에도 이상하고 클라크 로레이라는 남자와 하기에도 이상하다. 클라크는 결혼이 별로 매력적인 일은 아니라고 했다. 그녀가 아니면 결혼할 일은 없을 거라고도 했다. 결혼을 이상하고 매력 없는 일이라고 말하는 남자가 물방울 모양의 다이아반지를 내밀었다. 다이아는 너무 식상하지만 결혼에 다이아만큼 잘 어울리는 보석도 없다며 중얼거렸다. 그는 멀뚱하게 서 있는 아리의 손을 들어 약지에 반지를 끼워 주었다. 아리는 아무 말 않고 있다가 그의 뺨에 키스했다.

"지금 할 건 아니죠?"

"아니. 지금 할 거야."

그는 단호했다. 그리고 완강했다. 고집이 강했다. 그녀가 따라

주길 바랐다. 아리는 씁쓸한 눈으로 벽에 걸린 클림트의 그림을 보았다. 노란 물결 속에서 연인이 키스하고 있었다.

점심을 먹고 사격장에서 그와 사격 연습을 했다. 리암이 포기한 일을 그는 꽤 묵묵하게 오래 지켜봐 주었다. 그는 훌륭한 선생이었다. 누군가를 이런 식으로 단련시킨 게 처음은 아닌지 그는 아리의 실수에도 인내하며 그녀를 지도해 나갔다.

시간이 흐를수록 명중이 잦아졌다. 저녁 무렵에는 무려 다섯 발이나 명중했다. 아리는 흐뭇했다. 클라크가 여전히 무표정해서 드러내 놓고 내색할 수는 없었지만 뿌듯했다. 저녁을 먹고 결혼에 대해 진지하게 이야기를 나눴다. 아리는 충만감에 들떴지만 곧 현실을 마주하게 되자 금세 가라앉았다. 조울증 환자도 아니고 하루 사이에 성층권을 뚫고 날아가는 로켓처럼 기분이 업 되었다가 다시 내핵을 파고들어 가듯 땅굴을 파는 자신이 이상했지만 가장 중요한 문제를 건들이게 되자 그녀는 침울할 수밖에 없었다.

"우리 엄마 아빠는…… 내가 죽었다고 생각할 텐데 부모님한테 알리지도 않고 결혼하고 싶지 않아요."

말하다 보니 심각하게 기분이 상했지만 내색하지 않으려 했다. 약혼반지까지 낀 채 이러고 싶지 않았지만 청혼을 통보하는 남자에게는 이렇게 반응할 수밖에 없었다. 아리는 눈매를 늘어트리며 남자를 올려다보았다.

"그건 걱정할 거 없어. 국장이 다 알아서 하고 있으니."

"무슨 소리예요?"

"지금쯤이면 기별이 갔을 텐데."

그가 턱을 쓸었다. 폭풍이 지나간 것처럼 머리가 일순 멍해졌다. 간신히 정리하고 있던 머릿속을 그가 다시 뒤집어 놓았다. 한마디 상의도 없이 이런 일을 진행하는 남자를 향해 뭐라고 해야 할지 알 수 없어 물끄러미 그를 보았다. 사이코패스라더니……. 굳이 이 남자의 살인 현장을 목도하지 않고도 매 순간 체험하고 있는 기분이었다.

"그런 중요한 일은 나한테 언질이라도 해 줄 수 없나요?"

"아. 그래…… 그래야 했었는데 미안. 조금 바빴어."

뒤에 구질구질하게 변명이 붙자 그녀는 미간이 찌푸려졌다. 클라크는 잘못 말했다 하는 표정이 되었다. 그러나 금세 그런 표정은 사라지고 원래대로 돌아와 그녀에게 감기었다.

"화내지 마."

"당신이랑 결혼을 해야 할지 말아야 할지 모르겠어요."

"끔찍한 고민을 하고 있네."

클라크는 무섭게 낯을 굳혔다. 아리는 그를 보지 않고 신경질을 꾹 참고 있었다. 그가 조심스레 그녀의 머리를 쓰다듬었다. 어제 오전 그가 레코드를 만지고 있을 때 아리는 열대어가 든 수족관을 청소했다. 집안일을 하는 사람을 따로 두면 되지만 그러지 않았다. 굳이 클라크와 자신 외에 이 공간에 누군가를 들이는 일이 싫었다. 로레이가의 별장은 고풍스럽긴 했지만 너무 넓었다. 전문 인력의 도움 없이는 생활이 불가능했다.

나름대로 청소를 하고 관리를 했지만 결국 방치밖에 되지 않았다. 그래도 아리는 열심히 청소했다. 열대어가 든 수족관을 청소하기 위해 수족관에 물을 빼고 열대어를 넓은 유리그릇에 옮겨 놓았다. 돌과 수초들도 차곡차곡 옮겨 놓으려니 시간이 오래 걸렸다. 남빛 푸른 비늘이 등을 덮고 있는 열대어의 꼬리는 붉은색이었다.

볕이 잘 드는 베란다에 유리그릇을 놓았다. 노란 소국색 여름볕이 스며든 자리에서 열대어가 팔랑거리며 헤엄치고 있었다. 평화로운 광경이었고 평온한 일상이었다. 결혼은 무릇 이렇게 평온하고 잔잔해야 했다. 그런 일을 이 남자와 해 나갈 수 있을까?

"말할 시간이 없었어."

"청혼을 그런 식으로 하는 것도 참을 수 없어요."

아리는 뾰로통 입술을 삐죽 내밀었다. 붕어처럼 나온 입술에 그가 입을 맞추었다. 가볍게 쪽 소리를 내며 떨어지는 감촉이 간지러웠다.

"제대로 해 주지. 날 잡아서."

그가 웃었다. 놀리듯 콧방울을 깨무는 모양이 사랑스러워 아리는 낯이 달아오르면서도 그에게서 시선을 떼지 않았다. 방금 전까지는 미워 죽었는데 또 지금은 사랑스럽다. 조울증이 온 게 아닌가 싶을 정도로 기분이 휙휙 바뀌었다.

사랑이 원래 이런 건지 아니면 이 남자를 만나 이렇게 변한 건지 알 수 없었다. 그래도 좋을 때는 미칠 듯이 좋아서 다 필요 없을 정도로 충만하기도 했다. 제발 이 반절만 행복했으면…… 딱 이 반절의 행복만 지속되었으면 좋겠다. 그런 생각이 들었다.

⚜

청혼을 받고 사흘이 흐른 아침. 비가 왁자하게 쏟아졌다. 리암이 자리를 비워 별장은 조용했다. 오늘은 사격 훈련이 없었다. 아리는 수족관 속 물고기들을 바라보았다. 나무색 테이블에는 따뜻한 카페 라테와 데저트이글이 놓여 있었다. 그녀는 소파에서 일어나 라테를 한 모금 마신 뒤 총을 잡았다. 여전히 묵직하고 어색하다.

언제쯤이면 익숙해지게 될까. 기실 클라크는 그녀가 이 흉기와 가까워지는 것을 두려워했다. 그녀는 총의 그립 부분을 조심스레 쓰다듬었다. 검고 흉흉했다. 까마귀의 깃처럼 매끈하고 뚜렷한 어둠. 차갑고 단단한 질감 위로 흐르는 스산한 기운이 분명하게 감지되었다. 아리는 손을 떨었다. 그러는 사이 총이 카펫 위로 나뒹굴었다.

아리는 떨어진 클라크의 총을 주운 뒤 허리를 폈다. 중정에 누군가 있었다. 시선이 마주친 건 찰나였다. 아리는 두어 번 눈을 끔뻑였다. 치는 곧 사라져 남자의 육신을 조각한 하얀 조각상만이 덩그러니 있었다. 아리는 잠시 어깨를 떨다 자리에서 일어섰다. 클라크에게 가야겠다. 지금쯤 어디 있을까. 집무실 아니면 지하실? 그녀는 만지작거리던 데저트이글을 한 손에 든 채 발걸음을 옮겼다. 집무실로 이어지는 복도의 끝에는 지하실로 내려가는 계단이 있었다.

평소 물어본 적 없어 쓰임새가 어떤지 알 수 없었지만 지하실이 다 거기서 거기 아니겠는가. 그녀는 집무실의 방문을 슬쩍 밀어 기척을 느꼈다. 아무것도 들리지 않았다. 사람은커녕 벽에 걸린 시계 소리도 들리지 않아 기이했다. 그녀는 곧장 지하실로 내려가기로 했다. 한 번도 가 본 적 없지만 혼자 있기가 싫었다. 빨리 찾아서 안아 달라고 해야지. 아리는 계단을 조심스레 걸어 내려갔다.

페인트칠조차 되어 있지 않은 회색 벽. 아리는 조심스레 그 벽을 더듬으며 걸어갔다. 마침내 발걸음이 멈췄다. 더 가고 싶어도 막다른 길이어서 발을 뗄 수가 없었다. 종착지에 다다른 아리는 입술을 떼었다.

"클라크?"

하나 아무 소리도 들리지 않았다. 집 안에 없는 건가? 하지만 어제도 오늘도 집을 비운다는 말은 하지 않았다. 언질 없이 곁을 비우는 사람은 아니었기에 더욱 두려웠다. 별장은 넓었다. 하나하나 방문을 열며 찾을 순 없었다. 돌아가 전화를 해야 하나? 그녀는 약혼자가 휴대전화를 허용한 지 얼마 되지 않았다는 사실을 상기해 냈다. 철제문에서 끼익거리는 소리가 들렸다. 돌연 그녀는 돌아가야 한다는 생각이 들었다. 일종의 촉이었다. 경고와도 다르지 않는 촉.

그녀는 더 이상 망설이지 않고 몸을 돌렸다. 한데…….

"거기……."

눅눅하고 찌그러진 음성이었다. 말소리라기보단 신음. 그녀는 그제야 닫혀 있어야 할 문이 잘린 손톱만큼 열려 있다는 걸 알게 되었다. 몸을 다시 돌려 철제문을 향해 손을 뻗었다. 조심스레 아주 조심스레. 문턱을 넘어 들어가는 발은 의지와 달랐다. 더러운 꼴 보기 전에 돌아가라 이성은 누차 경고했지만 전진하는 두 다리는 조금도 듣지 않았다.

신음이 흐르는 공간은 어둠으로 꽉 차 있었다. 아리는 숨소리 하나 내지 못한 채 소리가 들려오는 쪽으로 걸었다.

"거기 누구 있어요?"

"으…… 흑……."

밭은 숨이 고통에 들떠 있었다. 아리는 눈썹을 조금씩 찡그렸다. 대체 이 사람이 누군지. 왜 여기 있는지 알 수 없었다.

"도와드릴 게 있나요?"

"소, 손 좀……."

아리는 그에게로 걸어갔다. 센서가 그녀를 감지했는지 불이 반짝 켜졌다. 창백한 등이 어둠을 몰아냈다. 눈이 아플 정도로 환한 빛에 그녀는 눈을 비볐다. 총을 쥔 손의 소매로 눈을 닦은 뒤 앞을 보았다. 팔이 기이하게 꺾인 남자가 나신으로 의자에 묶여 있었다.

"악!"

끔찍함을 넘어 괴이한 몰골에 아리는 비명을 질렀다. 뒷걸음질치자 멍으로 칠갑한 남자가 눈을 비스듬하게 떠 그녀를 바라보았다. 두피가 아릴 정도로 머리가 박박 깎인 남자의 비리디언빛 눈이 그녀를 향했다.

"크, 클라크……."

위기에 직면하면 맹목적인 부름이 시작된다. 그녀는 주문처럼 연인을 읊조렸다. 그러자 흐리멍덩하던 남자의 눈이 흉흉하게 반짝였다.

"네년이구나."

답하지 못한 채 그대로 얼어붙었다. 지하실. 가능하면 이쪽으론 발걸음도 떼지 말라던 약혼자의 경고가 떠올랐다. 도망쳐야 할까. 옆구리에 말라붙은 피딱지와 대체 어떤 방식으로 고문당했기에 이런 꼴이 된 건지 알 수 없는 남자가 목을 꺾어 그녀를 바라보았다.

"날 모르겠나?"

발음이 새어 분명하게 들리진 않았지만 아리는 알아들을 수 있었다. 자신을 알아보느냐는 말. 하나 말은 알아들을 수 있어도 누군지는 알아보기 힘들었다. 그녀는 고개를 가로저었다. 남자가 비시시 웃었다. 그가 고개를 바로 들었다. 그리고 빛 아래서 눈을 감았다가 다시 떴다.

"날…… 모르겠어?"

이번에는 조금 더 뚜렷한 발음. 속눈썹이 길었다. 그 순간 조각에 지나지 않던 단편적인 기억이 산발적으로 떠오르기 시작했다. 파티션 너머 이따금 보이던 남자. 시선을 마주치면 무심하게 고개를 돌리던 금발. 그는 아리의 동료였다.

카불로 들어가기 전까지 출근길 엘리베이터에서 마주치기까지 했던. 한데 이 남자가 왜? 어째서 여기에? 아니. 그보다 이 남자가 여기에 온 이유라면 하나밖에 없지 않을까. 옮게 돋던 소름이 등줄기를 쓸고 지나갔다. 손에 질척한 땀이 솟았다. 미처 알지 못한 사이 총을 떨어트렸다. 오늘로 두 번째. 아리는 그것을 다시 주울 생각도 하지 못한 채 제가 알던 얼굴을 몇 번이고 확인했다.

"여기에 어째서……."

"그거야……."

고개를 푹 처박고 있던 남자가 찌르듯 웃었다. 소슬함에 입매가 으그러졌다. 도망치듯 뒷걸음쳤다. 그리고 그가 다시 고개를 바로 할 즘 그녀는 목이 욱죄였다. 비를 맞은 손. 아리는 금방 그가 누군지 알아차렸다. 흙물이 튀어 손에는 고운 입자가 묻어 있었다. 시선이 마주쳤다. 석고상 앞에 있던 남자였다. 얼굴이 빨갛게 달아올랐다.

목을 잡은 손을 떼어 내기 위해 안간힘을 다했다. 긁고 때리고 꼬집었다. 그러나 꿈쩍하지 않는다. 발이 조금씩 들리며 허공 위로 몸이 떠올랐다. 무쇠 같은 손이 그녀를 들어 올려 끝을 보려 했다. 마침내 의식이 흐려지며 시야가 닫히기 시작했다. 조금 뒤 아리는 아무것도 느낄 수 없었다.

죽은 것치고는 통각이 지나치게 선명했다. 아리는 곧장 찬 기운이 올라오는 바닥을 느꼈다. 모포가 덮어져 있었지만 여전히 그 자리 그대로였다. 목이 졸려 죽어 가던 것만 기억이 나는데 그 뒤론 의식을 잃어 머리는 백지였다. 심지어 목이 졸리기 전까지 제가 무엇을 하다 그 꼴이 되었는지도 기억이 나지 않는다. 그녀는 바닥을 짚고 천천히 일어났다. 문득 구두 소리가 들렸다. 고개를 돌리기 두려워 바닥을 짚고 일어나던 자세 그대로 있었다.

"병아리야."

그렇게 부를 사람은 단 한 사람밖에 없었다. 고개를 들기 전 시야에 남자가 들어왔다.

"어쩌다가 여기까지 왔어?"

클라크는 웃지 않았다. 언뜻 화가 난 것 같기도 했다. 하나 그녀를 향해 가시를 세우는 것은 아니었다. 아리는 무어라 답하지 못한 채 입술만 달싹였다. 시선을 돌려 그의 너른 어깨 뒤로 뻗은 남자 둘을 보았다. 하나는 그녀의 목을 조르던 남자. 또 하나는 오랫동안 고문당해 온몸이 멍으로 뒤덮인 남자였다. 아리는 침을 꼴깍 삼켰다.

"누구죠?"

"침입자들."

"왜 저런 거예요?"

"심심해서."

아리가 찡그렸다. 클라크는 무심하게 고해했다.

"여가 삼아 한 일들이야."

그 일들이 무슨 일들인지는 더 듣고 싶지 않았다. 아리는 도리질 쳤다. 가능하면 앞에 말들도 부정했으면 좋겠다. 클라크는 더 이상 말하지 않았다. 다행이었다.

"저 사람들 말고도 몇 명이에요?"

일어나 포로들에게 다가가던 클라크가 발걸음을 멈췄다. 아리는 멍하니 연인을 쳐다보았다.

"날 죽이러 온 사람들이요."

"여러 명. 아주 여러 명."

"정확히……."

"지금까지는 일곱."

그는 웃었다. 백열등 아래 그는 사람 같지 않았다. 집 안에는 기술자가 따로 없었다. 적어도 제가 알기로는 그랬다. 그렇다면 이 집에서 죽어 나가는 사람들은 모두 죄 이 남자의 소행이었다. 아리는 더 놀라지 않기 위해 입술을 깨물었다. 마땅히 그래야 했다. 그녀를 죽이기 위해 찾아온 이들이었고 그를 죽이기 위해 라이너가 보낸 세작이었다.

마땅히 그리 죽어야 한다. 모두 일곱이었으나 제게 닿기 전 모두 죽었다. 이 집의 거대한 담벼락 하나 넘지 못하고 사살되거나 잡혀 이런 험한 꼴을 당했겠지. 모두 잔혹하게 죽어 마땅하다. 그런데……. 이 괴기하게 늘어선 자들을 보면 차마 잘했다라는 말이 나오질 않는다.

그녀는 구역질이 조금 치밀었다. 흉부가 파헤쳐지고 손목뼈가 으스러진 꼴. 멍으로 뒤덮였다고 생각했던 흔적들은 사실 뜨거운 물에 살갗이 벗겨진 흔적들이었다. 호르몬 주사가 계속해서 주입되어졌는지 비현실적으로 부푼 배와 가느다랗게 변한 팔이 인간의 형상은 아니었다.

마침내 아리는 헛구역질을 했다. 클라크는 다가가 그녀를 일으켜 주었다.

"여길 나가고 싶어요."

"조금 있다가."

"왜요?"

신경질적으로 물어보자 클라크가 귓가에 대고 혀 차는 소리를 들려주었다. 아이를 다독이는 어른처럼. 조심스레 그녀를 안고 귓불에 입 맞추었다.

"저놈의 패거리가 별장에 들어왔어."

아리는 꿈틀거렸다. 놀란 눈으로 그를 응시하자 그가 달게 웃었다.

"놀랄 거 없어. 다 죽여 버릴 거니까."

클라크가 마지막으로 입술을 맞췄다. 짧게 닿았다가 떨어지는 입술이 시원했다. 아리는 그의 어깨에 매달려 얼굴을 묻었다. 총이 떠올랐다. 클라크의 데저트이글. 쏠 수 있을까? 얼굴을 들었다. 왼편, 아리의 목을 졸랐던 남자가 이를 드러내고 웃었다. 불쾌함을 넘어 불길한 웃음. 순간 별장의 골조가 무너지기라도 할 듯 천장이 쿵 하고 울렸다.

클라크는 일어나 포로들을 향해 사정없이 탄환을 갈겼다. 숨이 끊어진 남자들의 목이 축 늘어졌다. 그리고 곧장 그녀를 이끌고 지하실을 빠져나갔다. 복도는 들어오기 전과 달리 전등이 환하게 켜져 있었다. 그는 약혼녀의 손을 잡고 벙커로 들어갔다. 아리는 제가 어디로 가는지도 모른 채 달렸다. 병력이 얼마나 깊이 들어온 건지 지하 복도까지 쏟아져 들어왔다.

"악!"

무장한 군인이 기관총을 갈겼다. 클라크는 벽 뒤에 숨어 한 발한 발 놈을 맞춘 뒤 벙커로 들어와 문을 잠갔다.

"병아리야."

총탄이 우박처럼 쏟아졌다. 남자는 다정히 그녀를 불렀다. 여느 때처럼 병아리야 하고 부르는 어감에는 조금의 긴장감도 없었다. 하긴 남자에겐 평생이 이러했을 테니. 지금이 특별할 것도 없었다.

"응."

아리는 그의 허리에 매달려 위를 올려다보았다. 지그시 쳐다보는 시선이 밝은 빛으로 가득 차 있었다.

"데저트이글."

아리는 그 말에 총을 들어 올려 보였다. 너무 오래 쥐고 있어 손에 쥐가 났다.

"오면 쏴 버려."

"당신도?"

남자가 키득거렸다. 아리는 따라 웃었다. 웃었지만 여전히 불안했다. 그가 모포를 아리의 손에 꼭 쥐여 주었다. 딱딱하게 굳은 얼굴로 짧게 키스한 뒤 헤어졌다. 아리는 말끄러미 남자가 닫고 나간 문을 쳐다보았다. 총탄에 깨지고 부서지는 소리가 들려왔다. 격렬한 난투에 고막이 깨지는 기분이었다. 그렇게 배우려고 노력했는데 여전히 그대로였다. 자괴감보다는 놀라움이 먼저였다. 사람은 결코 바뀔 수 없다는 전제.

그녀는 클라크가 고이 덮어 준 모포를 움켜잡았다. 밖에서 뭘 하는지 몰라도 문이 철컹거리며 휘어지고 있었다. 아리는 긴장한 채 한참을 쳐다보다 테이블 아래로 몸을 숨긴 뒤 모포를 덮었다.

이윽고 문짝이 떨어지며 병력이 물밀듯 밀려왔다.

"계집은 어디 있어? 그놈이 여기 남겨 뒀잖아."

두리번거리며 다가오는 소리가 들렸다. 심장이 붕붕 뛰며 구역질이 났다. 웅크린 온몸에 힘이 들어갔다. 데저트이글을 부적처럼 쥐고 가슴에 댔다. 죽일 수 있을까? 쏠 수 있을까? 그러나 가능성의 문제가 아니라고 했지. 남자들이 뒤돌아 가구며 집기들을 던지기 시작했다. 여기저기 들쑤시는 꼬락서니가 사나웠다.

문득 가슴이 답답해지기 시작하더니 조심스레 숨을 내쉬자 딸꾹질이 나왔다. 급하게 입을 틀어막고 눈을 감았다. 숨을 참고 억누르려 노력했지만 되지 않았다. 다음 딸꾹질은 더 컸다.

"히끅."

"무슨 소리야?"

입술을 깨물었다. 피가 살짝 배어 나와 비린 맛이 느껴질 정도로. 주먹으로 가슴을 쳐 보았지만 되지 않았다. 하긴 이것이 참는다고 참아지는 것이던가. 주먹으로 가슴을 쿵쿵 치는데 다시 한번 딸꾹질이 나왔다.

"히끅."

남자가 큭 하고 웃음을 터트렸다. 테이블 밑으로 손이 불쑥 들어왔다 그 자리에서 다리가 잡혔다.

"아악!"

소리 지르며 질질 끌려 나오는 동안 모포가 벗겨져 어깨 위로 흘러내렸다. 복면 쓴 남자가 그녀의 턱을 잡아채더니 이리저리 돌렸다.

"이년 맞지?"

옆에 선 동료가 고개를 끄덕였다. 그녀는 덜덜 떨다 도리질 쳐 남자의 손을 털어 냈다. 남자가 따귀를 때렸다.

"죽여."

옆에 선 남자가 지시했다. 아리는 도발적으로 그들을 쏘아보다 총구가 정확히 제 이마를 향한 것을 깨닫곤 얼어붙었다. 방아쇠가 당겨졌다. 아리는 남자가 방아쇠를 당길 즘 총구를 쳐 버렸다. 운이 좋게도 곁에 선 남자의 허벅지에 탄환이 박혔다.

"윽! 미쳤어!"

아리는 악 소리 지르며 나뒹구는 동료를 보는 남자를 온 힘을 다해 몸을 부딪쳐 쓰러트린 뒤 복도를 뛰었다. 뒤에서 잡아! 하는 소리와 함께 총탄이 빗발쳤다. 벽에 몸을 숨기기 전 등허리에 총탄이 박혔다.

"악!"

살갗을 찢고 파묻힌 작은 쇳덩어리가 주는 고통은 상상을 초월했다. 지난번 옆구리에 탄환이 스친 것과는 비교할 수 없는 고통. 아리는 몸을 접고 신음을 토했다.

"하아……."

숨을 몰아쉬자 눈물이 후드득 떨어졌다. 아이처럼 길게 신음하다 몸을 접고 뒹굴었다. 그러나 복도를 울리는 발걸음 소리에 더 머무를 수 없었다. 죽을힘을 다해 몸을 일으켜 벽을 잡고 걸었다. 어딘가 몸을 숨길 곳이 필요했다.

클라크가 오기까지. 제발…… 제발……. 클라크의 아버지에게 잡혔을 땐 이대로 죽어도 좋다고 생각했는데 막상 죽을 처지가 되니 살고 싶었다. 이 자리 이 순간 가장 큰 바람이 그것이었다. 비참하게 살아도 좋으니 제발 목숨만 건지길…….

아리는 몸을 질질 끌며 외진 곳으로 숨어들었다. 신음이 입술 사이로 빠져나오며 동시에 총을 잡은 손에도 힘이 풀렸다. 그렇게 연습했음에도 한 발을 쏘지 못했다. 멍청한 년.

자조와 함께 냉소가 나왔다. 벽 뒤로 몸을 숨기고 얼마 뒤 복도를 울리는 소리가 났다. 의식이 흐려져 누가 다가오는지도 알 수 없었다. 피 흘린 지 얼마 되지 않았는데 벌써 현기증이 일었다. 가까워지는 총소리에 소름이 돋는다.

"클라크……."

벽 뒤로 몸을 숨긴 그녀에게 긴 그림자가 드리워졌다. 그녀는 게슴츠레 눈을 뜨고 그를 보았다. 클라크일 리 없다. 그는 이렇게 마른 몸을 가지지 않았다.

"질긴 년."

도망친 지 몇 분도 되지 않아 같은 그림이 반복되었다. 이제는 정말 마지막이라고 생각했다. 총구에 빛이 이슬처럼 맺혀 반짝였다. 그녀는 눈을 감았다.

⚜

얼마 만에 눈을 뜬 건지 모르겠다. 영영 닫혀 있으리라 생각했던 눈꺼풀은 자동으로 열려 흐릿하나마 윤곽을 담았다. 아리는 가만가만 눈을 깜빡이다 어깨를 들썩였다. 허리가 지끈거렸다. 정확히는 오른쪽 견갑골의 아래. 송곳으로 후벼 파기라도 한 듯 지끈거리는 것이 영 편하지 않다. 그녀는 고개를 돌려 옆을 보았다. 서랍장과 푸른 화병이 눈에 익다. 맞은편 시계를 보았다. 정오가 조금 넘은 시간이다. 클라크는? 클라크는 어디 있지?

"클라크……."

꼴이 어쩌다 이리되었는지 떠올리기도 전이었다. 아리는 말끄러미 화병을 보다 그의 이름을 읊조렸다. 하나 남자는 나타나지 않았다. 몸을 일으켰다. 간신히, 간신히……. 곁에 있지 않은 연인을 원망하며. 문을 열고 나가 좌우를 두리번거렸다. 복도는 한산했다. 난간 아래 거실을 내려다보았다. 아무도 없었다. 망연하게 주저앉아 눈물을 터트렸다.

"다들 어디 간 거야?"

왜 아무도 없는 건데. 서러움에 눈물을 히끅거릴 무렵 두터운 목소리가 들렸다.

"병아리?"

"……."

"깨어났어? 그런데 왜 이런 데서 쪼그리고 있어?"

그건 내가 물을 말. 아리는 고개를 들고 상대를 보았다. 쪼그린 다리가 아려 와 바닥에 주저앉았다. 남자는 다가와 그녀를 일으켰다. 맥없는 종아리가 질질 끌렸다. 노엘은 제게 매달린 여자를 반쯤 안아 들고 창백한 얼굴을 내려다보았다.

"왜 이런 데 있냐고? 너 환자잖아."

"내가 죽지 않았어요?"

"무슨 소리야? 너 머리에 총 맞았냐?"

노엘은 우거지상을 했다. 아리는 킥킥댔다. 그러자 등허리가 아파 왔다. 분명 총을 맞은 데는 등인데 갈비뼈 아래가 아팠다. 아픔에 얼굴을 찡그리자 노엘이 놀라 그녀를 바로 안아 들었다.

"웃지 마."

그러나 아리는 조금 더 웃었다.

"클라크는요?"

아리의 물음에 노엘이 입을 열었다. 그러나 그가 행방을 알리기 전 클라크가 나타났다. 아리는 불쑥 나타나 자신을 받아 가는 남자를 귀신 보듯 보았다. 늘 느끼는 일이지만 참 소리 소문 없이 나타난다. 어째서 이 남자는 산 사람인데도 기척이 없는 것일까.

"고마워."

노엘은 인사치레를 받은 뒤 사라졌다. 아리는 뒤돌아 걸음을 떼는 남자를 바라보다 위를 올려다보았다.

"어떻게 된 거예요?"

"왜 나와 있었던 거야?"

거의 동시에 쏟아진 물음이었다. 아리는 눈동자를 굴리다 원망 짙은 눈으로 그를 쏘아보았다.

"아무도 없어서."

"아래에 있었어."

"왜요?"

"노엘이랑 엘레나가 왔었거든."

그는 다시 방으로 돌아가 귀한 도기를 내려놓듯 침대에 그녀를 내려놓았다. 아리는 이마를 조금 찡그렸다. 아무리 푹신한 매트라도 상처가 직접 닿으니 쓰려 왔다. 아리의 찡그린 얼굴에 클라크도 같이 찡그렸다. 남의 감정에는 공감하는 센서가 없어 사회 부적격자로 판정받은 인간이 저런 표정이라니……. 웃음이 비실비실 나왔다.

"나 죽지 않았어요?"

"무슨 소리야? 이렇게 살아 있잖아."

아리는 샐쭉한 얼굴로 그를 보다 정신을 잃기 전 상황을 떠올렸다.

"그때 정신을 잃기 전에 내 머리에 총이……."

"죽여 버렸지."

클라크는 더 듣기 싫다는 듯 단칼에 말허리를 잘랐다. 아리는 고개를 끄덕였다. 하긴 그자가 죽었으니 제가 지금 여기 있을 수 있다. 그녀는 문득 자신이 얼마나 잠들어 있었을까 궁금했다. 그리고 그 소란이 어떻게 진정되었는지도.

"내가 얼마나 자고 있었어요? 그때 그 사람들. 다 죽였어요?"

쏟아지는 질문에 클라크는 잠시 말이 없었다. 걸리는 게 있어 말하지 못하는 건가 하는 의혹이 들 무렵 그가 입을 열었다.

"이틀. 다 죽이진 않았고 몇은 데려가 지하실에 가뒀어."

무감한 표정이었다. 대수롭지 않다는 듯 고해에는 어떤 군더더기도 없었다. 아리는 우두커니 그를 쳐다보다 고개를 숙였다. 도저히 표정 관리가 되지 않아 그를 볼 수 없었다. 그가 하는 일엔

마땅히 이유가 있고 그래야 하는 일인데. 소름이 끼쳤다. 남자가 그녀의 이마를 짚었다. 미지근한 이마엔 잔머리가 몇 올 붙어 있었다. 다정한 손이 머리카락을 떼어 넘겨 주었다. 아리는 그를 생경한 듯 쳐다보았다.

"여기 지하실……."

"노엘에게 넘겼어."

다행이었다. 살고 있는 집 아래에서 그런 일이 일어난다고 생각하면 아무것도 할 수 없을 것 같았다. 문득 노크 소리가 났다.

"들어오세요."

문이 열리며 남자가 들어왔다. 리암. 초췌한 얼굴이 형편없었다. 도망치는 신세에도 늘 깨끗하게 면도되어 있던 턱이 조금 덥수룩했다. 아리는 이 남자에게 무슨 일이 생겼던 걸까 생각하며 그가 다가오는 것을 보았다.

"깨어났다고 들었어."

소심하게 말문을 트는 모양에 아리가 웃음을 흘렸다. 그답지 않았다.

"언제 돌아오셨어요?"

"ADOS에 있었어. 무전을 받고 바로 왔지."

"거긴 왜……."

"에릭 보첸을 보기 위해서."

리암의 말에 아리는 짧게 탄성을 내질렀다. 그러곤 클라크를 보았다. 한 번도 그런 얘기해 준 적 없었다. 언제, 어떻게 그를 포획하게 되었는지. 리암마저 알고 있는 사실을 그녀는 모르고 있었다. 찰나였지만 그때의 기억. 그 쌀쌀맞고 무정하던 남자의 기억이 되살아났다. 기이하게도 떠올리고 싶어도 떠올려지지 않던 기억이 이름 하나에 무더기로 쏟아져 나왔다.

"그가……."

"그만 나가."

리암을 향해 입을 떼려는 순간 클라크가 축객했다.

"나가 있어."

아리는 우두커니 클라크를 보았다. 리암은 날카롭게 그를 쏘아보더니 턱을 들어 올렸다.

"잊었어? 내 여자야. 나가."

단 몇 마디에 리암을 구석으로 몰아붙인 클라크는 더 이상의 자비는 내보이지 않는다는 듯 사납게 으르렁거렸다. 강박에 가까운 보호였다. 그녀를 둘러싼 위협에 관해선 조금도 알게 하지 않겠다는. 리암은 내내 그를 노려보다 말없이 자리를 떠났다.

"내가 알면 안 되는 거예요?"

"당장 알 필요는 없지."

"……."

"조금 더, 조금 더 뒤에 알려 줄게."

클라크가 그녀를 안아 왔다. 아리는 무기력하게 안겨 넓은 어깨에 턱을 괴었다. 그가 손을 들어 긴 머리를 쓰다듬어 왔다. 청혼을 받은 지, 오 일. 그 야단에 이틀이나 정신을 잃어 상황이 어떻게 돌아가는지 알 순 없었지만 어쨌든 그녀는 결혼을 앞둔 여자였다.

다름 아닌 이 남자와. 그녀를 위해 모든 걸 감수한다는 사내. 문득 이틀 전 지하실에서 본 것들이 떠올랐다. 아버지를 총으로 쏜 남자. 전장이 아니라면 살 수 없다던 남자. 그리고 굳이 이런 상황이 아니라면 조금도 마주할 가능성이 없는 그와 자신. 결혼할 수 있을까 ? 행복할 수 있을까?

⚜

병아리는 잠들어 있었다. 삶이 고단한 노파처럼 고롱고롱 내쉬는 숨이 불안했다. 그는 제 가슴에 얼굴을 묻은 병아리의 뺨을 쓸었다. 창백하고 수척했다. 문득 두 눈에 핏발이 바짝 선 채 흙먼지 묻은 얼굴로 저를 향해 매달리던 날이 떠올랐다. 불가사의하게도 가슴 한편이 욱신거렸다. 누가 어디서 죽어 나가도 담금질한 것처럼 꿈쩍하지 않던 심장이 이 작은 여자만 보면 난장을 부렸다. 손을 들어 긴 머리칼을 쓴 뒤 부지런히 오르내리는 가마에 입을 맞췄다.

작고 동그란 머리. 조금만 늦었으면 박살 날 뻔했다. 더 이상 떠올리기 싫은 일이다. 겪었던 일 중 가장 아찔한. 해서 클라크는 앞뒤 상황을 묻는 병아리에게도 아무 말 하지 않았다. 상황을 이야기하려면 이틀 전을 떠올려야 하는데 그러고 싶지 않았다. 다 끝난 일이지만 입 안에 담는 순간 고통은 생생하게 움직였다. 당장 벌어질 일이라도 되는 듯.

복도를 나가 무전기가 있는 곳을 향해 움직였다. 디트리히를 통해 라이너의 목을 조인 지 일주일이었다. 놈은 마지막의 마지막까지 포기하지 않았다. 도리어 교만을 비웃기라도 한 듯 대담하게 로레이의 별장을 급습했다. 텔아비브의 병력이 움직인 틈을 타 용병을 고용하여 벌인 일이었다. 라이너치곤 앞뒤를 생각하지 않은 일이었다.

평소의 노인네라면 무식하게 이런 일을 벌이진 않았을 것이다. 그만큼 사지에 몰렸단 뜻일까. 죽기 직전에 미친 척 발악이라도 하나.

그러나 뭐가 되었다 하더라도 병아리를 내어 주진 않을 것이다. 시선을 내려 그녀를 눈에 담았다. 작고 가냘프다. 툭 하고 힘주면 부러질 것 같다. 그는 하얀 이마에 입을 맞추었다. 고이 닫힌 눈꺼풀이 파드득 떨렸다. 이 여자. 결혼이든 뭐든 발목에 사슬을 채워 놓지 않으면 도망갈 것 같다. 이 아득한 괴물에게서. 결국 제 어떤 것도 이해하지 못하고 납득하지 못한 채 무작정 달음박질치며 사라질 거 같았다. 클라크는 때때로 생경한 듯 쳐다보던 여자의 시선을 잊을 수 없었다. 아무렇지 않은 척 내색하지 않았지만 기실 여자는 제 문드러진 천성에 기함할 만큼 기함하고 있었다.

"그래도 안 돼. 못 놔."

클라크는 비식 웃었다. 어쩌면 이해 따위 필요하지 않을지도 모른다. 디트리히가 말하지 않았던가. 누구를 이해하는 일 따위 중요한 게 아니라고. 로미오와 줄리엣 또한 서로의 바닥. 그 지저분한 내면을 마주했다면 그 법석을 떨며 뒤지지 않았을지도 모른다고. 그는 미소 지었다. 이런저런 이유 따위 사실은 다 핑계다. 결혼이란 허울 좋은 구실에 지나지 않았다. 그저 붙잡아 두면 돼. 클라크는 다시 몸을 뉘어 아리를 껴안았다.

⚜

이 주 하고 사흘이 더 흘렀다. 아침은 조용했다. 견갑골 아래 상처는 깊지 않았다. 단순한 노동 정도는 직접 할 수 있게 되자 아리는 부엌으로 나와 식사를 만들었다. 모처럼 세 사람은 함께 식탁에 앉게 되었다. 같이 아침을 들자 말한 것은 아리였다. 클라크는 그녀를 거슬리게 하지 않기 위해 고개를 끄덕였다. 아리는 결혼 소식을 리암에게 알려야 한다고 생각했다. 반기지 않을지도 모르지만 어쨌든 알아 두어야 할 문제니까. 한데…….

"결혼하기로 했어요."

"……."

아리의 말에 포크로 스크램블을 뒤지던 리암이 갑자기 동작을 멈추더니 냅킨으로 입을 닦았다. 그리고 그대로 일어나 클라크의 뺨을 가격했다. 아리는 비명 한 번 지르지 못한 채 고개가 돌아가는 클라크를 보았다. 두 손으로 입을 가린 채 일어나 클라크 쪽으로 갔다.

"무슨…… 악!"

아리가 채 말을 잇기도 전 클라크는 거치적대는 테이블을 치워 버리고 리암을 향해 주먹을 휘둘렀다. 거대한 테이블이 한쪽으로 기우뚱거리며 쓰러지고 음식을 담고 있던 식기들은 박살 나 바닥에 뒹굴었다. 이 모든 게 눈 깜짝할 사이에 일어난 일이었다. 클라크의 주먹에 쓰러진 리암이 다시 일어나 그를 향해 성난 소처럼 돌진했다. 바닥에 흩어진 식기의 조각들과 음식의 잔해물들이 그의 발에 밟히었다.

"그만해요!"

냅다 소리 질렀다. 아침나절부터 이게 대체 무슨 일인가 싶다가도 순간 짜증이 치밀었다. 멱살을 틀어잡은 그들을 향해 걸어가다 자신보다 훨씬 체구가 큰 두 남자가 개처럼 싸우는데 과연 말린다고 말려질까 하는 생각이 들어 멈칫했다. 그러나 저렇게 두면 누구 하나 죽을 때까지 주먹을 휘두를 것 같았다. 아리는 눈을 질끈 감고 악을 썼다.

"제발! 그만하라고요!"

한참을 고래고래 집이 떠나가라 악을 쓰는데 누군가 그녀의 등을 툭툭 건드렸다. 아리는 악을 쓰느라 인기척을 감지하지 못했다.

"아리 씨."

다정한 음성이었다. 아리는 그때까지도 '그만해!' 하며 목청껏 소리 지르고 있었다.

"아리 씨!"

다시 한 번 이름이 들렸다. 아리는 그제야 소리 지르기를 멈추고 눈을 떴다. 앞에는 두 남자가 엉망인 채로 그녀의 뒤를 보고 있었다. 뭔 일인가 싶어 뒤를 돌았다.

"어……?"

붉은빛이 흐르는 탐스러운 갈색 머리 여자. 구면이다. 얼떨떨한 표정으로 서 있자 그녀가 싱긋 웃었다. 아담한 여자 뒤로 노엘과 로레이 내외가 보였다.

직접 차를 끓였다. 따로 가사를 돌보는 고용인이 있는 것이 아니었으므로 이런 일은 마땅히 안주인의 일이었다. 부엌으로 들어가 홍차를 우렸다. 냉장고엔 레몬 무스케이크가 있었다. 며칠 전 클라크와 함께 만든 것이었다. 참 다재다능한 남자였다. 요리는 물론 악기까지 몇 다룰 줄 안다는 그의 자랑에 아리는 순수하게 감탄을 했다. 역시 뭐든 잘하는 사람이 좋다며 뺨에 키스를 해 주었던 게 기억난다.

민트색 우아한 다기에 따뜻한 홍차를 따르고 반듯하게 케이크를 잘라 거실로 나갔다. 트롤리를 본 디트리히 로레이의 눈이 상냥하게 휘어졌다. 저렇게 웃어도 퍽 안심이 되지는 않았다. 마지막으로 그를 본 날이 피를 철철 흘리던 때였다. 아리는 무심코 그의 손에 시선을 주었다. 시선을 느낀 남자가 제 멀쩡한 손을 자랑하듯 들어 보여 주었다.

아리는 계면쩍게 웃고 재빨리 눈을 돌렸다. 찻주전자를 테이블에 내려놓았다. 방금 전 클라크가 밀어 쓰러트린 테이블이었다. 급하게 정리하느라 테이블 위에는 아직도 음식의 잔해가 흩어져 있었다.

"고마워요. 아리 씨."

갈색 머리 여자. 그러니까 자신을 엘레나 블로라고 소개한 여자가 그녀를 향해 말했다. 이사벨라는 잔을 들어 향을 맡았다. 전과 달리 상대가 시어머니 될 사람이라고 인식되자 온몸이 경직됐다. 차의 향이 제대로 우러나오는지 꼼꼼하게 검사를 하고 있는 것 같았다.

두 손을 가지런히 모은 채 우두커니 그녀를 내려다보고 있자 클라크가 왜 그러고 서 있는지 모르겠다는 얼굴로 손목을 잡아 제 옆에 앉혔다. 에이프런을 주물거리며 무슨 말을 해야 할지 생각했다. 생각지도 못한 조합들이 나란히 앉아 있었다. 언쟁을 하지도 총질을 하지도 않은 채 평화가 오다니.

"오랜만이야, 리암. 아버지는 잘 계시지?"

일명 그리스 문자 클럽의 회원이자 미국 상류계를 주름잡는 로슨가의 자제를 향해 디트리히가 친근하게 말을 붙여 왔다. 로슨 또한 공손하게 인사했다. 결국 한 다리 건너면 다 아는 집안이란 말인가. 참 좁은 세계였다. 적어도 '저들의' 세계는 말이다.

"안부 전해 드리겠습니다. 총수님."

"아아 그렇게 딱딱하게 부르지 마. 스테판이랑 난 서로 이름을 부르며 지내는데……. 자네를 아주 어릴 적에 본 기억이 있어. 기억이 나는가?"

"물론입니다."

"그럼 내 아들과도 구면이지?"

"예. 아드님은 저를 기억하지 못하시겠지만……."

"기억나. 로슨. 내가 자네를 기억하지 못할 리가 있겠어? 아아.

그래 우리가 처음 만났을 때 내가 당신을 울렸었지?"

친부와 리암을 물끄러미 바라보던 클라크가 입을 열었다. 잘생긴 얼굴엔 상쾌한 웃음이 가득했다. 이사벨라는 위태롭게 그를 주시했다.

"그런가?"

리암은 기억나지 않다는 듯 웃었다. 웃음 뒤 감춰진 악의와 분노가 눈을 통해 뚜렷하게 드러났다.

"내가 자네 개를 죽였잖아. 이름이 말리였던가?"

"……."

클라크는 비스듬히 웃었다. 말갛고 선연한, 인상적일 정도로 깨끗한 미소였다. 아리는 핏줄이 번득이는 리암의 갈색 눈을 보며 입술을 깨물었다. 리암은 이런 노골적인 도발을 참아 넘길 정도로 인내심 깊은 인간은 아니었다. 또 총질이라도 날까 두려웠다.

"멍청하긴."

디트리히가 날카롭게 내뱉었다. 조소 짓고 있던 클라크가 아비에게 눈을 흘겼다. 반면 긴장한 채 상황을 지켜보던 노엘은 한시름 놓았다는 표정으로 차를 마셨다.

"그렇게 나대다간 파혼당하고 말 거다."

"……."

"병신같이 굴지 말고 네 여자의 표정이나 살펴. 이 나잇값 못하는 녀석아."

디트리히의 말에 아리가 흠칫 굳었다. 클라크가 재빨리 그녀의 턱을 잡아 올려 내려다보았다. 아리는 그의 손을 털어 내고 자리에서 일어났다. 다행히도 그녀를 붙잡지 않았다. 마치 집 나서는 주인을 바라보는 개처럼 발만 동동 구르고 있을 뿐.

아리는 화장실로 들어가 문을 걸어 잠갔다. 낭패감이 몰려와 그 자리에서 주저앉고 싶었다. 신경전을 벌인 건 클라크인데 왜 자신이 이토록 기운이 빠진 건지 알 수 없었다. 리암을 보기 무서웠다. 별안간 노크 소리가 들려왔다. 아리는 급하게 잠갔던 문을 열었다.

"아!"

"괜찮아요?"

엘레나였다. 아리는 눈을 굴리다가 다른 곳에 있는 화장실을 한 군데 더 가르쳐 줄까 하는 생각을 했다. 그러나 그녀가 고민을 하는 사이 엘레나가 한 발자국 걸어 들어와 문을 잠갔다.

"우는 거 아니죠?"

"네? 아니에요. 왜 그런……."

"울 것 같은 표정이었어요. 그래서 손수건 가져왔는데……. 필요 없죠?"

엘레나가 환하게 웃으며 베이비 핑크색 손수건을 내밀었다. 아리는 고개를 끄덕였다. 여자는 푸른 눈을 반짝이며 그녀를 주의 깊게 살폈다.

"회장님 때문에 화난 거예요?"

"음……."

아리는 입술을 건들이며 이 여자가 제게 무엇을 원하는지를 생각했다. 무구한 여자였다. 순진한 표정으로 제게 무슨 말을 할지 긴장되었다. 여자는 아리를 꿰뚫은 듯 피식 웃더니 물을 틀어 손을 씻었다.

"그렇게 예민하면 회장님이랑 못 살아요. 알잖아요?"

마치 그를 안다는 듯 말하는 양에 잠시 화가 났다. 그렇지만 근본적으로 이 여자에게 화를 낼 필요는 없었다. 그녀는 구 여친 타입이라기보단 상냥한 시누이 같은 타입이었다. 그와의 관계가 어떻게 되는지 알 수 없어도 해가 되지는 않을 거란 느낌이 들었다.

"그를 아나 봐요."

"알고 자시고 할 게 어디 있어요? 그런 사람…… 사람으로서도 최악인데 남자라면 두말할 것도 없죠. 아아. 정정해야 한다. 사랑에 빠진 남자로선 꽤 괜찮겠네요."

"네?"

아리가 인상을 찡그리자 손을 씻은 엘레나가 물을 툭툭 털며 티슈로 물기를 닦았다. 아리가 의문스럽다는 듯 쳐다보자 그녀가 이를 드러내며 웃었다.

"청혼을 받아들일 정도면 꽤 괜찮은 남자인 거잖아요?"

"……."

"심각하게 생각할 필요 없어요. 그냥 자제가 안 되는 것뿐이에요."

"그게 문제라고 생각해요."

"그게 왜 문제예요? 누구나 참을 수 없는 한 가지쯤은 다 있잖아요. 이를테면 당신이 클라크의 무례한 행동을 참을 수 없어 하는 것처럼. 클라크도 자신의 '연적'을 참을 수 없어 하는 것일 뿐이에요."

엘레나는 거침이 없었다. 상냥하게 웃던 여자가 딱딱하게 변했다. 그녀는 연적이라 말했다. 아리는 뒤통수를 한 대 얻어맞은 기분으로 그녀를 노려보았다. 어느새 벽안이 날카롭게 다듬어져 있었다. 풍성한 속눈썹과 붉은 입술이 사늘한 표정에 가려져 더 이상 아름답다는 느낌은 없었다.

"리암은 손님이에요."

"자기 여자를 갈취하러 온 도둑밖에 안 돼요."

"그를 잘 아나 봐요."

"당신보다는 조금 더 아는 것 같아요."

허를 찔린 기분으로 그녀를 흘겼다. 그냥저냥 괜찮던 분위기가 순식간에 급강하 하며 서먹해졌다. 앞으로는 이 여자와 웃으며 볼 수 없을 것 같았다. 그를 안다고 자신하는 순간 그녀가 참을 수 없을 정도로 싫어졌다.

"그와 사귀었어요?"

"무슨 상관이에요. 이제 와서……."

엘레나가 눈을 가볍게 내리깔았다가 다시 들어 올렸다. 위아래로 훑으며 조롱하듯 웃는 모양에 머리를 쥐어뜯고 싶었다. 아리는 짓무르도록 깨물었던 입술에서 웃음을 흘려보냈다.

"하긴 상관없죠. 그가 택한 건 나니까."

"자신 있나 봐요?"

엘레나의 예쁜 눈이 재미있다는 듯 반달 모양으로 휘어졌다.

아리는 고집스럽게 치켜떴던 눈을 내리깔고 여자의 하얀 손과 허리 그리고 드러난 종아리를 보았다. 매끈하고 예뻤다. 이런 여자가 클라크의 아랫사람이다. 그가 과연 이 여자를 정말 아랫사람으로만 대했는지는 의문이지만……. 기어코 그가 이 여자와 무슨 사이였는지 말하지 않을 작정이라면 협박이라도 할 생각이었다.

"지금 기분 어때요?"

"그런 걸 왜 물어요?"

엘레나가 팔짱을 풀고 누그러진 목소리로 물었다. 아리는 퉁명스럽게 받아쳤다. 엘레나는 연약한 눈빛으로 그녀를 우두커니 바라보다 입을 열었다.

"나와 매일 이렇게 지내면 어떨 것 같아요?"

"무슨 말을 하고 싶은 거예요?"

"클라크는 매일 이런 기분을 참고 있어요. 당신을 위해서."

"……."

"누구도 연적과 함께 살고 싶어 하지 않죠. 얼굴도 마주 보기 싫은 상대와 아침을 먹고 싶어 하지도 않고요. 그리고 그 연적이 내 사람에 대한 권리를 주장하는 것도 싫을 거예요. 하지만……."

엘레나는 빠르게 말을 뱉어 냈다. 분명하고 정확하게 그녀의 낯이 화끈거릴 정도로 쏘아보면서. 그러나 악의가 있는 건 아니었다. 오히려 호소에 가까운 눈빛이었다.

"클라크는 참아요. 당신의 손님이기 때문에……."

그 말을 마지막으로 엘레나는 화장실을 나갔다. 아리는 멍하니 서서 그녀가 나간 자리를 쳐다보다 화장실 문가에서 서성이는 클라크와 눈이 마주쳤다. 그녀는 그를 향해 걸어가 팔을 잡아끌고 화장실로 데려왔다.

“왜 이러고 있어?”

“왜 그러고 서 있었어요?”

“화났어? 나 때문에…….”

“아뇨. 괜찮아요. 사과하지 마요. 사과하지 마요.”

아리는 손을 잡고 있던 것을 놓고 그의 품에 안기었다. 그렇게 안기어 그가 더 이상 사과하지 않기를 바랐다. 사과하면 참을 수 없이 괴로울 것 같았다. 불찰을 깨닫고 나니 미칠 듯이 자신이 싫었다. 그녀는 눈을 감고 연인의 심장이 뛰는 소리를 들었다. 눈물이 치솟아 뺨을 적셨다. 열대어가 생각났다. 수족관을 청소할 때 열대어를 꺼내기 위해 그가 수족관의 뚜껑을 열고 그 위에 있는 물건과 조각상을 치웠다.

그는 맨손으로 열대어를 만지고 싶은데 망설이는 그녀와 함께 손을 넣어 열대어를 만졌다. 클라크는 그녀가 원하는 대로 해 주었다. 어디에서든 무엇을 하든. 사랑하니까, 사랑이 아니라면 할 수 없는 일들이었다. 아리는 참을 수 없이 괴로워 신음을 흘리듯 그를 껴안고 끙끙거리다 그와 입술을 맞추었다. 더디게 입술을 열고 들어오는 남자의 혀를 성급하게 찾아갔다. 그리고 조금 더 진솔하고 상냥하게 치열을 훑고 혀의 가장자리에 묵직하게 밴 홍차 향을 음미했다.

"결혼하고 싶습니다."

이런 말을 가장 먼저 해야 하는 건 클라크이겠지만 아리는 침착하게 로레이 내외를 보았다. 그들은 조금도 놀라지 않는 눈치였다. 아리는 곰곰이 생각했다. 결의는 변하지 않을 터였다. 후회할지도 모르지만 그것은 나중의 일일 테다. 이 사랑스러운 남자를 위해 당장 나중의 일을 생각하고 싶지 않았다. 아리는 로레이 내외를 보던 눈으로 리암과 노엘 그리고 엘레나를 빠르게 훑었다. 리암의 잘생긴 이마가 한껏 찌그러져 있었다. 엘레나는 흥이 난 어린애처럼 볼이 발그레했다.

"좋은 생각이오. 아리 양."

디트리히는 쾌활했다. 흔쾌한 허락이 오히려 이상할 정도였다. 이사벨라는 식은 홍차를 한 모금 더 마시더니 예의 반듯한 미소로 남편의 말에 동조했다.

"가정을 이룬다는 건 좋은 일이야. 매력적인 일이지."

클라크와는 정반대되는 디트리히의 의견에 아리는 이사벨라에게 시선을 주었다. 금발의 미녀는 새침했다. 엘레나보다는 조금 더 옅은 벽안이 머그잔 안에 우린 물을 떠나 제게로 닿았다. 아리는 어색하게 웃었다. 처음부터 부부인 남녀는 없지만 이사벨라와 디트리히는 날 때부터 부부로 태어난 것 같았다. 현실은 클라크를 두고도 오 년이나 남으로 지낸 사람들이었지만.

"그런데 결혼을 서두를 만큼 중요한 일이 생긴 건 아니겠지?"

"무슨……."

"이 녀석이 아버지가 된다거나 하는……."

"그런 일은 없어요."

아리는 빠르게 고개를 저었다. 살짝 뺨이 달아올랐지만 디트리히가 괜한 걱정을 하는 것은 아니었다. 이런 상황에서 결혼이란 너무도 안일한 행사였다. 왜 이런 결정을 하게 된 것인지 설명하고 싶었지만 이 자리에 있는 누구도 궁금해하지 않았다.

"로레이 씨 한 가지 묻고 싶은 게 있는데요."

"말해 보시오."

"에릭 보첸이라는 남자를 알고 계신다고 들었습니다."

아리는 다소 급하게 물었다. 디트리히는 전혀 놀라울 것이 없다는 표정이었다.

"정확히는 알고 있는 게 아니라 내가 그를 보유하고 있었소. 며칠 전 클라크에게 넘겼지만 놈을 잡은 건 나였지."

디트리히는 솔직했다. 그로서는 거리낄 게 없는지도 모른다. 나직한 숨이 나왔다. 에릭을 잡아 가두고 또 그 무언가의 일을 계획하는 것은 모두 아리와 관련된 일이었지만 누구도 그녀에게 알려 주지 않았다. 이 일 또한 어쩌다 리암에게 들어 알게 된 것일 뿐.

"그는 지금 어디에 있나요?"

"ADOS의 지하 벙커에 있어."

대답한 사람은 디트리히가 아니었다. 클라크였다. 그녀는 그를 천천히 돌아보았다. 건조한 잿빛 눈이 평소보다 뾰족했다. 추궁하는 빛은 없었다. 아리는 하얀 에이프런을 꽉 쥐고 주물거리다가 다시 고개를 돌렸다.

"그를 만나 보고 싶은데요."

"아리 양은 결혼 준비를 하는 게 더 좋을 것 같은데……."

"그 후에 해도 늦지 않다고 생각합니다."

디트리히의 권유에 아리는 고개를 저었다. 아직도 탄환이 박혔던 자리가 욱신거렸다. 잊을 만하면 상처가 꿈틀거려 잊을 수도 없었다. 그러니 정리할 건 정리해야 했다. 결국 아무 일 못 하더라도 말이다. 그런 상태라면 상황만이라도 제대로 파악해야 했다. 아리는 에이프런을 꾹 쥔 채 클라크를 보았다. 아무 말이 없었다. 원한다면 뭐든지 들어준다는 생각이 변하지 않은 건지 궁금했다. 엘레나와 서로 속닥이고 있던 노엘이 입을 열었다.

"미안하지만 에릭 보첸은 정상적으로 대화할 수 없는 상태야."

"그게 무슨 말이죠?"

"우리가 손을 좀 봐 줬거든."

클라크의 눈치를 보던 노엘이 정직하게 이야기했다. 리암은 퍽 놀라지 않았다. 대신 여전히 창백하고 건조했다. 아리는 속눈썹을 파르르 떨다 주먹을 꽉 쥐었다.

"어떻게 되어 가고 있는 거죠?"

"걱정할 거 없어요."

엘레나가 웃으며 대답했지만 아리는 전혀 웃을 수 없었다. 그녀 외 이곳에 모인 사람 모두가 밖에 상황이 어떻게 돌아가는지 조금씩은 혹은 아주 깊이 알고 있는 사람들이었다. 그러나 아리는 짐작조차 할 수 없었다. 그녀를 둘러싸고 있는 모종의 음모들과 불행들 그리고 그 중심에 선 라이너까지…….

"이 주일 전 일 때문에 그런 건가요?"

이사벨라는 차분하고 분명했다. 믿음을 주는 아름다운 벽안이 그녀를 누르듯 부드럽게 지켜보고 있었다. 아리는 입술을 깨물었다. 역시 구체적인 이야기는 해 주지 않는구나.

이사벨라는 아들의 아내가 될 여자를 보았다. 언제고 이런 날이 올 거라 누군가 말했지만 이사벨라는 믿지 않았다. 그건 평생 고칠 수 없는 병이었다. 하여 제게 아들은 평생 탕감하지 못할 업이었다. 이사벨라는 눈앞의 여자를 말끄러미 응시했다. 고맙기도 하고 한편으론 못 미덥기도 했다. 결국 결혼이라는 종착지에 이르러서는 이런 불분명한 감정 따위 모두 필요 없어질 테지만.

이사벨라는 우울해하는 아리를 향해 조금 더 가볍게 이야기했다.

"그렇게 우울해할 필요 없어요."

"그런 게 아니라……."

"그럼?"

"스스로 제 일을 해결하지 못하는 게 싫어서…… 그래서 클라크나 다른 분들께 피해만 주게 되고……."

"하하. 아리 양 재미있는 걱정을 하네."

디트리히는 웃었다. 이해하지 못하는 것은 아니었지만 정말이지 그녀의 소관으로 여겨야 할 일은 조금도 없었다. 애초에 할 수 있는 일 자체가 없었기 때문이다. 아리는 눈동자를 뛰룩뛰룩 굴리다 클라크와 손을 잡았다. 이런 적은 처음이라 예비 시아버지를 향해 어떤 표정을 지어야 할지 알 수 없었다. 불쾌했지만 한편으론 안심이 되었다.

디트리히는 근심 하나 없는 얼굴로 모든 것은 제대로 흘러가고 있다는 듯 아주 여유로운 반응이었다. 그렇지만 갑갑했다. 지나치게 긴 유배였다. 그 유배지에서 사랑하는 남자를 만났다 한들 이렇게 아무것도 하지 못한 채 집 안에서만 지내는 건 유배와 다름없는 일이었다.

"아리 양 같은 아가씨가 할 수 있는 건 본래도 없다오. 마음은 이해하지만 피츠윌리엄에게 전적으로 모든 일을 맡기는 게 나을 거요."

"맞아요. 회장님은 유능하시답니다."

엘레나가 디트리히의 말을 거들었다. 그래도 에릭을 만나 보고 싶었다. 대체 왜? 하필 이런 불행을 제게 배정했는지. 답을 들을 수 없을지언정 묻기라도 하고 싶었다. 그런 아리의 속내를 알아채기라도 한 듯 디트리히가 입을 열었다.

"위선자들은 때로는 가증스러운 계획을 준비하기도 하지. 그는 중동을 공격하기 위해 많은 것들을 제 손으로 버리고 또한 노출시켰다오. 그 흔한 방어 브리핑마저 포기하면서 말이지. 당신은 그에게 있어 일종의 말이오. 두 수 앞으로 가기 위해 한 수를 물린 셈이지."

디트리히는 그렇게 말한 뒤 입을 닫았다. 소름이 돋아 표정 관리가 되지 않았다. 그가 더 말하지 않아 내심 다행이라고 생각하며 반사적으로 떨리는 눈꺼풀을 만졌다.

라이너가 그녀를 제물 삼아 얻을 수 있는 것이라면 굳이 한 가지를 꼽지 않아도 많았다. 전쟁의 빌미 혹은 그 발단에서 조금 더 확고한 이유를 만들 수도 있을 것이고 중동에 조금 더 강한 압력을 넣을 수도 있을 것이다. 어찌 되었든 라이너에게 있어서 그녀는 이미 버리기로 한 패였고 죽어 없어져야 할 인간이었다. 손끝에서 땀이 배어났다.

"그러니 결혼이 제일 좋은 방법이죠."

이사벨라는 확신에 찬 듯 말했다. 엘레나가 작게 박수를 치다 그럴 분위기가 아닌 것을 알고 그만 멈췄다. 아리는 도저히 지금 같은 상황에서 웨딩드레스를 입고 입맞춤을 할 기분이 들지 않았다. 클라크는 빠르면 빠를수록 좋다고 했지만 과연 이 상황에서 결혼을 하는 것이 옳은 것인가 하는 생각은 끊임없이 들었다.

"그것보다 더 강한 선방은 없죠. 그렇죠? 디트리히?"

이사벨라가 쾌활하게 읊조렸다.

⚜

해가 저물기 전 엘레나와 노엘이 돌아갔다. 로레이 내외는 하루를 더 머물기로 했다. 아리가 식사를 만들기 위해 일어서자 클라크가 그녀를 다시 앉히고 자신이 부엌으로 들어갔다. 리암은 끼니를 거르고 싶다며 나오지 않았다.

내외와 아리만이 테이블에 남았다. 폭이 길고 너비가 넓은 식탁은 연회장에서 쓰이는 테이블 같았다. 낭만적인 호박색 불빛이 세 사람을 적셨다. 아리는 이 상황이 무척이나 어색해 시선을 어디 두어야 할지 고민했다. 가지런히 모은 두 손도 그렇고 표정까지 어느 한 곳 어색하지 않은 구석이 없었으나 이사벨라와 디트리히는 별말이 없었다.

"새아기에게 말이라도 시켜 보죠?"

이사벨라가 농담을 걸어왔다. 디트리히는 테이블 와인을 마시고 있었다. 서른이 된 아들의 부친과 모친이라 하기엔 둘은 지나치게 젊어 보였다. 문득 클라크가 어머니와 아버지를 참 고루고루 닮았구나 하는 생각이 들었다.

"이 별장은 마음에 드나요?"

"네. 무척이나 좋은 곳이에요."

우두커니 앉아 있는 아리에게 이사벨라는 적절한 질문을 던졌다. 아리는 눈동자를 한 번 굴려 홀을 훑다가 쾌활하게 답했다.

"나도 이곳에 살았던 적이 있어요."

"그러시군요."

고개를 끄덕이면서도 의문이 들었다. 이사벨라의 말은 마치 여름휴가나 특별한 일로 잠시간 머문 것이 아닌 꽤 오래 살았다는 뉘앙스였다. 묻지 않으려 입을 걸어 잠그려 했지만 뜻대로 되지 않았다.

"여기서 꽤 오래 사셨나 봐요."

"예. 클라크와 단둘이 살 때요."

이사벨라의 말에 어색하게 웃었다. 이사벨라가 한때는 디트리히의 정부였다는 말이 떠올랐다. 떠올리기 싫었지만 그녀를 보면 자꾸 그 말이 떠올랐다. 정부였던 과거가 이제 와서 큰 대수인 것도 아니고 그녀가 한때 그런 과거를 가졌다고 해서 나쁜 사람으로 보이는 것은 아니었지만 어쨌든 의외로운 일이었다.

"클라크가 세 살 때까지 살았지요. 임신을 하고 나서 죽."

디트리히의 낯빛이 굳어졌다. 입가를 움직여 부드럽게 풀려 했지만 뜻대로 되지 않았다. 이사벨라의 시선은 한사코 아리만을 향해 있었다. 여유를 부리는 척 그가 와인을 한 모금 더 마셨다.

"클라크가 이야기해 줬나요?"

"아, 아니…… 아니 네."

이사벨라는 대수롭지 않다는 듯 자애롭게 웃었다. 디트리히의 창백한 얼굴이 안쓰러울 정도로 구겨졌다. 아리도 어떻게 반응해야 할지 몰라 테이블에 상감된 금붕어 무늬만 더듬었다. 여기서 괜찮은 사람은 이사벨라밖에 없었다.

"나랑 디트리히는 결혼할 수 없는 사이였거든요. 이렇게 결혼하긴 했지만……."

"벨라 그만."

디트리히가 낮게 읊조렸다. 이사벨라는 듣지 못한 척 눈웃음쳤다.

"그래도 나름 좋았다고 생각해요. 가끔 이 사람이 여기에 올 때가 아니면요. 나와 클라크를 여기 두고 가끔 나를 찾았지요. 사실은 좀 많이 끔찍했어요. 이 사람이 나를 찾아올 때면 말이에요.

그래도 가고 나서는 마음이 아팠어요."

"……."

아리는 멍하니 그녀의 이야기를 들었다. 디트리히는 더 이상 그녀의 이야기를 막지 않았다. 가라앉은 시선들이 한데로 얽혔다. 그때 클라크가 트롤리를 밀고 들어왔다. 이사벨라는 제법 정상인의 흉내를 내기 시작하는 아들을 향해 기대에 찬 눈을 했다.

저녁 식사는 순조롭게 진행됐다. 샐러드와 스테이크, 와인과 치즈가 적절하게 어우러진 식사였다. 식사 내내 별다른 이야기는 오가지 않았다. 어린잎의 쓴맛이 혀 위로 진하게 배어 들었다. 아리는 언제쯤 이 이야기를 해야 할까 싶어 고민했다. 아무래도 클라크의 눈치를 살피게 되었지만 꼭 해야만 하는 이야기였다.

"결혼 말인데요."

결혼이라고 해도 결혼식이란 너무 막연한 일이었다. 며칠이 지나도 아득할 것만 같았다. 꽃이며 드레스며 도무지 지금 상황에 어울리지 않는다. 무엇보다 부모님을 모시는 것. 엄마 아빠에게 살아 있다는 말조차 전하지 못했는데 갑자기 죽은 줄 알았던 딸이 결혼을 한다며 연락을 해 온다니 아무래도 이상한 일이었다. 부모님이 그녀의 장례를 치렀다면 49재는 족히 지내고도 남았을 시간이다.

"부모님…… 저희 부모님은……."

아리는 채 말을 잇지 못했다. 부모님이라고 말하는 순간 눈가가 뜨거워졌다. 울지 않으려 했지만 결국 눈물 몇 방울은 흘리고 말았다. 이사벨라가 당황하며 그녀에게 손수건을 내밀었다. 이게 무슨 망측한 일인가 싶으면서도 결국 말하고 나니 마음이 나아졌다.

"그 문제라면 걱정하지 말아요. 안 그래도 지금 이야기하려고 했어요."

"감사합니다."

"감사하긴요."

이사벨라가 웃었다. 그녀는 냅킨으로 입술을 닦고 클라크와 시선을 교환했다. 무언가 중요한 이야기를 할 것 같았다. 심장이 쿵쾅대기 시작했다.

"놀라지 말았으면 해요. 텔아비브에 가족들이 왔어요."

숨을 얼어붙게 만드는 말이었다. 무엇부터 물어야 할지 몰라 말을 더듬었다. 무얼 먼저 물어야 할까. 부모님이 자신이 살아 있단 건 알고 계실까? 자신이 살아 있단 걸 알고서 여기로 온 것일까. 안전한 거겠지? 라이너에게 들켜서 괜히 봉변을 당하시는 건 아니겠지? 그녀가 곤혹감에 어쩔 줄 몰라 하는 사이 이사벨라가 침착하게 이야기했다.

"괜찮아요. 부모님은 건강하고 안전하세요."

"그럼……."

"아리 씨를 보러 텔아비브로 온 건 아니에요."

"그럼 어떻게 여기까지 오게 되신 거죠?"

"라이너의 눈을 피하느라 여기저기 경유하며 모셔 왔답니다."

"아…… 그렇군요."

간신히 대답했다. 입으로는 무어라 지껄이고 있으나 머리가 지끈거려 사실은 뭐라고 떠드는지도 알 수 없었다. 부모님은 자신이 살아 있는 줄도 모르셨다. 그럼 어떻게 해야 하지? 갑자기 만나면 놀라실 텐데. 아니 그래도 일단 만날 수 있다는 것에 감사해야지. 아리는 어수선한 정신을 간신히 붙들며 감사의 인사를 전했다. 그러나 이사벨라는 끝이 아니라는 듯 말을 이어 나갔다.

"내일 아리 씨와 가족분들을 만나게 해 줄 생각이에요. 사실 그 이야길 전하기 위해 별장을 방문했지요. 아무래도 이런 일은 직접 만나서 이야기하는 게 좋을 것 같아서요."

"몇 시에? 어디서 만난단 말인가요?"

아리는 다소 결례라는 걸 알면서도 급하게 물었다. 표정이 제대로 관리되지 않았다. 가족들의 얼굴이 차례로 지나가자 더욱 그랬다. 이들이 어떻게 가족들에게 접근하고 접촉했는지는 두 번째였다. 이사벨라는 자신의 가방에서 사진을 몇 장 꺼내 테이블 위에 올려놓았다.

"아버님의 친구분 중에 미국에 거주하시는 분이 있더군요. 그분과 함께 찍은 사진이에요."

아리는 현상된 지 얼마 되지 않은 듯한 사진을 가져와 들여다보았다. 거기엔 늙고 초라하고 영세한 부모님이 있었다. 얼굴은 까뭇하게 그을렸고 머리는 희게 바랬다. 색이 바랜 기억들을 더듬듯 천천히 사진을 쓰다듬었다. 부모님의 옆에는 여동생이 있었다.

엄마의 손을 꼭 잡고 있는 모습에 눈물이 났다.

“아리 씨가 사망한 직후, 아니 사망 보도가 나간 직후 부모님께서 미국에 들어가셨어요. 유품을 정리할 겸 말이죠. 아리 씨의 생존 여부는 가족 중 아버님만 알고 계세요.”

“아빠가 제가 살아 있단 걸 아시나요?”

이사벨라는 고개를 끄덕였다. 맺혀 있던 눈물이 뺨을 타고 떨어져 내렸다. 클라크가 그녀의 손을 꽉 잡아 주었다. 아리는 천천히 눈을 깜빡이다 입술을 다물었다. 분명 좋은 소식인데, 기뻐야 하는데 웃음이 나오질 않았다. 심장만 더 빠르게 뛸 뿐이었다.

“내일 텔아비브 엘튼호텔 8층 스위트룸이에요.”

8
사랑에 닿는 시간

이 무렵 새벽에는 잠이 잘 오지 않았다. 그래도 요즘 들어 아리는 푹 쉬는 편에 속했다. 클라크에게 잠이 오지 않는다고 칭얼거리자 그는 목덜미에 입술을 깊게 파묻더니 몸을 열고 들어왔다. 아리는 열없이 그에게 안기었다. 수없이 사랑을 속삭이던 밤에도 아득하기만 하던 사내의 육신이 더없이 따뜻하고 편안하게 느껴졌다.

새벽의 어스름한 기운이 창을 타고 넘어와 하나로 얽힌 두 몸을 감쌌다. 막막한 어둠 속에서 그녀는 연인의 몸을 더듬으며 깊이 끌어당겼다. 파도처럼 들어왔다 나가는 행위에 숨이 가빴다. 절정에 이르렀을 때 그녀는 희미한 울음을 토해 냈다. 열이 올라 어쩔 줄 모르는 그녀를 향해 남자가 다정하게 속삭였다. 사랑한다.

머리를 빗고 화장을 하는 시간이 길었다. 평소보다 더 화사해 보이고 싶었다. 고생 한 번 하지 않고 근심 한 번 한 적 없는 여자가 되고 싶어 아리는 부지런히 움직였다. 머리끝에 컬을 넣고 옅은 살구빛이 도는 아이섀도로 눈덩이에 발랐다. 아마빛이 도는 원피스는 민소매에 브이 모양으로 목이 파진 형태였다. 소재가 시폰이라 느낌이 시원했다.

단장을 마치고 클라크와 함께 차에 올랐다. 리암은 아침 일찍 호텔로 가 있었다. 여름이 부서지는 정원은 화창했다. 온 세상은 맑은 빛들로 출렁이고 있었다. 오랜만에 외출이었고 그 외출이 아리에게는 무척이나 좋은 일임에도 그녀는 딱딱하게 굳어 있었다. 낮빛을 살피던 클라크가 그녀의 허리를 감아 왔다. 아리는 슬픔이 가득한 눈으로 그의 가슴에 코를 묻었다.

"어떡하면 좋아요?"

탄식하듯 숨을 내쉬었다. 클라크는 말없이 고개를 숙여 그녀의 턱에 키스했다. 부둥켜안고 있음에도 쉬이 진정되지 않았다. 분명 좋은 일이고 설레는 일인데 텔아비브로 가족들이 왔다는 소식을 듣고부터는 더 진정되지 않는다. 가슴이 너무 쿵쾅대니 이게 좋은 일인지 나쁜 일인지 감도 잡히지 않았다.

"어떻게 말하죠? 뭐부터 말하죠?"

"뭐부터 말하든 상관없어."

이해 가지 않아 의아하게 그를 올려다보았다. 그가 뺨 위로 흘러내린 머리카락을 귀 뒤로 넘겨 주며 말했다.

"좋아서 날아다니실 테니까."

무얼 먼저 말하든 다 상관없을 거야. 클라크는 말을 삼켰다. 그리고 천천히 미소 지었다. 아리는 문득 눈이 부셨다. 그를 더욱 끌어안고 가슴에 얼굴을 묻었다. 과일 향이 났다. 옅고 옅은 여름처럼 시원하고 싱그러운 향기였다.

도회적인 외관과는 달리 호텔의 내부는 고풍스러웠다. 인테리어며 조명이며 모두 화사하고 우아했으며 정갈한 멋으로 마감되어 있었다.

아리는 그새 많이 차분해졌다. 여전히 혼곤하긴 했지만 무슨 말을 해야 할지 떨 정도로 정신이 없지는 않았다. 엘리베이터에서 아리는 여러 번 화장을 고쳤다. 조금 더 생기 있고 밝게 보이고 싶었다. 곧 결혼을 앞둔 신부이니까. 별탈 없이 잘 지냈다고 말할 작정이었으니까.

모든 게 괜찮다고 좋은 상태라고 말하려고 했다. 그 방문을 열기 전까지는……. 경비는 삼엄했다. 복도에 일렬로 죽 늘어선 가드들을 보며 다시 한 번 거울을 보았다. 립스틱은 꼼꼼히 칠해져 있는지 머리는 지저분하지 않은지 아리는 부지런히 점검했다. 그리고 마침내 문을 열었다. 방 안은 깊은 고요에 잠겨 있었다.

시름에 젖은 부모님은 숙연하게 그녀가 들어오는 것을 바라보고 있었고 여동생은 잔뜩 입매를 늘어트려 울음보가 터지기 일보 직전이었다. 클러치백을 든 손에 힘이 잔뜩 들어갔다. 아빠의 맞은편에는 로레이 내외가 자리하고 있었다. 리암도 함께였다. 그들이 앉아 있는 식탁의 중앙에는 시들지 않은 붉은 화초가 하얀 화병에 꽂혀 있었다.

엄마가 일어섰다. 늘어지고 해진 회색 티셔츠에 밑단이 까뭇한 바지는 오래 갈아입지 않은 티가 났다. 불그스름한 빛이 도는 거뭇한 피부와 처진 눈매를 보자 눈물이 터졌다. 아리는 달려가 부모님의 품에 안겼다. 울음소리가 방 안을 가득 채웠다. 어느새 다가온 여동생이 그녀를 끌어안으며 매달렸다. 그중 잘 지낸 것 같은 사람은 아무도 없었다.

그런데 자신은 잘 지낸 것처럼 화장하고 옷을 입었다. 불효다. 이렇게 허름한 행색의 부모님 앞에서 원단 좋은 원피스를 입고 한껏 화장을 하고 머리를 하고 오는 것도, 그 앞에서 잘 지냈다고 말하는 것도 모두 불효였다. 아빠의 주름진 얼굴을 쓰다듬었다. 젊을 때도 멀쩡게 잘생겼던 아빠는 오십을 훌쩍 넘긴 나이에도 그렇게 멀쩡게 잘생겼더랬다. 그런데…….

『아……. 왜 이렇게 말랐어? 얼굴이 왜 이렇게 탄 거야?』

차마 봐 주지 못할 정도로 야위어 있었다. 수염은 깎지 않아 지저분했고 불그스름한 빛이 돌 정도로 얼굴이 익은 모양이 건강에 문제라도 생긴 건가 싶었다.

『왜 이렇게 못 먹은 얼굴이야?』

그녀의 얼굴을 쓰다듬던 엄마가 도로 반문했다. 아리는 고개를 저었다. 잘 먹었다. 한 끼도 굶지 않았고 새벽에 일어나 토한 적도 없었다. 이런 말은 자신이 가족들에게 해야 했다. 아니 이런 말을 듣고 있는 것조차 죄악이라 여겨졌다.

시신을 찾지도 못한 딸, 끔찍한 영상까지 떠돌아 한때는 세간을 떠들썩하게 하였던 딸. 딸이 그 끔찍한 고통 속에 죽어 갔다는 사실에 가족들의 마음은 어땠을까. 까맣게 썩어 문드러졌다는 걸로는 다 표현하지 못할 것이다. 아리는 자신 또한 울음을 그치지 못하면서도 이처럼 많이 우는 엄마와 아빠는 여태껏 본 적이 없었다. 태어나서 처음이었다. 그렇게 많이, 서럽게 우는 부모님은…….

『괜찮아…… 괜찮아. 나 아무 데도 안 다쳤어. 다 괜찮아.』

여동생 소리는 마지막으로 보았을 때보다 다섯 뼘이나 더 커진 듯했다. 심지어 힐을 신고 있는 아리보다도 컸다. 그래도 아직 애라서 제 언니의 옆에서 떨어질 줄 몰랐다. 대담하게 클라크와 자신 사이를 파고들어 와 그녀를 꼭 끌어안고 놓아주지 않았다. 부모님은 리암에게서 전반적인 일의 경황과 상황을 들어 알고 있었다. 눈이 퉁퉁 부은 엄마는 시간이 지나도 울음을 그칠 줄 몰랐다. 간헐적으로 울음을 터트리는 그녀를 아리가 꼭 껴안았다. 기다란 식탁에서 가족들에게 둘러싸여 있던 아리는 클라크를 마주 보았다. 맵시 있게 차려입은 그의 베스트 슈트가 아리와 몹시 잘 어울리는 차림이었다.

『저 사람이 날 구해 준 사람이야.』

아리는 엄마의 눈물을 닦아 주고 클라크를 가리켰다. 퉁퉁 눈이 부은 엄마가 아리의 손가락이 가리키는 클라크를 바라보았다. 그녀의 허리를 꼭 끌어안고 있던 소리도 언니의 말에 흥미롭다는 듯 눈을 반짝였다. 그리고 그녀의 귀에 대고 작게 속삭였다.

『잘생겼다.』

여동생이 수줍게 웃었다. 아리도 따라 웃었다. 한국말이라 클라크는 알아들을 수 없을 것 같았다. 소리가 아마색 시폰 원피스를 만지며 물었다.

『이 원피스도 저 사람이 사 줬어?』

『응.』

『부자인가 봐. 부자처럼 생겼어. 저 사람들…….』

아리는 고개를 끄덕였다. 소리는 손을 뻗어 아리의 매끈한 팔뚝과 진주 귀걸이를 만져 보았다. 그리고 클라크에게 시선을 주었다. 마치 다른 종족을 보는 듯한 경계와 흥미가 그녀의 갈색 눈에 섞여 있었다.

"여동생이야?"

"네."

"닮았어."

"예쁘죠?"

"그래."

클라크가 소리에게 시선을 주자 소리는 화들짝 놀라며 아리의 뒤로 숨었다. 아리는 킥킥대며 소리에게 너보고 예쁘대 하고 말했다. 아직 고등학생밖에 되지 않은 소리는 부끄러운 듯 웃기만 했다.

"고생이 많으셨습니다. 조금 더 편하게 모시지 않은 점에 대해 사과드립니다."

디트리히는 저번보다 조금 더 환하고 온화한 미소를 짓고 있었다. 특유의 형형하고 날카로운 기운이 한 꺼풀 꺾여 무척이나 댄디하고 부드러운 인상이었다. 칼같이 각이 진 검은 슈트를 맞춰 입고 푸른 넥타이와 색이 같은 블루 스타사파이어로 넥타이핀을 한 그는 점잖고 온화한 인상이었다. 아리는 로레이 일가를 어떻게 소개해야 하나 고민하다 결국 시부모님이라 소개했다.

『이쪽은 시부모님 되실 분들…… 그리고 그 옆은 약혼자.』

아리는 말을 하다 잠시 주춤했다. 이런 자리에서 클라크는 조금의 흠도 없는 건실한 청년 같았다. 아리와 일부러 맞추어 입은 아마색 슈트가 인상을 한층 더 상냥하고 우아하게 만들어 보였다.

"클라크 피츠윌리엄 로트리겐 로레이입니다."

클라크가 아리의 부친을 향해 손을 내밀었다. 경계 섞인 눈빛을 보내던 아리의 아버지가 그의 손을 잡으며 어색하게 웃었다. 죽은 줄 알았던 딸이 살아 있단 걸 안 것도 하루 전이다. 그런데 그 딸이 결혼을 할 예정이고 딸의 시부모 되는 사람들이 굉장한 부자들이라니 희비가 한데 엇갈린 상황이었다. 급작스러운 해후와 상견례에 다들 정신을 차리지 못하고 있었지만 로레이 일가만은 예외였다. 그들은 최대한 아리의 가족들을 배려하고 기다려 주었다.

얼마 안 가 통역사가 들어왔다. 아리가 통역을 맡아도 되겠지만 로레이 부부는 그녀에게 굳이 통역을 맡기지 않았다. 가족들은 로레이 일가에 대해 아는 게 없었다. 하긴 아리만 해도 그렇게 퍽 많은 것을 알고 있지는 않았다. 그저 유대 사회에서 알아주는 명문가라는 정도. 그들 부부가 이스라엘 내에서 막강한 권력을 가지고 있다는 것 정도가 다였다.

어렴풋한 조명 빛 속에 아리는 자신이 마주하고 있는 상황을 실감했다. 아무리 봐도 로레이가가 조성하고 있는 분위기는 상견례 분위기인데 그녀의 가족들은 상견례를 할 분위기가 아니었다. 그리고 아리조차도 지금이 시기가 적절하지 않다는 것을 느꼈다.

그러나 클라크는 조급해 보였다. 어서 빨리 결혼에 대해 이야기하고 싶은지 디트리히와 이사벨라에게 눈치를 주고 있었다. 이사벨라는 안달 난 제 아들에게 차분히 주의를 주었다. 클라크는 모친의 주의에 미간을 좁히며 와인을 마셨다.

마침 점심시간이 되어 간단한 해산물 요리를 먹었다. 요리는 호텔의 명성과 비례했다. 그동안 늘 좋은 음식을 먹으며 지낸 아리로서도 처음 맛보는 진미들이었다. 화이트 와인과 함께 나와 더 부드럽고 바다의 풍미가 진하게 나는 요리들이었다. 클라크는 아리를 배려해 큼직한 대구 요리를 썰어 접시에 덜어 주었다.

로레이 일가를 눈여겨보던 엄마가 클라크를 흘긋 쳐다보았다. 아리는 어쩐지 이 자리가 불편했다. 클라크 없이 로레이 부부와 함께 앉아 있던 어제보다도 더 많이 불편했다. 왠지는 알 수 없었지만 밥이 코로 들어가는지 입으로 들어가는지도 알 수 없을 만큼 긴장되었다. 로레이 내외는 친근하게 웃으며 말도 붙이고 농담도 던졌지만 그들의 노력에도 불구하고 가족들은 어수선한 마음에 제대로 식사를 못 했다.

디저트로 과일 향이 옅게 나는 홍차와 꽃으로 장식한 오렌지 마멀레이드 파운드케이크 그리고 생강 향이 은은하게 나는 진저케이크가 나왔다. 가족들 중에서 식사에 가장 열심인 사람은 소리였다. 아리는 동생이라도 밥을 잘 먹어 다행이라 생각하며 빨리 이 만남이 끝나고 가족들과 함께 있고 싶었다. 아리는 활발하게 이야기를 주도하고 있는 예비 시아버지를 보았다. 그는 텔아비브의 날씨부터 도시의 경관 같은 대외적으로 하기 좋은 이야기들을 꺼냈다. 이야기할 때 그는 자주 웃었고 때때로 짓궂은 농담을 던지기도 했다.

반응을 이끌어 내기 위해 최선을 다하는 것으로 보였다. 아리는 한편으론 그가 고마웠지만 굳이 그녀에게 이토록 친절을 베푸는 이유가 무엇일까 생각했다. 그저 미국 동부 대학의 유학 경험이 다인 그녀였다. 예쁘장한 편이긴 했지만 엄청난 미녀도 아니고 그만한 분위기를 가진 것도 아니었다. 도드라질 게 없는 평범한 여자였건만 클라크도 디트리히도 또 이사벨라도 그녀에게 매너가 좋았다.

그녀에게 베풀어지는 호의가 그저 상류사회를 살아가는 계급들의 자선에 불과할지라도 아리는 그 내막이 궁금했다. 그리고 이들의 호의가 거둬지는 순간 결혼 생활이 무사히 이어질 수 있을까 하는 생각이 들었다. 이 특별한 상황을 걷어 내고 나면 결국 이 결혼에는 남을 것이 별로 없었다. 적어도 사랑 외에는…….

"결혼이란 인생에서 가장 매력적이고 아름다운 일입니다. 결실은 또 다른 결실을 맺죠."

과연 자신의 아이를 임신한 여자를 두고 다른 여자와 결혼했다가 그 여자가 도망가니 그때서야 정신을 차리고 후회하며 그 여자에게 돌아간 남자다운 말이었다. 아리는 리암에게서 들은 이야기를 떠올리며 디트리히의 결혼반지를 보았다.

로레이 부부의 일은 생각보다 널리 알려져 있었다. 알고자 해서 알게 된 건 아니었지만 리암은 남의 말을 하면서도 죄책감이 없었다. 도리어 남들은 다 아는 이야기를 아리가 모른다고 해서 깜짝 놀라는 눈치였다. 자발리시가의 사생아였던 이사벨라가 디트리히 로레이와 결혼하게 되기까지는 꽤 드라마틱한 과정이었다고 했다. 아리는 디트리히를 주시하며 그가 다음 말을 꺼내기를 기다렸다.

『지금 우리의 아들딸들이 그 아름다운 결실을 맺을 것 같군요.』

통역사가 디트리히의 말을 조금의 오역도 없이 전했다. 통역사의 이야기를 들은 부모님은 어안이 벙벙한 표정이었다. 그녀가 이런 극한 상황에 처하게 된 내막과 과정만 들었지 클라크와는 전혀 그런 사이인 것을 몰랐기 때문이었다.

아리는 뺨이 붉어지는 것을 느끼며 자신의 손에 이미 끼워진 약혼반지를 쓰다듬었다. 문득 이 가벼운 다이아마저 무겁게 느껴질 만큼 이 상황이 불편해졌다.

『무슨 말씀을 하시는 건지…… 딸아이가 아드님과 그런 사이였나요?』

끔찍한 이야기를 듣는 듯 엄마의 표정은 구겨져 있었다. 사실 미간을 구길 만한 사안은 아님에도 그녀는 그간의 여파로 모든 일이 끔찍한 듯했다. 그러나 그런 표정이 상대 가족에게 실례가 된다는 걸 알고 빨리 수습했다. 고급스러운 호텔의 외관과 비싼 가구로 메워진 내부에 어울리는 화려하고 반듯한 옷차림의 사람들.

그리고 '비밀 공수' 라는 말이 어울릴 만큼 그들을 안전하게 이곳까지 데려온 이들의 재력과 권력. 모든 것이 생경한 조화였다. 아리의 모친은 가만히 자신들을 훑던 일가의 눈빛과 미소를 상기하며 통역사를 바라보았다. 통역사는 딸아이를 구해 준 젊은 청년의 아버지 이야기를 듣더니 곧바로 이국 말을 번역해 왔다.

『로레이가의 공자께서 따님에게 청혼을 했다고 합니다. 또한 따님과 이미 상의가 된 이야기라고 합니다.』

통역사의 통역에 아리가 몸을 움찔했다. 가족들이 놀란 눈길로 그녀를 쳐다보았고 동시에 클라크와 로레이 부부마저 그녀에게로 시선을 돌렸다. 아리는 더듬더듬 입을 열었다.

『그렇게 되었어. 그러니까…… 클라크는 좋은 사람이고 최대한 빨리 결혼하는 게 좋을 것 같아서.』

눈을 빠르게 깜빡이며 준비해 왔던 이야기가 뭐였더라 하고 생각했다. 분명 결혼에 관해, 하고 싶은 말이 많았는데 다 생각나지 않았다. 좋은 남자라는 이야기. 결혼을 결심하게 된 이유 그리고 그밖에 준비한 이야기가 많았다. 그런데 단 하나도 떠오르지 않는다. 그저 가족들의 의구심 섞인 눈길에 당황스럽기만 했다.

아리는 화장실을 간다는 핑계를 대고 자리에서 일어나 그곳을 빠져나왔다. 자신도 모르게 클러치백까지 챙겨 나온 걸 보고 웃음이 나왔다. 화장실 거울에 비친 자신은 엉망이었다. 그토록 정성을 다해 손보았던 화장이며 머리가 뜨고 헝클어져 지저분해 보였다. 화장을 수정하기 위해 클러치백을 여는데 기를 써 가며 다시 손볼 기운이 도저히 나지 않았다.

이게 다 무슨 소용인가 싶어 화장대에 던지듯 클러치백을 내려놓고 앉았다. 머리가 아파 왔다. 결혼을 결심한 순간부터 지금까지 무언가 비틀리고 틀어졌다는 느낌을 놓을 수가 없었다. 클라크가 싫은 건 아니었다. 그 남자의 고칠 수 없는 병이 두렵거나 끔찍한 것도 아니었다. 시기가 이르다는 생각 또한 부차적인 문제였다. 순간 밀려오는 괴로움에 화장대에 얼굴을 묻고 있을 때였다. 인기척조차 들리지 않았는데 그녀를 감아 오는 손길이 느껴졌다. 아리는 놀라 몸을 일으켜 뒤를 돌았다.

"클라크!"

"왜 이런 데 혼자 있는 거야?"

남자는 잘생긴 얼굴을 일그러트리며 곁에 앉았다. 어깨를 휘감은 두꺼운 손이 편안했다. 둘만 있으면 이렇게 편안한데 왜 함께 있을 때는 그토록 불안했던 것일까.

"그냥 조금 피곤해서요."

"병아리야. 아파?"

그가 손을 들어 이마에 열을 쟀다. 아리는 웃으며 고개를 저었다.

"그냥 피곤한 거예요."

"……."

"부모님께선 놀라셨나 봐."

"네."

아리는 시선을 내리깔았다. 클라크가 입술을 만졌다. 아이라인이며 볼터치며 어디 하나 들뜨지 않은 데가 없는데 남자는 세기의 미녀를 본다는 듯 황홀한 표정이었다. 아리는 그의 품에 머리를 기대었다. 이대로 있고 싶었다. 조금만 이대로 있고 싶었다.

"한 가지만 알아줬으면 좋겠어요."

"무얼?"

"내가 당신을 아주 깊이 사랑한다는 거요."

눈을 감았다. 납치를 당한 순간부터 지금까지 이 모든 불운과 악행의 덫 속에서도 이 남자를 만난 것만은 신에게 감사한 일이고 라이너에게도 이 일만은 감사해야 할 것 같았다. 어쩌면 이 남자를 만나기 위해 이런 고난을 겪었다고 아주 쉬이 말할 수 있을 정도로. 그녀에게 클라크는 특별한 사람이었다.

"무슨 생각 하고 있어? 왜 이렇게 지친 거야?"

남자는 이해할 수 없다는 듯 낮게 속삭였다. 아리는 눈을 뜨고 살며시 웃었다. 탄탄하게 뻗은 목을 쓰다듬자 그가 자주 그랬던 것처럼 매끄러운 살갗 위에 입을 맞추었다.

"그냥 사랑을 말하는 거예요."

"힘들어 보여. 그 말을 하는 게 너를 힘들게 하는 일이라면 하지 마."

"그럴 리가요."

"얼른 혼인 신고서에 도장을 찍어야겠군."

클라크는 어딘가 불만스러워했다. 잔뜩 성마른 아이처럼 초조함을 참는 게 힘들다는 듯 얼굴을 찡그렸다. 아리는 달래듯 그의 턱을 쓰다듬다가 자신을 들어 올려 허벅지 위에 앉히는 약혼자의 팔을 쓰다듬었다. 그녀의 연약한 쇄골과 어깨를 쓰다듬던 클라크가 입술에 키스했다. 립스틱이 번질 것 같아 그를 밀어 내려 했지만 그럴수록 클라크는 깊이 파고들었다.

거친 손이 원피스를 벗겨 그녀의 가슴을 주물렀다. 아리가 작게 비명을 지르며 얄궂은 손길을 막으려 했지만 입술이 먹힌 상태라 거절의 말은 새어 나오다 말았다. 클라크는 제 한 손에 가득 들어오는 가슴을 느끼며 그녀가 앓는 소리를 낼 때까지 혀를 섞었다. 검지로 유두를 긁으니 그녀가 몸을 비틀며 밀어 냈다. 그는 재빨리 밀어 내려 하는 손을 꽉 잡고 입술의 감촉과 향을 느꼈다. 립스틱에서는 아무 맛도 나지 않았다.

오직 향을 가진 건 그녀의 혀와 살갗뿐이었다. 정확히는 시트러스 향. 상큼하고 달달했다. 무아지경으로 가는 지점에서 그는 불쑥 솟은 제 아래에 그녀의 손을 끌어다 놓았다. 아리는 질끈 감았던 눈을 떴다. 그리고 고요한 은회색 눈과 마주쳤다. 클라크는 그녀의 검은 눈에 자리하고 있는 불안을 감지해 냈다.

"병아리야."

귓불에 난 솜털이 간지러울 만큼 바짝 붙은 남자가 그녀를 불렀다. 아리는 문득 눈 밑이 젖어 가고 있음을 느꼈다. 가슴을 만지던 그가 손을 들어 그녀의 턱을 잡아 돌렸다.

"뭐가 두려워?"

"모르겠어요."

괴로웠다. 어느새 훌쩍이고 있는 자신마저 참을 수 없을 정도로 한심스러웠다. 남자는 그녀를 어르듯 끌어안고 뺨에 입을 맞추었다.

"내가 어떻게 해 줘야 해?"

자상한 남자였다. 아리는 그의 강인한 손을 끌어와 푸른 핏줄이 도드라진 손등에 입술을 맞췄다. 그리고 조금 웃었다. 울고 나니 조금 개운해졌다. 현실을 직시할 필요가 있었다. 그녀는 그녀가 마주하고 있는 두려움의 정체를 깨달았다. 그리고 그것이 사랑이라는 낭만적이고 위태로운 감정과 공존하고 있음을 알아차렸다.

"아무것도……."

"그렇게 말하지 마."

클라크가 눈썹을 찡그렸다. 아리는 그의 무릎에서 일어나 의자에 앉았다. 마주 본 상태에서 남자는 심장이 터져 나갈 정도로 근사했다. 그녀와 원피스와 색상을 맞추기 위해 택한 슈트와 시계, 커프스단추까지 어울리지 않는 것이 하나 없었다. 그가 쓰고 입는 모든 것들이 최상류의 수제품들이었다. 전장을 택하지 않았더라면 늘 이렇게 근사하고 맵시 있는 남자였을 것이다.

그리고 굳이 그녀 같은 여자를 만나지 않아도 되었을 터. 어지럽던 머리가 차분히 가라앉았다. 눈물은 더 이상 나오지 않았다. 아리는 눈을 깜빡이며 그를 보았다. 이젠 도리어 클라크가 불안한 얼굴이 되었다.

"결혼…… 조금 더 생각해 보면 안 될까요?"

아리는 자신의 왼손 약지에서 빛나는 다이아반지를 쓰다듬었다. 이것을 줄곧 빼내고 싶었다.

"무슨 소리야?"

"그냥 조금만 더, 조금만 더 생각해 보고 싶어요."

"……."

앞을 볼 수 없었다. 남자는 소리 내지 않았다. 침묵 속에서 그녀는 숨 한번 내쉬기 힘들었다.

"클라크……."

"이유가 뭐야?"

그는 완연히 굳어 있었다. 흉흉하게 얼어붙은 기색에 아리는 침을 삼켰다. 처음 보는 표정이었다. 사귀고 나서부터 지금까지 남자는 단 한 번도 저런 표정을 지은 적이 없었다. 아리는 클라크를 따라 일어났다. 남자가 한 발자국 가까이 다가올 때마다 겁이 났다.

"그냥 조금 더 우리 관계를……."

"거짓말."

"거짓말이 아니에요."

"아니. 넌 그냥 날 원하지 않을 뿐이야."

"그렇지 않아요."

남자는 단언했다. 흉기 같은 눈길이었다. 살점을 도려내듯 찬찬히 훑는 눈빛이 방금 전 사랑스러웠던 그 남자가 맞는지 궁금할 정도였다. 아리가 한 발자국씩 물러날 때마다 남자가 빠르게 다가왔다.

"그렇지 않다고? 거짓말도 작작해. 네게 줄곧 매달리니 이젠 내가 우스워 보여?"

"클라크……."

아리는 빠르게 고개를 저었다. 그가 손을 들어 그녀의 뺨을 쓸어내렸다. 나락으로 추락한 듯 절망과 고통에 찬 눈빛이었다. 망가진 남자의 얼굴을 보니 가슴이 아파 왔다. 이 남자가 제게 절대적으로 약한 이유를 알 수 없었다. 무엇이 그토록 그를 강박적인 인간으로 만드는지도 알지 못했다.

"확신이 조금 더 필요해요. 내가 당신을 받아들이고 당신도 나를 받아들일 시간이요. 그게 필요한 것 같아요."

"……그 확신이 생기지 않으면?"

"……."

"날 받아들일 시간이라고?"

낮게 으르렁거리던 클라크가 소리를 질렀다. 성난 손길이 화장대에 있는 화병을 쳐 내었다. 화병이 바닥에 나동그라지며 깨졌다. 아리는 덜덜 떨리는 입술을 깨물었다.

"그럼 그동안의 시간들은 다 뭔데? 내가 너한테 한 게 다 뭐야!"

"진정해요. 클라크……."

그가 흥분할수록 아리는 검은 수렁 속으로 가라앉는 느낌이 들었다. 어떻게든 차분하려 했다. 놀란 가슴을 쓸어내리고 클러치백에서 손수건을 꺼냈다. 그리고 자신 앞에서 반미치광이처럼 구는 남자에게 다가가 피가 흐르는 손에 손수건을 댔다. 손이 잡힌 남자는 움찔 떨며 그녀를 죽일 듯이 노려보았다. 신기하게도 그녀가 가까이 다가오자 더 이상 거칠게 행동하지는 않았다.

"사랑한다는 말 기억해요?"

"이러려고 기름칠해 둔 거였어?"

사랑을 기름칠에 비유하는 남자에게 아리는 아무 말 하지 않았다. 그런 식으로밖에 알아듣지 못한 게 화났지만 그가 제정신이 아니라는 점을 감안해야 했다. 붉게 젖어 들어가는 손을 가까이 끌어당기자 그가 끌려왔다. 아리는 희미하게 미소 지었다. 그리고 그때였다. 클라크가 고개를 숙여 그녀의 입술에 키스했다. 아리는 그 키스에 선선히 응했다.

찢어 죽일 듯 노려보며 화병을 깨트릴 땐 언제고 그의 입술은 고혹적이라 생각될 만큼 낭만적이었다. 피가 흐르는 손이 그녀를 안았다. 단지 감촉을 느끼기만 하려는 듯 살짝 입술을 베어 무는 행동에서 그친 남자가 연약한 눈빛으로 그녀를 응시했다. 둘은 잠시 입술을 떼고 서로를 가만히 쳐다보았다. 남자의 눈은 잠길 정도로 그윽했다.

"당신이 전장을 택하지 않았더라면 날 만나지 않았겠죠."

"……."

"당신이 어딘가 모자라지 않았다면 당신의 어머니와 아버지는 날 택하지 않았을 거예요."

"무슨 말을 하고 싶은 거야?"

"그냥 그렇다는 거예요. 날 사랑하지 않는 당신에 대해 생각한 적이 있어요. 그리고 날 택한 당신에 대해서도 생각한 적이 아주 많아요."

그렇지 않은가. 가진 것 없고 한미한 집안이었다. 살면서 한 번도 부모님이 자랑스럽지 않았던 적은 없지만 이 부유하고 명예로운 집안에 비하면 그녀의 가족은 아무것도 아니었다. 변변치 못한 집안에 유학까지 간다고 말썽을 부려 진 빚은 아직도 고스란히 남아 있었다. 부모님이 요식업 장사를 한다고 진 대출금까지 생각하면 눈앞이 까마득해졌다. 빚에 허덕이다 숨 쉴 틈 없어 괴롭던 날이 그녀에겐 아직 생생했다.

그런데 결혼이라니? 그녀는 이따금 머리가 멍했다. 당최 내가 왜 이 남자와 결혼하게 된 건지 스스로도 알 수 없을 때가 있었다. 뒤늦은 현실 자각이었다. 가족들 등골 부러트리며 미국까지 날아와 공부를 했으니 취업을 해서 이젠 자신이 가족을 먹여 살려야 하는데 난데없이 세작원으로 들어가 팔자에도 없는 짓거리로 고생하고 그러다 우연히 남자를 만나 사랑에 빠졌는데 그 남자는 사실 자신과 연관이 1%도 없는 남자다. 어떤 사람 말에 의하면 이 세상 사람들은 여섯 다리만 건너면 모두 다 아는 사이라는데 이 남자와 그녀는 도무지 접점이라곤 없었다.

그만큼 사회적 격차가 엄청났다. 한국으로 치면 재벌 아닌가? 암살자로부터 쫓겨 다니다가 재벌가 며느리라니. 아이고, 웃겨라. 물론 이 남자는 사회 부적응자였다.

그러나 사회 부적응자라는 핸디캡이 없다면 그녀를 거들떠도 보지 않았을 것이다. 어쨌든 태어나기를 좀 모자라게 태어났다고 하니 거두어서 데리고 살 여자는 그녀 하나밖에 없었다. 그런 이유로 그의 부모님은 아리를 며느리로 삼은 것이고. 다 정리하니 숨이 가빴다. 대체 무슨 짓을 하고 산 거야. 나? 갑자기 편두통이 일었다. 우두망찰하게 한곳만 보고 있으니 그가 그녀를 불러왔다.

"아리야."

아픈 목소리였다. 시선을 주지 않았다. 그녀로 인해 괴로워하는 남자를 보고 싶지 않았다. 그가 괴로울 필요는 없었다. 어떤 경우에라도 그를 괴롭게 하고 싶지는 않았다. 오직 그녀의 번민이었고 그녀만의 고통이었다.

"사랑한다는 건 진심이에요. 함께하고 싶다는 것도 진심이고요. 당신을 믿지 못하는 게 아니라 날 믿지 못하는 거예요. 무슨 말인지 알아요?"

"아니."

아리는 고개를 들어 희미하게 웃어 보였다. 클라크는 웃지 않았다. 그는 여전히 조급하고 불안한 낯빛이었다. 문득 이 남자의 공감 능력은 어째서 그녀에게만 발현되는지 궁금했다. 감정의 부스러기조차 없어 일반인과는 유리된 채 전장밖에 택할 수 없었다는 남자였다.

그 전장에서도 그는 이따금 튕겨 나가곤 했다. 하여 군인이 아니라 살인마라 불리었다. 그러나 이 순간 아리는 그의 눈이 맑은 유리 같다고 느껴졌다. 감정이 고스란히 비치는 모양이 어린아이 같기도 했다. 그녀는 아이처럼 얼굴을 일그러트린 남자의 뺨을 가만히 쓰다듬어 보았다. 기이한 만남이었고 평범하지 않은 연애였다.

남자는 스스로 아무리 발버둥 쳐도 정상의 축에 들지 못한다는 것을 알았다. 아리 또한 그가 결코 보통 사람으로 살아갈 수 있다고 믿지 않았다. 그래도 보통의 연애는 한 번쯤 해 보고 싶었다. 누군가에게 쫓기지 않고 숨어 지내지 않아도 되는 연애 말이다. 보통의 연애 감정을 느끼고 그래서 보통 사람처럼 설레고 사랑하고 그래서 조금 덜 히스테릭해지고 그에게 조금 덜 의지하게 되는 연애. 그런 연애의 끝에 결합이 있길 원했다. 클라크는 언젠가 그녀에게 자신이 그녀를 만나며 다른 사람들과 조금 비슷해지는 것 같기도 했다. 그 말을 할 때 그는 환희에 들뜨지도 제 변화에 생경해하는 표정도 아니었다. 무심하고 무뚝뚝하게. 그저 그랬다. 그렇게 된 것 같다. 낮고 작게 속삭였을 뿐이다.

도리어 기쁨에 차 설렌 건 그녀였다. 심장이 낮게 울리고 입술에 희미한 미소가 떠돌았다. 입술을 맞추니 그제야 남자의 은회색 눈이 출렁거리며 미소 지었다. 정원이 가까이 있어 창가로 녹음이 흐드러지는 모양이 고스란히 비춰졌다. 둘은 마주 보고 서 그 시간을 즐겼다. 그와 함께하며 산 시간 중에 가장 평화로운 시간이었다. 그날, 그 시간. 그런 생각을 했다. 어쩌면 이 남자와 평범하게 살 수 있을지도 모른다. 아리는 회상에서 깨어나 입을 열었다.

"세계에서 가장 평범한 연애를 해 보고 싶어요. 보통의 연애 말이에요."

그는 이마를 찡그렸다. 도통 모르겠다는 표정이었다. 그가 '네가 나랑 한 게 뭔데? 그게 연애가 아니면 뭐냐고!' 하고 말하기 전에 재빨리 다음 말을 이었다.

"목욕하다가 청혼받고 싶지 않단 말이에요."

아리가 입술을 삐죽였다. 남자는 자신이 놓친 게 무엇인가를 떠올리며 인상을 썼다. 그를 보며 아리는 작게 웃음을 터트렸다. 생각해 보니 목욕하다 욕조에서 청혼을 받은 것도 퍽 싫은 건 아니었다. 남들이 다 하는 레스토랑에서 피아노 반주 치며 결혼반지를 내미는 청혼보다 나은 것 같기도 했다. 적어도 그때의 클라크, 정사를 끝낸 후 잔뜩 젖은 클라크는 세상에서 제일 섹시했으니까. 그렇지만 한 가지는 포기할 수 없었다.

"거리에서 손잡고 걸어 보고 싶어요. 거리 행상에서 소프트아이스크림 먹으면서 손잡고 거닐어요. 봄에 꽃이 피면 바람에 꽃잎이 흩날리겠죠. 그럼 내게 키스해 줘요. 당신이 내 뺨에 키스하면 난 당신의 입술에 키스할래요. 저녁에는 영화를 봐요. 코미디든 액션이든 다 좋아요. 저녁에 영화를 보고 나오면 분수대에 앉아 맥주를 마실 수도 있겠죠. 그런 연애를 해요. 그런 평범한 연애…… 보통 연애."

"……."

"그리고 그런 연애를 한 뒤에도 서로가 곁에 남아 있다면 말이에요. 지금은 서로밖에 찾지 못할 정도로 급박한 상황이지만 지금보다 더 나은 환경에서 서로를 바로 볼 수 있다면……."

"그만."

클라크가 손을 들었다. 아리는 험악하게 비틀어진 남자를 조심스레 올려다보았다. 미간 사이 깊게 팬 주름마저 사나웠다. 아리의 말을 멈춘 남자는 한동안 침묵했다. 경련이 이는 것처럼 잘게 떨리는 뺨과 울렁이는 목울대가 그가 지금 어떤 상태인지 말해 주는 듯했다. 그가 들어 올렸던 손을 말아 쥐었다. 그리고 아래로 내렸다. 아리는 눈을 깜빡였다. 맺혔던 눈물이 식어 있었다. 눈꺼풀을 깜빡일 때마다 눈 밑이 젖었다. 그녀는 손끝으로 축축하게 젖어 든 눈 밑을 닦아 냈다.

"좋아. 네가 뭘 생각하는지 알겠어."

그가 힘겹게 입을 열었다. 진정되지 않은 것 같았으나 어떻게든 스스로를 가라앉히려 하는 것 같았다. 아리는 조금 뒤 그가 그녀에게서 뒷걸음질 치고 있다는 걸 알았다. 의아하게 쳐다보았지만 그는 눈을 마주치지 않았다. 한사코 바닥만을 내려다보고 있었다. 아리는 무언가 잘못되었다는 걸 느끼며 입을 열었다.

"난 그냥……."

"그만 이야기해도 돼."

"클라크. 오해하지 말아요."

그는 더 듣고 싶은 표정이 아니었다. 말문이 막혔다. 사랑했다. 앞으로도 계속 사랑하고 싶은데 과연 사랑할 수 있는 환경인지 지켜보고 싶을 뿐이었다. 아리는 입매를 늘어트리며 울상을 지었다. 살면서 자신이 이렇게 의심이 많은 사람인지 몰랐다. 이렇게 조바심을 내는 제가 답답하면서도 자꾸만 들춰 보고 확인하고 싶었다.

"네가 시간을 가져야 한다면……. 그래 시간을 가지자."

눈가가 붉었다. 이슬이 얼핏 스친 것 같기도 했다. 아리는 그에게로 손을 뻗다 다시 거두어들였다. 만질 수 없었다. 은회색 고랑에 차오른 이슬에 심장이 얼어붙었기 때문이다. 클라크는 고개를 숙여 떨림을 참아내었다. 그가 문을 열고 나갔다. 방문이 닫히는 소리가 유독 선명했다. 심장이 솨아아 하는 소리를 내며 부서졌다.

⚜

로레이가는 그녀와 가족들에게 텔아비브와 조금 떨어진 도시 외곽의 넓은 저택을 마련해 주었다. 한적한 도시였다. 중심 시가지와 떨어져 있지만 결코 먼 거리는 아니었다. 로레이가의 본가와도 꽤 가까운 거리여서 언제든 클라크를 보러 오라고 이사벨라가 말했지만 정작 클라크 본인은 그런 말 하나 없이 제집으로 돌아갔다.

리암과 클라크 그리고 아리가 함께 살던 별장에는 이제 아무도 없었다. 리암은 여전히 텔아비브에 머물렀지만 로레이가에 더 신세를 지지 않았고 제 부친 소유의 호텔에 머무르며 라이너를 주시했다.

보름이 흘렀다. 그날 이후로 클라크와는 더 이상 연락하지 않았다. 가장 처음 결혼을 유보하겠다고 했을 때 그의 부모님은 클라크만큼이나 낯빛이 어두웠다.

그렇지만 아리의 마음을 이해하겠다 했고 실제로도 그녀가 무슨 생각을 하는지 눈치챈 것 같았다. 그러니까 디트리히는 몰라도 적어도 이사벨라만큼은 말이다. 이사벨라가 마련해 준 저택은 네 식구가 살기엔 지나치게 넓었다. 그리고 보안이 철저했다. 저택은 로레이가의 별장만큼이나 철저한 경호로 경비가 삼엄했고 네 식구의 시중을 드는 고용인들로 가득했다.

고용인들 또한 로레이가에서 보내 준 사람들로 실제로 로레이가에서 오랫동안 일해 온 일가의 측근들이었다. 이것만으로도 그녀의 결혼은 아직 유효한 듯했다. 내외가 보여 준 호의는 아들의 연인에 대한 배려라기보다 일가 사람을 향한 적절한 처우로 보였다.

클라크에게선 어떤 연락도 오지 않았지만 이틀 뒤 이사벨라에게서 한 통의 전화가 왔었다. 여자의 음성은 눅눅했다. 슬픈 듯해 보여서 마음이 좋지 않았다. 그녀가 모든 것을 망치고 부서트린 것 같았다. 물심양면으로 도움을 주는 사람들에게 이렇게밖에 할 수 없었던 건가 싶어 괴로웠다.

"죄송해요."

— 뭐가요?

이사벨라가 천진하게 되물었다. 아리는 무어라 말할 수 없어 입술을 달싹였다.

— 어떤 경우에도 당신이 내게 미안할 필요는 없죠. 무슨 마음인지 알아요.

아리는 미간을 좁혔다. 정말 아는 걸까? 그녀의 번민을…….

— 나도 디트리히 앞에서 아무것도 아닐 때가 있었으니까. 심지어 아이를 낳고도 그에게 나는 아무것도 아니라는 생각을 한

적이 있었죠. 그는 실제로도 그렇게 행동했었고 나는 그게 지긋지긋해서 떠난 사람이었어요.

"그런 말씀은……."

아무리 헤집고 파헤쳐도 그녀가 닿을 수 없는 과거였다. 그 과거에 대해 이사벨라는 마치 강 건너 사람들이 사는 이야기를 하듯 아무렇지 않게 속삭였다.

— 사랑한다고 해서 모두가 결혼하는 건 아니죠. 난 사랑해서 그를 선택하지 않았던 적도 있어요. 그러니 나만큼은 당신을 비난하지 못해요.

"……."

— 피츠윌리엄이 남들과 달라서 그래서 우리가 당신을 선택했을 거라고 생각한다면 그건 잘못된 생각이에요.

"……."

— 난 당신이라서 허락한 것뿐입니다.

명쾌하고 명료한 대답이었다. 아리는 이사벨라의 단언에 숨을 참았다가 한참 만에 내쉬었다.

"제 어떤 점이, 제 어디가 부인의 마음을 움직였나요?"

— 그런 걸 꼭 말로 설명할 수 없죠. 그냥 피츠윌리엄이 처음으로 택한 사람이고 그 선택이 나쁘지 않았다는 걸 느꼈을 때…… 나는 당신이 내 아들을 움켜쥐고 있단 것에 안도했죠.

이사벨라는 회상하듯 느리게 말을 이어 나갔다. 클라크가 보고 싶었다. 그의 행방을 묻고 싶었지만 참았다. 말해서는 안 될 것 같았다. 한동안 보지 않기로 했으니까 그렇게 마음먹었으니까.

"저 또한 부인을 만나게 돼 정말로 기뻤어요."

— 마치 마지막이라는 듯 말하네요. 결혼에 대한 결정은 전적으로 아리 씨의 마음에 달렸지만 이것 하나만 알아줬으면 좋겠어요.

"어떤……?"

— 피츠윌리엄이 미치면 누구도 못 말려요. 어릴 적에는 기절시켜서 묶어 놓고 감금하면 됐는데 사춘기를 지나면서 그것도 힘들더라고요. 어쨌든 지금은 시도해 본 적 없지만 디트리히랑 나, 둘 다 어떤 방식이로든 폭주를 막는 건 불가능하다고 생각하고 있어요.

"그런……."

이사벨라가 낮게 읊조렸다. 아마 파혼에 대해 이야기하고 있는 것 같았다. 협박인가? 아리는 미간을 좁힌 채 심장이 서늘해져 오는 것을 느꼈다. 그 남자가 미쳐 길길이 날뛰는 모습은 일전에 한 번 봐서 알고 있었다. 그는 성급했고 그래서 누구의 말도 듣지 않았다. 제 아버지를 향해 방아쇠를 당기는 데 조금도 망설이지 않는 남자. 마른침이 넘어갔다.

— 그러니까. 파리지옥이란 거지요.

어쩐지 여자는 즐거워하고 있었다. 반면 아리는 불쾌함에 눈썹을 찡그렸다.

— 저당 잡혔다고 말해야 하려나요? 어쨌든 둘이 잘 해결해요. 우리보다 밑지는 형편이라는 핑계로 거절하지는 말고요. 난 아리 씨한테 시모 노릇 한 적 없고 앞으로 그럴 마음도 없어요. 유치하

다고 하겠지만 아직 며느리 볼 나이도 아니라고 생각해요. 그래서 아리 씨가 나한테 어머니라고 하면 좀 끔찍할 것 같아요. 아아. 맞다. 아이도 좀 늦게 낳아 줘요. 이 나이에 할머니가 되는 건 싫으니까.

아리는 증발하는 혼을 간신히 붙잡으며 묵묵히 이야기를 들었다. 마지막으로 잘 지내요. 하고 인사한 그녀가 전화를 끊었다. 아리는 휴대폰을 멍하니 내려다보다 침대로 가 누웠다. 그게 마지막이었다. 그 후로는 생각하기 싫어 아무것도 떠올리지 않았다.

로레이가가 보내 준 고용인들과 가드들은 세심했다. 하나부터 열까지 조심스러웠다. 그들은 모두 정중했으며 조금의 흠도 없이 밝았다. 저녁때 종종 그들과 같이 식사를 하거나 차를 마시기도 했다.

부모님은 로레이가에 관심이 많았다. 지칠 줄 모르는 호의와 배려에 마음을 열었는지. 장녀가 멀리 사는 것은 마뜩잖지만 딸의 목숨을 구해 주고 보살펴 준 것만으로 몹시 감사해야 하는 일이라며 종일 이야기했다. 그러면서 다시 한 번 제대로 로레이 내외를 만나 뵙고 싶다 말했다. 아리는 부모님을 향해 느리게 고개를 끄덕여 보였다.

클라크에게 다시 전화를 해야 할까. 그런데 뭐라고 하면서 전화를 걸어야 할까.

새벽녘 아리는 잠에서 깨었다. 사고를 당한 직후 좀처럼 잠을 편안하게 자지 못했다. 일부러 낮잠을 자지 않고 카페인을 줄여 봐도 정해진 시간이 되면 자동으로 깨어났다. 그게 괴로움이라면 괴로움이었다. 몇 번을 뒤척이며 다시 잠이 들려 노력했지만 더 이상 자는 건 무리였다.

방 안은 어렴풋한 푸른빛에 잠겨 어둑했다. 그녀는 눈을 뜨고 윤곽이 흐릿한 가구의 직선들을 더듬어 나갔다. 키가 낮은 서랍장 위엔 마가렛이 생생했다. 오 일 전부터 사용인이 꾸준히 가져다준 것이었다. 누가 준 것이냐고 물어도 사용인은 의미심장하게 웃을 뿐이라 처음엔 누가 꽃다발을 배달한 건지 알 수 없었다. 아리는 상체를 일으켜 새벽 한가운데 하얀 빛을 뿜어내는 꽃을 바라보았다.

클라크. 제게 꽃을 보낼 사람은 그 남자뿐이었다. 그녀의 약혼자. 연인. 오직 제게만 다정한 사이코패스. 하루에 한 번 꽃을 보내는 남자. 첫날은 장미였고 둘째 날은 치자꽃. 셋째 날은 수레국화 넷째 날은 칸나의 씨앗 다섯째 날은 하얀 마가렛이었다. 다발로 올 때도 있었고 화분으로 올 때도 있었다. 꽃을 받을 때마다 그녀는 창밖에서 남자의 그림자를 찾았다.

만나면 해 주고 싶은 말이 많았다. 하나 그림자의 끝자락도 찾을 수 없었다. 제 냉대에 지쳐 질려 버린 것일까. 그럼 꽃은 왜 보내는 거지? 괜히 속이 시끄러워 다시 침대에 누워서도 한참을 뒤척였다. 왠지 모르게 눈물이 슬쩍 났다.

결국 아리는 침대에서 일어나 서랍에서 리볼버를 꺼냈다. 리암이 헤어질 때 준 것이었다. 플라스틱의 질감이 퍽 좋지는 않았다. 반투명한 커튼을 투과하는 새벽빛 속에서 아리는 손가락이 들어갈 자리를 쓰다듬어 보았다. 사격 연습은 중단됐지만 아직 그 감각은 잊지 않았다. 아리는 문득 방아쇠를 당기고 싶었다. 손에서 열기처럼 살의가 피어올랐다. 저택의 별관에 사격장이 있다는 것을 상기했다. 그녀는 총을 들고 지하로 내려갔다.

가드들은 그녀가 총을 든 모습에 조금 놀란 것 같았다. 아리는 그들을 향해 씩 웃어 보인 뒤 연습을 하러 간다고 말하였다. 풀밭을 뒹구는 새벽이슬이 서늘했다. 살그머니 잔디를 밟고 가족들 몰래 사격장으로 향했다. 저택이 넓은 만큼 없는 게 없었다. 당구장, 수영장, 폴로를 할 수 있을 만큼 넓은 잔디밭. 모든 게 갖추어져 있는 곳이었다.

아리는 과녁의 정중앙을 바라보았다. 아직 움직이는 물체를 쏠 만한 실력은 아니었지만 어쨌든 명중한 적은 여러 번 있었다. 아리는 총의 그립을 문지르다 두 팔을 넓게 뻗어 사격 자세를 취했다. 머리보단 손에 그리고 몸에 익은 감각이었다. 첫 발은 명중시키지 못했다.

과녁의 중앙보다 3cm 정도 떨어진 곳에 총탄이 박혔다. 아리는 목을 돌리며 몸을 풀었다. 두 번째 발사였다. 이번에는 명중 자리로부터 한참이나 빗겨 난 곳에 박혔다. 아리는 이마를 찡그렸다. 그때였다.

"팔을 너무 위로 했어."

⚜

매직미러 너머 남자가 주검처럼 누워 있었다. 리암은 그가 당했을 일들을 가늠했다. 해골처럼 움푹 들어간 뺨과 뼈밖에 남지 않은 앙상한 꼴이 그가 알던 사람이란 것이 믿기지 않았다. 제 밑에서 일하던 시절의 그를 떠올리며 소름이 돋은 팔뚝을 쓸어내렸다.

"에릭 보첸."

이름이 불리자 남자는 눈을 번쩍 떴다. 갈색 눈이 탁하고 어두웠다. 그는 눈동자를 굴려 제 왼편에 선 리암을 보았다. 백분을 처바른 듯 말라붙은 입술에는 보랏빛 멍이 피어 있었다. 그가 입을 벌렸다. 쉰내가 올라왔다. 종기가 곪고 곪다 찍 하고 고름을 흘리며 나는 냄새. 딱 그런 악취였다. 리암은 잠시 숨을 참고 말을 골랐다. 기자회견이라고 했나? 기도 차지 않는다. 그는 어젯밤 제게 찾아온 클라크 로레이를 떠올렸다.

엘튼호텔에서의 저녁을 마지막으로 그는 아리를 더 이상 찾지 말라고 했다. 그동안 손님으로서 응대했던 것 또한 매우 불쾌한 경험이었다며 최대한 정중하게 이야기했다. 스스로를 많이 자제하고 절제하고 있는 게 보였다. 그는 그들 사이에 있었던 다툼에 대해 알고 있다고 이야기했다. 그러자 클라크는 턱을 쓰다듬었다. 왼손 약지에 낀 반지는 그대로였다. 남자는 딱딱했다. 결혼을 물릴 일은 없을 거라고 했다. 그저 제 여자에게 시간을 주는 것일 뿐이라고. 리암은 웃었다. 배짱 좋게 말하는 꼴치고는 눈 밑의 그늘이 선명했다.

못 자고 못 먹고, 실연당한 남자처럼 병신 같은 모양이었다. 리암은 여전히 아리가 어린 누이 같았다. 그리고 눈앞에 남자는 천지 모르고 날뛰는 불한당 같았다. 총체적으로 눈앞이 깜깜했다. 둘 중 누구도 제 앞가림 못 하는 바보들을 바라보는 기분이었다. 차라리 클라크 로레이가 누이의 마음을 완전히 가졌더라면 마음이라도 한결 편했을 텐데. 이 남자는 그녀의 마음까지 온전히 가지질 못했다.

사랑이 중요한 게 아니라 방식이 중요한 것이었다. 리암은 클라크 로레이가 과연 그녀와 무얼 하고 살았는지 알 수 없었다. 함께 살면서도 그들의 생활은 여전히 불가사의였다. 문제는 저만 이런 것이 아니라 아리 또한 그랬다. 몇 개월을 같은 공간에서 살면서도 그녀는 아직도 그에 대해 확신할 수 없는 눈치였다. 신뢰란 그리 쉽게 생기는 게 아닌 걸 알면서도 그 여자가 불안에 떨고 있는 것을 보고 있노라면 단순히 마음만 중요한 게 아니란 걸 깨닫게 되었다. 그는 진심으로 클라크 로레이에게 충고를 했다.

'연애를 해.'

그는 모처럼 조언했다. 상대를 아껴 주는 방식은 여러 가지였다. 클라크에게도 저만의 방식이 따로 있을 터였다. 그러나 결과적으로 그것은 효용적인 방식이 아니었다. 결혼을 앞두고까지 신부가 이렇게 불안해할 정도면 말 다한 것이다. 클라크의 눈에 이채가 어렸다. 놀란 것 같기도 했고 분노한 것 같기도 했다. 그러나 화내진 않았다.

전이라면 주먹부터 날아와 네가 뭔데 내 여자에게 신경 쓰느냐

했을 텐데 클라크는 잠자코 앉아만 있었다. 볕이 좋은 날이었다. 텔아비브는 유독 햇볕이 맑고 따뜻했다. 여자들은 이런 날을 사랑했다. 아름다운 색으로 물든 거리를 거닐며 연인과 사랑을 속삭이기에 좋은 날. 그런 날에 연애를 해야지 병신아. 클라크는 고개를 끄덕였다. 차분한 얼굴로 가슴에 담아 두겠다 말하는 양에 리암은 진짜 이 새끼 돌았나? 하는 표정으로 그를 보았다. 클라크는 잡다한 이야기는 그만두고 본론을 꺼냈다.

'에릭 보첸을 만나. 놈을 기자회견장에 세울 거야.'

'미쳤냐? 놈이 뜻대로 움직일 것 같아?'

'놈은 정상이 아니야. 대본을 주고 읽으라면 읽을 머리밖에 없을걸.'

'그러다 아리에게 해라도 가면?'

'그건 내가 책임질 문제고. 넌 시키는 대로 하면 돼. 식을 하는 동안 다른 곳에선 기자회견을 진행하고 있을 거니까.'

'가능해?'

클라크는 대답하지 않았다. 그저 진득하게 바라볼 뿐이었다. 리암은 우두커니 은회색 눈을 마주하다 고개를 끄덕였다. 수긍하는 내색을 보이자 클라크는 그제야 입을 열었다.

'다른 방법이 없어서 놈을 나사 하나 빠진 상태로 만들었어.'

그는 제가 들인 수고를 상기하는 듯 키득거렸다. 리암은 잠자코 그의 이야기를 들었다. 기자회견은 빠르고 짧게 진행될 거다. 정신이 흐리멍덩한 놈은 허수아비처럼 회견장에 세워만 두고 나머지는 로레이가의 대리인이 브리핑할 것이다. 놈에게 어떤 흉기나 총기도 내어 주지 않을 것이며 역시 회견장에는 ADOS의 병력이 깔릴 예정이었다. 리암은 계획을 듣고도 대답하지 못했다. 클라크는 답답하다는 듯 그를 채근했다.

'이 방법 외에 더 좋은 방법이 있어?'

'…….'

'사비나란 여잔 찾지도 못했지? 나 좀 있으면 결혼해야 해. 너도 이 징글징글한 생활 끝내고 싶을 거 아냐?'

리암은 결국 고개를 끄덕였다. 저번 ADOS를 찾았을 때 에릭은 확실히 제정신이 아니긴 했다. 그 짧은 시간 동안 어떻게 정신을 개조했는지 몰라도 자신까지 알아보지 못했다. 그는 제안을 수락했다.

'근데 하필 왜 나야?'

'얼빠진 놈이라 널 보면 정보국에서 시킨 일이라고 생각할 거거든.'

클라크는 씩 웃은 뒤 자리에서 일어났다. 리암은 회상을 뒤로 하고 에릭을 보았다. 이름만 불렀는데도 소름이 돋았다.

"네가 해 줘야 할 일이 있다."

리암은 가뭄이 든 땅처럼 버석한 입술을 달싹이며 희멀건 얼굴을 꽤 오래도록 주시했다.

⚜

"여기는 어떻게……?"

아리는 제게 다가와 총을 바르게 쥐여 주는 남자를 망연히 올려다보았다. 클라크는 그녀의 뒤로 와 팔을 겹쳤다. 남자의 강인한 두 팔이 아리의 팔과 함께 곧게 뻗어 나갔다. 마침내 방아쇠가 당겨졌다. 총격에 눈을 반사적으로 감았다 떴다. 과녁의 정중앙은 텅 비어 있었다. 명중이었다. 그는 팔을 떨어트리고 그녀를 가만히 끌어안았다. 2주 만이었다. 조우하고 사랑하게 된 뒤로 이렇게 긴 헤어짐은 처음이었다. 아리는 뒤를 돌았다.

서먹함을 지우지 못했다. 그럼에도 밀려오는 애틋함은 막을 수 없었다. 그녀는 뜨끈해져 오는 눈 밑을 문지르며 고개를 숙였다. 그가 그녀의 입술을 찾아들었다. 아리는 익숙하게 파고드는 움직임에 응했다. 따뜻하고 편안했다. 어느 틈에 이 남자에게 이토록 익숙해졌는지 알 수 없었다. 입술을 가르고 들어오는 묵직한 덩어리가 그녀의 입 안을 훑었다.

아리는 웅얼거리다 넋을 놓았다. 다리에 힘이 풀렸다. 그에게 매달렸다. 두꺼운 목에 팔을 감자 그가 허리를 감은 팔에 힘을 주었다. 입술이 떨어지고 아리는 감았던 눈을 떴다. 남자는 달라져 있었다. 윤곽이 여물고 단단해진 대신 전보다 날카로워져 있었다. 예의 그 능글맞던 느낌도 없었다. 아리는 제가 그의 무엇을 달라지게 했는지 짐작할 수 없었다. 발톱 끝에 피가 몰렸다. 그의 품에서 천천히 떨어져 나와 숨결이 엉키지 않을 정도의 거리에서 가만히 그를 바라보았다. 남자 또한 상념에 잠긴 듯 쉬이 입을 열지 않았다.

"보고 싶었어요."

이렇게 말하는데 목울대가 떨렸다. 지진의 여파처럼 잔떨림이 묻어났다. 마음에 들지 않아 입술을 꼭 깨물었다. 클라크는 제 손에 들린 총을 아리에게 넘겨주었다.

"원하는 건 다 들어준다고 했는데…… 그럴 수가 없었어."

"……."

"찾아와서 미안하다."

울 것 같았다. 아리가 아니라 그녀의 눈앞에 있는 남자가. 형편없이 구겨지는 모습에 아리는 꽤 놀랐다. 놀란 티를 내지 않으려 살짝 벌렸던 입술을 다무니 그는 곧장 울 것 같은 얼굴이 되었다. 정말로 눈이 붉어지는 모양에 아리는 당황했다.

"클라크……."

울어요? 하고 되묻고 싶었지만 차마 그럴 수가 없었다. 새삼 어떻게 남을 위로해 줬더라 하고 떠올려 보았지만 당황한 나머지 리액션을 취할 수가 없었다. 그녀는 가만히 남자의 등을 끌어안았다. 그리고 제 어깨에 얼굴을 파묻으며 웅크리는 남자를 도

닥였다.

"찾아와서 미안해."

아리는 가만히 제 귓전에서 울리는 음성을 들으며 뭉글뭉글 피어오르는 어느 새벽녘을 되짚어 보았다. 침대 한쪽이 기울어지며 제 이마와 머리카락을 쓰다듬는 손길과 체온을. 되짚고 되새기며 그리하여 온전히 그의 고통을 느끼는 순간 그녀는 제 연인의 이마에 입을 맞추었다.

"기다리게 해서 미안해요."

촉 하고 입술을 뗀 뒤 아리는 마찬가지로 눈물에 얼굴이 더러워졌다. 가만히 등을 쓸던 손이 떨려 왔다. 떨림을 주체하지 못하고 손을 꼭 말아 쥐었다. 간신히 입술을 움직여 꽃 잘 받았다고 속삭였다. 한데 끝이 뭉그러져 우스워졌다. 다 말하고 싶었다. 받은 꽃들 전부 기억한다고. 잘 말려 벽에 걸어 둘 거라고. 그런데 왜 전화 안 했냐고.

엽서라도 보내면 어디 덧나냐고 그렇게 내가 미웠는지 묻고 싶었다. 그런데 미안해서 목이 쉬었다. 못 보니까 그리웠다. 냉대하고 돌아서자 제 마음이 더 시렸다. 못된 년. 이기적인 년. 그 남자가 너한테 어떻게 했는데? 기억이라도 하면 그렇게는 못 하지. 제가 제 가슴을 치면서도 차마 먼저 전화 걸 수 없었다. 제 못되고 답답한 성정이 그를 어떻게 만들었는지 아니까. 그 남자가 저를 얼마나 기다리는지 알아서. 차마 손이 떨려서. 숨이 기도 안에서 엉키며 발작할 것 같았다. 보고 싶으니까 찾아와 달라고 매달리며 울면 어떡하지.

그렇게도 빌어야 할까. 구차하게. 훌쩍이면서 용서를 구해야 했을까. 말끔히 자신을 비워 제게 매달렸던 남자였다. 용서를 빌면 받아 줄까. 새벽이면 흔적조차 없는 남자가 그리워 잠을 잘 수 없었다. 웃고 있었지만 눈가 근처가 늘 건조했다. 어떻게 웃었더라? 어떻게 웃고 떠들고 사람들 사이로 섞였더라. 하나도 기억나지 않았다. 머리를 점령하고 손끝에 밴 것은 오직 그 남자를 기억하는 방법뿐이었다. 그것밖에 기억하지 못하는 여자인 듯 몸을 동그랗게 말고 그가 보낸 꽃을 더듬는 것밖에 할 수 없었다. 품에 얼굴을 묻고 호흡을 다듬고 있을 때였다. 문득 남자의 음성이 들렸다.

“사랑한다고 해. 나밖에 없다고……. 내가 아니면 안 된다고. 뭐든지 다 할 거니까 널 지키기 위해서라면 뭐든지 다 할 거니까…….”

절박했다. 간절했다. 당장 대답하지 않으면 죽을 때까지 쥐어뜯을 것 같았다. 한데 또 그 날카로운 음성이 애처로웠다. 아리는 입을 열었다. 목구멍이 말라서 말이 잘 나오지 않았다. 울음에 젖어 들어가는 그녀를 두고도 그는 불안해했다. 입술이 바들바들 떨렸다. 그녀는 눈을 질끈 감았다가 떴다.

“사, 사랑해요. 당신밖에 없어요. 당신이…… 아니면 안 돼요.”

부옇게 차오르는 눈물을 소매로 연신 닦아 낸 뒤 고개를 들었다. 비단 젖은 것은 그녀의 얼굴만이 아니었다. 난생처음으로 흘리는 눈물에 저 스스로도 아연해져 당황하고 있는 남자 또한 흠씬 젖어 있었다. 아리는 발꿈치를 들어 눈물이 흘러내린 그의 뺨에 입을 맞추었다.

"미안해요. 내가 잘못했어요. 그러니까 울지 마요."

9
덫의 인과

에릭 보첸은 제 망가진 얼굴이 익숙하지 않았다. 거뭇하던 살결은 흡혈귀의 것처럼 창백하고 푸르렀다. 세포가 죽은 듯 시커먼 눈 밑과 핏기 없이 허연 입술은 그 낯선 얼굴을 한층 더 괴기스러워 보이게 했다. 그는 세면대 거울에서 한참을 서성이다 물을 틀었다. 세차게 터져 나오는 수돗물을 두 손에 담았다. 지나치게 차가워 물이 닿은 피부의 표면이 얼얼했다. 감각은 뚜렷하고 명료했다. 지난 시간 동안 이 감각이 지나치게 두려웠고 또한 지나치게 그리웠다. 고신을 한 뒤 그들은 에릭을 혼자 두었다.

그래서 에릭은 늘 망가진 채로 수십 시간을 홀로 보내었다. 제 정신이 아닌 시간이었다. 사실 지금도 맑은 정신이라고 할 수는 없었다. 독방에 혼자 갇혀 있을 때 에릭은 시간 속에서 마모되는 것 같았다. 마치 시간이 육신을 갉아먹는 것 같았다.

하여 자신이 낡아 버리는 게 아닐까 두려웠다. 감각하는 것은 두렵다. 정확히는 아무것도 느끼고 싶지 않았다. 한데 정말 아무것도 느낄 수 없는 시간이 두려웠다. 그는 물방울이 맺힌 제 얼굴을 보았다. 거울 속에 비친 꼴이 우스웠다. 성한 곳이 없었다. 동태 눈처럼 흐리멍덩한 눈을 반달 모양으로 접어 보았다. 병신이 따로 없었다. 아니 실제로도 병신이긴 했다.

그는 기능하지 않는 제 육신의 일부를 바라보다 고개를 들었다. 클라크 로레이는 저가 정말 병신이 된 줄 알고 있었다. 물론 육신의 일부가 고장 나긴 했지만 보복을 잊을 정도로 병신이 된 건 아니었다. 수건으로 얼굴을 닦았다. 세면대 옆에 휴대전화가 있었다. 두 개였다. 그는 각각의 휴대전화를 들어 메시지를 확인했다.

하나는 그의 오랜 상관이었으나 그를 버리고 방치했던 자의 마지막 발신이었고 다른 하나는 그를 고신하여 하자 있는 인간으로 만든 자의 발신이었다. 에릭 보첸은 두 메시지를 보다 빛이 새어 나오고 있는 문을 보았다. 인공적인 조명 빛이 아니라 자연의 빛이었다. 그는 두 휴대전화 중 하나를 세면대 위에 던져 놓고 물을 틀었다. 그리고 나머지 하나는 주머니에 넣었다.

녹음이 흐드러지는 대부호의 호정에는 어느새 꽃들이 백화난만했다. 고르게 내리쬐는 볕 아래 벌과 나비가 꽃과 꽃 사이로 날아다니고 말간 볕이 지면 위로 녹아들었다. 빛들로 세상이 반짝이는 듯했다. 여름은 풍요롭게 익어 가고 있었다. 아리는 정교한 다마스크 카펫처럼 다듬어진 남편의 호정을 바라보다 고개를 돌렸다.

저택의 내부는 온통 광채로 번쩍였다.

세간 사람들이 광활한 성에 비유하는 이유를 알 것 같았다. 아치형의 천장은 저마다 정교함을 감탄케 하는 세밀화가 그려져 있었고 정중앙에는 종유석처럼 늘어진 샹들리에가 길게 목을 빼고 있었다. 아리는 고개를 원래대로 하고 조심스레 계단을 올라 긴 회랑을 걸었다. 장미와 제비꽃, 금사작 따위가 오밀조밀하게 새겨진 긴 면사포가 바닥에 끌렸다. 수행원이 그녀의 드레스 자락과 면사포를 정리하며 뒤를 따랐다. 저 멀리서 로잘리 본젤과 이사벨라가 서 있었다.

드레스를 재단하고 디자인한 로잘리는 흐뭇한 얼굴이었다. 디저이너로서 자부심이 느껴지는 미소에 아리는 웃음이 나왔다. 머리는 틀어 올리지 않았다. 그대로 피부와 대조되는 게 좋았다. 선명하리만치 뚜렷하게 차이 나는 명암이 아름다웠다. 오랫동안 볕을 보지 못한 피부는 맑았고 곧 깨질 만큼 눈부셨다.

티아라는 월계수의 잎과 장미의 잎사귀로 뒤덮인 듯 곱고 가늘었다. 눈의 결정처럼 반짝이는 다이아가 그녀의 머리 위에서 빛났다. 아리는 벽에 걸린 거울에 자신을 비춰 보았다. 하얗고 동그란 어깨를 드러내 청순하고 연약해 보였지만 시원하게 파인 목과 가슴선이 미묘하게 선정적인 느낌이었다. 보는 사람마다 찬사를 터트렸지만 정작 아리는 근심으로 표정이 어두웠다.

"너무 어려 보이진 않을까요?"

유부녀가 되는 결정적인 순간이었다. 너무 어려 보이진 않을까? 키도 작고 요사이 해쓱해진지라 과년한 처자의 모습과는 상당히 멀어진 모습이었다. 아리는 조심스레 로잘리를 향해 물었다. 로잘리는 웃으며 고개를 저었다. 아리는 제 귓불에 매달린 다이아 귀걸이를 만지작거렸다. 클라크가 오늘 아침 제게 직접 걸어 준 것이었다. 두 시간 전의 일인데 아직도 낯이 뜨거웠다. 귀걸이만 걸어 준 게 아니라서 그랬다.

오늘 아침 드레스로 갈아입기 위해 옷을 벗고 있는데 그가 난데없이 들이닥쳤다. 이미 볼 만큼 본 사이여도 부끄러운 건 여전한데 그는 전혀 그런 낯빛이 아니었다. 오히려 무심한 표정으로 귀걸이를 들어 보여 비명을 지른 그녀를 무안하게 했다.

클라크는 가슴을 가리고 있는 그녀를 끌어당겨 의자에 앉힌 뒤 긴 머리를 뒤로 넘겼다. 귓불을 만지작거리다 귀를 뚫는 손이 조심스러웠다. 따끔했지만 소리를 지르진 않았다. 생살이 뚫리는 동안 잿빛 눈을 들여다보았다. 물비늘이 떠도는 고요한 호수 같았다.

오래 시선을 마주하자 그 눈에 미묘한 광택이 돌았다. 물안개에 가린 물비늘이 저 혼자 반짝이는 양. 아리는 가지런한 호흡에 고개를 숙였다. 숨결이 귓불에 닿았다. 남은 한쪽 귀를 뚫기 전 그가 귓불에 입을 맞추었다. 낯이 바짝 달아올랐다. 클라크가 재빨리 남은 한쪽 귀를 뚫었다. 그가 의자를 돌려 거울을 보여 주었다. 그러곤 오른쪽 귀를 가린 머리를 걷어 냈다. 귓불에서 빛이 어린 작은 광물처럼 다이아가 반짝였다.

그녀는 작게 한숨을 내쉬었다. 달랑 팬티 한 장 걸친 채로 진한 화장을 하고 있으니 선정적이었다. 간신히 음부만 가린 매춘부처럼. 이럴 때는 시선 처리를 잘해야 한다. 조심스레 남자를 곁눈질했다. 그는 벌써 슈트까지 갖춰 입고 있었다. 시선을 맞추기 무서워 눈을 내리깔았다. 그만 나가라는 뜻에서 고개를 돌리니 그가 그대로 몸을 낮춰 목덜미에 키스를 했다. 깜짝 놀라 머리를 밀어냈지만 클라크는 그대로 젖무덤에까지 입을 맞추었다. 하얀 목덜미를 훑고 쇄골에 혀를 대어 지분거린 뒤 젖무덤을 빠는 요량이 자극적이었다. 아리는 가쁜 숨을 내쉬며 그의 어깨를 때렸다.

"그만, 그만 나가요."

간신히 머리를 떼어 낸 뒤 흉부를 가리고 고개를 숙였다. 클라크는 그녀의 달아오른 턱을 들어 올려 눈을 맞추었다.

"지금이 제일 예뻐. 집에서는 항상 이렇게 있어 줘."

"변태! 무슨 말을 하는 거예요?"

아리는 눈을 흘겼다. 클라크는 단지 웃을 뿐이었다. 야윈 얼굴 위로 화사한 미소가 떠오르자 덩달아 아리까지 웃음이 났다. 살이 뚫린 자리가 따끔거렸다. 아리는 팔을 뻗어 그의 목을 감았다. 그대로 클라크가 그녀를 안아 들어 올렸다. 부푼 가슴이 그대로 그의 판판한 가슴 근육에 닿았다. 기분 좋은 야릇함이 전신을 강타했다.

아리는 다시 한 번 그와 깊이 키스한 뒤 시선을 맞추었다. 남자의 손이 그녀의 팬티를 벗겼다. 음부로 곧장 찾아드는 손길은 서늘하고 자극적이었다. 달아오르기 시작한 그녀의 아래와는 정반대라 부끄러웠다. 고개를 숙인 채 얼굴을 붉히니 그가 낮게 웃음을 터트렸다.

"내 거 봐."

비스듬히 돌렸던 고개를 바로 하니 앞섶이 툭 불거져 있었다. 아리가 입을 벌린 채 어버버거리고 있을 때였다. 그가 지퍼를 내리고 질척한 질구 안에 물건을 갖다 대었다. 어두운 빛의 선단이 미끈거리는 안으로 들어갔다.

"흣!"

아리가 교성을 터트렸다. 침실이 아니고 신부 대기실이었다. 한데 이런 짓이라니…….

민망해서 죽을 것 같았다. 최대한 신음을 참으려 입술을 깨물었다. 그가 돌연 가슴을 움켜잡았다. 보기 좋은 모양으로 흔들리던 가슴이 그의 손안에 가득 찼다. 유두를 꼬집고 비트는 손길이 섬세했다. 퉁퉁 분 기둥이 안으로 들어왔다. 그의 사이즈에 맞춰 넉넉한 자리가 꽉 차며 허리가 휘어졌다.

"하앗…… 흐윽!"

그의 넓은 어깨에 얼굴을 묻고 손톱을 세웠다. 별짓을 다해 참으려 해도 쾌감이 지나치게 컸다. 엉덩이를 흔들며 그에게 재촉했다.

"아아…… 클라크! 빨리, 빨리 어떻게……."

낮게 헐떡이던 그가 능청스럽게 웃었다. 아리는 얄미워 그의 어깨를 꽉 잡아 쥐었다. 먼저 허리를 뒤트니 그가 높은 신음을 흘렸다. 만족스럽게 웃자 그가 입술을 맞춰 왔다. 혀가 섞이며 타액이 흘러 들어왔다. 그가 움직임을 좀 더 빨리했다. 기둥을 감싸는 수풀에 하얀 거품이 묻었다. 그가 기둥을 빼내고 그녀의 몸을 돌렸다. 아리는 선반을 잡고 그를 받아들였다. 말 한마디 없이 물건을 내리꽂던 그가 등허리에 달라붙어 가슴을 쥐었다.

"아아! 클라크. 하으응……."

그가 허리 짓 할 때마다 몸이 철썩이며 쾌감에 부서졌다. 그가 긴 머리를 걷어 내고 목덜미를 깨물었다.

"아, 안 돼. 자국 남아……!"

단말마처럼 소리 지르자 그가 가슴을 주무르며 괜찮다 속삭였다. 눈초리를 날카롭게 만들며 째려보니 그가 입가에 입술을 맞춘 뒤 마지막으로 빠르게 허리 짓 했다. 사정은 빠르게 이루어졌다. 절정에 다다른 아리는 끙끙대었다. 느끼지 않으려 입술을 깨물자 그의 입에 제 손을 물려 주었다.

"입술 깨물지 마."

아리는 눈치 보다 결국 그의 엄지손가락을 깨물었다. 허리 짓이 빨라질 때마다 엄지를 문 이에 힘이 들어갔다. 클라크는 상관없이 제 욕정을 모두 풀어낸 뒤 그녀를 꼭 끌어안았다.

감각적이고 야한 아침을 보낸 뒤 입은 드레스는 아름다웠다. 홍조로 물든 두 뺨과 연약한 입술. 그 입술 위로 덧칠한 붉은 색조는 그녀의 피부 톤과 너무도 잘 맞아떨어졌다. 아리는 긴 회랑을 지나 음악이 흐르고 있는 정원을 보았다.

가족들이 하객을 맞이하고 있었다. 각계 유명한 인사들이 모두 한자리에 몰려 금빛 샴페인을 마시는 모습이 낯설었다. 영화에서나 보던 화려한 식장이 제 결혼식이라니 한 번도 생각해 보지 못했다. 어릴 적부터 지금까지 결혼식이라면 정말 친한 사람들끼리만 모여 웃고 떠드는 자리를 만들려고 했는데 정반대로 되어 버렸다. 아리는 하객들의 얼굴을 찬찬히 들여다보았다. 제 결혼식의 참석자 중 반 이상이 모르는 사람이었다. 클라크에게 물어보니 클라크도 잘 아는 사람들은 아니라고 했다. 분위기는 이미 한껏 달아올라 있었다. 아리는 키스 마크가 남은 목덜미를 쓰다듬다 문밖을 나섰다. 수행원들이 그녀의 드레스 끝자락을 접으며 따라붙었다.

클라크는 먼 곳에서 유난히 밝게 빛나고 있었다. 진한 은회색 정장과 커프스핀 그리고 연한 분홍색이 도는 샴페인빛 타이까지. 오늘 가장 눈에 띄는 사람은 신부가 아니라 신랑일 것 같았다. 보기 드물게 앞머리를 올려 이마를 드러낸 남자는 누가 봐도 훤칠하고 말쑥한 미남이었다. 뭐랄까 말끔하게 잘생겼다기보다는 좀 요염한 축에 속했지만.

어쨌든 식장에서 가장 빛나는 사람은 그였다.

아리는 어쩐지 괘씸한 마음에 눈을 가늘게 떴다. 클라크가 어떤 사인으로 해석했는지 모르지만 갑자기 킥킥 웃었다. 식이 시작됨을 알리는 연주가 흘렀다. 연이어 울려 퍼지는 연주곡 하나하나가 흔한 결혼식장에서 쓰이는 음악은 아니었다. 저마다 잔을 들고 삼삼오오 모여 있던 사람들이 금세 조용해졌다. 문득 현기증이 일었다. 시선의 초점을 클라크로 두면 더욱 떨릴 것 같아서 바닥만 보았다. 곁에 다가선 아빠가 그녀의 손을 꽉 잡아 쥐었다.

고개를 들고 아빠를 향해 싱긋 웃어 보였다. 악단의 연주는 감미로웠다. 부드럽게 감기는 현의 소리와 맑은 피아노 소리에 요동치던 심장이 차분해졌다. 신부의 입장을 알리는 느린 선율이 시작되자 그녀는 조심스레 한 걸음을 내디뎠다.

어젯밤에는 이 순간이 오면 떨려서 심장 발작이 일어날지도 모른다고 생각했는데 막상 이 자리에 서니 퍽 긴장되지는 않았다. 광이 나는 클라크의 구두코가 보였다. 아리는 고개를 들었다. 아빠가 잡고 있는 작은 손을 그에게로 넘겨주었다. 아리는 그의 손을 잡으며 뒤에 서 있는 리암에게 시선을 짧게 주었다.

그는 까만 정장을 입고 있었다. 수염을 깎고 무스로 머리를 올리니 그도 꽤 근사한 미남이었다. 노심초사 저를 누이 보듯 보던 옛 상관은 저 멀리서 그녀를 향해 편안한 미소를 짓고 있었다. 아리는 그에게 보답으로 가볍게 미소 짓고 고개를 돌렸다. 클라크가 그녀의 허리를 부드럽게 감싸 안았다. 순백의 약혼반지와는 조금 다른 블루 다이아였다.

한눈에 봐도 세공이며 디자인이며 범상치 않은 물건이었다. 명문가이자 대부호가의 결혼식이니 비범한 보석일 것이라 생각했지만 고아하게 빛을 내는 다이아를 보니 숨이 턱 하고 막혀 왔다. 아리는 클라크의 손에 남은 반지 하나를 끼워 주었다. 선율이 조금 더 깊어졌다. 분위기는 무르익어 가고 있었다. 남편의 손이 그녀의 면사포를 벗겨 낸 뒤 끌어안았다. 오래도록 맡았던 체취가 달콤하고 따뜻했다. 모든 게 지나치도록 평화롭다는 생각. 지금 이 순간이 조각조각 부서져 발밑에서 무너져 내릴 것이라는 불길한 느낌. 문득 사람들의 웃는 얼굴이 가면처럼 느껴졌다. 머리가 아찔해졌다. 시선을 돌려 클라크만을 눈에 담았다. 창백한 얼굴에 스친 불안한 빛을 알아챘는지 클라크가 그녀를 끌어안았다. 아리는 눈을 감았다. 좋은 것만 생각하자. 좋은 것만 생각하자. 그러나 마음은 쉬이 진정되지 않았다. 섬뜩할 정도로 예민한 직감. 화살의 촉처럼 날카롭고 예리한 현실에 대한 촉. 파국은 언제든 찾아오리라.

그것이 현실로 이루어지기까지는 오래 걸리지 않았다. 피로연은 결혼식이 끝나고 두 시간 후였다. 지쳐 있는 신랑과 신부를 배려해서였다. 결혼식은 원래 하루 종일 하는 건지 아리는 일반 사람들의 결혼식을 떠올리며 휘적휘적 신부 대기실로 걸음을 옮겼다. 소파에 누워 느럭느럭 주스를 마시다 피로연을 준비했다. 몸은 지쳐 있었지만 정신은 유달리 맑았다.

스텝들이 웨딩드레스를 벗기고 피로연드레스로 갈아입혔다. 살구빛이 도는 진주색 드레스는 청순함과 우아함이 도드라졌으나 가슴선이 보일 만큼 깊이 파여 묘하게 야릇한 느낌을 주었다. 아리는 움푹 파인 허리를 기점으로 엉덩이와 다리를 감싸며 곡선으로 떨어지는 반투명한 레이스 자락을 손끝으로 살짝 건드려 보았다. 찬란한 비즈들이 소리를 내며 낙조에 물들었다. 피로연은 해가 저물기 시작한 무렵에 시작되었다.

하객들의 손에 들린 샴페인에 붉은 황혼이 얼비쳤다. 아리는 클라크의 손을 잡았다. 그가 귓속말로 벗고 있는 게 더 예쁘다 놀렸다. 아리는 짓궂게 웃는 그를 향해 이참에 다 벗으면 더 예쁘지 않을까 하고 되물었더니 그가 언제 웃었냐는 듯 사납게 얼굴을 굳혔다. 아리는 그를 향해 킥킥댔다.

난만한 여름 꽃들의 무덤이 바람에 흔들렸다. 그 사이로 가늘고 아름다운 음악이 흘렀다. 현의 소리가 맑았다. 투명하고 점잖았다. 아리는 창밖에서 보던 기하학적인 모양의 정원에 서서 바람을 맞았다. 곁에 있는 남자는 오늘따라 자주 웃었다. 그의 손이 매끈하게 뻗은 목과 하얀 어깨를 더듬었다. 사람들 속으로 들어가 춤을 추다 샴페인을 마셨다. 그리고 남편과 입을 맞추었다. 입술을 머금으며 키스하던 그가 그녀의 향기로운 하얀 목에 경배를 표하듯 깊게 키스했다.

세상에서 가장 감미로운 입맞춤이었다. 아리는 그의 두꺼운 어깨에 기대어 지면 위로 쏟아지는 황혼을 바라보았다. 느리게 눈을 감았다. 여름 향이 가득한 바람이 그녀의 검은 머리를 흩날렸다. 뺨을 간질이는 머리를 귀 뒤로 넘기다 시선이 풀숲에 닿았다. 어둡게 그늘진 풀숲 사이로 날카롭게 반짝이는 점이 있었다. 아리는 문득 낮에 느꼈던 공포를 떠올렸다. 발밑이 무너져 내려 모든 것이 처음부터 없었던 것처럼 흩어져 사라질 것 같은 느낌. 아리는 그 날카로운 빛이 사그라질 즘 자신을 안고 있는 클라크의 몸을 세게 잡아 돌렸다.

"피해요!"

비명처럼 소리를 지른 뒤 아리는 눈을 질끈 감았다. 총탄이 날아와 클라크가 아닌 누군가의 옆구리를 관통했다. 비명이 악기의 느린 선율을 헤집고 궁전을 두들겼다. 아리는 하늘을 올려다보았다. 붉게 익어 가는 하늘과 구름과 또 녹아 흐르는 낙조 위로 새들이 날아올랐다.

클라크는 제 품에서 정신없이 숨을 몰아쉬는 여자를 어깨에 매고 저택 안으로 들어갔다. 그녀의 발이 바닥에 닿지 않게 단단히 안아 들었다. 제 몸 밖으로 손끝도 나가지 못하도록 그녀를 꽉 옭아맸다. 여자는 갓난아이처럼 몸을 웅크렸다. 턱에 닿는 숨이 뜨거웠다. 하객들이 수행원의 도움을 받아 결혼식장을 빠져나가려 하고 있었다.

그러나 곧이어 외부에서 몰아치는 충격에 그들은 발걸음을 돌려 다시 저택으로 향했다. 클라크는 수행원을 시켜 하객들을 안전하게 저택으로 인도했다. 그리고 아리와 함께 저택으로 돌아와 그녀를 의자에 앉혀 놓았다. 공포에 질린 여자가 금방 울음이라도 터트릴 것처럼 입매를 늘어트리고 있었다. 마그네슘이 부족한 사람처럼 여자는 눈 밑을 파르르 떨었다.

"클라크!"

여자가 그의 품에 다시 안기려 했다. 조금이라도 자신과 떨어지고 싶지 않은 듯 아이처럼 안겨 들었다. 이렇게 정신없는 상황에서도 묘하게 그녀가 자신을 찾는 것이 좋아 한동안 그녀를 안고 달래었다.

"나갔다 올게."

"어디로요."

원망이 짙어진 눈이 그를 따라왔다. 클라크는 발치에 무릎을 꿇고 사랑스러운 그녀의 뺨을 쓰다듬었다. 엉엉 울어 눈 밑에 아이라인이 번졌다. 그래도 예뻤다. 화장이 엉망이 되어도 사랑스러웠다. 이렇게 엉망이어도 사랑스러운 사람은 처음이었다. 그는 사랑을 두고 세상에 가당치 않은 것이 존재한다는 양 조소하던 때를 떠올렸다.

"걱정하지 마. 밖에 잠시 다녀올 테니까. 가드들이 함께할 거야."

"당신은요? 당신도 위험하잖아요!"

아리는 안절부절못하며 그에게 매달렸다. 남편과 헤어지고 싶지 않았다. 아직도 비명이 곳곳에서 들려오고 있었다. 총탄이 간헐적으로 날아와 벽이며 유리를 부수고 있었다. 클라크는 한쪽 입꼬리를 올려 웃었다. 승자의 미소였다. 여유로 충만한 남자의 웃음은 결코 패배를 겪어 본 적 없다는 듯 호기로웠다. 매달리는 손을 꼭 감싸 쥔 그가 일어나 그녀의 뺨과 턱에 키스했다.

"사랑해."

⚜

아리는 뒤돌아 나간 남자의 잔상을 더듬다 거울을 보았다. 유리 거울은 총탄이 박혀 깨져 있었다. 방사형으로 퍼져 나간 금을 만져 보았다. 상황이 이럴진대 신부 대기실이라 달콤하고 은근한 향기가 방 안을 가득 메우고 있었다. 화장이 번져 눈 밑과 입술 끝이 얼룩덜룩했다. 속눈썹은 물기로 젖어 있었고 코끝은 빨개져 꼭 엄마 화장품을 갖고 논 여자아이 같았다. 문득 노크 소리가 들렸다. 아리가 뒤를 돌아보기도 전 문이 열리고 낯선 저음이 빗발치는 총탄 속에서도 뚜렷하게 들려왔다.

"아름답네."

비꼬듯 던진 찬탄에 가슴이 서늘했다. 거울에 비친 인영은 비참할 정도로 바짝 말라 있었다. 아리는 눈 밑이 파르르 떨렸다. 에릭 보첸이었다.

"고민했어. 꽤 많이 말이야. 혀에 금칠이라도 했는지 아주 멋들어진 개소리를 늘어놓더라고."

"에릭……."

아리는 나직하게 그의 이름을 불렀다. 에릭이 눈매를 찡그렸다. 제 귀에 들러붙은 그녀의 목소리가 역겹다는 듯 그는 귀를 후볐다.

"날 이 꼴로 만들어 놓고 다 불어 달라니. 어린애도 안 속을 그따위 개소리가 너는 믿겨?"

"그런……."

"내가 너 때문에 이 지경이 되었는데 너를 위해 좋은 소리를 하라고? 네 남편 너무 멍청한 거 아니야?"

아리는 고개를 저었다. 어떻게 된 일인지 알 수 없었다. 에릭이 저를 속여 사지로 몰아넣었단 것밖에는 알지 못하는 일이었다. 그녀는 마른침을 삼켰다. 문득 폭발음이 크게 들렸다. 그 뒤로 날카로운 비명이 귓가에 자박하게 몰려왔다. 그가 비리게 웃었다.

아리는 꼿꼿하게 털을 세운 채 망가진 남자를 노려보았다. 천장이 우지끈하는 소리를 내며 무너져 내리는 소리가 들렸다. 형광

등이 깜빡거리며 천장 위에 눌어붙어 있던 먼지와 정체 모를 파편들이 떨어져 내렸다. 식은땀이 났다. 에릭은 조금도 동요하지 않는 모습이었다. 아리는 한참 만에 입을 열었다.

"라이너가 보냈나요?"

"그걸 되물을 만큼 바보인 거야?"

에릭이 뭐 이런 멍청이를 보냐는 듯 조소했다. 그녀는 입술을 짓씹었다. 열이 올랐다 가라앉기를 반복. 입술 새로 빠져나오는 숨결마저 더웠다. 흉하게 변한 남자의 몰골을 훑었다. 겨우 1년도 지나지 않아 기름이 흐르던 건장한 남자의 얼굴은 변사체라도 되는 양 시퍼렇게 질려 있었다. 눈 밑은 푹 꺼지고 안구는 전보다 훨씬 돌출되어 사람 자체가 변한 것 같았다. 거리에서 마주쳤다면 필시 누구인지도 모르고 지나쳤을 것이다. 그가 안쓰럽다가도 지난날 제게 한 일들을 생각하면 욕지거리가 끓어올랐다.

"날 죽이려고 했잖아요. 내 남편이 당신을 가만둘 리 없는 건 당연하잖아요."

아리는 당당했다. 클라크와 디트리히가 에릭을 이렇게 만들어 놓은 건 당연하다. 그녀가 산 채로 목이 썰려 죽을 뻔한 일에는 모종의 더러운 음모가 있었고 그 음모의 씨실이 고스란히 눈앞에 있는데 멀쩡하게 둘 리가 없었다. 아리는 입술을 깨물었다. 그녀의 말에 약이 바짝 오른 에릭이 잔혹하게 읊조렸다.

"아아 그래서 창녀같이 그놈들 뒤에서 세 치 혀를 놀렸겠다?"

에릭이 위협적으로 목을 움켜잡았다. 아리는 비명 한 번 못 지른 채 벽 뒤로 밀렸다. 목을 조르는 힘이 점점 더 강해지고 있었다. 땅에 붙어 있던 발이 허공 위로 띄워졌다. 어떻게든 그 손에서 벗어나기 위해 버둥거렸다.

목을 잡은 손을 긁고 때렸지만 그는 조금도 개의치 않았다. 남자의 눈은 오직 고통스러워하는 아리의 얼굴을 담고 있었다. 돌출된 눈의 흰자에 핏기가 바짝 올라 있었다. 그녀가 고통스러워할수록 입꼬리가 올라가는 모양이 괴기스러웠다. 무의미하게 손등을 긁기 여러 번. 남자가 그녀의 목을 잡고 바닥으로 던졌다.

"악!"

목구멍에 걸려 있던 숨과 함께 비명이 빠져나왔다. 컬을 넣어 다듬은 머리카락이 하얀 뺨 위로 흩어졌다. 에릭이 드레스 위로 드러난 종아리를 훑었다. 번들거리던 두 눈에 광기가 돌았다. 그가 급하게 벨트를 풀었다. 그리고 아리가 일어날 틈도 없이 덮쳤다. 비명을 지르려 입을 벌리자 곧장 입을 막았다. 그리고 드레스 자락을 걷어붙여 바지 아래 우뚝 일어난 하체를 맞대었다.

아리는 제 입을 막은 손을 꽉 깨물었다. 에릭의 다른 손이 그녀의 뺨을 올려붙였다. 입가에 피가 흐르며 정신이 몽롱해졌다. 그가 어떻게든 자신의 물건을 그녀의 아래에 넣으려고 하고 있었다. 아리는 발로 그를 차며 버둥거렸다.

"미친 새끼!"

그녀가 버둥거리자 에릭은 몇 번이고 그녀의 뺨을 후렸다. 아리는 지치지 않고 주위를 둘러보았다. 찌를 만한 게 필요했다. 다행히 아침에 스텝이 머그잔을 깨뜨리는 바람에 채 치우지 못한 사기 조각이 있었다. 아리는 그것을 몰래 움켜잡고 그의 눈을 사정없이 찔렀다.

"아악!"

에릭이 피가 흐르는 눈을 붙잡고 울부짖었다. 아리는 그 틈을 타 얼른 밖으로 빠져나왔다. 방 밖에는 그 흔한 스텝 하나가 없었다. 연기가 자욱했다.

"설마?"

아리는 연기를 헤치며 복도를 뛰었다. 폭발음이 들리던 게 생각났다. 매캐한 가스가 기도를 들쑤셨다.

"클라크!"

아리는 한적한 복도의 끝에서 무너진 천장과 기둥을 발견했다. 입구를 봉쇄하듯 무너져 내린 건물의 일부로 인해 밖으로 나갈 수 없었다. 서늘함이 열이 오른 머리를 들쑤셨다. 눈물이 흘렀다.

"이거 어쩌나? 네 잘난 남편은 들어올 수가 없는데?"

그가 피가 철철 흘러내리는 한쪽 눈에서 손을 떼며 비웃듯 내뱉었다. 피가 출출 흘러내리는 눈이 괴물 같았다. 아리는 입술을 꾹 깨물다 웃음을 터트렸다.

"내가 당신 손에 고이 죽어 줄 것 같아요?"

10

세계 제일의 보통 연애

목을 죄는 타이를 풀었다. 넥타이핀을 아무 데에다 던지고 단추를 뜯었다. 이런 날에는 점잖아야 하건만 천성을 거르는 짓을 할 수가 없었다. 하늘 위로 헬기가 날아올랐다. 형태로 보아 전투용이었다. 그것도 디트리히의 헬기. 방금 전 디트리히가 올해 새로 예쁘게 뽑은 아가가 납치당했다는 말을 했다. 흥분해서 침을 튀기며 욕을 하는 통에 클라크는 낯을 찡그렸다. 그는 랜달에게서 온 메시지를 확인했다.

텔아비브 근처에 주둔한 ADOS의 캠프에서 군 인력을 보냈다는 내용이었다. 그는 조용히 메시지를 확인하고 휴대폰을 넣어 두었다. 에릭 보첸과 라이너의 합작은 꽤 그럴싸했다. 별다른 빌미를 들고 오지 않고서야 우방인 이스라엘의 영공을 침공할 수는 없을 것이고 로레이가를 궤멸하기 위해선 반드시 군사적 행동이 필요했다.

에릭을 가둬 두었던 ADOS의 지하 벙커는 ADOS의 캠프와 가까웠다. 지리를 알고자 한다면 못 할 것도 없었다. 헬기에 탄 인력을 보아 그는 뒷배가 있는 듯했다. 그리고 그 뒷배를 추측하기란 어렵지 않다. 라이너는 에릭을 생각보다 쉽게 움직였을 것이다. 고신으로 그는 육신이 망가졌고 이제 번듯한 삶을 살기란 어려웠다. 그러니 그에게 남은 것은 한 가지밖에 없었다. 저를 이렇게 만든 이들에 대한 복수. 클라크는 차게 조소했다.

간을 보려면 제대로 봐야지.

전면전이 무서워 더러운 공작을 해 댄다는 오명은 질색이었다. 사람을 뭘로 보고. 디트리히 로레이와 클라크 로레이는 전쟁에 미친 인간들이었다. 아비는 무기에 환장한 전쟁광이었고 아들은 그 전장을 누비고 다니는 무법자였다. 놈들이 총탄을 아끼지 않고 퍼붓는 상대는 대대로 군수 물자를 생산하며 덩치를 불려 온 인간들이었다.

집안 대대로 그 광인의 피를 주체하지 못해 환장하는 사내들의 여자가 저들이 노리는 여자였다. 로레이 부자를 상대로 테러를 일으키는 건 중소 국가를 상대로 전쟁을 하자는 것과 마찬가지였다. 클라크는 곧바로 헬기를 격추시켰다. 전면전이 무서워 꼼수를 부린다는 오해는 거절하겠다는 의미에서였다. 헬기는 곧바로 숲 한가운데로 떨어져 폭발했다. 화염이 우글거리며 피어올랐다. 디트리히가 욕을 지껄였다. 한 대 뽑는데 얼만 줄 아냐? 이 후레자식. 넌 내 자식이 아니라 개자식이야. 아비는 욕을 잘근잘근 씹어 내뱉었다.

클라크는 입술을 미끄러트리며 냉소를 지었다. 격추된 헬기는 디트리히가 어린애처럼 자랑하던 것이었다. 구성이며 디자인까지 기깔나게 뽑았다며 자랑하는 모양이 장난감을 산 아이처럼 해맑았다. 클라크는 무기수집광인 아버지가 패닉한 걸 보며 낄낄거렸다. 디트리히는 시름에 젖어 화염이 뭉그러지며 사그라지는 모습을 보았다. 클라크는 화염으로 뒤덮인 하늘을 보다 시가를 물었다.

헬기를 격추시키자마자 곧장 대응사격에 들어갔다. 시가의 비린 연기가 기도를 타고 넘어가 폐를 뒤집었다. ADOS의 캠프는 개인 사병이라 할 수 있을 정도로 막강한 병력과 자본을 자랑했다. 부친이 세계 최대 다국적 군사기업의 총수이고 어머니는 정보국의 책임자이다 보니 그는 남의 눈치 볼 것 없이 도시 외곽에 군사 캠프를 세울 수 있었다. 클라크는 트럭에 탄 수색대가 내리는 것을 본 뒤 캠프에 응집된 인력을 헤아리며 시가를 디트리히에게 넘겼다.

"이게 다 아버지가 멍청하게 일을 처리한 탓이잖아."

"……네가 그 여자를 데리고 오지 않았더라면 이런 사달은 안 났다."

"아버지도 어머니랑 자지 않았다면 나 같은 병신은 태어나지 않았을 텐데 말이지."

약 올리듯 뇌까렸다. 그러게 왜 마리나랑 살던 대로 그냥 살지 않았느냐 말까지 덧붙이면 주먹이 날아올 터. 그래도 상관없지만 지금은 사양하고 싶다. 마리나는 이사벨라의 이복 언니였다. 또한 그의 전 부인이기도 했다. 디트리히는 목 끝까지 올라오는 신물을 참아 삼켰다. 아들의 턱을 날리고 싶었지만 지금은 전시였다.

디트리히가 전쟁광이니 어쩌니 해도 결국 실전 경험은 전무했다. 그러니 지휘관은 클라크여야 했다. 클라크는 병력을 배치시킨 뒤 모사드에 전화를 돌렸다. 배후에 대해 이야기하지 않았지만 이쯤 되면 모사드도 배후라면 누군지 알 터였다. 그래도 로레이 일가가 미쳐서 도시 한복판에서 쇼를 벌였다는 오보를 내지 않으려면 악착같이 살아남아야 했다. 라이너가 계획한 바대로 따를 수 없었다. 피로연을 즐기다 테러라니. 게다가 대응사격까지. 더 이상 문제를 일으키고 싶지 않았다. 라이너가 무슨 생각인지는 몰라도 돌아가는 꼬락서니를 보면 웃음이 났다.

사병이라 할 수 있을 정도로 강한 병력을 가진 일가가 대도시 한복판에서 전쟁을 벌인다는 것. 국가에 대한 반역이었다. 특히 민간인까지 얽히게 되었으니 살아남지 못해 해명할 수 없다면 응당 그렇게 기억되고도 남을 것이다. 이스라엘에서 로레이가는 요주의 인물들이 응집한 일가였다. 흉금에 칼을 품고 있는 자들이 수두룩했다.

테러가 시시때때로 일어나는 나라에서 헬기 격추라니. 본격 전투를 벌인 일가에 대한 시민들의 시선과 언론의 보도는 매서울 터. 하나 살아남기만 한다면 역공을 준비할 수 있었다. 디트리히는 라이너가 끝끝내 포기하지 않을 거라고 했다. 대선이 한창인데다 놈이 정말로 사지에 몰렸기 때문이다. 어쩌면 그는 자폭을

염두에 두고 있을지도 모른다. 사실 에릭을 풀어 줄 때 이런 변수 정도는 고려했었다. 그러나 놈을 막아 세우고 아리의 신원을 복구 시킬 수만 있다면…….

희생할 가치, 있지 않을까. 여기서 누가 죽든 또 누가 다치든. 클라크에겐 중요하지 않았다. 아리만 죽지 않는다면. 결혼식 따위 두 번 치를 수도 있었다. 그러니…….

그래 처음부터 그녀만 아니었다면 에릭을 살려 두지 않았을 것이다. 이런 모험 또한 하지 않았을 테지. 사정을 두지 않고 라이너를 죽이는 데만 집중했을 것이다. 하나 정작 그 같은 방식으로 놈을 처리하는 건 그녀가 원하지 않았다. 놈의 실체를 밝히지 않고 죽이는 것. 너무 명예로운 죽음이지 않은가. 라이너를 그렇게 명예롭게 죽일 수야 없지.

하나 한 번뿐인 결혼식이었다. 다름 아닌 그녀와 자신의……. 상처 주고 싶지 않았다. 아프게 하고 싶지 않았다. 처음 만났을 적 말갛고 투명한 그대로 지켜 주고 싶었다. 그러나 지금이 아니라면……. 치죄할 시간은 오지 않을 것이다.

클라크 자신은 그녀가 죽은 사람으로 살아도 상관없었다. 고스란히 느껴지는 체온과 따뜻한 웃음소리는 살아 있는 여자의 것이니까. 지면상으로 존재하지 않아도 괜찮다. 어떻게 되어도 곁에 머무르기만 하면 된다. 살결에 밴 내음을 맡고 서로의 체온을 나누면 됐다. 하지만 그녀는 아니었다. 아닐 수밖에 없었다. 아무리 채워 주어도 부족한 여자였다.

사랑하고 또 사랑해도 말라 갔다. 그러니 그것은 제가 채울 수 없는 부분이라 망연했다. 시시때때로 터지는 희미한 울음에 밑도 끝도 없이 피가 마르는 기분이었다. 다그치고 싶지 않았는데 다그치게 되었다. 왜 나 하나로 만족하지 못하나. 나는 자식도 부모도 필요 없고 너 하나면 충분한데…… 누구보다 네가 필요한데……. 한데 너는…… 내가 아니어도 되지.

너는 굳이 내가 아니어도 돼. 미칠 것 같았다. 미칠 것 같은데 제 안에서 조금씩 낡아 가는 여자를 쓰다듬자면 땅 밑으로 고꾸라지는 양 맥없이 무너졌다. 제가 미치는 고통보다 여자가 미쳐 버리는 고통이 훨씬 더 극심했다. 그것은 가히 고신에 가까운 일이었다. 그러니 오늘 모든 걸 끝내고 싶었다. 모든 걸 끝내고 그녀의 안온한 품에서 그녀와 동침하고 싶었다.

바람이 불자 화약 냄새가 짙어졌다. 어느덧 저문 해가 풀밭 위로 몸을 뉘었다. 그녀가 좋아하던 보랏빛 수레국화와 메꽃이 목이 꺾인 시신처럼 발치에 흩어져 있었다. 격랑에 악단의 연주는 멈추고 타원형의 유리잔은 풀밭을 굴렀다. 클라크는 총을 들었다. 총을 잡았을 때 화기의 냄새가 아니라 오렌지 냄새가 났다.

냄새라기보다는 향기에 가까웠다. 짙지도 않고 옅지도 않은 시트러스 향이 이르게 스러진 황혼과 닮았다. 그러므로 오렌지 냄새는 황혼의 향기였다. 풀밭을 뒤적거리는 해 질 녘의 냄새이고 그 시간의 바람 냄새이다. 날이 저물고 어스름이 깔리기 전 아내는 침대에 누워 그렇게 말했다. 손을 맞잡았는데 맞잡은 손에 그녀가 제 손을 포개었다. 하얀 사기 조각 같았다. 클라크는 그때 그녀에게서 오렌지 향기를 맡았다.

하여 아내는 황혼이었다. 총을 쥔 손에 힘을 주었다. 잎사귀에 맺힌 붉은빛을 보다 고개를 들었다. 배치한 병력이 소규모 격전을 치렀다. 클라크는 여유롭게 마무리되어 가는 상황을 보며 입꼬리를 올렸다. 수세로 보아 조금 있으면 끝날 것 같았다. 문득 바람이 휭하니 불었다. 이윽고 고막을 두들기는 폭발음이 울려 퍼졌다.

클라크는 화염이 이는 저택을 바라보았다. 두 눈으로 상황을 지켜보면서도 믿기지 않았다. 그는 앞 축이 완전히 내려앉은 저택을 확인하고 바로 건물의 후미 쪽으로 달려갔다. 화기를 포함해 화재를 일으킬 수 있는 모든 것들이 그녀를 노리고 있었다. 클라크는 입술을 짓씹으며 부서지다 만 유리를 주먹으로 내리쳤다. 무식하게 내리치는 행위에 피가 흘렀다.

그는 유리창을 타고 넘어가 복도로 진입했다. 아리가 있을 신부 대기실까지는 거리가 멀지 않았다. 복도는 연기로 자욱했다. 바닥에 먼지가 쓸린 자국이 도드라졌다. 드레스가 훑고 지나간 자국이었다. 건물의 전면부가 반쯤 쓰러지고 여기저기 작은 불길이 이는 모양에 가라앉았던 심장이 거세게 뛰었다.

그는 아리가 있었을 드레스룸으로 들어갔다. 방 안은 난장판이 돼 있었다. 화장대며 바닥이 엉망진창이었다. 깨지고 부서져 날카롭게 변한 조각들이 저변에 흩어져 반짝였다. 그는 바닥에 흥건한 피를 훔쳤다. 파도에 끝이 닳은 자갈처럼 반짝이는 사기 조각이 떨어져 있었다. 그는 피를 훔친 엄지와 검지를 가볍게 문지른 뒤 방을 나섰다. 건물의 뒤뜰 쪽으로 수색대가 움직이고 있었다.

걸음을 멈추고 가만히 적을 감지했다. 작금의 상황은 에릭 홀로 잠입한 결과물이 아니었다. 그는 저택에 기웃거리고 있는 적을 감지했다. 그는 정수리 위로 드리운 그림자에 몸을 피했다. 허공을 가르는 둔기의 소리가 선명히 울렸다. 눈을 가늘게 뜨고 연기 속에 가려 있던 남자가 드러나는 모양을 보았다.

불기운에 그슬린 한쪽 얼굴과 번뜩이는 눈이 일견 사람 같지 않았다. 클라크는 놈을 등지고 아리를 찾으러 가야 할까 생각하다 집요하게 다물린 입가에 생각을 고쳐먹었다. 빨리 끝내자. 시간이 없다. 손을 까닥여 놈을 자극했다. 받아 줄 테니 들어오라는 동작.

놈이 스산하게 웃었다. 손에 든 쇠몽둥이를 버린 놈이 칼을 꺼내 들었다. 그리고 성난 들소처럼 달려들었다. 몸을 피해 동작을 무효화시켰다. 잽싼 칼질에는 어설픔이 없었지만 빈틈이 많았다. 그는 치의 팔목을 꺾어 칼을 떨어트리게 한 뒤 목을 잡아 들어 올렸다. 목이 잡힌 놈은 금방 얼굴이 달아올랐다.

어지간한 성인 남자의 완력과는 비교가 되지 않는 팔 힘이다. 대련 때 목을 잡힌 노엘 또한 진저리 치며 두려워하던 팔의 악력. 견딜 수 있는 사람 또한 많지 않았다. 클라크는 완력을 조절하지 않기로 했다. 그는 깡통을 찌그러트리는 양 힘을 주었다. 허공에 발이 들리고 개처럼 캑캑대던 사내가 눈을 치뜨고 비스듬히 웃었다. 클라크는 눈썹을 찡그렸다. 그리고…….

'탕!'

목을 쥐고 있던 팔이 꿈틀거렸다. 힘이 스르르 빠지며 놈을 놓쳤다. 바닥에 떨어진 버러지가 콜록대며 기침을 했다. 클라크는 연기 속에서 기어 나오는 다른 버러지 하나를 돌아보았다. 마스크를 쓴 채 총을 든 남자가 걸고 있던 기관총을 바로 쥔 채 방아쇠를 당겼다. 클라크는 재빠르게 장식장 뒤로 숨어 우다닥 몰아치는 탄환을 피했다. 장식장을 방패 삼아 가까워지는 총격에 점점 더 뒤로 물러났다. 수가 여러 명이었다.

그는 연기에 고개를 기울이며 다가오는 놈을 쓰러트린 뒤 총을 빼앗아 죽였다. 방독 마스크까지 빼앗아 착용하고 탄환을 갈겼다. 반격에 총탄이 무자비하게 쏟아졌다. 장식장은 구멍이 뚫린 지 오래였고 그는 날아오는 탄환에 가슴과 어깨가 뚫렸다. 정신이 혼미해질 정도의 고통이었다. 탄환이 모자랐는지 먼 곳에서 당황하는 꼴이 보였다.

클라크는 놓치지 않고 달려가 놈 중 하나를 쓰러트렸다. 팔뼈를 부러트리고 엄호하고 있던 놈의 복부를 걷어차 피가 흐르는 흉부를 발로 압박했다. 팔뼈가 으스러진 놈은 굵은 비명을 질러댔다. 머리채를 잡고 벽에 세게 찍은 뒤 탄환이 떨어져 구실을 못하는 기관총으로 얼굴을 후렸다. 정신없이 처맞고 있는 와중에도 버러지는 반격을 하려 애썼다. 총탄을 맞은 흉부를 잡아 뜯어 힘을 못 쓰게 하려는 수작이 조악했다. 그는 비웃은 뒤 놈의 대가리를 내리쳤다.

"악!"

비명이 제법 컸다. 클라크는 냉소했다.

"계집애같이 처울기는."

격투 소리에 수색대가 당도했다. 병력이 저택 내부를 훑고 여기까지 당도하기까지 20분. 그는 마침내 도착한 무지렁이들을 한 번 흘기곤 윽윽대는 놈을 건네었다.

"회장님."

선두에 있던 놈이 자상으로 넝마가 된 클라크에게 다가왔다. 내쉬는 숨소리에 신음이 섞여 있었나 보다. 클라크는 잠시 허리를 숙이고 인상을 썼다.

"아내는?"

멈칫거리며 걱정하던 놈이 고개를 저었다.

"씹……."

욕이 절로 나왔다. 고통이 아니라 답답함에서였다. 저택을 훑고 있다는 변명에 이를 드러냈다.

"그깟 여자 하나 못 찾아 아직도 이 지랄이야? 너 내 마누라한테 무슨 일 생겼다간 바로 모가지 잘릴 줄 알아!"

그가 고개를 숙였다. 흩어지는 병력에 클라크는 등을 돌렸다.

"병원으로 가셔야 합니다."

"홀아비로 늙다 죽을 일 있어? 나 내 마누라 찾기 전까지 아무데도 못 가. 아니 안 가!"

어린애가 발악하는 것처럼 마냥 소리를 질렀다. 염려를 뒤로하고 몸을 옮겼다. 발걸음을 옮기는 자리 자리마다 그녀가 밟혔다. 괴로움에 욱신거리는 이유는 아직도 그녀를 찾지 못해서였다. 걸음을 멈추고 무장한 군인들의 발걸음 사이로 희미하게 들리는 여자의 소리를 감지해 냈다. 낑낑대며 뒤척이다 이내 부서지는 소리.

찢어진 붉은 카펫을 밟고 코너를 돌았다. 창고. 이 저택에서 유의미한 가치를 가진 적이 없던 창고. 그렇지만 이사벨라는 벽면에 그려진 다마스크풍의 문양이 아름답다고 했지. 피가 죽죽 흘러 안면을 적셨다. 피가래가 목구멍에서 걸리적거려 숨을 내쉴 때마다 쇠비린내가 입 안에 감돌았다. 숙였던 고개를 들었다. 불에 그슬린 자국이 뚜렷한 벽면에는 그림이 아슬아슬하게 매달려 있었다. 그는 그것을 한 번 툭 친 뒤 인기척이 나는 방문을 열었다. 깃털과 비즈로 장식한 상체에 피가 흥건했다.

여자는 넋이 나간 듯했다. 핏발이 선 눈동자가 모래처럼 건조했다. 먹빛 눈이 스르르 굴러 제게 꽂혔다. 흐트러진 검은 머리칼이 흰 뺨에 가닥가닥 붙어 있었다. 입가와 눈에 핏빛 멍이 들고 옆구리에는 피가 새고 있었다. 그녀는 그를 보자마자 쓰러졌다.

"아리야!"

클라크는 달려가 바닥으로 가라앉는 그녀를 안아 들었다.

"죽였어."

신음처럼 내뱉는 말에 그제야 옆을 돌아보았다. 머리가 날아간 변사체가 모서리가 구겨진 종이처럼 바닥을 나뒹굴고 있었다. 클라크는 숨을 멈췄다. 입술을 짓씹고 창백한 여자의 뺨을 쓸어내렸다. 총기로 반짝이던 눈이 빛을 잃어 우두커니 허공만 바라보았다.

"아리야!"

클라크는 넋이 나간 여자를 뒤흔들었다. 피보라를 맞은 하얀 얼굴은 기이한 모양으로 끔찍했다. 어쩌면 이 상황 자체가 끔찍한 것인지도 몰랐다. 기어코 제 여자에게 이런 일이 일어났다. 클라크는 그녀가 당장이라도 이 자리에서 사라질 것만 같았다. 온몸이 넝마가 된 저보다 더 파리해 보였다.

"정신 차려!"

여러 번 그녀를 뒤흔들었다. 아리가 손을 뻗어 그의 뺨을 쓸었다. 젖은 손이 그의 핏방울이 마른 뺨에 닿았다. 소름이 돋았다. 그녀의 기다란 속눈썹에 맺혀 있던 피가 눈꺼풀을 깜빡일 때마다 눈 밑을 적셨다. 그는 하얀 얼굴에 튀어 오른 피를 닦아 주었다.

"괜찮아요."

아리가 이야기했다. 그제야 클라크는 그녀의 손이 피로 인해 젖었다는 사실을 깨달았다. 제 손이 아니라 그녀의 손. 여자가 넋을 잃어 가는 모양을 보자 자신마저 혼이 증발되는 것 같았다. 클라크는 그녀의 옆구리에서 솟아나는 피와 성한 곳이 없는 몸을 바라보다 그녀를 안아 들고 방을 빠져나왔다. 뛰는 순간만큼은 몸에 구멍이 나 피가 새고 있단 것도 잊었다.

"안 돼…… 죽으면 안 돼……!"

복도를 뛰며 신음처럼 그녀를 향해 읊었다. 주문처럼 간절히 읊었으나 아리는 얼마 안 가 정신을 잃고 말았다.

⚜

물안개가 온 세상을 뒤덮고 있었다. 그녀는 손을 들어 풀어 헤쳐진 운무를 걷어 냈다. 에릭은 성난 얼굴이었다. 귀신처럼 창백한 얼굴이 잔뜩 고조되어 딱딱했다. 그의 손이 제 목을 향한다는 것을 알고 있었으나 도망칠 수 없었다. 박제된 듯 벽에 붙어 손끝 하나 제대로 움직일 수 없었던 탓이다. 이윽고 그의 손이 마침내 그녀의 목에 닿았다.

욱죄는 손길이 우악스럽기 그지없었다. 견뎌 낼 수 없는 악력이 그녀의 숨통을 졸라 왔으나 어찌 된 일인지 비명조차 목에서 나오지 않았다. 목을 죄는 손의 힘이 강해질 때마다 에릭의 돌출된 눈에선 피가 흘렀다. 괴기스러웠다. 눈을 감고 있는 힘껏 클라크를 불렀다.

클라크! 도와줘! 클라크…… 무서워…….

아리는 몸을 뒤틀었다. 그녀가 몸을 뒤척일 때마다 세상이 뒤흔들렸다. 시야가 뱅뱅 돌며 다시 복도가 되었다. 무겁게 가라앉는 비명과 화약 냄새 목이 잘려 바닥으로 추락한 샹들리에. 깨져 흩어진 종유석 모양의 크리스탈. 에릭은 그 위에서 아리에게 다가오고 있었다. 그는 그를 피해 도망쳤다. 다행히도 움직일 수 있었다. 그녀를 따라 에릭이 쫓아왔다.

막다른 곳에 방이 있었다. 방문을 잠글까 어떻게 할까 고민하기도 전에 그가 쫓아 들어왔다. 개자식! 거친 욕이 터져 나왔다. 아리는 무기가 될 만한 것들을 찾아보았다. 깨진 컵의 조각 외는 아무것도 없었다. 에릭이 점점 다가올 때마다 몸 안에 장기들이 부르르 떨렸다. 그는 피가 흐르는 제 눈을 붙잡고 있었다. 아리는 그의 한쪽 손에 들린 총을 보았다. 저 총이 나한테도 있었으면……. 그런 생각을 할 무렵 그가 아리의 뺨을 후렸다. 사정없이 내리치는 손 속이 매웠다. 아리는 곧바로 바닥으로 나가떨어졌다. 흐트러진 다마스크 카펫 위로 그녀의 몸이 풀썩 쓰러졌다. 에릭의 앞섶은 불쑥 솟아 있었다. 곱게 죽일 마음이 없는 모양이었다. 에릭의 시선이 깊게 파인 가슴에 닿았다. 수치스러웠다.

아리는 입술을 꾹 깨물었다. 뺨이 파르르 떨렸다. 혼미해지는 정신을 붙들며 에릭을 바라보다 게슴츠레 눈을 깔았다. 그것을 어찌 해석한 모양인지 그가 급하게 그녀의 몸에 달라붙었다. 아리는 그를 거부하는 척하며 야릇한 소리를 냈다. 흔히들 남자를 미치게 하는 교성이었다. 아리는 슬쩍 손에 쥔 사기 조각을 흘리며 자신이 완전히 무방비하다는 것을 보여 주었다. 그녀의 살내음을 맡은 에릭이 걸신들린 듯 아리의 몸을 핥았다.

목이며 가슴이며 킁킁대며 할짝대는 꼴이 더러웠다. 아리는 조심스레 다시 사기 조각을 들었다. 그리고 사정없이 그의 목을 찔렀다. 에릭이 악귀같이 소리를 질렀다. 급소를 찔러 죽이려 했으나 손아귀에 힘이 약했던 모양인지 깊은 상처를 내지 못했다. 에릭은 일어나 그녀를 발로 찼다. 당황한 아리가 뒷걸음질 치며 물러섰다.

이윽고 광기에 찬 에릭이 목 안에 들어박힌 날카로운 조각을 뽑아내고 다가왔다. 그의 손엔 여전히 총이 있었다. 아리는 입매를 비틀며 불안정한 숨을 토해 냈다. 가까이 온 에릭이 총구를 겨누었다. 이마에 닿은 총구가 끔찍하도록 서늘했다. 더 이상의 여지를 줄 마음이 없는 듯 에릭의 손가락이 방아쇠에 닿았다. 아리는 그 순간 그의 뻗은 팔을 힘껏 내려쳤다.

클라크에게 배운 호신술 중 하나였다. 상대가 자신을 무방비한 여자라고 인식할 때는 그다지 팔에 힘을 주지 않는다고 했다. 경계 태세를 늦추는 것이라고. 아리는 그 말을 상기하며 그의 팔을 힘껏 내리쳤다. 빗나간 총탄이 옆구리에 박히며 동시에 총이 손에서 떨어졌다. 에릭 또한 평범한 남자의 몸 상태는 아니어서 가능한 일이었다.

게다가 그는 동맥 부근에 큰 상처까지 입었다. 아리는 혼신의 힘을 다해 떨어진 총을 잡고 그의 머리에 총구를 겨누었다. 금세 상황이 역전되었다. 에릭이 씨근덕대며 그녀를 노려보았다. 그리고 무섭게 달려들었다. 아리는 망설이지 않고 총으로 그의 목을 내리쳤다. 에릭이 비명을 지르며 주춤거렸다. 총을 든 손에 땀이 차올랐다. 방아쇠에 걸친 손가락이 극심하게 떨렸다. 분명 방아쇠를 당겨야 하는데 당길 수가 없었다.

지금밖에 기회가 없음에도 그랬다. 호흡을 가다듬은 에릭이 버들개지 같은 그녀의 몸을 쓰러트리며 위로 올라탔다. 총을 앗기만 하면 된다는 걸 안 그가 총을 쥔 그녀의 손가락을 비틀며 떼어 냈다. 아리는 비명을 지르며 어떻게든 뺏기지 않으려 애썼다. 그러는 사이 저도 모르게 방아쇠가 당겨졌다. 빵 하는 소리와 함께 에릭이 나가 떨어졌다. 순식간에, 너무나 쉽게. 아리는 감았던 눈을 뜨고 제 위로 엎어진 시체를 보았다. 뇌수가 그녀의 가슴을 적시고 터진 살점이 그녀의 뺨에 튀었다. 아리는 그를 걷어 내며 비명을 질렀다.

⚜

클라크는 죽은 듯 미동이 없는 여자의 얼굴을 들여다보았다. 도기처럼 하얀 피부와 입술은 핏기 한 점 없이 창백했다. 어제까지만 해도 복숭아빛이 발그레하게 돌던 뺨이 오늘은 시체처럼 푸석했다. 여자의 얼굴에서 죽음의 그림자가 더듬어질 때면 발끝이 모두 허물어져 내리는 기분이었다.

"피츠윌리엄."

다정한 목소리가 그의 상념을 두드렸다. 이사벨라였다. 그는 어머니를 돌아보지 않고 우두커니 아내만을 바라보았다.

"어떻게 되었어요?"

"죽었다."

명료한 사실에 그는 비스듬히 웃었다. 이사벨라는 그의 옆에 풀썩 앉았다. 라이너가 죽었다. 권총 자살이었다. 제집 욕조에서 입에 총을 물었다고 했다. 깨끗한 결말이었다. 더할 나위 없는 승리였다. 헬기를 훔쳐 도주한 에릭 휘하의 일당 중 하나가 그의 지시를 받았다고 자백했고 라이너가 죽자 미 정보국 내부에도 카블로 잠입한 요원들의 죽음이 상부의 지시하에 계획적인 방치라는 것을 폭로한 사람이 나타났다.

신원을 숨긴 내부 고발자의 역할이 두드러진 탓인지 일은 수월하게 돌아갔다. 하객 중 몇이 심각한 부상을 입긴 했지만 아직 사망자는 나오지 않았다. 다행인 일이었다. 하객 대부분이 각계의 숨은 권력자들이었다. 일이 걷잡을 수 없이 커지고 가문의 평판이 추락하는 건 사망자가 누가 되느냐에 따라서일 것이다. 클라크는 아무래도 좋았다. 누가 죽고 누가 살든 상관없었다. 오직 눈앞의 여자만이 중요했다.

그는 오랫동안 일어나지 못하는 아내를 보았다. 보름이 넘었다. 상처는 심각하지 않았다. 급소를 빗겨 나 맞은 데다 피도 많이 흘린 편은 아니라고 했다. 그럼에도 일어나야 할 시기에 그녀는 일어나지 못했다. 의사는 정신적인 쇼크로 인한 현상일 수도 있다고 했다.

정신적인 쇼크. 클라크는 의사의 말을 낮게 읊조리며 아내의 긴 속눈썹과 눈꺼풀을 쓰다듬었다. 이사벨라는 애처로울 정도로 파리해진 아들의 얼굴에 한숨을 내쉬었다. 이토록 길고 오랜 기간 감정을 소비하는 아들을 본 적이 없었다. 찌르르 가슴의 한 귀퉁이가 울리면서도 어떻게 대해 줘야 할지 감이 잡히지 않았다.

"그만 가 보세요."

클라크는 모친을 돌아보지 않았다. 이사벨라는 그를 향해 손을 뻗었다가 거두어들였다. 그리고 발걸음을 돌렸다. 이사벨라가 방을 나가자 병실은 정적에 잠겼다. 블라인드 너머로 들어오는 여름 볕에 아내는 하얗게 반짝거렸다. 옅게 진 쌍꺼풀과 진한 눈썹, 동그란 이마, 앙증맞은 콧방울과 입술. 자주 만지고 입을 맞추었던 여자의 얼굴이 깊어진 여름 볕 속에서 말갛게 빛났다. 속이 새까맣게 타들어 가는 것과 별개로 미치도록 아름다웠다. 그는 늘 그렇듯 아내의 귓가에 주문을 속삭였다.

"병아리야. 눈을 떠. 제발, 제발 눈을 뜨고 나를 봐 줘. 내 사랑……."

⚜

시신을 걷어 낸 아리는 휘적휘적 방을 빠져나갔다. 그리고 복도를 걷고 걸어 마침내 저택의 끝에 다다랐다. 저택의 끝이라 하면 외부로 나갈 수 있는 문이었다. 하지만 밖에는 총탄이 비 오듯 쏟아지고 있었다. 그리고 클라크가 그 전장의 한가운데 있었다. 다른 어디보다 또 다른 무엇보다 전장이 좋아 군인이 되었다는 남자가. 그녀의 연인이. 그곳에 있었다. 그러니 문을 열지 않을 리가 없다. 그녀는 망설이지 않고 저택 밖으로 발을 내디뎠다.

발을 내디디니 여름답지 않은 사나운 바람이 그녀의 목덜미를 파고든다. 어디에도 여름은 없었다. 물컹거리는 바람과 살아 숨쉬는 녹음. 그녀의 결혼식. 녹아 흐르는 낙조와 익어 가는 하늘. 검은 숲의 그림자. 사람들의 웃음소리 또 악기 소리. 내 남자의 속삭임…… 사랑을 속삭이는 저음.

이 모든 것이 어디에도 없었다. 그 자리는 모두 부서지고 밟혀 붉은 수수밭이 된 지 오래였다. 아리는 문득 제 앞에 나타난 붉은 수수밭이 그렇게 생각되었다. 모두가 죽어 이 붉은 수숫대가 된 것 같았다. 아빠도 엄마도, 이사벨라와 디트리히도. 그녀의 곁을 스쳐 간 어느 부유한 인사도 모두 주검이 되어 땅에 묻혔다. 그리고 그 위로 수숫대가 솟아올랐다. 아마 클라크도 그리되었을 것이다.

아리는 발걸음을 옮겨 키 큰 수수 사이로 들어갔다. 바람이 불었지만 수수는 흔들리지 않았다. 그녀는 손을 들어 이 애석하고 비통한 작물을 헤쳤다. 어딘가에 클라크의 수수도 있을 것 같았다. 만약 그것을 찾을 수 있다면 아리 또한 그 자리에서 죽어 또 다른 수수가 될 것이라 생각했다. 눈에 힘을 주었다.

그러나 남편의 수수는 어디에도 찾을 수 없었다. 문득 콧잔등이 시큰거렸다. 찌르르 하고 울려 퍼지는 느낌이 싫었다. 곧 눈물이 왈칵 쏟아지겠지. 아리는 망연히 발을 옮겼다. 진득한 흙 사이로 피가 고여 있다는 걸 알 수 있었다. 그녀는 질척이는 흙을 밟고 수수밭 사이를 지나왔다. 마침내 도착한 그곳엔 아무것도 없었다.

그저 푸르고 긴 수평선이 있을 따름이었다. 빛이 푸른 수평선으로 미끄러지고 흐린 구름이 하늘을 천천히 뒤덮고 있었다. 하여 빛은 닫히고 있었다. 아리는 스며들던 빛이 작아지다 마침내 소실점 한가운데로만 집중되는 것을 망연히 바라보았다. 바람이 불었으나 소리가 나지 않았다. 고요하였다. 하여 괴괴했다. 그녀는 눈을 감았다.

바람이 수숫대를 흔들고 지나가자 어렴풋한 소리가 들렸다. 그러나 그것은 소리라기보단 어떤 감촉이었다. 떨림. 달팽이관이 아니라 솜털이나 세포로, 조금 더 작은 단위로 감지해 낼 수 있는 어떤 것이었다. 아리는 그 떨림을 걸러 내어 하나의 형태로 추려 내었다.

'……눈을 떠…… 내 사랑…….'

눈을 뜨자마자 가장 먼저 보인 것은 블라인드 사이로 가라앉는 하얀 볕이었다. 그녀는 눈동자를 굴려 유리창 너머 녹음을 보았다. 진초록색 잎으로 무성한 소교목이 그림자를 드리우고 있었다. 그녀는 바람에 이지러지는 초록색 잎과 노랗게 물들어 가는 볕을 바라보았다. 꿈에서 깨어났지만 잔상은 여전했다. 강파르고 사납던 겨울바람이 아직도 생생했다. 그리고 붉게 여문 수수밭도.

그녀는 손을 들어 결 좋은 은회색 머리카락을 쓰다듬었다. 부드럽고 향기로웠다. 얼굴을 묻고 깊게 잠이 들었는지 그는 그토록 바라 마지않던 그녀의 손길에도 일어날 생각을 하지 않았다. 아리는 마침내 그를 불렀다.

"클라크……."

그리웠던 이름이다. 내내 부르고 싶었지만 불러도 자신을 바라보지 못할까 봐 두려워 부르지 못했던 이름이었다. 눈시울이 뜨거워지며 눈물이 주르르 흘러내렸다.

"내 사랑……."

내 사랑. 닫혀 가는 하늘과 빛과 또 소리 없는 바람 사이로 울리던 그 주박과도 같은 주문을 조용히 읊조렸다. 문득 이 남자가 영영 일어나지 못하면 어떡하지 싶어 그녀는 다급하게 그를 깨웠다.

"여보…… 나……."

숨이 가빠 제대로 말을 잇지 못했다. 그녀는 천장 위로 흐드러지는 나뭇잎의 그림자를 보았다. 눈물이 차올라 그런 것인지 사물의 윤곽이 분명하지 못했다. 분명 모든 것은 꿈인데 모든 게 여전히 두려웠다. 남편이 저를 안고 괜찮다 다독여 주어야 했다. 몸을 뒤채며 눈을 감았다. 문득 차가운 손이 그녀의 눈 밑을 닦았다.

"아리야."

아름다운 은발이 그녀의 얼굴에 쏟아졌다. 그는 반쯤 그녀의 몸에 올라타고 있었다. 눈물이 그득그득 차오른 눈과 파리한 얼굴이 믿기지 않는다는 표정이었다. 아리는 손을 들어 그 수척한 뺨을 쓰다듬었다. 거칠한 피부에 손이 닿았음에도 어쩐지 감각은 뚜렷하지 않았다. 마치 손에 미끌거리는 장갑이라도 끼고 있는 듯했다. 뺨에 눈물이 떨어졌다. 그녀의 것이 아니었다.

"왜……."

잠긴 음성을 애써 쥐어 짜내었으나 웅얼거림밖에 되지 않았다. 왜 울고 있는지 알 수 없었다. 자신이 이렇게 살았는데. 죽지 않고 살아 그의 앞에 있는데. 이 남자가 울 일은 없었다. 누구도 이 남자가 눈물을 흘리는 것을 본 적이 없다고 했다. 아리는 위로하는 방법을 모르는 양 눈을 끔뻑거리며 손을 거두어들였다.

멀어지는 그 손을 잡아 다시 뺨에 붙인 건 그였다. 아무 말 않고 조용히 울음을 흘리던 남자가 그녀의 손끝에 그리고 푸른 동맥이 돋은 손목에 입을 맞추었다. 아리는 숨을 고르며 입술의 감촉을 헤아리려 애썼다. 몇 번이고 겹쳐, 그래서 그 감각과 흐르는 숨결의 맛을 아는 자신이다. 한데도 가끔 기억나지 않았다. 그 맛이 기억나지 않을 때가 있었다. 아리는 그 순간이 두려웠다. 제 남자에게서 나는 체취와 맛. 몸을 겹치며 살을 섞을 때의 기묘함과 뿌듯함이 문신처럼 뚜렷한데도 마치 아무 일도 일어나지 않았고 아무것도 나누지 않았다는 양 감각할 수 없을 때가 있었다.

꿈속이 그랬고 또 지금이 그렇다. 아리는 하염없이 아득한 시선을 보내는 남자와 시선을 맞추었다. 당신을 느낄 수 없다. 그것만큼 잔악한 공포가 없다. 말하고 싶었으나 말할 수 없었다.

"아리야."

남자가 다시 한 번 저를 조음했다. 혀끝에서 굴려지는 제 이름이 낯설었다. 늘 낯설었고 생경했다. 그런 식으로 저를 부르는 사람은 없었다. 그런 식이 어떤 것이냐면 말할 수 없다. 그가 자신을 부를 때면 조금씩 깊어지고 채워지는 느낌이었다. 형용할 수 없이 새로워지는 기분이었다.

"아리야."

남자가 탄식하듯 그녀의 이름을 내뱉었다. 아리는 눈을 깜빡이다 입술을 닫았다.

"괜찮아?"

대답할 수 없었다. 괜찮기도 하고 괜찮지 않기도 했다. 의식은 분명한데 몸이 말을 듣지 않았다. 그것은 의식이 혼곤한 것보다 더한 두려움이었다. 아리는 미간을 좁히며 온 힘을 다해 몸을 뒤채었다. 클라크가 의사를 불렀다. 베개에 얼굴을 파묻고 훌쩍이고 있자 그가 다정히 등을 쓸었다.

"아리야. 얼굴 좀 들어 봐."

경기라도 일어난 듯 바들바들 떨리는 어깨를 부여잡은 클라크가 간절하게 속삭였다. 아리는 당장에라도 베개에서 얼굴을 떼고 그를 바라보고 싶었다. 하지만 왠지 그럴 수 없었다. 몸을 한번 움직이고 나자 그 자리에서 뒤틀 수 없었다. 클라크가 어깨를 돌려 바라보게 했다. 목에 힘을 줄 수 없어 목이 뒤로 젖혀졌다. 땀과 눈물이 흥건한 얼굴에 클라크가 아픈 듯 찡그렸다. 입을 벌린 채 단지 숨을 쉬는 것밖에 할 수 없었다.

"왜 이래. 왜 이러는 거야?"

의사가 급히 들어와 아리의 상태를 살폈다. 그는 의사에게 곁을 내어 준 뒤 그녀의 손을 잡았다. 수십 분 뒤 쇼크에 의한 일시적인 증상이란 거로 결론이 났다. 의사는 아리에게 마실 물을 주었고 자세를 편하게 해 주었다.

클라크는 다시금 표정을 지우고 물끄러미 그녀를 바라볼 뿐이었다. 아리는 의사가 간 뒤 꿈 없는 잠에 빠졌다. 클라크가 떠날까 봐 그와 손을 꼭 맞잡았다. 말이 제대로 나오지 않았지만 자고 있는 동안 어디에도 가지 말라는 뜻을 전하는 것은 할 수 있었다. 꿈 없는 잠을 자고 난 뒤 아리는 한결 편안해졌다. 그녀는 처음으로 제대로 된 문장을 구사할 수 있었다.

"그 남자는……?"

"죽었어."

아리는 긴장한 채 물었다. 클라크는 앙상한 그녀의 뺨을 쓰다듬다 빠르고 짧게 내뱉은 뒤 다시 입을 다물었다. 아리는 눈을 내리깔았다. 에릭을 죽인 것도 그가 제 위로 엎어져 축 늘어진 것도 사실이다. 아니 그 전에 자신이 그의 머리에 구멍을 낸 것이 사실이다. 그래서 그가 죽었고 자신이 여기에 누워 있다. 변하지 않은 사실이고 변할 수 없는 사실이었다. 한 번 일어난 일은 절대 바뀌지 않는다. 바뀔 수 없는 것이다. 과거에 일어난 일은 절대로 말이다.

"엄마랑 아빠는? 소리는?"

"잘 계셔."

"……."

"어젯밤에 보러 오셨어."

아리는 고개를 끄덕였다. 배 위에 올려진 자신의 손을 보는데 문득 피비린내가 훅 끼쳤다. 손을 들어 뒤집었다. 아무것도 묻어 있지 않았다. 건조했다. 형광등의 빛이 마디마디를 훑고 손가락과 손가락 사이로 쏟아졌다.

"내가 에릭을 어떻게 죽였는지 알아?"

"……."

"그가 내 위에 올라타 총을 빼앗으려 했을 때……."

"말하지 않아도 돼."

얼핏 상냥한 듯했으나 사나운 목소리였다. 경고 같기도 했다. 그날의 일은 더 꺼내지 말라는 듯. 아리는 그의 뜻을 정확히 알 수 없어 고요히 아무 소리도 내지 않았다. 그러나 꼭 말해 두고 싶었다.

"방아쇠에 손이 걸쳐져 있었어. 나는 나도 모르는 사이 당겨졌다고 생각했는데…… 아니었어. 내가 그를 죽이기 위해 방아쇠를 당겼던 거야."

주저하면서도 입을 열었던 까닭은 다시 한 번 스스로를 되짚기 위해서였다. 그러나 클라크는 잘못되었다는 눈치였다. 그녀는 눈을 깜빡였다. 자신의 얼굴 위로 부유하는 눈이 기이했다. 처음 보는 눈빛이었다. 평소처럼 헤아려 낼 수 없어 가슴이 두근거렸다.

"뭐라고 해도 상관없어."

"……."

"네가 죽이고자 해서 그를 죽였다 한들. 손에 힘을 주다 방아쇠를 당겼다고 한들. 네가 방아쇠를 당기지 않았더라면 이 자리에……."

그는 숨을 골라내듯 잠시 부푼 가슴 그대로 멈추었다. 그가 말을 고르고 또한 숨을 고를 때 그녀는 시時가 잠시 멈춘 듯했다. 하여 모든 사물이 시의 움직임에 얼어붙어 약동하는 생명조차 움트기를 망설였다고 생각했다. 그가 마지막을 어떻게 맺을지 궁금했다.

오랫동안 그것은 두려움으로 남아 있었다. 피를 손에 묻히지 않은 자신을 사랑한다는 말. 결국은 나와 달라 그녀를 사랑하게 되었다는 얕은 감정의 진실.

바뀐다면 다르게 되고 바뀐다면 존재하지 못하게 되진 않을까. 하나 그녀는 끝내 감당할 수 없다 하더라도 달라지고 싶었다. 그것이 끝없이 무기력해지는 것보다는 나았기에. 결과적으로 그녀는 처음으로 살인했다. 그리고 다시는 과거로 돌아갈 수 없었다. 다시는 과거로 돌아갈 수 없을 것 같은 느낌이었다. 그러니 클라크에게 그녀에 대한 순정이 한 오라기라도 남아 있는지 확인하는 것은 중요했다. 아리는 말끄러미 그를 응시하다 시선을 돌려 바람이 일었던 붉은 수수밭을 생각했다.

"우리는 없었을 테니까."

엄지의 가장 첫 번째 마디가, 암석처럼 단단한 손이 그녀의 어깨를 잡았다. 그의 굳은살에는 말랑함이라곤 전혀 없었다. 입에 넣어 이로 뜯어도 뜯기지 않을 것 같았다. 아리는 곰곰이 그의 말을 헤아렸다. 말 그대로였다. 그때 방아쇠를 당기지 않았더라면 클라크와 그녀. 둘 다 세상에 존재하지 않았을 거란 말. 섬뜩했다. 그녀의 죽음을 넘어 자신의 죽음까지 가늠하는 그가. 아리는 마주 보려 하는 그에게서 눈동자를 돌렸다. 마주하기 껄끄러웠다. 간사하다. 안기지 않으면 죽을지도 모른다고 생각되던 때는 언제고 이제는 보이지 않았으면 좋겠다.

"내게서 시선을 돌리지 마."

마침내 클라크가 낮게 읊조렸다. 음산하기까지 해 아리는 겁이 와락 들었다. 그녀가 시선을 옮기자 그가 으르렁거림을 멈췄다. 분노는 한층 더 여물어져 있었다. 완연히 화난 기색이었다.

그가 손을 꽉 붙잡아 왔다. 아리는 마른침을 삼켰다.

"화내지 마."

"……화 안 내."

"무서워."

아리는 약하게 중얼거렸다. 그녀의 손끝만 보고 있던 클라크가 홱 고개를 들었다. 무섭다는 말 한마디에 그가 도리어 공포에 질린 빛이 되었다.

"그런 표정을 왜 해요?"

"……."

"내가 사람을 죽이고 나면 어떻게 될지 궁금했어."

아리는 전보다 편안하게 말을 이었다. 클라크는 묵묵히 들을 뿐이었다.

"당신이 그랬잖아. 내가 당신과 달라서 좋았다고. 그래서 당신과 같아지면 어떻게 될까 생각했어. 우리 사이…… 너무 약하잖아. 우리 너무 안 어울리잖아."

털어놓으니 마음이 편했다. 괜히 떠보는 것보다 훨씬 나았다. 클라크는 그녀의 이마를 쓸었다. 그리고 웃었다. 너무 짧아서 흔적을 남기지 못했다. 그녀는 이르게 스러진 웃음에 대해 의미를 생각했다.

"정말 네가 나와 같다고 생각해?"

"……."

"호위호식하고 살려고 몇천 몇만을 죽이는 놈이랑 어쩌다 방아쇠가 당겨져서 죽인 여자랑 같아 보여?"

"……."

"그러나."

그는 잠시 말을 삼켰다. 어떤 식으로 이야기해야 할지 몰라 스스로의 말을 곱씹는 것 같았다.

아리는 그를 차분히 기다렸다.

"네가 나와 같은 이유로 몇만을 죽음으로 내모는 인간이라 해도 난 너를 사랑했을 거야."

"……."

"네가 이런 나를 사랑하듯."

망가진 채 태어나 망가진 삶을 살 수밖에 없는 남자를 사랑하는 여자. 그리고 그 여자를 사랑하는 남자. 너무도 당연한 이치. 의심이 끼어들 자리가 없는 사랑. 그 자체로 완전무결했다.

⚜

저택의 무너진 축대는 생각보다 빠르게 복구되었다. 대도시의 한복판에서 일어났던 전쟁과도 같았던 테러는 한동안 주요 신문의 가장 첫 면을 장식하게 되었다. 다른 가문도 아닌 천하의 로레이가의 결혼식에 전투 헬기가 나타나 총탄을 쏟아붓다니.

떠들기 좋아하는 사람들은 역시 폭탄으로 돈놀이하는 집안이라 결혼식도 남다르다며 우스갯소리로 농담하곤 했다. 라이너가 자살한 지 일주일. 전 미주를 떠들썩하게 했던 요원의 죽음과 피랍에 대한 진실이 환기되자 아리의 신원은 빠르게 복구되었다. 그리고 리암은 유배 생활을 끝내고 미국으로 돌아갔다.

결혼식장에서 아리의 부모님과 여동생을 챙겨 무사히 구출한 사람이 리암이란 걸 알고 아리는 그에게 뭐라 말할 수 없이 미안해졌다. 은인을 어떻게 대접해야 할지 몰라 깨어나고도 한참을 그를 보지 못했다. 의사에게 퇴원을 확인받은 후 따끈한 볕을 맞으며 차에 올라타려 하고 있을 때 리암이 다가왔다. 집에 돌아갈 수 있대. 하며 싱긋 웃는 그는 말쑥한 차림이었다. 애달픈 갈색 눈이 그녀를 향해 환히 웃어 보였다. 아리는 말끄러미 그를 보다 입꼬리를 천천히 끌어 올려 답해 주었다.

"고생이 많으셨어요."

리암은 고개를 끄덕였다. 혈색이 전보다 훨씬 나아져야 할 텐데 눈 밑의 그늘이 어둡다. 아리는 대화를 이끌어 나가기 힘들어 쉬이 입을 열지 못했다. 리암이 그녀의 머리카락에 걸린 꽃잎을 떼 주었다.

"몸은 괜찮아?"

"네."

"고생했으니 이젠 행복할 거야."

"리암 덕분이에요."

그가 어깨를 으쓱해 보였다.

"내가 뭘……."

"곁에 있어 주지 않으셨더라면 지금은 없었을 거예요. 클라크도 나도……."

아리는 말을 잇지 못했다. 리암이 클라크를 흘긋 보았다. 클라크는 눈썹을 치켜들었다.

"무례하지 않은 선에서 내 감정을 좀 정리하고 싶은데…… 가능할까?"

리암이 클라크를 바라보다 아리에게 넌지시 물었다. 아리는 그가 무슨 말을 하는 것인지 몰라 멍하니 서 있었다. 클라크는 곧장 불편한 얼굴이 되었으나 이윽고 입을 열었다.

"로슨이 너에게 추례한 짓을 할 모양이야."

"예?"

리암이 싱긋 웃었다. 아리는 살짝 얼굴을 굳힌 채 그를 보았다. 리암이 몸을 숙여 그녀의 뺨에 가볍게 키스했다. 아리는 그의 입술이 뺨에 닿았다가 떨어지는 것을 느꼈다.

"행복해라. 행복하지 않으면 곧장 돌아와도 좋고."

그는 끝까지 여유를 잃지 않았다. 아리는 고개를 끄덕이지 않고 짧게 미소 지었다. 아마 그럴 가능성은 없겠지만 리암이 얼마나 그녀의 행복을 원하는지는 잘 알고 있었다. 리암이 한 발자국 뒤로 물러섰다. 아리는 그가 영영 떠나기 전, 전부터 꼭 하고 싶은 말을 했다.

"저로 인해 괴로우셨던 마음. 그러니까…… 저를 그날 두고 가셔서 리암의 마음이 불편했다면. 그래서 그게 빚으로 남아 지금까지 괴로우셨다면……."

"……."

"잊으셨으면 좋겠어요."

"……."

"내내 그게 마음에 걸렸어요. 혹시라도 리암이 그걸 마음에 두고 계실까 봐. 저는 괜찮은데 리암이 어떻게 했어도, 아니 그게 그때는 최선의 방법이었다는 걸 아니까…… 원망하지 않았어요. 그때도, 지금도. 그러니 혹시라도 마음 쓰고 계신다면……."

"마음에 두고 있지 않아."

리암이 분명하게 말했다. 아리는 숙이고 있던 고개를 들었다.

"너라서 찾으러 갔던 거야."

그는 그 말을 뒤로하고 더 이상 아리와 클라크를 마주 보지 않았다. 그는 발걸음을 돌려 빠르게 사라졌다. 아리는 소실점이 되어 사라지는 그를 물끄러미 보았다. 클라크가 그녀에게 차 문을 열어 주었다. 노곤노곤한 몸을 등받이에 기대었다. 리암이 제게 한 말을 곱씹었다. 부러 곱씹지 않아도 알 수 있었지만 아마도 그 말은 리암 편에서는 고백이었을 것이다.

그녀는 고개를 돌려 남편을 응시했다. 리암이 꼭 아니더라도 자신 외에 곁을 내주는 것을 싫어하는 남자였다. 괜찮을까 싶어 쳐다보자 남자는 전방만 주시하고 있다. 여름이라 공기가 녹지근했다. 남자는 그녀가 표현하기도 전에 에어컨을 틀었다. 차가 미끄러지며 풍경이 흐른다. 아리는 기어에 올라간 그의 손을 맞잡았다.

"수수밭을 보았어요."

클라크가 고개를 돌렸다. 신호등의 불이 점멸하다 빨간불로 바뀌었다. 아리는 교차로를 걸어가는 사람들을 보았다. 내리쬐는 볕이 뜨거워 다들 이마를 찡그리고 있다. 습하고 무더운 날이라 타인의 숨결이 닿는 게 짜증난다. 그러나 연인만은 꼭 붙어 두 팔로 허리를 감싸고 있다. 웃음이 났다. 사납게 몰아쳤으나 감각이 마모되어 나가떨어진 듯 어떤 것도 들리지 않았던 그 수수밭을 떠올렸다.

"꿈에서요. 꿈에서 수수밭 속을 헤매고 다녔는데……."

"……."

"당신을 찾기 위해서였어요."

아리는 고개를 돌려 그를 마주 보았다. 깊이를 가늠할 수 없는 눈이다. 전에도 지금에도. 아리는 그를 가늠할 수 없었다. 무릇 사람의 깊이란 짐작할 수 없는 것인데 유독 그만은 가까워져도 가까워진 느낌이 들지 않았다. 잠자리에서 그와 몸을 섞을 때 숨이 뒤엉키고 열이 오른 몸을 부서져라 끌어안고 있을 때도. 왜인지 알 수 없었다. 시간이 가면 달라지리라 생각했다.

그러나 시간이 가도 저절로 알게 되는 것은 없었다. 그녀만 해당되는 일일까. 하나 그래도 사랑한다면 이상한 것일까? 벗어날 수 없어 두려웠던 그 적막한 붉은 지평선에서 그녀를 깨운 것은 사랑이었다.

'내 사랑…….'

"그 수수밭은 붉게 여물어 있었어요. 그것이 당신의 피를 먹고 자랐다고 생각했거든요. 그래서 거기에 가면 당신을 찾을 수 있을 거라 생각하고……."

눈이 시렸다. 한데 코끝까지 시려서 말을 이을 수 없었다. 애가 탔다. 속이 애달파서 토해 내지 않으면 속이 바짝바짝 타는데 입

안이 말랐다. 고개를 바로 하고 손을 들어 눈가를 닦았다. 문득 턱이 돌려졌다. 그의 손이 입술 언저리를 맴돌았다.

"사랑해요."

속삭이듯 사랑을 고백했다. 그 말보다 적합한 말을 찾을 수가 없었다. 아마 이 남자 또한 마찬가지일 것이다. 클라크가 몸을 숙여 그녀의 입술에 입을 맞추었다.

"그리웠어? 내가? 꿈속에서……."

"영원히 볼 수 없을까 봐."

아리는 고개를 끄덕였다. 클라크는 희미하게 웃고는 교차로를 빠져나갔다. 줄곧 달리다 그가 차를 멈춰 세운 곳은 아이스크림 가게 근처였다. 파라솔 밑으로 사람들이 하나둘 모여 있었다. 평일 점심이라 사람이 썩 많지는 않았다. 그는 핸들에 손을 올리고 손가락을 까닥이고 있었다.

"네가 한 말 계속 생각했어. 우리는 우리를 모른다고 했지. 그래도 사랑한다고 했지. 거기엔 거짓이 없다고……."

고요했다. 시동을 끄니 더 적막했다. 괴괴함은 없었다. 두렵지 않았다. 아리는 저를 내려다보는 남자의 눈에 미묘한 빛이 맺히는 것을 목격했다. 그것은 즐거움인 듯도 했고 망설임 같은 것으로 보이기도 했다.

"나는 연애 같은 걸 몰라. 안 해 봤어. 너는?"

아리는 대학 시절 연애 경험을 떠올려보다 말없이 옅게 웃었다. 남편의 미려한 은회색 눈이 호기심과 함께 곱게 휘어졌다. 볕이 좋았다. 화창하고 따뜻한 날이었다. 습하고 덥긴 했지만 하늘이 맑았고 가로수의 잎들이 무성하게 펄럭였다. 여름 꽃이 만발하고 거리를 걷는 사람들은 쾌활했다. 오래된 아이스크림의 가게의 미닫이문이 열리며 맑은 종소리가 났다. 클라크가 아이스크림을 물고 나오는 연인을 보며 말했다.

"연애하자. 세계 제일의 보통 연애."

— *fin*

에필로그
여름 아이

클라크는 사람이 많은 곳에서 어색해했다. 제자리에 앉아 가만히 파르페를 떠먹다가도 등을 스치는 여자를 향해 바늘 같은 눈초리를 만들었다. 아리는 설탕에 절인 체리를 씹다가 시선을 올려 그를 흘긋 보았다. 눈이 마주치자 클라크는 부자연스러운 미소를 만들었다.

"그동안 데이트는 어디에서 했어요?"

남편은 부지런히 턱을 움직였다. 입 안에서 질척하게 녹아 흐르는 젤라또. 설탕에 절인 과일. 초콜릿 시럽과 진저리 나도록 단 과자. 그는 이렇다 할 말을 하지 않았다. 입에 맞는 건지 모르겠다. 단 걸 그리 좋아하지 않는 사람이라. 그녀는 괜스레 마음이 불편해졌다.

"데이트라니……."

뚜하니 골몰하던 남자가 과거를 되짚는다는 듯 과일이 부서지는 입 안에 데이트라는 글자를 담았다. 낯선 행성에 불시착한 어린 왕자처럼 모든 게 생소하다는 표정이었다. 병원에서 나와 바로 아이스크림 가게로 향했던 터라 아리 또한 바뀐 환경에 잘 적응하진 못했다.

데이트다운 데이트를 하려고 부러 밖을 향했더니 이 모양이다. 남편은 부지런히 웃었지만 몸에 맞지 않은 옷을 입은 듯 어색했다. 아리는 창유리 너머 산뜻하게 비치는 햇살을 보다 남편을 응시했다. 그는 조금 무심하게 읊조렸다.

“한 적 없었던 것 같은데?”

“설마 진짜 여자 경험이 없었다고 말하는 건 아니겠죠?”

아리는 살짝 찡그렸다. 차 안에서 한 말은 그냥 해 본 말인 줄 알았다. 잘은 몰랐지만 어쨌든 밤을 보낸 여자가 있었다고 했고 침대에서 테크닉을 볼 때 결코 동정은 아닐 것 같아서.

“설마.”

클라크는 웃으며 대답을 일축했다. 아리는 더 찡그린 모양새로 그를 깊이 찔러 보았다.

“대답해요. 데이트한 적 없어요?”

“응.”

“거짓말. 많았던 것 같은데?”

파르페를 반쯤 먹은 클라크가 고개를 들었다. 담백하던 얼굴이 정색이 되어 있었다. 아리는 뜨끔 놀라 기울였던 몸을 바로 했다. 그는 금방 미소 지었다. 그러나 뚜렷한 은회색 눈만은 그대로라 뭔가 말실수를 한 건 아닐까 고민되었다.

"왜 많았던 것 같은데?"

턱을 긁던 아리가 눈썹을 좁혔다. 입술이 쭉 삐져나오며 불만으로 옮게 일그러졌다.

"당신 잘하잖아요. 그것도 엄청!"

그 말에 클라크가 키득거렸다. 삐진 모양을 감상한다는 듯 턱받침을 한 채 그녀를 보는 눈에 꿀이 흘렀다. 내내 응결되어 양순한 빛이라곤 볼 수 없던 눈이 한순간에 휘어졌다. 아리는 발그레해져 고개를 숙였다.

"진짜야. 이런 데 온 적 없어."

믿기 힘들었지만 눈앞에 남자는 진솔한 태도였다. 고백하듯 털어놓는 얼굴에 살짝 홍조기까지 돌아 열서넛 먹은 소년처럼 천진했다. 오, 세상에 이 남자가 천진해 보이다니! 아리는 작게 소리내어 웃었다. 자세를 낮추고 결백을 호소하던 클라크가 왼쪽 눈썹을 치켜세웠다.

"왜 웃어?"

"그냥, 그냥 안 어울려서요."

"뭐가?"

"으음. 화내진 말고요. 그냥 당신 애인이 엄청 많았던 것 같은데……."

"없진 않았지."

"없다고 하지 않았어요?"

아이스크림이 녹은 유리잔을 휘젓던 아리가 고개를 들었다. 클라크는 더 먹고 싶지 않다는 듯 테이블 왼편으로 유리잔을 치웠다.

"데이트한 적이 없단 뜻이었어."

"좀 이해가 안 되네요."

"배만 맞아 뒹굴었다고."

그는 노골적이었다. 딱히 말을 가려 할 필요가 없다는 듯 덧붙이는 말까지 상스러웠다.

"깔리겠다고 옷 벗는 여자가 많았거든. 침대를 데우는 용으로 착실히 만나 줬지."

클라크는 시니컬했다. 아리는 약하게 얼어붙어 긴 유리잔을 스푼으로 휘저었다. 너무 달다. 먹고 싶지 않아. 그녀는 스푼을 테이블에 소리 나게 놓았다. 할 말이 딱히 떠오르지 않았다. 그도 별말 없이 고개를 돌리고 있었다. 이토록 화창한데 창가를 더듬는 남자의 눈은 무색무취의 수은빛. 냉랭하니 돌아서면 바람 한 점 불지 않을 것 같은 차가운 얼굴이다. 어쩌다 분위기가 이렇게 되었을까. 아리는 턱을 괴고 테이블에 얼룩처럼 눌어붙은 햇살을 보았다. 나무 그림자가 냇바닥 속 물풀처럼 뒤채었다.

클라크는 굳은 아내를 보다 제 스스로가 짜증스러워졌다. 웃게 할 만한 재주도 없으면서. 이렇게 망쳐 놓을 건 뭔가. 기에 질린 건지 그녀의 얼굴은 살짝 창백했다. 대체 무슨 말을 하다 여기까지 온 건지 저도 알 수 없었다. 첫 데이트에 여자 경험이라니. 이야깃거리로는 최악이다. 이건 좋은 그림이 아니다. 이러자고 이런 난전 같은 시장판으로 들어온 것은 아니다.

예나 지금이나 클라크 로레이는 사이코였다. 대중 속에서 숨 쉬는 걸 혐오하는 사람이다. 이따금은 숨 쉬기가 버거워 도망치기도 했다. 하여 그는 오랫동안 혼자였다. 그렇게 벽을 치고 사는 삶이 염증 나진 않았다. 필요한 것도 딱히 없었다. 여자도 사람도. 그는 공들여 무언가를 가지려 발버둥 친 경험이 없는 사내였다.

오직 아내만. 오직 이 여자만. 휘돌아 맺힌 물방울처럼 손안에서 이지러질까 두려워 어찌하질 못했다.

"병아리야."

클라크는 아내를 불렀다. 그녀는 고개를 들어 수척한 얼굴로 조금 웃어 보였다. 볼우물이 패이며 덧씌워지는 미소. 사랑스럽다. 내 병아리. 내 여자. 내 아내. 클라크는 이따금 이 여자가 제 사람이란 게 믿겨지지 않았다.

아름다웠다. 육신의 일부처럼 편안하고 또 편안하다 어느 순간이면 팔딱이는 심장처럼 고동쳤다. 이 여자 혼자 제 속에서 살아 있는 것처럼 느껴졌다. 기이한 일이었다. 살아생전 이런 변화가 가능하리라 생각하지 못했다. 그는 때로 스스로가 살아 있다는 것도 알지 못했다. 숨 쉬는 게 다 무언가. 심장이 뛴다는 게 다 뭐야. 그는 여름 볕 속에서 그림처럼 고운 아내를 보았다. 곧 죽어도 잊지 못할 여자. 곧 죽어도 함께해야 하는 여자. 이 여자는 제게 그런 의미를 가졌다. 그는 손을 들어 아내의 한 가닥 흘러내린 긴 머리카락을 귀 뒤로 넘겨 주었다.

"알잖아. 내가 이런 놈이란 거. 너 말고는 데이트한 적 없어."

그는 웃었다. 최대한 아내가 좋아할 법한 미소로. 아내가 좋아할 만한 자신으로. 그렇게 살아 있기로 했다. 그녀는 따라 웃었다. 그는 굳이 아내의 남자를 알고 싶지 않았다. 그녀가 살아온 역사에 의문을 던져도 그것만큼은 제외였다. 알고 나면 견딜 수 없을 것 같았다. 최초로 이 여자를 가진 남자. 이 여자와 사랑을 나누고 숨을 나누고 체액을 나눴던 남자. 알게 된다면 지금보다 더 돌아 버릴지도……. 필히 견디지 못하고 부서질 것이다. 살의로 들끓어 하루를 망치고 또 그다음 하루를 망치고 또 그다음 하루를 망치겠지.

클라크는 부러 묻지 않았다. 제발 그에 관한 이야기만큼은 아내가 하지 않았으면 좋겠다. 클라크는 아내가 입을 떼기 전에 먼저 입술을 움직였다.

“난 안 궁금해.”

아리가 눈을 둥그렇게 떴다. 클라크는 구겨지는 얼굴을 추스르며 말을 덧붙였다.

“네 남자 경험 말이야.”

그 순간 아리가 푸하하 하고 웃음을 터트렸다. 좀 전에 터트린 웃음소리보다 컸다. 소녀처럼 낭랑했다. 조금의 먹구름도 없었다. 클라크는 완연히 찡그린 채 아내를 보았다.

“그만 일어나요. 여기 별로야.”

아리는 가방을 메고 일어섰다. 클라크가 문을 나가는 그녀를 따라나서며 가방을 뺏어 들었다. 아리는 그의 뺨에 키스하며 팔짱을 끼었다. 집으로 가는 차 안에서 그녀는 콧노래를 불렀다. 흥얼거리는 곡조가 익숙했다. 룸미러를 통해 그녀를 보았다. 시선이 마주치자 그녀가 고개를 완전히 창가 쪽으로 돌렸다.

"저 여중 나왔어요."

"나는 사관학교."

디트리히가 일찍 처박아 뒀거든. 내 꼴 보기 싫어서. 클라크는 아내도 알 법한 우중충한 이야기는 꺼내지 않기로 했다. 그러나 그녀는 관심 있다는 듯 두 눈을 반짝였다.

"알잖아. 디트리히가 내 꼴 보기 싫어서 사관학교에 처박아 뒀다는 거. 계속 거기서 지냈어."

"남자밭이었겠네요."

"응."

"여자 구경도 못 하고."

"그건 아니고."

"첫 경험이 언제예요?"

신호가 걸렸다. 도보를 걷는 사람들이 햇빛을 피하기 위해 바삐 움직였다. 클라크는 아까부터 곤란한 것만 캐묻는 아내를 노려보았다. 아리는 실쭉 웃을 뿐이었다. 별로 하고 싶지 않은 이야기다. 그에겐 정말 그녀밖에 없는데. 앉혀 놓고 미주알고주알 사실만 말하는 건 어렵지 않다. 그 후가 문제지.

그러니까 어느 밤 이런 이야기가 나왔을 때 그녀는 말을 들으면서도 내내 딱딱한 얼굴이었다. 불편한 안색을 감추려 자주 웃었지만 감정을 흘리는 건 어쩔 수 없었다. 자기가 먼저 캐물으면서도 막상 사실을 말하면 토라져서 말도 안 하는 여자였다.

어머니는 그게 원래 여자의 습성이라고 했다. 알다가도 모를 일이다. 그럴 거면 차라리 묻지를 말지. 뭐라고 대답해야 만족할까. 어쨌든 한번 토라지면 아침나절 내내 토라져선 침대에서 받아주지도 않았다. 그러면 그는 결국 끙끙대며 화장실로 가 혼자 해결하고 오곤 했다. 물론 적당한 선에서 거짓말을 할 수도 있었다. 문제는 아내가 그걸 귀신같이 알아챘다는 점이었다. 다른 데선 다 둔하면서 어쩜 이런 데선 귀신 같은 감각을 가졌을까. 디트리히의 말대로 여자란 동물은 영물일지도 모른다.

그녀를 만나기 몇 달 전 하룻밤 여자를 안은 것에 관해 우물거리며 말을 돌렸더니 아내는 고래고래 소리를 지르고 난리 법석을 쳤다. 머리를 풀어 헤치고 이런 남자였냐며 자기가 속고 살았다고 울고불고 소리를 지르는데……. 정말이지 그런 경험은 처음이었다. 내지르는 악에 고막이 먹먹해서 대답을 제대로 못 하고 있자 그녀는 눈을 독사같이 치켜뜨고 혹시 숨겨진 자식이 있는 건 아니냐 물었다. 정말 상상력이 조앤 롤링급이었다. 클라크는 각 잡고 피임에 관한 한 모험은 하지 않는 인간이라 못 박았지만 아내는 쉬이 울음을 그치지 않았다. 결국 그는 두려움에 몸서리치며 무릎을 꿇었다. 과거는 바꾸지 못하지만 당신을 만나기 전까지 조신하게 행동하지 않은 것에 대해 용서를 구한다. 사건은 그렇게 일단락되었다.

"말하기 싫어."

"왜요?"

"말하면 또 울 거잖아."

"엥? 내가 언제 울었다고 그래요."

클라크는 그녀를 노려보았다. 불심이 타는 눈이었다. 아리는 열기로 반들거리는 은회색 눈과 마주했다. 자꾸 웃음이 나왔다. 고개를 돌렸다. 신혼집으로 들어가는 골목. 익숙한 담벼락과 지붕이 보였다. 여름이라 정원은 꽃들로 무덤을 이루었다. 돌연 기분이 좋아져 그의 입술에 입 맞추고 싱그럽게 웃었다.

"나 여중 나왔다니까요."

"그래. 들었어."

"고등학교도 여고."

클라크는 그녀를 한 번 길게 쳐다보다 차에서 내려 트렁크에 실린 짐을 내렸다. 아내의 손엔 아무것도 쥐여 주지 않았다. 도와주겠다고 카디건 소매를 걷어붙이는 걸 말렸다. 병원에서 쓰던 짐이 생각보다 많아 손이 모자랐다. 아내가 물건을 끄는 걸 보곤 클라크는 왼손에 든 짐을 오른손으로 모두 옮기고 그녀가 든 짐을 왼손에 들었다.

"우리 집 냄새 난다."

클라크는 짐을 내려놓은 뒤 사용인을 호출했다. 빠른 걸음으로 달려온 집사가 짐을 받아 물러갔다. 사실 식을 올린 뒤 로레이가의 별장이 아닌 제대로 된 집을 구해 나가기로 했는데 아리가 아파 드러눕는 바람에 그러지 못했다. 아리는 이러나저러나 좋았다. 클라크는 아닌 듯했지만. 아니 남편은 부모 명의의 별장에서 신혼생활을 하는 것을 수치로 여겼다. 이해 가진 않았지만 남자로서 명예에 관한 문제라 하니 넘어가기로 했다. 별장으로 돌아온 아리는 거실 소파에서 방방 뛰었다.

"내려와."

남편이 그녀를 소파에서 안아 내렸다. 아리는 그에게 딱 달라붙어 떨어지지 않았다. 곧게 뻗은 목에 팔을 감고 시선을 마주쳤다. 호흡이 엉겼다. 빛이 흐드러지는 은발에 밀랍 같은 얼굴. 결코 창백한 느낌 없이 생생하게 약동하는 남자. 신이 존재하지 않고서야 어떻게 이런 완벽한 피조물이 있을 수 있을까. 아니, 이토록 다르고 또 다른데 이 남자가 어떻게 그녀를 사랑할 수 있었을까. 제 모자란 부분은 모조리 남편이 가지고 있었다. 그녀는 파헤치듯 은회색 눈동자를 빤히 바라보다 붉은 입술에 키스했다. 두 덩이의 혀가 얽히며 그의 호흡이 아리의 입 안에 녹아들었다. 들큼하니 달다. 살결에 묻은 체취가 속을 간질였다. 클라크가 그녀의 카디건을 벗기며 등에 달린 지퍼를 내렸다.

원피스가 벗겨지며 동그란 어깨가 완전히 드러났다. 물컹한 가슴을 만졌다. 물방울 모양의 탐스러운 젖가슴. 클라크는 젖무덤에 입술을 맞추고 유두를 물었다. 아리가 환희에 젖은 탄식을 터트리며 그의 머리를 밀어 냈다.

"빙글빙글 돌아 봐요."

난데없는 요청에 그가 유두를 그대로 문 채 올려다보았다. 아리는 채근했다.

"어서."

클라크는 할 수 없이 일어나 그녀를 들고 빙글빙글 돌았다. 아이처럼 빙그르르. 벌거벗은 가슴이 출렁이며 그의 턱에 부딪쳤다. 두어 바퀴 돌고 그녀를 소파에 뉘었다. 검은 머리칼이 갈색 가죽 소파에 흐트러졌다.

"여자 밭에서 살았다니까요?"

"그래서?"

조급했다. 수절한 지 며칠인지 세지도 못했다. 식장에서 아내가 그렇게 쓰러진 후 한 번도 떠올리지 못한 일이었다. 한데 방금 입을 맞추는 순간, 그녀의 혀가 거침없이 들어와 웅크리고 있던 욕망을 건드렸다. 욕망이 노도처럼 일어나 부풀었다. 그는 흉기처럼 일어난 아래를 그녀의 손에 쥐여 주었다.

그녀의 얼굴은 장난스러운 빛으로 흔들렸다.

"많이 커졌다."

그녀가 속삭였다. 소녀처럼 웃던 얼굴에 짙은 그림자가 드리워졌다. 말갛던 웃음이 음란해 보이는 건 한순간이었다. 클라크가 쉰 목소리로 대답했다.

"그래."

"이렇게 컸었나?"

"네 장난감이었잖아. 기억 안 나?"

그 말에 아리가 깔깔 웃었다. 아까부터 그녀는 자꾸 웃었다. 다 웃은 뒤 소파에 몸을 묻은 그녀가 다리를 슬쩍 벌렸다. 요부였다. 그녀의 가느다란 손이 팬티를 파고들었다. 클라크는 급하게 바지를 벗고 물건을 꺼냈다. 그녀가 입맛을 다시듯 혀로 아랫입술을 훔쳤다.

"내 장난감……."

그가 가까이 와 성기를 그녀의 입술에 대었다. 장난감이라고 읊조리던 아리가 혀로 선단의 끝을 적셨다. 마른 살갗의 끝은 이

슬로 축축했다. 방금 베어 물었던 입술과는 조금 다른 맛이었다. 짠데 비리지 않았다. 언젠가 그의 정액이 입 안으로 들어왔을 때가 떠오른다. 그땐 막연한 거부감에 도리질을 쳤는데 지금이라면 조금 다르게 행동할 것 같다.

아리는 거대한 남근을 혀로 쓸다 머금었다. 물건이 입 안으로 들어가는 순간 클라크는 낮게 신음했다. 작은 손이 그의 음낭을 만졌다. 예전에 그녀가 귀엽다고 해 주었던 것이다. 소파에 몸을 묻은 채 막대 사탕을 빨듯 성기를 빠는 그녀의 가슴을 만졌다. 마사지하듯 주무르며 유두를 당겼더니 그녀가 입을 우물거렸다.

돌기는 성이 나 있었다. 말랑한 가슴과 아래를 빨아 당기는 힘. 자극에 천천히 함몰되어 갔다. 성기 끝에 피가 몰렸다. 마침내 참지 못하고 클라크는 스스로 허리를 움직였다. 혀로 질척하게 애무했던 성기는 침으로 반들거렸다. 가만히 입을 벌리고 있는 여자에게 허리를 움직였다.

"목 끝까지 넣고 싶어."

쉰 목소리로 읊조리자 그녀는 천천히 고개를 끄덕였다. 여자들은 보통 이런 거 안 좋아한다. 아내도 좋아하지 않았다. 사랑하니까 참아 주는 것일 뿐이다. 클라크는 비스듬히 미소 지었다. 저 관용의 끝이 어딜까 궁금하다.

성기를 잡고 움직였다. 구멍은 뜨겁고 끈적해서 혀가 닿을 때마다 머리가 아찔하니 터질 것 같았다. 절정에 치닫자 그녀를 일으켜 세워 음낭을 핥게 했다. 아리는 말없이 그곳을 핥아 주었다.

"뒤로 엎드려 봐. 허리 세우고."

아리는 머뭇거리다 도리질을 했다. 아직 맨정신인 것 같았다. 아내는 관계를 하던 도중 흥분에 정상적인 사고를 못 할 때가 아니면 뒤로 잘 엎드리지 않았다. 그러니까 처음부터 정상위가 아닌 관계를 하긴 힘들었다.

"핥아 줄게."

"싫어요."

봉사하겠다는 말에 그녀는 도리질을 했다. 왜? 좋아서 미쳤으면서 왜? 클라크는 그 단맛에 입이 탔다. 파르페의 단맛은 싫어해도 그녀의 단맛은 환영이었다. 그러니까 그녀 한정인 이야기다. 다른 여자들과 관계를 가지면서 그녀들의 아래를 핥은 적은 없었다. 오직 철저하게 자기중심. 봉사받아야 할 사람은 나. 오로지 나뿐이다. 그런 일관된 마음가짐으로 여자들을 대하니 오래가지 못했다. 배려도 자상함도 없었다. 그의 여자들은 종종 돈에 팔린 기분이라며 침대에서 울곤 했다. 클라크는 불필요한 회상은 몰아내고 아내를 바라보았다.

"서비스해 줄게. 부끄러워할 거 없어."

아리는 다시금 도리질을 쳤다. 클라크는 그녀의 손을 이끌어 카펫 위에 엎드리게 했다. 그러나 그녀는 기어코 거절하고 바로 누웠다. 할 수 없이 그녀의 다리를 벌린 채 몸을 숙였다. 이게 그렇게 맨정신으론 못할 짓인가 싶었다. 음부를 크게 베어 물었다.

"흐읏!"

꽃봉오리 같은 입술에서 신음이 터져 나왔다. 유두처럼 톡 튀어나온 음핵을 물고 이로 살짝 깨문 뒤 손가락으로 질구를 자극했다. 아리의 몸이 크게 들썩였다. 허리를 튕기며 가슴을 흔드는 모양이 색정적이었다. 그는 혀로 음부를 쓸어내렸다. 음핵을 문 뒤 턱을 움직이자 그녀가 자지러졌다.

아리는 천장에 시선을 두었다. 배꼽 아래에서 꿈틀거리는 은발은 아름다웠지만 지나치게 선정적이었다. 시야 안에 두면 실수할 것이다. 그녀는 손을 들어 걸신들린 듯 제 음부를 핥아 먹는 남편의 머리를 쓰다듬었다. 천천히 그러나 진득하게. 열기가 피어나는 속도는 점차 빨라졌다. 아찔하게 치고 올라오는 감각에 허리가 뒤틀렸다. 간질거리며 쌀 것 같아 사타구니에 힘을 주었다. 늘 이런 감각이 솟아오를 때면 정신이 흐렸지만 오늘은 웬일인지 맨정신이 오래간다. 이러면 곤란하다. 할 때가 아닌 것 같아 클라크의 등을 툭툭 쳤다.

클라크가 슬쩍 고개를 들어 시선을 맞춰 왔다.

"아, 아닌 것 같아."

아리가 상체를 뒤집어 바닥을 짚으며 말했다. 몸이 비비 꼬여 그대로 있을 수 없었다. 클라크는 음핵을 집요하게 괴롭혔다. 물고 빨고 수염이 돋아난 턱으로 자극했다. 아리가 몸을 비틀자 가슴이 출렁였다. 본의 아니게 몸을 뒤집어 엎드리게 되자 클라크가 낮게 웃음을 터트렸다.

"이 자세가 편하지?"

일어나기 위해 엉덩이를 세우자 그가 놀렸다. 아리는 고개를 홱 돌리고 그를 째려보았다. 클라크는 장난기 서린 얼굴이었다. 선분홍빛 혀가 그녀의 아래를 핥아 올린다.

"으흣!"

입술을 깨문 채 교성을 흘렸다. 야릇한 공격에 허리가 들썩이며 사정감에 임박했다.

"입술 깨물지 마."

판판한 가슴이 등에 붙었다. 핏기 하나 없이 우아한 손이 그녀의 등허리를 쓸어내리다 둔부의 곡선을 음미했다. 마침내 손가락이 질구 안으로 들어갔다. 피와 살점이 튀어도 고매하던 손. 방아쇠에 걸터앉아 타인의 숨을 거두던 손이 그녀의 안으로 들어왔다.

"으응……."

얼굴이 찡그려졌다. 쾌감이 지나치다. 벌써부터 고조감에 허리가 떨려 온다. 파고드는 손가락은 차가웠다. 느른하고 여유롭게. 아래를 벌떡 세운 남자답지 않다. 아래를 희롱하는 손가락은 리드미컬했다. 아리는 절절매며 질척이며 터져 나오는 물소리를 들었다. 저릿저릿한 감각에 아래가 간지러웠다. 열이 올라 예민한 지점을 그의 손가락이 꾹 눌렀다. 순간 물풍선 터지듯 팟 하고 터지더니 바닥에 후드득 떨어졌다. 수치에 얼굴이 물들었다. 아리는 뒤를 돌아 아름다운 남자를 보았다. 검은 셔츠는 단추 두 개만 제외하고 모두 잠겨 있었다. 아래는 좀 추하긴 했지만 어쨌든 죄 벗은 저보다는 낫다.

한 번 분출하고 나자 더 맨정신이 되었다. 아리는 몸을 발딱 일으키고 입술을 뗐다.

“오늘은 좀 아닌 것 같아요…….”

“누워.”

클라크가 그녀의 가슴을 밀었다. 카펫은 붉어 여자는 마치 장미 속에서 흐드러진 것 같았다. 아리는 우물쭈물하다 결국 소리쳤다.

“잠깐만요! 나 아무래도…….”

“배 아파?”

“아뇨. 그건 아닌데 너무 맨정신이라…….”

잠깐 멈추던 클라크가 더 듣고 싶지 않다는 듯 그녀의 음부에 제 물건을 꽂았다. 그리고 빠르게 입술을 맞췄다. 웅얼거림이 희미해지며 마침내 질척이는 소리밖에 들리지 않게 되었다.

“아, 하으……!”

물건에 질식할 것 같았다. 그가 들어온 부위는 질구인데 왜 숨이 막힐까. 우미한 손이 그녀의 빗장뼈를 더듬다 가슴을 쥐었다. 한차례 키스로 선홍빛이 도는 젖가슴을 그가 쥐고 천천히 주물렀다. 유두는 더욱더 성이 나 꼿꼿했고 그의 허리를 안은 다리는 긴장감에 고무되어 빳빳했다.

“아흑!”

거근이었다. 한데도 움직임은 민첩했다. 물건이 그녀의 안을 살살 문지르다 꾹 눌렀다. 클라크는 낮은 한숨과 함께 왕복 운동을 시작했다. 벌린 입술 사이로 교성이 흘렀다. 난잡한 움직임에 그녀가 달아올랐다. 어쩔 줄 몰라 하며 얼굴을 가렸다가 그의 손에 제지당했다.

"하앗! 웃, 흥…… 흐으읏!"

얼굴을 가린 손을 붙잡고 다른 한 손으론 그녀의 허리를 붙잡았다. 안을 들어갔다 나오는 기둥엔 포말 같은 정액이 묻어 있었다. 비린 향이 훅 끼치고 올라왔으나 만족스러웠다. 아이. 언젠가 그는 아이 생각을 하게 됐다. 자식 욕심이 부질없다는 것을 디트리히를 통해 일찍이 깨달았으나 아내를 보고 있자면 또 다르다.

아들보다는 딸. 자신보다는 그녀를 닮은 아이. 그저 닮기를 오직 아내만 닮았으면 좋겠다.

절정에 다다른 아내는 울음 같은 교성을 길게 내지른 뒤 쓰러졌다. 달군 쇠처럼 뜨거운 물건이 아래를 빠져나와 그녀의 허벅지를 문질렀다. 한동안 일어나지 못한 채 서로를 바라보다 문득 아리가 작게 속삭였다.

"더러워질 텐데……."

클라크는 미약하게 웃으며 그녀의 볼을 꼬집었다.

"무슨 상관이야……."

아이가 궁금하다고 했다. 세상에 있지도 않은 아이가 궁금하다니. 아리는 남편을 물끄러미 쳐다보았다. 새삼 이 남자에게도 부성애가 있을까. 있다 한들 그것이 제대로 작용할 수 있을까. 무릇 자식은 부모의 거울이라고 했다. 클라크를 사랑하지만 그가 잘못

된 아이에게까지 다정할 수 있을지는 모르겠다. 가까운 일례만 봐도 그랬다. 디트리히는 이사벨라를 끔찍이 사랑했지만 그녀의 아들에게는 더없이 가혹했다. 그러니 아내를 사랑하는 일과 자식을 사랑하는 일은 전혀 다른 문제였다. 조금의 관련도 없는 전혀 다른 문제.

"생기면 낳아야죠."

무심하게 대꾸했다. 그러면서도 가슴이 떨려 스푼을 제대로 쥘 수 없었다. 클라크는 점심을 먹는 둥 마는 둥 아리의 식사만 챙겼다. 꿀을 넣은 요거트가 오늘따라 넘어가지 않았다. 남편이 애써 쥐여 준 스푼을 내려놓고 사과 주스를 한 입 마셨다. 달큰함에 혀가 저릿하다.

"그러니까. 나 닮지 않고 널 닮았으면 좋겠어."

"만약 당신만 닮으면요?"

어젯밤 잠자리에서도 그는 아이는 딸이어야 한다고 했다. 가능하면 그녀를 아주 많이 닮은. 어느 편이든 마음이 좋지 않았다. 아이가 클라크만을 닮는다면 그는 스스로를 혐오하듯 아이를 혐오할까.

뒷목이 뻐근했다. 혐오라니. 아이를 혐오한다니. 그녀는 결코 이사벨라처럼 살고 싶은 마음이 없었다. 그가 디트리히처럼 변해 가고 그녀의 아이가 눈앞에 남자처럼 살아가는 모습을. 그런 삶을 사느니 차라리 헤어지는 게 낫다. 피차간에 고역. 어떤 방향으로든 조금도 진전될 기미가 보이지 않는 삶이다.

"당신만 닮은 아이가 나오면요?"

클라크는 대답이 없었다. 가정으로라도 생각하기 싫다는 듯 하얀 얼굴에 그림자가 졌다. 선 굵은 이목구비를 따라 음영진 얼굴이 조화롭게 아름다웠다. 저런 아버지를 닮는다면 아이는 복될 것이다. 그냥 성정만. 그 남다른 성정만 천진하니 사랑스러웠으면.

저녁에 찐 송어 요리를 먹고 정원을 걸었다. 배에 손을 올린 채 가만히 달을 바라보고 있으니 클라크가 허리에 팔을 감아 왔다. 일교차가 그리 크지 않은데도 팔뚝에 소름이 돋았다. 남편이 안아 주니 옆구리가 덜 시렸다. 아리는 미지근한 미소를 지으며 배를 쓰다듬었다. 아직 아무것도 없다. 아니 있으려나. 콩알 반쪽만 한 게 펄떡펄떡 뛰고 있으려나. 언젠가 교과서에서 초음파로 찍은 태아 사진을 본 적 있다. 흑과 백, 빛과 그림자. 별다른 색채 없이 형태만 그리고 있는 작은 아이. 사랑하는 두 사람의 피조물. 어쩌면 이미 자리하고 있을지도 모를 콩알은 또한 남편이 자신을 사랑해 준 것에 대한 결과물일 테다.

별달리 예쁘지 않아도 사랑스러워 마지않을 텐데 여기에 조건이 어떻게 붙어? 어떻게 사랑하지 않을 수가 있어. 클라크. 당신이 어떻게 우리 아이를 사랑하지 않을 수가 있어?

남편을 쳐다보았다. 켜켜이 쌓였던 화가 불쑥 튀어 오른다. 아리는 제 허리를 감은 남자의 팔을 쓰다듬다 꽉 붙잡았다. 클라크가 고개를 돌린다. 달빛이 가라앉은 턱선이 기려했다. 밝은 회색 눈이 그녀에게 닿았다.

"어떻게 우리 아이를 사랑하지 않을 수가 있어?"

"무슨 말이야?"

"그랬잖아. 낮에."

"안 그랬어."

"날 닮지 않으면 사랑하지 않는다고 했잖아."

"그런 말 한 적 없어."

아리는 도리질했다. 아니 그렇게 말했다. 소리 내지 않아도 눈으로 그렇게 말했다. 자길 닮으면 사랑하지 않을 거라고. 마음이 갈 수 없다고. 비참해서 눈물이 비죽비죽 나올 것 같다. 입술을 깨물던 그녀가 그의 손을 가져가 아랫배에 대었다.

"여기에 당신 아이가 있으면 어떡할래?"

"아리야."

"여기에 당신 아이가 남자아이인 데다가 당신만 닮으면 어떡할래?"

그는 대답하지 않았다. 확신할 수 없었던 모양이다. 그녀가 울부짖고 괴로워해도 거짓으로조차 보장할 수 없었던 모양이다. 아리는 그에게서 떨어져 소리쳤다.

"나는 무서워. 너무 무서워. 당신도 무섭고 아이도 무서워. 그런데 아이라니 너무 웃기잖아."

잔뜩 헐떡이느라 말이 제대로 나오지 않았다. 아리는 입술을 비틀다 서러움이 역력한 눈으로 그를 쏘아보았다.

"아이만 생각하면 죽을 것 같은데. 임신하게 될까 봐. 우리가 불행해져서. 아이도 당신처럼 불행해질까 봐!"

"그렇지 않아. 그런 일 없어."

그녀의 오므린 팔을 클라크가 잡아끌었다. 아리는 무기력하게 끌려와 다시 그 앞에 섰다. 임신이 곧 불행의 시작일 것 같았다. 그저 또 불행해지고 불행해져 마주 보는 것만으로 행복한 시절은 세상에 존재하지 않았던 듯 말끔히 사라지고 그 자리에 대신 일그러진 세 사람만이 존재하는 것이다. 아리는 걸음을 옮겨 달빛이 노랗게 만발한 자리로 걸어갔다. 반원 모양의 중정. 계절을 따라 무르익은 꽃들은 밤에도 탐스러웠다. 이사벨라는 여기서 얼마나 울었을까.

초목에 밤이 내려 어둠에 잠기고 새벽에 내린 여름비의 스산함이 잎사귀 곳곳에 숨어들었다. 여윈 바람이 그녀의 긴 머리를 뒤집고 지나갔다. 치마가 펄럭였다. 클라크는 여전히 조용했다. 남편, 내 남편. 나를 사랑해 마지않아 세상 어떤 역경과 고역도 이겨 내리라 맹세하던 내 남편. 사랑하지 않을 수 없고 입 맞추지 않을 수 없다. 그런데 어떻게 아이를 안 사랑해?

어떻게 내 앞에서 조건을 붙여 사랑을 운운할 수가 있어? 그 불안에 임신이 두렵고 태어날 아이가 두려워 미칠 것 같은데. 그런데도 그는 순진하게 덧없는 상상만 했다. 화가 나서 죽을 것 같았다. 아리는 주먹을 쥐어 그의 가슴을 내려쳤다. 괜한 행동이었다. 제 손이 더 아려 와 화가 났다. 씨근덕대며 미간을 일그러트리자 그가 그녀의 머리를 안는다. 단단한 품 안에 갇힌 채 심장 고동 소리를 들었다.

"미안해."

"진짜 당신 닮은 아들이 태어나면 미워할 거야? 디트리히처럼?"

"아니."

"말 안 들으면 골프채로 때리고?"

"아니."

"싫다고 해도 강아지 기르게 하고?"

"안 그럴게."

지옥 같던 유년 시절이라 했다. 어미를 밀치고 아비를 죽인 채 집을 떠나고 싶었다고 했다. 해서 아리는 잊고 싶어도 잊지 못했다. 그가 한 말을. 어린 시절 남편이 느꼈던 감정 그대로 고스란히 남아 제 안에 불씨처럼 타올랐다. 불안 또한 그랬다. 그렇게 조용히 타오르다 이내 화르르 자신을 집어삼키고 남편도 집어삼켰다.

"흑…… 흐윽……."

울음이 줄어들지 않았다. 가장 처음 반드시 지키리라 약속하던 음성 그대로 속삭이는데도 자꾸만 눈물이 났다. 아이를 가져서 그런 걸까. 아이를 가져서 눈물이 많아진 걸까. 아리는 넓은 어깨에 얼굴을 박았다. 잘못을 구하는 말들이 끊임없이 쏟아져 나왔다. 손을 들어 그의 등을 쓰다듬었다.

"미안해. 미안해. 잘못했어. 내가……."

"우리 아기 때리면 죽어 버릴 거야. 나."

협박이 아니라 진심이다. 죽는 게 나을 거야. 아이랑 같이. 아리는 그에게 안겨 가로등 불빛을 보았다. 콩알의 반쪽만 한 아이.

남편을 닮아 흐트러짐 없이 반듯하게 빛날 은회색 눈. 두 발과 작은 몸체. 그을린 적 없이 맑은 웃음과 화사하게 흐드러질 은발. 나의 작은 클라크. 생각하는 것만으로 몸이 부르르 떨린다.

⚜

아이의 이름은 유스타스였다. 콩알 반쪽만 할 때부터 그랬다. '유스타스'는 클라크가 그날 중정에서 지은 이름이었다. 오랫동안 사내아이의 이름은 유스타스로 하려 했다는 말에 아리는 눈을 깜빡였다. 사내아이가 태어나면 미워할 거라고 했으면서 무슨. 그러나 클라크는 유스타스를 사랑했다. 한 치의 거짓 없이. 그의 사랑은 오직 진실되고 순결했다. 그저 아버지가 아들에게 줄 수 있는 전부. 유스타스는 클라크의 품에서 옹알대는 게 일상이었다. 아이는 그렇게 예뻐하는 게 아니라는 이사벨라의 말에도 품에서 떨어트릴 줄 몰랐다.

콩알 반쪽만 했던 유스타스. 강낭콩의 씨앗처럼 자궁 안에서 팔딱이던 아들 녀석이 아버지의 품에 안기던 날은 그로부터 아홉 달이 흐르고 나서였다. 열 시간이 넘는 진통의 끝. 클라크의 얼굴은 사자 우리에 나 홀로 떨어진 사람처럼 시커멓게 질려 있었다. 아리는 아이가 나온 줄도 모르고 희끅거리며 울다 남편의 등장에 얼어붙었다.

피골이 상접한 얼굴이었다. 열 시간 산고를 치른 것은 그 남자 같았다. 누가 보면 방금 양친이 돌아가시기라도 한 것처럼. 그 짧은 시간에 무슨 일이 있었던 건지 붉었던 입술마저 퍼렇게 질려 껍질이 일어 얼굴이 말이 아니었다. 아리는 손을 뻗어 남편의 손을 잡았다. 핏덩이를 안아 들어 보라는 의사에 말에도 그는 꿈쩍하지 않았다. 심지어 아이 쪽으론 고개도 돌리지 않았다. 열 시간 고초 끝에 얻은 아들이었다. 핏덩이가 아앙 하고 울었다. 새파랗게 벼려진 눈이 아이를 향했다.

태어난 지 30분도 되지 않아 퍼런 기가 가시지 않은 아이는 일견 사람 같지 않았다. 아리는 남편이 당장 아이를 패대기치진 않을까 걱정되었다. 그녀는 의사를 향해 우물거리며 얼른 아이를 이리 달라 애원했다. 의사는 바동거리는 아이를 아리의 배에 올려놓았다.

"탯줄 자르시죠?"

의사가 클라크에게 아이를 인도했다. 끝이 뾰족한 가위였다. 클라크가 가위를 내려다보았다. 당장 아이의 심장을 도려낼 만큼 흉흉한 시선이었다. 그녀는 울음을 터트리며 그를 불렀다.

"여보. 여보…… 무서워. 그러지 마."

분위기가 여느 부부와 다름을 알아챈 의사와 간호사가 눈빛을 주고받았다. 아리는 엉엉 울음을 터트리며 새끼 고양이가 찍찍대는 소리와 다름없는 울음을 내뱉고 있는 아이를 두 손 모아 안았다. 순간 클라크가 그녀의 입술에 입 맞췄다. 아리는 함빡 젖은 눈을 깜빡이며 그가 하는 양을 지켜보았다. 날카로웠던 기세가 한 꺼풀 꺾이고 탯줄을 향하는 손이 조심스러워졌다.

탯줄을 끊자 아이는 더 크게 울었다. 아리는 아직도 새파란 아이를 쓰다듬다 남편의 키스를 받았다. 젖을 먹이기 위해 앞섶을 풀고 아이의 입술에 젖꼭지를 물렸다. 냄새를 킁킁대던 콩알이가 본능적으로 젖 찾는 시늉을 하더니 젖꼭지를 물고 입을 오물거렸다.

광경을 어색하게 지켜보던 클라크가 그 얼은 얼굴에 엷은 미소를 그리며 아이를 받쳐 들었다.

⚜

콩알이의 머리카락은 까마귀의 털처럼 까맣고 반드르르했다. 해도 동그란 두 눈만큼은 클라크의 색이었다. 은회색 혹은 그보다 짙은 회청색. 아침빛이 얼룩질 때면 오팔처럼 색이 여러 갈래로 빛났다. 푸른빛, 보랏빛 혹은 남청빛. 때때로 아이의 눈은 엷은 산호처럼 엷은 분홍빛이 산란하곤 했다. 아리는 아이를 들어 그 눈가에 입을 맞췄다. 찬연하리만큼 순결한 빛깔이 두 눈 속에서 빛났다.

아이는 천진했다. 귀히 여길 것은 모두 귀히 여겼고 다정해야 할 대상에게는 다정했다. 고대했던 바대로 얼굴은 남편을 똑 닮았는데 성정만큼은 천진하니 사랑스러워 모두에게 사랑받았다.

그런 아이였다. 그들의 아이 유스타스는.

걱정하고 염려하고 초조해하고 속을 태웠던 모든 시간이 그저 허무했다. 죄책감이 들 만큼 불필요한 생각들이었다. 아이는 손에 잡히는 모든 것을 소중하게 여겼다. 그런 아이를 두고 남편과 그녀가 무슨 생각을 했을까.

"엄마!"

유스타스가 챙모자를 쓰고 그녀를 불렀다. 아이는 해변에서 노는 걸 좋아했다. 태양 아래 물비늘이 파닥이는 바다. 넘실대며 무심히 흐르는 그 대양의 힘을 늘 그리워했다. 그런 아이에게 클라크는 저택의 중정에 분수대를 만들어 주었다. 바다를 끌어다 줄 수는 없으니 물줄기가 사방으로 튀는 건축물을 지어 준 것이다. 해서 그들의 집 앞에는 아름다운 분수대가 있었다. 바다 대신 분수대. 아이의 눈동자에 이따금 떠오르는 그 새파란 빛은 하늘을 향해 높직하게 튀어 오르는 물줄기를 닮았다.

"여기 좀 보세요!"

아이는 반바지를 입고 하얀 종아리를 드러내고 있었다. 좀 전에 선크림을 발라 아이는 반들거렸다. 군데군데 고르게 펴 바르지 못한 선크림 뭉텅이가 희끗거렸다. 아리는 왠지 웃음이 나 유스타스를 향해 웃음을 터트렸다. 아이의 동그란 눈이 의문을 담았다. 그러곤 자신을 비웃는다고 생각했는지 입술을 쭉 내밀었다.

하는 모양이 꼭 그녀 같아 신기했다. 언제 저걸 또 배웠을까?

"유시."

아이가 가리키는 방향에 먼저 당도한 건 남편이었다. 아이는 팔딱팔딱 뛰며 그의 다리에 매달렸다.

"아빠! 언제 왔어요?"

회사에 일이 생겨 분명 늦는다고 했는데 용케 일찍 온 남편을 향해 아이는 좋아 죽었다. 바다에 가는 날은 늘 아빠와 함께였는데 그러지 못해 아이는 내심 서운해했었다. 아리는 아이를 들어 올린 남편에게 다가갔다.

"어쩐 일이에요? 일은?"

"대사 부인이 산통이 왔나 봐. 캔슬돼서 결제만 하고 왔어."

영국 대사가 오찬에 초청하여 거절할 수가 없다고 하더니 일이 그리되었나 보다. 아리는 남편의 뺨에 입술을 쪽 맞추고 아들의 뺨에도 키스 세례를 내렸다. 아이는 간지러워 고개를 숙이다 엄마의 품으로 자리를 옮겨 가슴을 만졌다. 벌써 세 살인데도 유스타스는 엄마의 가슴에 집착했다. 동생이 없어서 철이 늦게 드는 것일까. 그래도 아리는 좋았다. 클라크가 좀 걱정하긴 했지만 고사리만 한 손이 가슴을 더듬으면 아주 어린 시절의 아들을 보는 것 같아 뭉클해졌다.

"유시."

클라크가 다소 낮게 아이를 불렀다. 유시는 제 여자애 같은 별명에 코를 한 번 찡긋거리다 아버지의 눈길을 피해 엄마의 가슴을 만지작거렸다.

"괜찮아요."

"내년이면 네 살이야. 사내애답지 못하게……."

"그래도 아기예요."

"맞아요. 그래도 아기야."

유스타스가 따라서 중얼거렸다. 끝이 미약하게 스러져 웅얼거림에 지나지 않았지만 클라크는 응석 부리는 아이의 머리를 쓰다듬었다. 아들은 그녀의 가슴을 주물거리다 젖을 빨았다. 이젠 젖이 말라 아무것도 나오지 않는데도 아이는 종종 그녀의 젖꼭지를 물었다. 그녀는 그런 아들의 등을 토닥이며 해변을 걸었다. 평일 오전이라 사람이 드물었다. 부부는 아이와 함께 까마득한 절벽 아래 외진 해안가를 산책했다.

"유스타스가 이렇게 젖을 빨면요. 꼭 그때 생각이 떠올라요."

"무슨?"

"당신이 내 아이를 미워하면 어쩌지 걱정하면서 울 때요. 그러니까 별장 중정에서요."

아리는 희미한 미소를 지으며 그때를 떠올렸다. 그들 부부는 아이가 태어나기 세 달 전 별장을 나와 텔아비브 근교의 저택으로 이사했다. 유스타스는 그곳에서 컸다. 그러니 로레이가의 별장은 부부만이 간직한 기억이었다. 아이를 바라볼수록 유독 선명해지는 어느 여름의 기억. 꽃들로 가득한 중정은 스산했고 이는 바람마저 쌀쌀했다. 남편은 그저 침묵을 지키다 그러지 않을게 하고 속삭였고 그녀는 그의 등 뒤로 비치는 가로등의 불빛에 콩알의 반쪽만 할 유스타스를 그렸다.

빛보다 환할 은발. 그보다 곱게 빛날 은회색 눈동자. 아이의 모든 것이 걱정스러우면서도 사랑스러웠다. 물론 직접 마주한 그녀의 아이는 상상 속 콩알이보다 훨씬 예쁘고 귀여웠지만. 젖을 오물거리며 바람을 맞던 유스타스가 고개를 번쩍 치켜들었다. 아리는 조금 놀라 등을 토닥이던 손을 멈췄다.

"듣고 있었니?"

"네."

"유시……."

"나도 그때 생각나요!"

"뭐라고?"

클라크가 물었다. 유스타스는 신나 조잘거렸다.

"엄마가 우니까 아빠가 미안해. 내가 잘못했어. 하고 말했잖아요! 그때 나도 생각나요. 나 그때 콩알이라고 불렀잖아요. 콩알이. 콩알의 반쪽만 하게 생겼다고 해서요."

유스타스가 희죽이며 이야기했다. 클라크는 그대로 멈춰 서 아이를 보았다. 아빠가 진지하게 뚫어져라 쳐다보자 아이는 제가 또 무슨 잘못을 했는지 걱정하며 고개를 숙였다. 아리는 슬픔이 서물거리며 올라오는 남편의 얼굴을 바라보다 아이의 까만 머리를 빗어 내렸다. 클라크는 차마 눈물을 내비칠 수 없어 아들의 이마에 입술을 맞췄다.

"미안하다. 내 아가."

"뭐가요?"

아이는 환했다. 단지 환할 뿐만 아니라 선하기까지 했다. 젖꼭지 대신 엄지손가락을 빨던 유스타스가 남편을 향해 손을 뻗었다. 클라크는 아이를 목마를 태우고 해변을 걸었다. 아리는 뒤따라가며 둘을 쳐다보았다. 아이에겐 한 번도 태명을 이야기해 준 적 없었다. 물론 그날의 이야기도. 그 일이 있고 아이를 낳을 때까지. 되새긴 적 없는 이야기다. 아이가 태어나서는 더더욱. 갓난아이 앞에서 할 이야기가 아니었다. 그런데 어떻게 알았을까. 어떻게 그걸 기억하고 있을까. 종종 태아의 기억력에 대한 신비로운 이야기를 듣긴 했지만 제 아이 또한 그럴 줄은 몰랐다.

아리는 아이의 그림자를 신비롭게 쳐다보다 고개를 들어 남편을 보았다. 남편은 종종 아이가 한 가닥 남은 제 선함을 모조리 지니고 태어난 것 같다고 했다. 어릴 적 그나마 유순했던 시절, 병아리를 기를 때 작게나마 발현되었던 선함의 씨가 그녀의 자궁에 똬리를 튼 것 같다고.

그래서인지 유스타스는 곱고 밝기만 했다. 아이는 어느새 남편의 품에서 내려 바다를 향해 뛰어갔다. 아리는 그의 빈 옆자리를 채우기 위해 걸어가 그에게 안겼다. 은색 물고기의 살랑대는 꼬리. 어느 겨울 소복하게 쌓인 눈의 파르란 빛. 그 모두를 닮아 찬연한 남편의 눈이 휘어졌다. 생생하게 요동치는 이 현실. 이 완전하고 찬란한 행복. 겨울을 넘어 당도한 여름. 영겁을 넘어 또다시 겨울이 와도 꼭 이와 같이 아름다울 이 순간. 그러니 결코 빛바래지 않으리라.

작가 후기

안녕하세요. 별보라입니다.

어느새 네 번째 작품, 네 번째 출간입니다. 작년 이맘때 첫 작품을 들고 끙끙대던 게 기억나 감회가 새롭네요. 제게 일어난 모든 좋은 일은 모두 책을 읽어 주시는 독자님들 덕분입니다.

'세계 제일의 보통 연애'는 작년 가을부터 올해 봄까지 집필했던 작품입니다. 보통 한번 시작하면 석 달 안에 끝내는 제가 거의 반년 가까이 붙들고 있던 작품이죠. 사실 중간중간 작품을 놓은 적이 있어 길어진 것입니다. 한번 집중을 잃고 흐름을 놓치니 처음과 뒤가 어색하고 비문도 많아 제 스스로 많이 실망하고 힘들었던 작품입니다. 초반 이후부터는 끝까지 완결할 수 있을까 계속 고민하며 완결까지 이어 갔습니다.

기다려 주신 독자님들 또 편집자님 그리고 아리와 클라크가 없었다면 결코 마무리 짓지 못했을 거예요.

모쪼록 읽어 주셔서 감사합니다. 재미있게 읽어 주셨다면 더욱 더 감사합니다. 처음에는 나름 밝은 분위기로 시작했다가 뒤에 가서는 어둡고 침침해져서 저도 기함했던 작품이에요. 앞뒤가 안 맞는다고 속으로 비명을 지르다가 재미없다고 자책하고 우울해 있었는데 편집자님이 재미있다고 칭찬도 해 주시고 부족한 부분도 채워 주셔서 더할 나위 없이 기쁘고 감사했습니다.

아리와 클라크는 잘 살 겁니다. 세계에서 가장 살벌한 연애의 주인공들이었으니 신혼 생활만큼은 평범하고 달달한, 무난하고 일반적인 신혼 생활을 이어 나가겠지요. 물론 클라크가 유별나긴 하지만 아리는 그런 유별난 클라크를 사랑하는 여자이니까요. 사랑이 모두를 행복하게 하진 않지만 적어도 마주 보는 두 사람만은 행복하잖아요.

언제나 그렇지만 책이 한 권씩 나올 때마다 제 스스로 단단해지는 기분이 듭니다. 한 뼘씩 성장하는 기분이 나쁘지 않아요. 여기까지 이끌어 주신 엄마 아빠, 글쟁이 친구의 말이라면 무엇이든지 귀 기울여 주던 베프 갱 양, 지치지 않고 원기 북돋아 준 디 언니, 그리고 내내 고생하신 스칼렛의 박 편집자님까지 모두모두 감사드립니다.

저는 늘 고마운 분들 덕분에 삽니다. 글 쓰게 해 주셔서 감사하고 읽어 주셔서 감사합니다.

또 봐요.

2016년 7월 별보라.

세계 제일의 보통 연애

1판 1쇄 찍음 2016년 7월 13일
1판 1쇄 펴냄 2016년 7월 19일

지은이 | 별보라
펴낸이 | 정 필
펴낸곳 | **(주)뿔미디어**

기획 · 편집 | 박경희

출판등록 | 2002년 9월 11일 (제1081-1-132호)
주소 | 경기도 부천시 원미구 소향로 17, 303(두성프라자)
전화 | 032)651-6513 / 팩스 032)651-6094
E-mail | scarlets2012@hanmail.net
블로그 | http://blog.naver.com/dahyangs
홈페이지 | http://bbulmedia.com

값 9,000원

ISBN 979-11-315-7280-1 03810

※파본은 구입하신 서점에서 교환하여 드립니다.

Scarlet
스칼렛
www.bbulmedia.com

Scarlet
스칼렛
www.bbulmedia.com